INTRODUCTION TO TAIWANESE LANGUAGE AND LITERATURE

CHHÙI KÓNG TÂI-GÍ CHHIÚ SIÁ TÂI-BÛN

喙講台語・手寫台文

台語文的台灣文學講座

修訂**2**版 2nd edition

蔣為文 著

Wi-vun Taiffalo Chiung

亞細亞國際傳播社
asian Asian A-tsiu International

Tâi-uân Gí-bûn Tshik-giām Tiong-sim
國立成功大學 台灣語文測驗中心
NCKU Center for Taiwanese Languages Testing

國家圖書館出版品預行編目(CIP)資料

喙講台語．手寫台文：台語文的台灣文學講座 = Chhùi kóng tâi-gí chhiú siá tâi-bûn = Introduction to Taiwanese language and literature/ 蔣為文著 . -- 修訂 2 版 . -- 臺南市： 亞細亞國際傳播社，2022.07

　　　面；　公分

ISBN 978-626-95728-2-3(平裝)

1.CST: 臺灣文學　　2.CST: 文學評論　　3.CST: 臺語

　　863.2　　　　　　　　　　　　　　　111010116

CHHÙI KÓNG TÂI-GÍ CHHIÚ SIÁ TÂI-BÛN

喙講台語・手寫台文

台語文的台灣文學講座 修訂2版 2nd edition
INTRODUCTION TO TAIWANESE LANGUAGE AND LITERATURE

作者/ 蔣為文

校對/ 潘秀蓮 ・ 張玉萍 ・ 蔣為文

策劃/ 國立成功大學台灣語文測驗中心

網址/ CTLT.TWL.ncku.edu.tw

出版/ 亞細亞國際傳播社
　　　http://www.atsiu.com

電話/ 06-2349881

傳真/ 06-2094659

劃撥/ 31572187 亞細亞國際傳播社

公元 2014 年 10 月初　　版

公元 2022 年 7 月 修訂 2 版

PART A 台文評論

PART B 台語字母與拼字

PART C 研究論述

不要再做母語的文盲！

蔡培火

　　目前在台灣由台灣羅馬字協會於每年暑假辦理的世界台語文化營，源自 1995 年，由台灣獨立建國聯盟美國本部蔡正隆主席於美國 Houston 舉辦的北美台語文夏令會。蔡正隆主席生前曾感慨說我們都是母語的文盲。是的，因為長期受外來統治的關係，絕大多數的台灣人都沒有機會在學校正規教育裡用自己的母語／族語來受教育。除了政治上被奪台灣語文教育權之外，還有一點很重要的因素，就是不少台灣人被奴化教育到失去對自己語言及文化的自信，才會造成那麼多文盲。

　　既然無法在正規的國民教育裡學習台灣語文，只好透過其他管道來學習。這本書就是針對不願再做母語文盲的台灣人所編撰的台語文入門書籍。作者自 2003 年在國立成功大學台灣文學系任教以來，每年均教授台語文相關課程。這本書將歷年來的授課講義重新篩選與更新並正式出版，可說是結合了語言學理論與作者十年教學實務經驗的台語文基礎教材。由於考量許多讀者尚未學習台文，故本書的基礎部分均以中文書寫。這本書除了可作為課堂教材之外，也可做為讀者自學使用。除了閱讀本書之外，建議各位讀者搭配成大台灣語文測驗中心網站的「台語教學資源」裡介紹的網路資源來學習。

　　這本書分為三大部分：第一部分是台文評論，選錄近年來作者於報章雜誌發表有關台語文學及台語文教育相關議題的文章。透過這些短篇文章，可讓讀者對台灣語文的發展有初步的認識。第二部分是台語字母與拼字的理論介紹與實務練習。此部分從 ABC 教起，針對已懂中文的台灣人來介紹如何書寫台語白話字（傳統羅馬字）。讀者只要按部就班學習，在短期內就一定可以成為台文的達人！第三部分是進階的學術論述。這部分是從作者近年所發表的作品中，精選出與本書主題相關的研究論文。這些論文大多數是用漢羅台文書寫。讀者在學完台語書寫後搭配此部分的論文閱讀，一方面可練習閱讀台文，一方面也可加強累積台語及台灣文學的相關知識。

Mài koh chò bó-gí ê chheⁿ-mê-gû ah!

Bȯk-chiân tī Tâi-oân iû Tâi-oân Lô-má-jī Hiȧp-hōe tȧk-nî hioh-joȧh pān-lí ê Sè-kài Tâi-gí Bûn-hòa-iâⁿ ê goân-thâu, sī 1995 nî iû Tâi-oân Tȯk-lip Kiàn-kok Liân-bêng Bí-kok pún-pō͘ Chhòa Chèng-liông chú-sȩk tī Bí-kok Houston kí-pān ê Pak-bí Tâi-gí-bûn Hā-lēng-hōe. Chhòa Chèng-liông chú-sȩk chāi-seⁿ ê sî bat kám-khài kóng lán lóng sī bó-gí ê chheⁿ-mê-gû. Ū-iáⁿ, lán tn̂g-kî hō͘ gōa-lâi chèng-koân Tiong-hôa Bîn-kok thóng-tī ê koan-hē, soah bô sáⁿ ki-hōe tī hȧk-hāu chèng-kui kàu-iȯk lāi-té iōng ka-tī ê bó-gí/chȯk-gí lâi siū kàu-iȯk. Tû-khì chèng-tī-siōng hông pak-siap Tâi-oân gí-bûn kàu-iȯk-koân, koh ū 1 tiám chin tiōng-iàu ê in-sò͘, tō sī Tâi-oân-lâng hông lȯ͘-hòa kàu-iȯk kah sit-khì tùi ka-tī gí-giân kap bûn-hòa ê chū-sìn, chiah ē ū hiah-chē bó-gí chheⁿ-mê-gû.

Taⁿ to bô-hoat-tō͘ tī chèng-kui ê kok-bîn kàu-iȯk lāi-té ȯh Tâi-oân-ōe, ko͘-put-chiong tō iōng pȧt ê hoat-tō͘ lâi hȧk-sip. Chit pún chheh tō sī beh hō͘ m̄-goān chò Tâi-gí chheⁿ-mê-gû ê lâng bȧk-chiu kim--khí-lâi ê iȯh-hng. In-ūi ū khó-lū tiȯh chin-chē Tâi-oân-lâng iáu bōe ȯh Tâi-bûn, kan-taⁿ ē-hiáu Chi-ná-bûn, só͘-pái chit pún chheh ki-chhó͘ ê pō͘-hūn sī iōng Chi-ná-bûn lâi siá. Chit pún chheh m̄-nā ē-sái chò khò-tn̂g lāi ê kàu-châi, mā thèng-hó chò thȯk-chiá ka-tī chū-siu ê lō͘-ēng. M̄-nā thȧk chit pún chheh, kiàn-gī kok-ūi thȯk-chiá mā ài chham-kah Sêng-tāi Tâi-oân Gí-bûn Chhek-giām Tiong-sim bāng-chām ê 'Tâi-gí kàu-hȧk chu-goân' lāi-té siāu-kài ê bāng-lō͘ chu-goân lâi hȧk-sip. Kok-ūi iú-chì nā ū sim ȯh, siong-sìn chin kín tō ē-sái kìⁿ--tiȯh Tâi-oân ê kong-bêng!

PART A

台文評論

外來政權剝奪本土台灣人母語教育權

　　1945 年日本投降後，聯軍統帥「麥克阿瑟」發布第一號命令，指派「蔣介石」代表聯軍到台灣及越南北部接受日軍的投降。照理講，受降任務完成後即應撤退回中國。但因蔣介石後來失去中國大片江山，只好持續占領台灣，借台灣來還「中華民國」的魂。

　　何以當時的越南能逃過一劫？據越南的高中教科書記載，那時蔣介石派二十萬軍隊進到北越。那些蔣家軍隊進到越南後，紀律敗壞，引發當地民怨。此外，蔣介石一方面要求越南臨時政府需供應大批糧食及黃金供蔣介石使用，一方面又介入越南內政，要越南釋出官位席次給親蔣人士。越南革命領導者「胡志明」眼見蔣介石在北越胡作非爲且懷有長期占領越南的企圖，乃於政治上聯合法國的力量逼迫蔣介石於 1946 年從越南撤軍。在文化上，胡志明於 1945 年 9 月 2 號緊急宣布越南獨立後，隨即宣布推行越南羅馬字的國民教育運動。

　　相形之下，台灣卻沒有那麼幸運。照理講，蔣介石完成日軍受降之後就應撤離台灣。接下來台灣應比照韓國或琉球群島交由美國軍政府託管一定時間後再交由當地的民政府自治，最後由本土台灣人公民投票決定未來。可惜，蔣介石及其中華民國流亡政權卻憑藉一紙新聞稿性質的「開羅宣言」，就妄稱台灣歸屬中國。由於後來相繼發生韓戰及越戰，美國爲利用蔣介石圍堵中國共產黨，乃刻意模糊台灣地位，以方便蔣介石的流亡政權暫時留在台灣。

　　獲得喘息機會的中華民國外來政權不知感謝本土台灣人，卻變相實施戒嚴長達 38 年。不僅如此，外來政權還透過教育及媒體長期對台灣人

進行中國化的洗腦工作。蔣介石及其中國國民黨長期以來剝奪台灣人的教育權，不讓台灣人認識自己的歷史、地理、文化、語言與文學。

經過 20 多年來的政治民主化運動，台灣已逐步邁向民主化社會。原本期待台灣人終可拿回自己的教育權。殊不知，自 2008 年中國國民黨馬英九重新執政後，台灣又逐步走回戒嚴時期的大中國文化政策。譬如，原本教育部長杜正勝任內擬定的本土語言十年復育計畫，在馬上台後卻消失了。又，馬英九上台後教育部補助各台文社團的費用就逐年下降，其中 2009 年還刪除台語認證的預算。之後，在各界的抗議下，雖然教育部恢復辦理台語認證，但卻擅自降低認證的標準，刻意阻礙師資的檢定。原本每年實施的中小學台灣母語日訪視，近日卻被踢爆明年起不再辦理。

今年 6 月 13 日，近三十個本土社團前往教育部要求歸還台灣語文教育權。教育部以「增加學生負擔」為由，否決台灣母語教育權。沒隔幾天，教育部卻又宣布高中課程增加必修中華文化基本教材 4 學分。這種厚此薄彼的做法，實為外來政權心態。我們在此呼籲本土台灣人的母語教育權須受重視與保障：

第一：國小的台灣語文教育從現有一節提升為每週三節。

第二：比照中文及英文，將台灣語文列入國中、高中及大學的必修課程。

第三：大學及高中入學考試國文科改為語文科，讓考生從原住民族語、客語、台語及北京語四類語文自選一類應試。

第四：須有長期母語復育計畫，常態培訓台灣語文師資及建立台灣語文認證制度。

第五：秉持聯合國教科文組織「世界文化多樣性宣言」的精神制定「語言平等及發展法」及成立中央級族群事務委員會，以保障台灣本土語言（包含原住民族語、客語及台語）的法定地位及發展機會。

【原文發表於台灣時報專論 2011/12/14】

教育部應歸還台灣語文教育權

　　台灣近代歷經一百多年的國語政策，由於台灣語文教育權受剝奪，導致台灣人母語的聽、說、讀、寫能力逐漸退化。也因為沒有教育，導致黃春明、陳芳明等許多人不曉得早於中國五四運動之前，台灣就用羅馬字（俗稱白話字）在辦報紙、設學校以進行現代化教育。

　　公元 1885 年巴克禮牧師開始用台語發行《台灣府城教會報》，裡頭刊載不少台語文學作品。此外，也有台語長篇小說，譬如 1924 年賴仁聲的《阿娘的目屎》、1926 年鄭溪泮的《出死線》；文化評論書，1925 年蔡培火的《十項管見》；醫學書，1917 年戴仁壽的《內外科看護學》；數學課本，1897 年 Gê Uî-lîm 的《筆算的初學》。即使在當代，仍有人堅持以母語創作，譬如《台文通訊》、《台文罔報》、《首都詩報》、《台文戰線》、《海翁台語文學》、《文學客家》等台語或客語文學雜誌。

　　語言的使用可以分為公領域與私領域。公領域包含學校、大眾媒體、公共場合等，私領域則包含家庭成員內部對話等。正常情形下，具有活力的語言會包含公、私領域的使用範圍。但在殖民地或內部文化殖民體制下，統治者通常會獨尊某種語言，甚至剝奪其他本土語文在公領域使用的機會，進而利用醜化、污名化的方式讓族語使用者自行放棄自己的母語。

　　私領域當然是維護族語的最後一道防線，但不代表族語不需要在公領域使用的權利。族語當然要從生活中做起，譬如父母要和子女多多使用台灣的母語（原住民族各族語、客語或台語）。但試問，如果學校不使用台灣語文，甚至有排斥台灣語文的現象產生，學生有動機傳承或學

習族語嗎?語文能力通常包含聽、說、讀、寫四部分。家庭教育通常僅能擔負聽與說的傳承,但讀、寫經常得仰賴學校的專業教育。讀寫能力不僅有利於聽說能力的發展,更有利於認識自己的文學與文化傳統。「母語只要在家裡講,不需要去學校上課」這種觀念其實是嚴重的錯誤。

數百個非政府組織與國際筆會中心的 220 位代表,在 1996 年公布了《世界語言權宣言》。該宣言主張族群母語的權益如下:

第 27 條:所有語言社群都有資格教育他的成員,讓其能得到與自己文化傳統相關的語言的知識,例如能做為其社區慣習用語的文學跟聖言。

第 28 條:所有語言社群都有資格教育他的成員,讓其能徹底瞭解自己的文化傳統(歷史、地理、文學及其他文化表徵),甚至可以延伸至學習其它自己所希望瞭解的文化。

第 29 條:人人都有資格以自己所居住區域的特定通行語言來接受教育。

由此可知,母語的教育權是國際上受保障的國民基本權利,台灣人爭取台灣語文教育權有其正當性與合法性!

【原文發表於作者 Facebook 2011/6/12】

台語的文學，文學的台語

——談台灣語文標準化與教育困境

　　許多國家的語文標準化與現代化都是在民族國家形成當中，依賴宗教、政治力去規範出來。在西方，十六世紀時「馬丁路德」提出宗教改革，將拉丁文聖經翻譯成白話德語，帶動了西歐各國國民文學與書寫標準化的形成。在中國，胡適於 1917 年發表〈文學改良芻議〉，1918 年發表〈建設的文學革命論〉，提出白話文學及「國語的文學，文學的國語」主張，打響中國語文標準化與現代化的訴求。

　　眾所皆知，中國在 1919 年五四運動前，主要是以文言文為書寫主流與標準。那時的中國文人絕大多數沒有書寫白話文的經驗，也尚未形成中國白話文的標準化。胡適發表〈建設的文學革命論〉時提到：「中國固然有了一些有價值的白話文學，但是沒有一個人出來明目張膽的主張用白話為中國的『文學的國語』。…白話文學不成為文學正宗，故白話不曾成為標準國語。…我們今日提倡國語的文學，是有意的主張。要使國語成為文學的國語。有了文學的國語，方有標準的國語。」言下之意，如果作家都不書寫白話文，白話文的書寫標準就不可能形成。同理，如果台灣作家不用台灣語文書寫，台灣語文書寫標準化就很難達成。

　　中國白話文運動可以成功，除了胡適等人臨門一腳的呼籲與身體力行之外，中國政府透過公權力及教育體制長期支持也是成功的關鍵。譬如中國於 1912 年設立讀音統一會，之後又陸續成立國語研究會（1916）、國語統一籌備會（1918）、國語推行委員會（1935）等。中華民國流亡來到台灣後，以獨尊國語（北京話）的政策強迫台灣人學習，才造成中國白話文在台灣的普及。

台灣因長期受外來統治，台灣語文的教育權被排除在教育體制之外，導致多數的台灣人即便中文、英文很好，卻也不過是母語的文盲。目前台灣語文標準化與教育困境大致如下：

第一，遭某些政客、名嘴、媒體刻意醜化扭曲。台灣語文包含原住民族語、客語及台語。台灣人主張恢復自己的族語寫作有何錯誤，又為何得接受「不倫不類」、「短視」、「心胸狹窄」、「台語霸權」的抹黑？難道得放棄台灣母語才算心胸寬廣嗎？由於台灣特殊的殖民地歷史背景，在殖民統治底下暫時用日語或華語寫作，當然也算是過渡時期的台灣文學。但不代表我們要放棄自己的民族母語啊！多數母語作家的終極目標是希望台灣各族群從殖民者語文過渡到使用族群母語創作台灣文學。

第二，台灣人自己不看重台灣語文書寫的重要性。蔡培火曾於 1925 年用台語白話字出版《十項管見》。他曾提到，台灣文化難以提升有三大原因：一、自己不看重學問。二、統治者刻意壓抑。三、漢字太困難。此外，越南知名的歷史學家陳重金提及中國統治越南期間：「…不管大人小孩，誰去上學都只學中國歷史，而不學本國史。詩賦文章也要取典于中國，對本國之事則是隻字不提。國人把本國歷史看成微不足道，論為知之無用。這也是由于自古以來自己沒有國文，終生只借助于他人的語言、他人的文字而學，什麼事情都受人家感化，而自身無任何特色，形成像俗語所說嫌裡媚外的那種狀況…」。台灣人當今的處境又何嘗不是如此？

第三，多數台灣人不曉得台灣語文的書寫歷史與傳統。就如同馬丁路德出版白話德語聖經，台灣於 1873 年就有白話台語聖經的出現，甚至在中國白話文運動前台灣就有不少人用台語白話字創作。這些寫作成果都已成為台灣的文字傳統。可惜，因為教育斷層，後來的人永遠不知道前人的成果。特別是二次戰後，有心推廣台文書寫者，因不了解歷史，於是都從頭開始，導致台文書寫的混亂。

第四，台灣語文的教育權受剝奪。台灣雖然自 2001 年起開始實施台

灣本土語言教育，但所佔的課程比例微乎其微。圖表 1 是國小到大學學生每週必修的華語、英語及台灣母語課程節數統計。華語獨霸節數，每週合計 17~24 節課。英語其次，約 12~16 節。台灣母語最可憐，僅 1 節，且僅限於國小。試問，這樣合理嗎？

圖表 1. 小學到大學每週課程節數比較

	華語	英語	台灣母語
國小	5~6	1~2	1
國中	4~5	3~4	0
高中	4~7	4	0
大學	4~6	4~6	0
合計	17~24	12~16	1

＊台灣母語含原住民族語、客語及台語

第五，政治資源分配不公平。台灣語文過去遭受國語政策的影響導致面臨很嚴重的失傳危機。幸好這幾年來陸續成立了原住民族委員會及客家委員會，多少可以做一些搶救原住民族語與客語的工作。可惜，人口數佔 75%左右的台語人卻變成了「多數的弱勢者」。以 2010 年的政府預算為例，原住民族委員會的年度預算是 72.5 億，客家委員會是 27 億。這些預算當中尚未包含教育部國語會編列的預算。而台語的預算呢？勉強要算，就只有國語會台語組那區區幾千萬的預算而已，比外配基金的 3 億還少。據說，國語會將被降級收編到社教司底下。果真如此，台語的資源將更加減少。

圖表 2. 2010 年中央政府分配給各語族的預算（單位：億）

華語	原住民族語	客(頭)家語	台語	外配基金
國家機器無限大	72.5	27	0.2	3

國際筆會於 1996 年公布《世界語言權宣言》，聯合國教科文組織也於 2001 年公布《世界文化多樣性宣言》，這兩個宣言都呼籲世界各國要重視維護語言文化多樣性的重要。推廣台灣語文不僅是本土化的需求，也符合國際化的潮流。台灣語文要如何才能活存下去？以下建議供大家參考：第一，制訂語言平等法。第二，國小台灣母語節數至少須 3 節。第三，比照英文與華文，國中、高中及大學必修台灣語文。第四，設立台語電視台。第五，設立台語委員會。

【原文發表於自由時報副刊 2011/6/21；收錄於台文筆會編 2011《蔣為文抗議黃春明的真相》】

解嚴以來的台語文書寫與拼音整合

　　綠營執政的六縣市教育局、處長於今年七月十七日舉行第一次聯席會議，就如何進行台灣主體教育進行討論。會中通過多項提案，其中一項決議是共同推行教育部公告的「台灣閩南語羅馬拼音方案」（簡稱台羅拼音）。

　　事後中國國民黨立院黨團副書記長趙麗雲召開記者會，批評推動台羅拼音是在挑撥族群感情，排擠客家及原住民族群。趙麗雲的發言不僅不瞭解實情，且充滿泛政治化、顛倒是非的言論。其實，台羅拼音方案本來就是教育部針對台語所公布使用的拼音方案。綠營地方縣市表態支持藍營中央政策，這種不分藍綠的做法應受到肯定才對，沒想到也可以被政治化、拿來做「去台灣化」的議題炒作。

　　究竟何謂台羅拼音？它與台語文書寫標準化有何關係？既然是教育部公布的方案，為何綠營地方縣市仍須公開表態支持？以下就解嚴以來台語文發展及台羅拼音整合的過程稍做介紹。

　　台灣歷經長達三十八年戒嚴期間，由於實施大中國的獨裁政治與文化體制，造成本土語言、文化受到嚴重迫害。這期間，台灣語文的推展得仰賴海外台灣人的鼓催。譬如，旅日的王育德在日本發行《台灣青年》，旅美的鄭良偉及陳清風在美國發行《台灣語文月報》。自一九八七年解嚴後，台灣本土語言、文化終得以擺脫政治壓抑而逐漸興起。當時在社會上與校園裡紛紛成立台語社、布袋戲社、客家社或原住民社等本土社團。譬如一九八九年洪惟仁、林錦賢等人組「台語社」，並發行同仁刊物《台語文摘》。一九九〇年旅居美國加州洛杉磯的鄭良光、李豐

明等人創立台文習作會，並於美國、加拿大及台灣同時發行《台文通訊》刊物。《台文通訊》早期在台的推動者主要有陳明仁、陳豐惠及廖瑞銘等人。該份雜誌是戰後在台灣發行的首份正式主張用漢字與「白話字」（Pe̍h-oē-jī，教會羅馬字的俗稱）混合書寫的台語文月刊。《台文通訊》對於漢羅台文書寫以及將白話字推廣到教會以外的社會大眾有其重要貢獻。

一九九〇年代所興起的台灣語文熱潮，其主要主張就是「我手寫我口」，期待以台灣母語創造台灣文學。在台灣本土三大族群當中，台語族群參與實踐母語文學創作的人數最多也最熱衷。雖然台灣早於中國五四運動之前就用白話字進行學校教育及創作文學，可惜戰後因大中國教育造成台灣知識斷層，導致多數台灣人對於台灣文學發展史及母語書寫經驗相當陌生，一九九〇年代參與母語運動的工作者多數也不例外。他們若不是不知道台語有書寫的文字，就是對教會羅馬字心存排斥或有疑慮，因而紛紛設計自己獨特的台語文字或拼音方案，譬如許曹德、楊青矗、陳慶洲、林央敏、江永進等人。

於一九九一年成立的台灣語文學會是解嚴後第一個公開主張修改白話字的團體。由於白話字使用聲調及語音符號來標記台語音，這對當時尚未有萬國碼（Unicode）的電腦來說會造成打字方面的困擾。譬如，「台語」一詞拼為「Tâi-gí」，其中 ^ 及 ´ 符號分別表示台語聲調第五聲及第二聲。因此台灣語文學會針對白話字提出修正版，改以數字表示聲調並調整幾個語音對應符號，後來此修正案命名為 TLPA。

陳水扁擔任台北市長任內，余伯泉等人以「漢語拼音」為架構進行約 15% 的內容修改，調整後的方案後來命名為「通用拼音」。通用拼音一開始主要做為華語的拼音方案，但後來也發展出客語及台語的通用拼音。台語通用拼音分為甲式（用 p 表示ㄅ）及乙式（用 b 表示ㄅ）二種。余伯泉等人聲稱只需學會通用拼音一套，就可以同時拼華語、台語及客語。事實上，通用拼音因以華語為主，剩下的符號才讓給台語及客語，故造成犧牲台語及客語語音特色去遷就華語的現象。譬如，國際上語言

學家廣泛使用的「國際音標」及白話字均使用 b 表示台語的濁化雙唇音，但通用拼音卻採用 v 及 bh 表記該音。

不論羅馬拼音是被當成正式文字或僅為注音的音標，台語文書寫時均少不了它。由於拼音方案未能有效整合，當教育部於二〇〇一年開始全面於國小推行本土語言教育時，形成教學現場有白話字、TLPA、通用及ㄅㄆㄇ等不同拼音方案混亂現象。拼音方案不整合，就會造成學生、老師及出版業者的困擾與負擔。因而亟需整合拼音方案的聲浪逐漸擴大，最後在杜正勝擔任教育部長時由他出面主導拼音整合。當時白話字、TLPA、通用等各派均有人代表出席教育部的拼音整合會議，與會專家也一致同意教學現場應有共同的拼音標準以利教學。歷經幾年的溝通，最後各派均同意妥協，整合出台羅拼音，並由教育部於二〇〇六年十月十四日正式公告使用。

原本以為台羅拼音公告後即可解決台語拼音紛爭，可惜好景不常，二〇〇八年政黨再度輪替，馬英九上台後，教育部國教司隨即針對台語發文給各級學校表示「基於民主，學校可自行選擇拼音方案」。通用拼音主張者亦利用此機會宣傳「二套並存」，亦即同時使用台羅拼音與通用拼音。國教司這種假藉民主之名行分化之實的作法，讓原本已整合成功的台羅拼音又面臨混亂的危機。如果照國教司的說法，民主時代應尊重不同拼音方案，為何教育部強力推行漢語拼音卻不容許使用已有百年歷史的威妥瑪拼音？其實，拼音就像度量衡一樣，需有共同的標準，這與民不民主毫無關係。

當各縣市各級學校收到國教司自打嘴巴的公文後，不少學校陷入不知如何是好的窘境。這次綠營縣市站出來公開表態支持使用台羅拼音，雖然諷刺，但卻是值得肯定的行為。整體來說，目前在小學教學現場，台羅拼音的使用率約佔九成。至於原住民族語及客語，由於使用人口較少，爭議也較少。現行的「原住民族語言書寫系統」早於二〇〇五年十二月十五日由教育部公告使用至今。至於客語，最早於二〇〇三年二月二十七日公告，最新修正版為二〇〇九年二月二十五日公告使用的「台

灣客家語拼音方案」。

【原文發表於自 由 時 報 副 刊 2011/8/3；收錄於台文筆會編 2011《蔣為文
抗議黃春明的真相》】

協尋二十年前的黃春明

——論獨尊中文的文化霸權者仍在霸凌台灣人

近日，一些親中媒體及獨尊中文的文化霸權者藉由黃春明被判公然侮辱罪而集體向台灣人反撲。這群在台的中國人及部分出賣靈魂的台籍文化買辦，與其說是要捍衛其使用中文的權利，不如說是要維護其中華民國獨尊中文的文化霸權體制！

請問，這群中國人及買辦是否有尊重台灣人使用自己民族母語（包含原住民族、客語及台語）的權利？目前外來政權中華民國是否有開放任何一間學校使用台灣語文做教學語言？沒有！台灣人的族語教育權完全被剝奪！導致大部分的台灣人成為母語的文盲。黃春明、陳芳明等人刻意倒果為因，再污名化台灣語文，說台灣語文不需要、也無法成為文學語言。事實上，台灣最早的白話報紙《台灣府城教會報》於 1885 年出刊，當時就是用台語文書寫。台灣人比中國五四運動更早之前就開始用白話台語文創作與出版。這些作品在 2011 年 12 月已由國立台灣文學館正式出版《台語白話字文學選集》（全套五冊近 2000 頁）。可惜，這些中國人及買辦，卻故意視而不見，甚至公然毀謗台灣語文作家及工作者。

二十年前我就讀大學期間曾經是黃春明的粉絲。喜歡他，不僅是因為他的作品常穿插一些台語詞，更因為他不畏獨裁政權的打壓而執意為社會弱勢者發聲。可惜，在這次 524 台文事件當中，我所敬愛的黃春明大師不見了。這事件當中，是二十年前的黃春明在抗議現在的黃春明啊！是什麼原因讓黃春明作品裡的台語消失，甚至在演講裡語帶輕蔑地嘲諷那些堅持台灣語文創作與教育的理想主義者？是誰讓文學大師向外來政權妥協，甚至成為打擊台灣本土語文的共犯？二十年前的黃春明

在哪裡啊？

　　記得小時候常到田裡撿福壽螺去賣。當時因外來的福壽螺氾濫，造成本土農田遭殃，許多農作物均被啃死而無法收成。中華民國於 1945 年帶來的中文就如同福壽螺一樣，不僅在啃食台灣人的族語，更已侵蝕到台灣人的文化價值主體性。台灣人只是依據國際潮流「世界語言權宣言」及「文化多樣性宣言」要求使用自己族語的權利，這群被踩到痛處的中文既得利益者卻如同希特勒般對台灣人進行文化圍剿，實在沒資格當文學大師！

【原文發表於台灣時報頭家心聲 2012/4/19】

悼一個台灣作家良心之死

——抗議黃春明演講之始末與公開聲明

　　文訊雜誌社及趨勢教育基金會等單位於 2011 年 5 月 24 日在台南的國立台灣文學館辦理百年小說研討會。大會邀請作家黃春明先生做專題演講，題目爲「台語文書寫與教育的商榷」。先前看到宣傳時還在質疑大會有沒有搞錯，黃春明並非台語文專家，爲何會請他講這個題目？沒想到他竟然來台語作家大本營的台南，而且就是講這個題目。

　　雖然之前就有流傳他對台語文教育有極負面的意見，但仍抱著好奇、想一探究竟的心態報名出席該研討會。沒想到他的演講果真充滿偏見、扭曲事實的內容。他一開始就以充滿負面的「閩南語」、「方言」來稱呼台語，並以「中國人」來自居。他以台灣也過端午節爲例，表示台灣中國同文同種，不應該搞一邊一國。其實，越南與韓國也都有端午節，難道越南與韓國都要變成中國嗎？關於台語教育，他在演講中坦言自己看不懂國小台語文課本。他不檢討自己是台語文盲，卻怪罪台語課，認爲本土語言課會增加學生的負擔。試問，如果美國總統歐巴馬不去上學，他會讀寫英文嗎？平常會講台語，如果不學，當然就看不懂台語文！此外，他又批評台語只有口語，沒有書面語。其實，在黃春明還沒出生的 1885 年，就已經有用台語羅馬字書寫的《台灣府城教會報》報紙出現，該報紙刊行不少台語白話小說。甚至，1926 年鄭溪泮也出版長篇台語小說《出死線》。試問，黃春明知道嗎？主辦單位知道嗎？台灣百年小說研討會爲何刻意遺漏台灣母語小說！？

　　演講到約 40 分鐘的時候，黃春明越講越激動，更直接點名批判台語文前輩鄭良偉教授及洪惟仁教授，並批評台語文書寫是「不倫不類」。

這時，不只是我，只要是有良心、有血性的台灣人都會按捺不住！於是我們在原座位上高舉海報靜聲抗議。海報分別用台語及華語書寫：「Tâi-oân chok-ka ài iōng Tâi-oân-gí chhòng-chok!」、「台灣作家不用台灣語文，卻用中國語創作，可恥！」及「用殖民者的語言華語創作才須商榷！」我們沒有搶黃春明的麥克風，也沒有阻礙他發言。但他卻摔麥克風，衝向我這邊，做勢要打我。同時幾個穿紅衫的工作人員也擠過來要搶我們的海報並驅趕我們。

我心中納悶：為何他可以點名侮蔑別人，卻不容別人對他的沈默抗議？於是我發言向他抗議，質疑他憑什麼批評台語文運動者追求母語文學與教育的努力！

抗議約十分鐘後，我們收起海報，讓黃春明繼續演講。沒想到，他還是邊講邊罵。於是我再度舉海報抗議！他卻口出惡言，用北京話罵「操你媽的 B」且比中指侮辱我們。於是我們退席抗議！

原本該研討會在網路有全程實況轉播及錄影，沒想到會後該場錄影卻從網站中移除。並且，網站中黃春明的專題演講題目也被竄改為「請讀一頁小說」。我不曉得負責執行的文訊雜誌社及趨勢教育基金會是否在隱藏什麼不可告人的祕密？

本人在此鄭重呼籲與要求：

第一：文訊雜誌社及趨勢教育基金會必須解釋為何竄改講題，且須公布當天錄影資料，以還原真相，釐清網路上對本人的不實謠傳與指控！

第二：黃春明必須就「不倫不類」等侮蔑台語文的言論，公開向鄭良偉教授、洪惟仁教授與所有台語文作家及工作者道歉！

第三：如果黃春明認為台文界對他有誤解，歡迎與本人蔣為文公開辯論，接受社會大眾的評議！

【原文以台文及中文同時發表於作者網站及 Facebook 2011/5/25；收錄於台文筆會編 2011《蔣為文抗議黃春明的真相》】

還是那麼糟糕的台灣文學界！

──公開回應陳芳明的不實指控

為讓母語文盲的陳芳明教授看懂我的回應，本文暫時以中文書寫。

針對本人抗議黃春明之事件，政大台文所陳芳明教授接受聯合報記者採訪時指出「蔣為文的說法不但時空倒錯，更窄化台灣文化、傷害其他族群感情」等說法，並在中國時報撰文扭曲台語文學。針對陳芳明的不實指控，本人予以回應如下：

首先，抗議當天陳芳明並不在場。他究竟是根據誰的不當轉述或自我的想像來對我不實指控？本人當天是以台語及華語雙語抗議，標題除了有中文之外，還有傳統白話字（教會羅馬字）。聯合報介紹的全羅馬書寫系統是教育部 2006 年公布的台羅拼音，並非本人自創。這些基本資料都沒查證就亂指控，難道這就是陳芳明教授的學術態度嗎？

陳芳明認為雖然 1949 年的中國國民黨政府是殖民政府，但「現在迥異」，意指中華民國已經不是外來殖民政府。

或許中華民國已經產生質變，但基本上中華民國的中國統治者本質還是不變！這個中華民國來台後只不過添加一些像陳芳明、黃春明這種在地的中國文化買辦罷了！譬如，今年馬政府正在慶祝中華民國一百年。試問，一百年前的 1911 年，台灣是日本的殖民地，何來中華民國？這個中華民國若不是從中國流亡到台灣的外來政權，是什麼？

公元 1945 年日本投降後聯軍統帥麥克阿瑟要求蔣介石代表聯軍到台灣及越南北部接受日軍投降。當時越南國父胡志明看清蔣介石企圖長期佔領越南的野心，因而用計聯合法國將蔣介石的二十萬大軍趕出越南。當時的台灣因來不及獨立，就被在中國兵敗如山倒的蔣介石佔領，以圖

藉台灣的身來還中華民國的魂。除非中華民國改國名且馬英九放棄終極統一，否則中華民國就仍是外來殖民政權的事實不會改變！

　　台灣文學包含原住民語文學、客語文學及台語文學。台語文學包含全漢字、漢羅、全羅馬字的書寫方式。由於台灣特殊的殖民地歷史背景，在殖民統治底下暫時用日語或華語寫作，也算是過渡時期的台灣文學。但我們的終極目標是希望台灣各族群從殖民者語文過渡到使用族群母語創作台灣文學。這是多數台文界作家與學者的真正主張！陳芳明有真正去了解過嗎？本人大學時代曾在淡江大學創辦台語文社，並曾邀請陳芳明前來演講台灣史。當時他對台灣母語文學的態度就和二十年後的今天一樣無知！讓我真正感到失望！

　　公元 1885 年巴克禮牧師開始用台語發行《台灣府城教會報》，裡頭刊載不少台語文學作品。此外，也有台語長篇小說，譬如 1924 年賴仁聲的《阿娘的目屎》、1926 年鄭溪泮的《出死線》。當代也有《台文通訊》、《台文罔報》、《首都詩報》、《台文戰線》、《海翁台語文學》等台語文學雜誌。這些台語文學作品的頁數排起來絕對比陳芳明的身高還高，而非他認為的區區兩頁！陳芳明對台灣文學的貢獻也根本不及巴克禮牧師的百分之一！

　　法國殖民統治時期的越南文學家范瓊精通法語、漢文、越南喃字及羅馬字。他雖然也用法語寫作，但他在主編的《南風雜誌》上公開呼籲：「總而言之，國學不能脫離國文。若沒有國文就無法成立國學。我們越南國過去不應該用漢字建立國學，未來也不應該用法文建立國學。我們越南國要建立國學就要用越南話文才對。」

　　越南能，台灣文學界做得到嗎？

【原文發表於作者網站及 Facebook 2011/5/27；收錄於台文筆會編 2011《蔣為文抗議黃春明的真相》】

台灣文學系豈是
謀殺台灣母語的共犯！？

如果翻開全球殖民地歷史，我們可以發現絕大部分的殖民地在達成政治獨立後，原有的外來政權均撤出殖民地並回到其原有殖民者母國。譬如，越南脫離法國獨立後，法國殖民政權從越南撤出並回到法國母國；韓國脫離日本殖民統治後，日本殖民政權也從韓國撤回日本。

台灣從 17 世紀以來陸續受到不同外來政權的殖民統治。這些外來政權當中，大部分均隨著殖民政權的落幕而離開台灣，譬如早期的荷蘭和近期的日本總督。然而也有一些因殖民者失去殖民母國、無法回國以至於必須寄生在殖民地的例子。譬如早期的鄭氏王朝及近期的中華民國就是這類的寄生政權。

一般來說，殖民地在脫離殖民政權獨立後，雖在政治形式上達成獨立了，然而在其他領域諸如經濟、文化、文學等卻未必能擺脫舊殖民政權的陰影與掌控。這就是所謂的後殖民現象。或許有人會問，台灣已經結束殖民時期走到後殖民的階段了嗎？不同的學者或許有不同的見解。在我看來，2000 年總統大選由本土政黨「民進黨」獲勝，或許可以勉強視為近代中華民國殖民與後殖民時期的分界點。

台灣政治的本土化象徵著台灣在中華民國殖民體制下，逐漸邁入後殖民時期。隨著政治本土化的邁進，台灣本土語言文化也逐漸受重視。譬如，近年來台灣各大學陸續成立不少台灣文學及台灣語言相關系所。這股趨勢似乎表明本土語言文化已出頭天、已擺脫舊殖民政權的陰影。然而，果真如此嗎？如果從各大學台灣文學系所開設的課程、舉辦的研討會、及發表的論文來看，華語仍然維持絕對優勢的份量，而本土語言

所佔的比例仍然相當偏低。

　　由於寄生政權較容易掩護其外來統治的本質，導致當前各大學台灣文學系所普遍認同「華語」是「台灣話」而不是殖民者的「外國話」。此一「認同混淆」現象顯示，台灣母語（包含原住民語、客語、台語）當前的危機乃在於「華語」正在透過教育體制進行「內化」以合理化其在台灣使用、甚至是取代台灣母語的正當性。也就是說「華語」正逐漸被承認為 Holo、客家、原住民族的新母語。當華語使用的正當性被確立後，其他族群恢復使用族群母語的意願則勢必相對降低。我們不禁要問，如果「華語」可以是「台灣話」，那為何同是近代殖民者語言的「日語」不能成為「台灣話」？那些來自西方國家的傳教士諸如「巴克禮」、「甘為霖」、「馬偕」，為台灣奉獻一輩子並留下不少以英文著述的台灣文獻，為何他們的母語「英語」不能稱為「台灣話」，卻得被列為外國語？甚至是那些來自東南亞所謂「越南新娘」、「柬埔寨新娘」的新新台灣人的母語「越南語」及「柬埔寨語」為何不改稱為「台灣話」？

　　事實上，華語可以是台灣的「國民的語言」（languages of citizens），但絕不是「台灣語言」（Taiwanese languages）。華語、英語和越南語及其他新移民的語言一樣，可以是台灣的國民在使用的語言之一，但都不是具有台灣傳統歷史文化代表性的「台灣語言」。如果馬英九、宋楚瑜、連戰等這些中國人願意認同台灣並成為台灣國的新住民，他們當然有選擇使用「華語」為其母語的權利。但這並不代表他們有拒絕學台灣語言的權利，更不代表其他族群都要放棄原有族語、改用「華語」為母語的義務！可惜的是，有不少台灣文學的研究者卻陷入思考的泥沼，自認為接納華語、放棄台灣母語才是「包容心」的表現。這種「包容心」的具體表現就在於台灣文學系所的入學考試及課程設計當中，清一色以華語為主體而視母語比雞肋還不如。譬如，許多台文系所的入學考試只考華語而不提供考生選考台灣母語的權利；課程只要求必修第二外語、卻不要求修台灣母語；上課只談華語或日語寫作的作品、卻不屑談母語文學。這樣的台灣文學系或許應該正名為「中國文學系現代組」才對吧！

而那些自以為心胸廣大的「母語文盲」，與其說是「包容心」的表現，不如說是要維護其既有之中文既得利益而甘願做謀殺母語的共犯罷了。

　　如果台灣已邁入後殖民的時期，上述的台灣文學系所充滿殖民時期「國語政策」陰影、排斥台灣母語的現象正是最佳的例子。

【原文為蔣為文 2005《語言、認同與去殖民》序言之一部分】

陳芳明們，
不要製造台灣文學生態災難！
——再度回應陳芳明的謬論

在母語文盲陳芳明教授還沒學會台文書寫之前，本人仍將權宜地使用中文回應陳芳明的謬論。

近日發言污名化本人並認為母語文學會「窄化台灣文化」（聯合報）且「堅用台文恐失溝通平台」（公視）的政大台灣文學所所長陳芳明今日來到國立台灣文學館參加鹽分地帶文學研討會的圓桌會議。在提問期間，陳芳明不僅不正面回答現場多人針對母語文學的質疑，還刻意分化族群和諧，實令人感到遺憾與不可思議。

不僅地球暖化，人為因素通常也是造成生態失衡的主因。不當的引進外來物種通常是造成本土物種滅絕的原因之一。譬如美國大螯蝦、福壽螺與紅火蟻等都對台灣的生態造成嚴重破壞的後果。外來物種並非不能引進，但必須在對當地物種不構成生存威脅的條件下，逐步與本地物種形成生態平衡才行。若因引進外來物種而造成本地多數物種死亡，這絕對是災難，而非生態多樣。

隨著地球自然生態受破壞事件日益增多，世界文化多樣性也遭受空前的浩劫。本人深信，台灣文學絕對是多元文化的文學，包含原住民族語文學、客語文學及台語文學。即使是華語、日語、英語及越南語等台灣國民使用的語言，當然也可以成為台灣文學的一部分。但，如果台文系（所）必須獨尊華語，這絕對是霸權心態，而非多元文化的表現！

如果陳芳明真的是文化多元主義者，就應該展現在台文所的專業設計。可惜，從政大台文所的設計，只見獨尊華語，卻不見台灣母語文學的蹤跡（參閱圖一）。譬如，碩班入學考寧可考國文、英文及中國文學

史，卻不容台灣語文。畢業語文寧可要求第二外語，卻不屑台灣語文。試問這樣合理嗎？英文系加強英文，日文系加強日文，中文系加強中文，台文系加強台灣語文，這本是專業訓練應有的分工合作。可惜，陳芳明卻假藉文化多元之名，行霸凌台灣語文之實！

我在此鄭重呼籲陳芳明們，立即停止製造台灣文學生態災難，讓台灣文學回歸真正的多元面貌吧！

圖一： 政大台文所 ê 專業訓練設計

	台灣語文課或母語文學課	碩士班入學考科目	博士班入學考科目	畢業語文要求
政大台文所	無	1. 國文 2. 英文 3. 台灣文學史 4. 文學理論與批評 5. 中國文學史	1. 專業外文（英日各50%） 2. 台灣文學史 3. 文學批評	1. 英文 2. 第二外語

【原文發表於作者網站及 Facebook 2011/6/12；收錄於台文筆會編 2011《蔣為文抗議黃春明的真相》】

漢字迷思與霸權！

——回應陳芳明〈離開漢字，台語如何成立？〉

在母語文盲陳芳明教授還沒學會台文書寫之前，本人仍將權宜地使用中文回應陳芳明的謬論。

台灣文學是多元文化的文學，包含原住民族語文學、客語文學及台語文學。其書寫文字可以包含漢字與羅馬字。至於華語、日語、英語及越南語等台灣國民使用的語言，當然也可以成為台灣文學的一部分。但，如果必須遵循陳芳明那種獨尊漢字與華語的做法，這絕對是霸權心態，而非多元文化的表現！

如果陳芳明真的是文化多元主義者，就應該展現在政大台文所的專業設計。可惜，從政大台文所的設計，只見獨尊華語，卻不見台灣母語文學的蹤跡。譬如，碩班入學考寧可考國文、英文及中國文學史，卻不容台灣語文。畢業語文寧可要求第二外語，卻不屑台灣語文。試問這樣合理嗎？英文系加強英文，日文系加強日文，中文系加強中文，台文系加強台灣語文，這本是專業訓練應有的分工合作。可惜，陳芳明卻假藉文化多元之名，行霸凌台灣語文之實！

台灣原住民族的語言屬南島語系，如果硬要原住民族使用漢字來書寫族語，不僅是霸凌原住民族也是貽笑國際的做法！使用漢字與否，見仁見智。但逼迫他人使用漢字就是霸權心態！早於中國五四運動之前，台灣就用羅馬字（俗稱白話字）在辦報紙、設學校以進行現代教育，並培養出許多白話字作家，譬如鄭溪泮、賴仁聲、蔡培火等。過去使用漢字的日本、韓國、朝鮮與越南，在二十世紀後也都廢除漢字或限制漢字的數量。即使在中國，也有不少學者與作家主張廢漢字，譬如國學大師

錢玄同及作家魯迅就曾主張廢除漢字。試問陳芳明，你的中國國學程度
有錢玄同的百分之一嗎？錢玄同與魯迅都知道漢字的侷限了，你卻要台
灣人用母語來陪葬，合理嗎？

【原文發表於中國時報我有話要說 2011/6/20；收錄於台文筆會編 2011《蔣
為文抗議黃春明的真相》】

余光中，狼又來了嗎？

——回應余光中對台灣母語文學的抹黑

作家余光中先生 1928 年出生於中國江蘇南京，1950 年移居台灣。與中國國民黨關係良好的他於 1977 年在聯合副刊發表〈狼來了〉以打擊當時正興起的台灣鄉土文學創作風氣。近日，余光中又於聯合報抹黑本人的台灣母語文學主張，直指「別把自己做小了」、「把單純的語言問題複雜政治化」。

請問余光中，世界何其大，你為何用華語創作，把自己侷限在狹隘的中國地方主義？你有權利選擇用華語創作，台灣人當然也有權利使用台灣語文創作！當初反共的你，為何近年「回大陸太頻繁，鄉愁詩已寫不出」，且急於在中國出版你的著作？你究竟是台灣人還是中國人？二十年前「前衛出版社」出版台灣作家全集時，黃春明都勇於向出版社表明拒絕被納入台灣作家行列，你呢？當初反對台灣文學存在的余光中，你為何於 2008 年還有臉接受政治大學台灣文學所陳芳明的安排，獲頒名譽文學博士學位？如果你選擇當一個中國作家，就要像魯迅、胡適那樣有格調，才會受尊重。如果你選擇當台灣作家，不用和賴和、黃石輝、蔡培火等人比，至少也要有黃春明那種向前衛出版社說不的勇氣，去向中國說不。

請問余光中，你知道甚麼是「做賊喊捉賊」嗎？上個世紀中國國民黨來到台灣後，以政治的鐵腕實施國語政策，逼迫台灣人學中國話。我們台灣人要求恢復使用台灣語文有錯嗎？世界上的語言約有六千餘種，台語人口約占全球第 23 名，客語人口約占第 34 名。如果使用台灣母語就會把自己做小，那麼排名在台語、客語之後的芬蘭語、挪威語、

瑞典語、馬來語等近六千種語言是不是也不需要發展文學？

　　請問余光中，你究竟在怕甚麼？或者你就是那匹狼？

【原文發表於台灣時報頭家心聲 2011/6/18；收錄於台文筆會編 2011《蔣為文抗議黃春明的真相》】

韓國崛起的秘密與啟示

最近媒體經常報導韓國崛起並狠狠超越台灣的消息。究竟韓國何以具有大國崛起的實力？其實，真正的關鍵不在科技的進步，而是韓國人的國家意識及韓語文化的自信心！

隨著電視台播放韓語電視劇或 MTV 的增加，台灣民眾對韓國語文已不太陌生，甚至有越來越多的哈韓族競相學韓語。其實，在公元 1945 年以前，韓語還只是一個被日本帝國主義殖民下的弱小民族語言。至於韓國文字（俗稱諺文），甚至連韓國人自己都輕視它，認為諺文是粗俗的文字。然而二次大戰後，在美國軍事託管 3 年後的 1948 年，韓國正式成立大韓民國。獨立後的韓國廢除前殖民者的日文及漢文並改用韓文為正式的官方語文。此母語政策讓韓國人在 21 世紀得以脫胎換骨蛻變成東亞之新興文化大國！

當代韓文源自 15 世紀韓國李世宗召集學者發明的諺文。在那之前，韓國均依照中國傳統使用漢字文言文書寫。由於漢字文言文難懂難學，故人民識字率不高。為解決這些問題，世宗大王於是召集學者進行新文字的研發。這套文字於 1443 年設計完成，稍後李世宗於 1446 年頒布《訓民正音》正式使用諺文。《訓民正音》裡談到為何創作諺文：「國之語音異乎中國 與文字不相流通 故愚民有所欲言而終不得伸其情者多矣 予為此憫然 新制二十八字 欲使人人易習 便於日用矣…」。

雖然世宗大王有意推行諺文，然而朝廷內那些擁有漢字既得利益的士大夫階級卻多數不願配合。譬如，1444 年，李朝的集賢殿副提學「崔萬里」帶頭以漢字文言文上疏反對世宗推行諺文：「我朝自祖宗以來 至

誠事大 一遵華制 今當同文同軌之時 創作諺文 有該觀聽」。

世宗去世後，燕山君在位的時期因為有人用諺文撰寫黑函來批評他的執政，他就利用這個機會下令禁止使用諺文。在諺文出現後的幾百年裡，它主要僅在婦女與僧侶之間流傳使用，故諺文亦稱為「女書」或者「僧字」。這種情形一直到 19 世紀末、20 世紀初朝鮮半島的民族意識強烈提升才逐漸改變。

日本統治時期，朝鮮民族主義者為鼓吹民主與獨立運動，開始思考如何以民眾容易入手的工具進行思想傳播與國民教育。在此思維下，恢復與提升諺文地位最後成為民族運動的首要工作之一。隨著民族運動的推廣，諺文的地位與民眾接受度也隨著提高。二次大戰後，隨著韓國的獨立，諺文終於取代漢字的地位而成為官方正式文字。韓國並訂定每年 10 月 9 日為韓文節國定假日。

隨著諺文被「逆轉勝」後，韓國人開始對外行銷諺文。韓國政府於 1989 年起出資於聯合國教科文組織設立「世宗大王文字讀寫獎」以紀念世宗大王發明諺文。韓國政府更進一步將當初世宗大王公布使用諺文的《訓民正音》向聯合國申請為世界文化遺產，並於 1997 年 10 月獲准。

社會學家 Anderson 曾分析「出版」、「宗教改革」與「當地母語的出頭」是近代西歐民族國家意識形成的重要源頭。歷史學家 Davies 也指出「歐洲文藝復興時期用民族母語來創作的風氣導致國民文學的發展；而這也是形成國家認同的關鍵之一」。當初韓國如果放棄自己的母語，就沒有今天新興的韓語文化大國。韓國給我們最大的啟示不在經濟成就，而在文化自信：台灣人應該重視台灣語文的教育並發展本土語言文化產業才可能建立具台灣特色的文化大國！

【原文發表於台灣時報專論 2012/6/6】

越南能，台灣能嗎？

　　今年七月初，由社團法人台越文化協會主辦的台越文化交流團一行二十五人到越南進行文化交流訪問。這期間訪問了越南文化藝術院、國家木偶戲劇廳、越南作家協會、胡志明博物館及歷史博物館等，為台越文化交流開創了新紀元。

　　越南文化藝術院為越南中央部會「文化、體育及旅遊部」直屬的研究與推廣單位。訪問當天，院院長親自為台灣團簡介越南現有經聯合國教科文組織公認的七個世界遺產：包含「下龍灣」及「Phong Nha Ke Bang」二處天然景觀遺產，及「順化古城」、「會安古街」、「美山聖地」、「升龍古皇城」與「胡朝古城」等五處文化遺產。

　　順化為越南最後一個封建王朝「阮朝」的首都。會安則為早期東南亞重要的國際貿易港口之一。十七世紀時，曾有百餘名鄭成功舊屬從台灣流亡到會安海關任職。此外，明鄭遺將「楊彥迪」與「陳上川」等人亦率眾三千人投靠擁有會安的阮氏政權後，阮主授予官職並負責開墾南方，包含現今越南南部的「嘉定」、「定祥」、「邊和」等地。美山聖地為古代占婆王國的文化遺址。升龍古皇城為近年才發掘的古代皇城遺址。胡朝古城則為十五世紀初越南皇帝「胡季犛」用石頭所建的古城堡。胡季犛是主張用越南喃字取代中國漢字的第一個越南皇帝。

　　越南這七個世界遺址都是改革開放近二十年來才陸續申請成功，其中最晚的胡朝古城於 2011 年才獲聯合國公認。越南的經濟發展雖然不如台灣，但其文化自信心絕對不輸給台灣。

　　除了介紹越南的文化遺址，文化藝術院並安排台灣團前往國家木偶

戲劇廳觀賞水上木偶戲演出。隨團的王藝明布袋戲團亦與越南水上木偶戲進行交流，並互邀前來訪問表演。國家木偶戲劇廳為越南國家級的水上木偶戲定目劇演出場所，觀眾來自國內外均有。除了該戲劇廳，河內市還有市立升龍木偶戲劇廳。不僅有木偶戲劇廳，還有傳統戲曲表演廳等。越南這些戲劇廳不僅提供傳統藝人演出的機會，也讓外國觀光客有機會一睹越南水上木偶戲及其他傳統戲曲。對照之下，台灣的布袋戲及歌仔戲的品質絕對不輸給越南，但卻少有機會在外國人面前曝光。這原因為何？因為外來統治的關係，中華民國政府只注重所謂的中華文化，對於台灣本土語言與文化則嗤之以鼻。而所謂的本土政黨——民進黨，因也都是大中華教育體制底下成長，對台灣本土文化毫無概念與自信。因此，即便民進黨主政下的地方政府，其教育、文化政策與國民黨也無太大差別。

　　民進黨欲取得重新執政的關鍵在於本土文化與教育政策，而不在於政治親中政策！以台南為例，台南為台灣的古都，四處都是台灣的文化遺址，譬如安平老街、安平古堡、赤崁樓、西拉雅族文化遺址等等。可惜觀光客來到台南，均短暫停留，甚少在當地過夜。其實，這些遺址只要經過規劃整理，絕對不輸給會安古街或胡朝古城。除了靜態的遺址，如果能在國立台灣文學館、台灣歷史博物館、吳園或適當的地點安排布袋戲或歌仔戲的定目劇演出，必能挽留觀光客在台南過夜以探索台南與台灣的文化。

【原文發表於台灣時報專論 2012/7/18】

越南胡志明的脫華智慧

　　即將到來的九月二日是越南的獨立紀念日。越南的獨立，看似與台灣不相關。但，其實背後隱藏著許多台灣人不知道的秘辛：越南差點成爲蔣介石主導下的中華民國越南省。幸虧有胡志明的脫華智慧與眼光，才能避免越南淪爲中國外來統治下的一省。

　　台灣人在中華民國黨國體制教育下都被灌輸依據開羅宣言台灣"回歸"中國。事實上，蔣介石能夠派軍來台的依據是一九四五年八月十七日經美國總統批准、由聯軍統帥麥克阿瑟於九月二日正式發布的一般命令第一號。該命令的第一條 A 項指出「在中國（滿州除外），台灣及北緯十六度以上法屬印度支那境內的日本高級將領及所有陸海空軍及附屬部隊應向蔣介石將軍投降」；B 項指出「在滿州，北緯三十八度以上高麗部分及庫頁島境內的日本高級將領及所有陸海空軍及附屬部隊應向蘇聯遠東軍隊總司令官投降」。

　　A 項所稱的法屬印度支那就是當時仍是法國殖民地的越南。依據該命令，越南被一分爲二，北緯十六度以上由蔣介石負責接受日軍的投降，以南則由聯軍東南亞統帥負責。B 項所指的滿州就是中國的東北三省，該區由蘇聯軍負責接受日軍投降。如果按照中華民國統治者的邏輯，蔣介石可以派軍來台即表示台灣屬於中華民國所有，那麼前蘇聯是否也可主張東北三省屬於蘇聯所有？其實，接受日軍投降僅爲戰時的任務而已，並不代表受託者擁有當地的主權。越南的革命領導者胡志明深知這樣的道理，於是他技巧地利用法國的力量將蔣介石軍隊趕出越南，成功地避免被中華民國殖民統治的可能性。

在一九四五年八月十五號日本天皇正式宣布無條件投降之前，胡志明已接獲中國軍隊將進入越南的情資。當日本天皇正式宣布投降，胡志明隨即宣布組成越南臨時政府並發動全國總起義，於二週內迅速占領越南各主要城市。胡志明更趁勢於當年九月二日於巴亭廣場宣布成立越南民主共和國。即便當時無任何國家承認越南獨立，但因胡志明搶先一步宣布獨立，蔣介石只能化明為暗地干涉越南內政。

憑藉者麥克阿瑟的第一號命令，蔣介石派雲南的盧漢將軍帶領二十萬大軍分成幾路進入北越，並由何應欽將軍擔任督導工作。蔣介石貪婪又無紀律的軍隊一進入越南，立即大肆搜刮糧食資源。當時越南正處於饑荒，又要應付蔣介石軍的搜括，造成約二百萬越南人民餓死。此外，蔣介石扶持越南國民黨等親蔣團體，並逼迫胡志明將國會與內閣的部分席次讓給親蔣的越奸。

在蔣介石的脅迫下，胡志明領導的越南民主共和國岌岌可危。為避免淪為中華民國的一省，胡志明臨機一動，私下找法國談條件並虛與委蛇簽訂三六協定。依據該協定，越南同意加入法國聯邦並由法軍取代蔣軍。法國見獵心喜，於是與蔣介石談交換條件，只要蔣撤軍，法國願放棄過去的中法不平等條約及經濟利益等。由於蔣介石受法國利誘且急於將大軍調回中國北方接收原日軍占領區，故同意於一九四六年夏天開始從越南撤軍。

越南人脫離中華民國軍隊統治都已經六十七年了，台灣人卻還活在一個被深藍作家張大春評為人渣治國的中華民國國度裡。台灣人該覺醒了吧！

【原文發表於台灣時報專論 2013/8/14】

不認同台灣，將永遠是外來政權

中華民國與台灣的關係就如同十七世紀明末時期鄭成功政權流亡來台一樣，都是企圖藉屍還魂、佔領台灣為基地以反攻回中國的流亡政權。鄭氏政權的歷史教訓已告訴我們，只有認同台灣、放棄反攻中國才是安身立命的正途！

鄭成功來台沒多久即去世，改由子鄭經經營。一開始，鄭經還佔有金門、廈門二個地方，後因遭受滿清的圍攻，只好放棄金門與廈門，決心退回台灣經營。鄭經將「東都」改做「東寧」，自稱「東寧國王」。大清帝國建立後，為圍堵在台的鄭氏政權乃實施遷界令與禁海令以禁止中國東南沿海的居民和鄭氏政權往來。東寧王朝為突破大清的經濟封鎖，乃積極發展與日本、東南亞及歐洲各國的貿易。由於發展國際貿易，令東寧王朝的經濟快速發展、國力大增。當時大清還數度派人向鄭經提出和談條件，只要鄭經承認大清、放棄反攻大陸，大清帝國願承認台灣具有像朝鮮及日本那般的獨立王朝地位。可惜，鄭經不接受，最後因朝廷內亂而被叛逃大清的叛將施琅收服。

大約在東寧王朝末期，鄭成功的舊屬龍門總兵「楊彥迪」、高雷廉總兵「陳上川」等人率兵三千餘人投靠當時越南的阮氏政權。此外，明朝遺臣後代、廣東雷州莫府城人「鄭玖」亦率眾四百餘人前往柬埔寨南方蠻荒之地開墾。後來鄭玖於公元 1708 年歸順越南阮氏政權並將開墾之土地送給越南顯宗孝明皇帝，因而獲封「河仙鎮大總兵」。這些不願被滿清統治的明朝遺民最後落腳越南，大多數均與當地越南女子通婚而逐漸土著化，形成目前通稱的「明鄉人」（người Minh Hương）。越南明鄉

人就如同明鄭時期流亡到台灣的漢人一樣，經由通婚、教育及各式本土化過程，已建立起強烈的在地認同。基本上，明鄉人均使用越南語且完全融入越南當地文化，其身分證件的民族類別也登記為越南人。

　　繼明鄉人之後，較近且顯著的遷徙時間是 19 世紀末至 20 世紀前半段，這段期間陸續有華裔族群移入越南。華族其實是複數族群的綜合體，主要包含來自中國講廣東話、福建話（以漳州、泉州及廈門為主）、潮州話、客家話、海南島等不同語言的族群。這些族群在不同時期陸續移居到越南，其越化的程度及保留族群母語及文化的程度也不同。其族群認同與國家認同亦隨不同情境而有所變動。總體而言，相較於明鄉人的越南化，這些較晚才遷徙到越南的華裔族群在某些程度上還保有祖國中國的原鄉認同，身分證上也登記著華人。也因強烈的原鄉認同而與當地社會產生衝突，造成越南於 1950 至 1970 年代採取明顯的排華政策。

　　上述的歷史給我們一些啟示：第一，反攻大陸是不合時宜的外來政權的史觀與政治思維。只有認同本土台灣，才能確保台灣的存在，創造主客雙贏的局面。第二，本土化過程與移民的時間長短及教育內容有關。以越南為例，移民時間未達一百年以上者其在地認同仍有限。這說明為何即使中華民國來台已六十餘年，但那些隨她而來的黨國權貴及難民卻仍多數不認同台灣。第三，經濟過度依賴中國將使台灣失去自主性與談判的籌碼。第四，外來政權終將敗亡於本土政權之下。

【原文發表於台灣時報專論 2012/11/7】

中華民國總統應回金馬就職

中華民國即將於五月二十日辦理總統就職典禮。我們在此建議中華民國應盡速遷回金門與馬祖,並在金馬辦理總統就職大典。理由如下:

第一,中華民國固有疆域不包含台灣。中華民國的憲法源自一九三六年五月五日在中國公布的中華民國憲法草案(簡稱五五憲草)。五五憲草第四條述明「中華民國領土為江蘇、浙江、安徽、江西、湖北、湖南、四川、西康、河北、山東、山西、河南、陝西、甘肅、青海、福建、廣東、廣西、雲南、貴州、遼寧、吉林、黑龍江、熱河、察哈爾、綏遠、寧夏、新疆、蒙古、西藏等固有之疆域。」此外,依據現行中華民國憲法(一九四七年一月一日公布)第四條規定,「中華民國領土,依其固有之疆域,非經國民大會之決議,不得變更之。」何謂固有之疆域?依五五憲草規定,台灣並非中華民國的固有領土。

第二,中華民國可以來台,是代表聯軍接受日軍投降。一九四五年日本天皇正式投降後,美國總統簽署同意由聯軍統帥麥克阿瑟發布一般命令第一號(General Order No. 1)。該命令其中一項內容為指派蔣介石代表聯軍到台灣及越南北部接受日軍投降。照理講,完成受降任務後蔣介石軍隊就須從當地撤退。譬如,駐越二十萬蔣介石大軍已於一九四六年夏天從越南撤退。可是,蔣介石不僅不從台灣撤軍,甚至還將中華民國流亡政權搬來台北。

第三,依照佔領不得移轉主權的國際原則,中華民國不能在台灣就地合法。承上所述,為何蔣介石不從台灣撤退?因為他在中國「打輸走贏」!一九四九年中國共產黨於中國建立中華人民共和國。那時蔣介石

僅擁有中國的金門與馬祖。為增加稅收、兵源及土地，蔣介石的中華民國只好藉「播遷來台」的名義賴在台灣不走。這種「乞食趕廟公」的情形猶如到旅社住宿，住久了卻說自己擁有旅社的所有權。其實，根據國際慣例，佔領不得移轉主權。此外，一九五二年生效的舊金山和約也重申，佔領軍應於完成任務三個月內撤軍。台灣人有權力依據舊金山和約要求中華民國遷回金馬，台灣人沒有義務「認賊作父」。

第四，Chinese Taipei（中華台北）的真實意涵為「Chinese government in exile in Taipei」（中華民國流亡政府在台北）。國際慣例上經常以 Chinese Taipei 來稱呼中華民國。中華民國故意翻譯成中華台北，其實，其真正意涵為中華民國流亡政府在台北。以歐洲國家「波蘭」為例，二次大戰期間因德國納粹及蘇聯入侵，故波蘭政府於一九四〇年流亡到英國倫敦，並建立 Polish government in exile in London（波蘭流亡政府在倫敦），簡稱 Polish London，直至一九九〇年才結束流亡政權。

第五，一中或二中，均屬中國家務事。馬英九擔任中華民國總統期間，不僅親中，且一再表示中國接受「一中各表」。既然中華民國與中華人民共和國已簽定 ECFA，形同結束敵對狀態。中華民國及其軍眷全體遷回金馬應該沒有安全的顧慮，不必擔心中華民國被中華人民共和國併吞。台灣人應依戰爭法的國際慣例，譬如琉球民政府模式，自行組織民政府，之後再公民投票決定政治前途。

【原文發表於台灣時報專論 2012/4/25】

講白賊還能當教育部長嗎？

　　教育部蔣偉寧部長上任以來多次在立院公聽會當著許多立委及本土社團代表面前公開表示支持台灣本土語文列入國中必修課程。然而，諸多現象已顯示這些承諾不僅是空白支票，而且還是天大的白賊話！「白賊寧」一詞日後恐將取代「白賊七」，成為台語大辭典裡形容超級大騙子的新詞彙。

　　白賊寧與課綱審議委員會互唱雙簧，一個扮白臉，一個扮黑臉。白賊寧明顯把立委及本土社團代表當白痴。他說支持本土語文列入必修課程，卻放任課審會故意不把本土語文列入必修，反而還把高中必選中國文化基本教材改為必修課程。白賊寧卸責說他無法管課審會。但其實，課審會委員就是教育部長所聘請。白賊寧可以不顧學界反對，於今年二月份執意公布具大中國意識形態的高中歷史課綱調整案。這證明所有課綱修改方向都在他掌控之下。白賊寧的所有作為都是在執行螞蝗的大中國教育政策。這也再度證明中華民國是外來殖民統治政權，其教育政策就是要將台灣人同化成中國人。台灣人只有推翻外來政權才有機會讓自己的語言及文化出頭天！

　　我們看看國際上是如何重視族群母語的教育權及文化權。《世界語言權宣言》在數百個非政府組織與國際筆會中心的代表共同背書下，於一九九六年公布，詳細主張族群母語的基本權益應受到保障。譬如，第二十七條：所有語言社群都有資格教育他的成員，讓其能得到與自己文化傳統相關的語言的知識，例如能做為其社區慣習用語的文學跟聖言。第二十九條：人人都有資格以自己所居住區域的特定通行語言來接受教

育。聯合國教科文組織自二千年起將每年二月二十一日訂為「世界母語日」。此外，於二○○一年再公布一份《世界文化多樣性宣言》，呼籲世界各國要重視維護語言文化多樣性的重要。

許多反對台灣語文列入必修課程的人士會有「母語只要在家裡講，不需要去學校上課」的想法。這種觀念其實是嚴重的錯誤。如果這種觀念行得通，為何華語不在家裡學就好？私領域當然是維護族語的最後一道防線，但不代表族語不需要在公領域使用的權利。語文能力通常包含聽、說、讀、寫四部分。家庭教育通常僅能擔負聽與說的傳承，但讀、寫經常得仰賴學校的專業教育。讀寫能力不僅有利於聽說能力的發展，更有利於認識自己的文學與文化傳統。

長期以來因獨尊國語政策的影響，造成台灣語文授課時數極度偏低。以目前小學到大學每週華語、英語及台灣母語的課程節數比較，華語從小學到大學均為必修，且每週總時數達十七至二十四節課，英文也達十二至十六節。相形之下，台灣語文卻僅有國小每週一節，且不列入升學的正式科目。兩者相差達二十倍之多，實在不合理！

台灣的語文教育政策應該提供多語的選擇機會才對。此外，華語應該只是選項之一，學生也有不選華語的權力。學生想學文言文、白話文、台語文、客語文或原住民族語，他們有權依自己的興趣與能力去做選擇。我們在此呼籲，台灣語文應與華語並列為十二年國教的必修科目供學生選讀才符合國際潮流！

【原文發表於台灣時報專論 2014/6/18】

台南應帶頭加強台灣語文教育

　　二月份有二個重要的日子，第一是台灣二二八起義紀念日，第二是世界母語日。這二個日子雖然源自不同的事件，卻都同樣令台灣人深刻的啓發。

　　二二八起義源自台灣人對中華民國外來政權的反抗。二次戰後中華民國利用聯軍委託接受日軍投降的機會佔領台灣後，因爲政治的壟斷、經濟的剝削、文化的隔閡，終因一九四七年的私菸事件引爆台灣人的反抗。由於當時的台灣人沒有夠力的武裝力量，終被中國國民黨軍隊鎮壓下來。二二八起義失敗後，台灣人才驚覺台灣與中國實屬二個不同的國家。而中國國民黨也警覺到因台灣文化已異於中國文化，故造成台灣人的文化認同差異。爲改造台灣人的認同，中國國民黨透過中華民國的教育及媒體，鴨霸地對台灣人進行中國化的洗腦教育。在此政策下，台灣人被禁止使用族語，被迫學習中國語及中國文史等。經過六十餘年的中國化教育，台灣人不僅嚴重流失自己的族語，甚至充滿對自己台灣母土文化的輕蔑。

　　越南過去曾被中國統治一千年之久。著名的歷史學者陳仲金在其名著《越南史略》的序言裡提到「…不管大人小孩，誰去上學都只學中國歷史，而不學本國史。詩賦文章也要取典于中國，對本國之事則是只字不提。」陳仲金的感慨何嘗不是台灣現況的寫照？

　　世界母語日源自一九五二年孟加拉的語言權利抗爭運動。當時孟加拉尚未從巴基斯坦獨立出來。由於巴基斯坦政府獨尊烏爾都語，完全漠視孟加拉人使用孟加拉語的權利，引發孟加拉人於一九五二年二月二十

一日上街頭抗議。在警察鎮壓之際,有參與抗議的學生被開槍殺死。後來為紀念因爭取語言權而犧牲的學生,故以二月二十一日為世界母語日。世界母語日於一九九九年經聯合國教科文組織公布,並自二○○○年起實施,以提醒各國政府尊重、保護與發展弱勢語言文化的重要性。

　　過去中國國民黨獨裁統治時期對台灣語文及本土文化的打壓遠甚於巴基斯坦對孟加拉語的壓抑。即便二○○○以後中華民國政府允許國小課程每週有一節的本土語文課,但基本上還是實行獨尊中國語的政策。譬如,本土語文不列入升學成績,也不列入國中到大學的必修課程。國小每週平均有五節中國語文課,卻只有一節台灣語文課。中華民國不再使用嚴格的禁說族語政策,並非外來政權已真心悔過,而是多數的台灣人已喪失族語的能力!

　　美國人類學家 Sapir 及 Whorf 曾指出,每一種語言背後均有其獨特的思考邏輯及文化價值觀,其使用者會深深受其價值觀影響與支配。外來統治者深深了解這樣的道理,故無時不刻欲強行中國語文及文史的教育。可惜號稱台灣本土政黨的民進黨卻還停留在中國迷思當中,不重視台灣價值觀的本土語文教育。民進黨受到批評時總是推拖因沒有中央執政權。難道,地方執政還不能先做嗎?以台南為例,台南市有過半的綠營議員及選民。但面對本土社團要求增加國小本土語文教學時數時卻仍以外來統治者的心態來回應。其實,一葉可知秋。具過半民意支持民進黨執政的台南都這樣,以後萬一民進黨重新執政還會更好嗎?或者民進黨根本就不再有執政的可能,因為她走的是中國路線!?

【原文發表於台灣時報專論 2013/2/19】

台南應成為文化台灣的領頭羊

　　自從二〇〇八年馬英九上任以來，台灣被迫與中國在經濟、文化與教育等各方面急速靠攏。面對中國的文攻武嚇，民進黨不僅不強化台灣人的文化主體意識，反而與中國國民黨爭相打中國牌。打中國牌的結局不僅會讓民進黨繼續淪為在野黨，恐怕還會淪為第二線的小黨。其實，民進黨真正需要的是台灣牌，而這支牌或許可以從台南開始。

　　今年八月十一日葉石濤文學紀念館在台南開館。以文化古都自許的台南市賴清德市長到場致詞並推崇葉石濤將台灣文學獨立於中國文學之外，致力於反映台灣的土地與人民的真實生活。他並期許，繼鍾理和行星之後，能有新行星以葉石濤命名。賴市長的一番致詞贏得現場本土作家的掌聲。然而，這究竟是文化政策的真心話還是在替「遙祭黃帝陵」事件來漂白？

　　如果賴市長真心要推動本土文化，就要從本土教育開始，去培養未來一百個、一千個葉石濤！要肯定葉石濤或其他台灣的先賢先烈，不必等到新行星的發現，當台南市有新的公園或道路興建時就可以落實！

　　今年八月十四日全國教育局處長會議在台南舉行。近三十個本土社團動員前往會議現場抗議表達台灣語文教育權的訴求。本土社團的訴求有三點：第一，現階段國小每週須至少有二節台灣語文課程。第二，台灣語文須比照中文及英文，列入中學及大學必修課。第三，現職教師須通過母語能力認證才能授課。面對社團的抗議，教育部蔣偉寧部長還很大方地從飯店大門口進入會場，之後並派教育次長出面接受陳情。沒想到文化古都的首長卻偷偷地從地下停車處進入會場，連出面聆聽選民的

聲音都沒有！

　　葉石濤生前曾在成功大學台灣文學研究所兼課教授台灣文學史。葉老於課堂及公開場合均多次表示未能以母語台語寫作的遺憾，並鼓勵後輩多用母語創作。可惜，葉老的期許能實現嗎？現階段，本土語言教育僅國小一週一節課。至於中學到大學，甚至許多台灣文學研究所（譬如政治大學台文所），都沒有台灣語文的必修課。試問，許多人從小學到大學修那麼多的中國語文都還不能成為中文作家，你能期待國小一週修一節台語或客語課就能成為台語或客語作家嗎？

　　其實，本土社團於今年二月二十一世界母語日就曾到台南市政府前表達上述這三個訴求。可惜，至今沒有一項獲承諾實現。其中，第一及三項都不需修改任何法令就可以立即實施，卻也不敢做。我們不禁要問，賴市長您怕甚麼？台南市有過半的泛綠議員席次，也有囊括全部席次的立法委員。賴市長有絕對過半的民意做為本土台灣路線的後盾，卻還「驚驚 bē 著等」！相較之下，民意支持度低的馬英九都有意識要強化中國化教育，增加文言文比例、增加中華文化基本教材四學分、以中國史觀編台灣史教材等等。

　　局處長會議當天，賴市長只在意十二年國教後台南市沒有足夠的經費接手高中教育。但賴市長似乎不在乎我們要的是什麼樣的十二年國教！是中國教育還是台灣教育？如果台南選民要中國教育，乾脆票投中國黨就好，何必選民進黨！台南市絕對有機會成為文化台灣的領頭羊，就看市長願不願意做而已！

【原文發表於台灣時報專論 2012/8/22】

台文節發聲 國際學者背書

　　由成大台灣語文測驗中心、台灣羅馬字協會、台灣教會公報社、台南神學院、長榮中學、長老教會總會、台越文化協會等數十個單位組成的「新台灣文化運動」，於今年在台南辦理首屆的台灣羅馬字文化節。今年適逢甘為霖台語字典出版 100 週年、巴克禮牧師翻譯台語舊約聖經 80 週年，主辦單位特別藉此機會辦理「白話字文物展及史蹟導覽」、「查甘字典比賽」、「白話字專書出版」、「複製白話字印刷機活動」、「講台語故事比賽」及「台灣羅馬字國際研討會」等一系列活動，以紀念對白話字推廣有功之所有人士。這些活動吸引國內外許多民眾與學者參加，反應熱烈！

　　主辦單位於五月十八及十九日在成大主辦第六屆台灣羅馬字國際研討會及第二屆台越人文比較國際研討會。此次研討會，計有來自越南、荷蘭、丹麥、日本、德國、法國、美國、加拿大、比利時及台灣等多國約八十餘篇論文之發表。此次會議主題為「文化遺產的保護與再生」，目的是向國際表達台灣人擬將白話字及其文化申請為聯合國教科文組織認可的非物質文化遺產。

　　這次共有三十餘位外國學者參加，會後並安排外賓參觀白話字文物及遺址，包括台灣教會公報社、聚珍堂遺址、巴克禮牧師故居遺址、台南神學院、長榮中學長老教會史料館、全台最早印刷機等。外賓當中包括聯合國教科文組織的非物質文化遺產顧問 Oscar 教授及越南申遺委員阮志斌教授。與會的國際學者均相當肯定台語白話字的文化資產，並表示願盡全力協助台灣達成目標。

白話字也稱做台灣字，它對十九世紀末二十世紀初台灣的文化啓蒙、全民教育及文學創作有很大的影響與貢獻。公元 1884 年 5 月 24 日巴克禮牧師創立「聚珍堂」，全國第一台白話字印刷機組合完成並開始印刷。隔年，全台第一份報紙《台灣府城教會報》在台南正式出版。這份報紙就是用白話字來出版，直到 1969 年底才在中華民國外來政權的中國語政策脅迫下轉爲中文發行。

雖然「白話字」最早是爲了傳教的目的才設計，目前已經成爲全民的文字與文化資產。於 1980 年代以後，隨著台灣政治運動的展開，台灣本土文化界也展開台語文運動，強烈訴求「嘴講台語、手寫台灣文」。許多團體或個人就是使用白話字來出版台文作品。因爲參與台文寫作的作者的多元化，「白話字」的應用已經脫離過去以教會、傳教爲主的題材。

依據《世界語言權宣言》（1996），《保護無形文化遺產公約》（2003）及《世界文化多樣性宣言》（2001），台語及白話字不僅是台灣人的無形文化資產，更是全世界人類的共同文化資產。

其他國家如何重視文化資產呢？以韓國爲例，目前韓國訂定每年的十月九日是韓文節國定假日。韓國政府於 1989 年起出資於聯合國教科文組織設立「世宗大王文字讀寫獎」來紀念世宗大王發明諺文（韓文的較早稱呼）。韓國政府甚至進一步將當初世宗大王公布使用諺文的《訓民正音》向聯合國教科文組織申請成世界文化遺產，而且於 1997 年十月得到認可。

韓國可以，台灣也可以！建議將每年的五月二十四日定爲台灣白話字文化節，簡稱台文節，以紀念巴克禮牧師等人開啓的台灣白話字文化！

【原文發表於台灣時報專論 2013/6/4】

台語不是閩南語也不是福佬語

今年度立法院教育及文化委員會委員鄭天財、李桐豪、孔文吉、蔣乃辛與陳淑慧等人提案凍結國立台灣文學館的文學推展業務費十分之一，其理由為台灣文學館於「台灣本土母語文學常設展」中使用「台語文學」一詞。這幾名委員認為「台語」排斥到其他台灣的語言，有否定客語及原住民族語言為台灣語言的意思。他們並要求將台語改為閩南語、河洛語或福佬語。其實，這幾位委員乃是假藉語言平等之名，行分化台灣族群並打壓台灣認同之實。理由如下：

第一，台語是專有名詞，非「台灣的語言」的簡稱。如果照這幾位委員的邏輯：使用「台語」一詞，會把「客語」及「原住民族語言」排斥在台灣的語言之外。那麼，「台灣大學」應該首先被要求改名！因為台灣有約一百六十所大學，憑甚麼只有「台灣大學」稱為「台灣大學」？原住民族「賽德克族」及「達悟族」等也都要被迫改名，因為「賽德克」及「達悟」在其族語裡原意都是「人」的意思。難道只有賽德克族及達悟族才是人嗎？

第二，台語一詞是歷經數百年來社會自然形成的慣用語。連戰的阿公連橫於一九三三年完成的台語專書《台灣語典》也使用台語一詞。外來政權中華民國「台灣省國語推行委員會」於一九五五年出版的《台語方音符號》，及國防部於一九五八年出版《注音台語會話》（封面上還有蔣中正的題字），都接受使用台語一詞。直至約一九六〇年代以後，中國國民黨為了加強將台灣人同化為中國人，乃採取「去台灣化」政策，全面將台語硬改為閩南語！

　　第三，福建閩南地區也有客語使用者。這些委員認為台灣有客語及原住民族語使用者，所以「台語」不能獨佔「台語」一詞。照他們的邏輯，中國福建閩南地區也有少數客家人居住地區，譬如詔安及南靖等地。為了不排斥客家人，也不應該使用閩南語一詞才對！

　　第四，廣東也有閩南語的分布。所謂的閩南語，其分布地點不只在福建南部，也包含在廣東，特別是廣東東部潮汕及海陸豐地區。照這些委員的邏輯，使用閩南語一詞等同把廣東地區的閩南語排斥在外。這讓廣東地區的閩南語使用者情何以堪呢？

　　第五，「閩」字具侮辱、貶抑之意。根據東漢「許慎」《說文解字》及清代「段玉裁」《說文解字注》之解說，閩南語的「閩」字是蛇種、野蠻民族的意思，具有對閩南地區的先住民及其後代歧視的意涵。聯合國於一九四八年公布《世界人權宣言》宣示人人生而平等，不應受任何歧視。這些委員如果認同種族平等，就不應該強迫他人使用具有侮辱性質的族名。

　　第六，河洛語或福佬語不具台灣代表性。河洛語或福佬語均源自 Hoklo 一詞。依據美國傳教士 S. Wells Williams 於一八七四年出版《漢英韻府》及 Kennelly 於一九〇八年編譯的《中國坤輿詳誌》記載，Hoklo 一詞為廣東本地人對廣東東部潮汕地區的人的稱呼。Hoklo 後來被寫成「學老」、「福狫」、「河洛」或「福佬」等不同漢字。此外，依據台灣總督府於一九三一年出版的《台日大辭典》，所謂 Hô-ló（福佬）是指廣東人對福建人的歧視稱呼。不論 Hoklo 被寫成何字，該詞都不應該用來稱呼台灣人的母語。

　　第七，現實上，台語族群沒人公開主張客語及原住民族語不屬於台灣的語言。以當事者國立台灣文學館為例，被指控具排他性的「台灣本土母語文學常設展」內容已包含客語文學、原住民族語文學及台語文學。只因使用台語文學一詞就被指控具排他性，實不合情理。

　　第八，一九九六年公布的《世界語言權宣言》第三十一及三十三條分別指出，「所有語言社群均有權在所有範疇與所有場合中保存並使用

其合宜的姓名系統」,「所有語言社群都有權以自己的語言稱呼自己」。台語一詞是大多數台灣人的習慣稱呼,應該予以尊重。

這些委員如果真心主張族群平等,就應盡速撤銷凍結台灣文學館預算的提案。否則等到本土社團發動抗議活動,這些委員將成為壓垮馬英九政權的最後幾根稻草而後悔莫及。

【本文簡要版以標題「台語不是閩南語」發表於台灣時報專論 2013/11/27】

附件一：外來政權的台語出版品

1951 年台灣省國語推行委員會編印的台語會話

（資料來源：國史館臺灣文獻館）

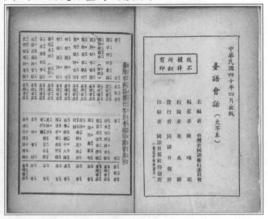

1958 年國防部出版的注音台語會話

1955 年台灣省國語推行委員會出版的台語方音符號

附件二：
Kennelly 於 1908 年編譯的《中國坤輿詳誌》

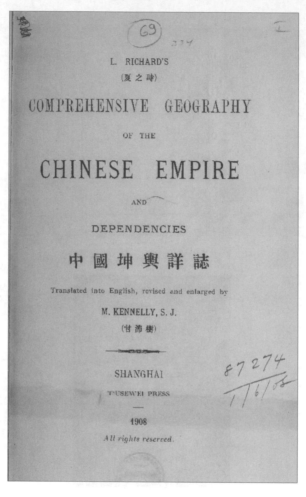

hsien 花縣, in Kwangchow Fu 廣州府, and near the gulf of Tongking 東京. Iron-ore mines are worked in several places, and salt is extracted from sea-water. The Province possesses also in various localities important mines of silver, copper, lead and tin.

Population. — The population is especially crowded in the Si-kiang delta and on the coast, and offers the same diversity of races already noticed in Kwangsi. The principal of these races are : 1° the *Cantonese*, called also the *Punti* or *Pénti* 本地 (original or native stock) ; — 2° the *Hakkas* or *K'ohkias* 客家 (squatters, aliens) ; — 3° the *Hoklos* or *Hsiolaos* 學老 (people from Fok, or as it is locally pronounced Hok Province, i.e Fokien Province) ; — 4° the *Ikias* 夷家 (barbarians) ; — 5° the *Yao* or *Yu* tribe 猺 (jackals) ; — 6° the *Tungkas* or *Tungkias* 洞家 (cave-dwellers). — The *Cantonese* form more than half of the population, and occupy especially the centre of the Province and the delta. They are active, industrious, and consider themselves the rightful owners of the soil. — The *Hakkas* descend from the same stock as those of Kwangsi. They came very likely from Fokien, and inhabit chiefly the N.E., but are also found throughout the whole Province intermingled with the Cantonese. They are excellent cultivators, and being of strong build are also employed as coolies or carriers. They furnish the largest number of Fokien emigrants. — The *Hoklos*, who come also from Fokien, are confined to the N.E. and the coast, but are less numerous than the other races. — The *Tungkas* are of short stature and are dark-featured. They are especially given to petty trades, and live on their boats in the neighbourhood of Canton, where they form floating villages. They seem to be near akin to the Hakkas, but are much despised by the other inhabitants of Kwangtung. — The *Ikias* or *Miaotze* are but semi-civilised, and inhabit especially the N.W.—The *Yao* tribes, who number about 30,000, are located in the S.W. They seem to be of Burmese origin, and are much considered among the other races for their knowledge of medicine. Their vengeance is much dreaded, as it is transmitted from father to son through several generations.

In the island of Hainan, the population is composed of *Sais* or *Sis*, who number about 100,000. In the centre are found 5,000 *Meus*. The remainder is occupied by 2 million *Chinese* who have settled especially along the coast.

Language. — Each race clings to its own dialect. *Cantonese* however, on account of its importance, is spreading more and more. It constitutes the *Peh-hwa* 白話, or fashionable language, differs much from *Mandarin*, and has its own literature. — The *Hakka dialect* is near akin to *Mandarin*, being a transition phase between Cantonese and the latter. It is spoken by 4 millions of inhabitants. — The *Swat'ow region* has its own peculiar dialect, which resembles the Fokienese, and is spoken by 3 million people.

Besides the *Sai* and *Meu* dialects, Hainan has a Chinese dialect of its own, called the *dialect of K'iungchow Fu*.

Towns and Principal Centres. — *KWANGCHOW FU* 廣州府 or *Canton*. — Population, 900,000. Capital of Kwangtung, from 1664, at which period it secured this privilege from Chaok'ing Fu 肇慶府. It is a large city, as its name signifies

附件三：說文解字原稿

段玉裁注《說文解字注》

附件四：
台日大辭典（1931）關於「福佬」的解釋

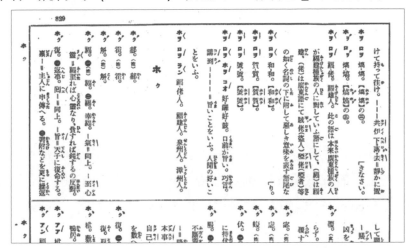

林俊育台譯：

[hô-ló 福佬]

福建人。此語本來是廣東種族 ê 人對福建人 ê 輕視稱呼，「福」是福建，「佬」是廣東話 ê「賊佬」、「啞佬」等類似 ê 輕視語尾。

附件五：
Samuel Wells Williams（衛三畏）於 1874 年出版《漢英韻府》（A syllabic dictionary of the Chinese language），序言中提及福佬及學佬（下圖為 1903 年再版）

PREFACE.   ix.

this animal's habitat and appearance to recognize it under the description of "a sprightly animal like a small bear, with short hair, but yellowish."

The misuse of words in passing from one dialect to another can be illustrated by the name given to the people of Swatow. This was *hok-ló*, 福佬 *i.e.* people from Fuhkien; but when the Cantonese heard *hok-ló*, they wrote it as they heard the sound, 學佬 being now the name given to the people of that prefecture, and the Cantonese of the present day puzzle themselves to know why it was applied to them. No Chinese scholar has examined these dialectical changes, which are an ample source of many colloquialisms in every dialect.

I have followed EITEL's *Hand-book of Buddhism*, F. P. SMITH's *Materia Medica*, and HOBSON's *Medical Vocabulary*, for terms in those branches. Mr. WADE's *Category of T'ien*

咱人話 kap 頭家話

　　有一寡人對「台語」chit-ê 用詞真有意見，講 he 會排斥 kap 傷害 tioh 客家 kap 原住民族 ê 感情。毋過真怪奇，hit 寡人 lóng bē kā 最近真 chhèng ê 原住民族 Seediq（『賽德克』）抗議。Tī Seediq ê 話內底，「seediq」chit-ê 詞是「人」ê 意思。

　　Tī 語言 iah-sī 族群號名 ê 時 tiāⁿ-tiāⁿ 會用 in 語言內底「人」ê 概念 ê 發音來 chiâⁿ 做 in ê 族名 iah-sī 語言名。若準有人堅持講 bē-sái 用「台語」chit-ê 慣習 ê 詞，按呢 hoān-sè 台語、台語人會使改做「咱人話」（Lán-lâng-oē）kap「咱人族」（Lán-lâng-chok）。客語、客人會使改做「人話」（Ngìn-fa）kap「人族」（Ngìn-chhuk），mā 會使改做「頭家話」（Thièu-kâ-fa）kap「頭家人」（Thièu-kâ-ngìn）。認同台灣，做台灣 ê「頭家」總比永遠做「人客」khah 好！

[中文版]

咱人話與頭家話

　　有一些人對「台語」這個用詞非常有意見，說這個用詞會排斥且傷害到客家及原住民族群的感情。說也奇怪，沒聽說過這些人向最近很紅的原住民族賽德克族（Seediq）抗議。在賽德克語裡，「seediq」這個詞是「人」的意思。

　　在對語言或族群命名時經常會用該語言裡面「人」的概念的發音來做為族名或是語言的名稱。若有人堅持不能用「台語」這個慣用詞，或許台語、台語人可以改稱「咱人話」（Lán-lâng-oē）及「咱人族」（Lán-lâng-chȯk）。客語、客家人可以改稱「人話」（Ngìn-fa）與「人族」（Ngìn-chhuk），也可以改稱「頭家話」（Thièu-kâ-fa）與「頭家人」（Thièu-kâ-ngìn）。認同台灣，做台灣的主人「頭家」總比永遠做「客人」好！

【原文發表 tī 台語信望愛網站「台語 ê 生活　生活 ê 台語」專欄 2011/9/18】

多元文化或族群分化？

　　近二十年來，台灣有許多新移民加入台灣的社會成為新台灣人的成員之一。這些新移民多數來自東南亞國家，其中又以越南佔大多數。我們非常歡迎因新移民的加入而讓台灣社會更具多樣性，豐富了台灣文化。但堅決反對政府假藉多元文化之名，行分化族群之實。

　　有名的政治哲學家金利卡（Will Kymlicka）在處理多元文化時，區分新移民的「族裔權利」（polyethnic rights）和舊居民的「少數權利」（rights of ethnocultural minorities）。所有的新移民，不論是出於自願（譬如，自願移民到美國的台僑或從越南嫁到台灣的越南人）或是因戰亂被迫移民（譬如隨蔣介石來台的軍民），他們都是在移居地已形成一傳統社會文化體系後才加入的新成員。這些新成員在享有「族裔權利」之外，當然有盡「入境隨俗」、尊重舊居民的義務。從物種多樣化的角度來看，引進外來物種的先決條件是不造成當地原有物種的消滅，且必須能在生態平衡的原則下豐富其多樣性才行。

　　我們檢視馬政府近年來的新移民政策，有幾項特點：

　　第一，選票考量為主，膚淺的粗糙政策。以火炬計畫裡面的新住民母語師資培訓計畫為例，該計畫擬培育能夠在小學教授越語或印尼語等新住民母語的人才。然而該計畫卻天真的把不同母語背景的新住民集合起來進行二十八小時集訓就認為他們具有教學能力。如果比較英語或華語教學師資的培訓，一般都要受過約二十學分、大概二年的專業訓練且通過檢定才具有資格。這種為期僅四天的新住民母語師資充其量只是做個樣子罷了。長期關心新移民議題的社團法人台越文化協會曾多次建議

政府應在大學設立越南及東南亞相關學系以帶動完整的多元語言及文化之教學配套措施。可惜，馬政府似乎不是真心在關心新移民，以至尚未有成果。

第二，透過資源分配不均，行分化族群之實。近年教育部鼓勵各中小學開設新移民母語課程並以專案計畫補助。其表面立意甚佳，可惜手法粗糙。譬如，教授新移民母語一節課鐘點費為八百元，但是教授台灣本土語文的鐘點費卻僅二百六十元。政府刻意造成舊台灣人與新移民的利益衝突實不應該！本土語文的鐘點費就算不比新移民高，至少也要有八百元才對！此外，新移民每年有外配基金及火炬計畫等數億預算。客家委員會每年也有約三十億，原住民族委員會則約八十億經費，華語族群則有上千億分散在各部會的主流預算。唯獨台語族群沒有專門的部門與經費，淪落到比新住民還不如的地位！

第三，以東南亞移民掩護中國移民。馬政府真正關心的是中國籍的新移民而非東南亞新移民！現有四十八萬新移民當中，來自中國的新移民有三十三萬人，約佔新移民的七成。親中的馬政府表面上是為東南亞新移民謀福利，其實他真正關心的是中國新移民。馬政府的策略是要讓中國人透過結婚、留學、投資等方式移民到台灣並進一步取得台灣身分證，以達到稀釋台灣人意識並影響台灣選舉的目的。

真正的多元文化是本土與外來文化在生態平衡的原則下多元共存，而非馬政府的聯合部份族群打擊特定本土族群文化的外來統治者手法。期待台灣能真正達到多元文化的境界。

【原文發表於台灣時報專論 2013/12/25】

回應客家人的期許

　　張世賢先生於6月6日在台灣時報頭家心聲刊登〈綠營客家人對蘇主席的期許〉一文。該文中有許多精闢的見解，然也有一些似乎是過於焦慮的不當指控。張世賢認為綠營選票無法過半，主因是主控綠營的Holo人獨佔「台灣人」、「台語」名稱，並主張台文寫作、企圖建立以Holo文化為主的台灣國。這樣的指控其實不符合邏輯與現況！茲回應如下：

　　第一：「台灣人」是國家層次的稱呼，底下有不同的族群，包含「客家族」、「原住民族」、「Holo族」及新住民等。有任何Holo人或獨派團體主張客家人或原住民族不是台灣人嗎？沒有！客家人可以稱自己是台灣人，為何Holo人稱自己是台灣人的時候卻要被污名化為排斥他人的沙文主義？

　　第二：「台語」非「台灣語言」的簡稱，而是二個不同的概念，就如同「台南」與「台灣南部」的例子一樣。高雄與屏東都位處台灣南部，雖然高屏二地沒有以台南為名，卻不影響高屏都在台灣南部的事實。難道高雄人要向台南人抗議為何獨佔台南名稱嗎？

　　第三：母語寫作與教育不僅是基本人權，更是族群文化傳承的重要媒介。聯合國教科文組織2001年公布的《世界文化多樣性宣言》，提到「…每個人都應該可以用自己選擇的語言，特別是自己的母語來表達自己的思想，進行創作跟傳播自己的作品…」。另外，1996年公布的《世界語言權宣言》，也主張族群母語的權益如下：第27條：所有語言社群都有資格教育他的成員，讓其能得到與自己文化傳統相關的語言的知識，例如能做為其社區慣習用語的文學跟聖言。第29條：人人都有資格以自

己所居住區域的特定通行語言來接受教育。

第四：母語創作包含客語及原住民族語。譬如，李江却台語文教基金會長期以來辦理母語文學獎均包含客語及台語。教育部辦理的本土語言文學獎也都包含客語及台語。原住民族委員會也辦理原住民族語文學獎。成大台灣語文測驗中心於去年為推廣母語文學創作，特辦理 5 場演講，其中有 2 場為客語文學。今年教育部委託成大辦理的本土語言文學獎客語組新詩獎學生組第一名鄭雅怡本身是 Holo 人，她的客語是在成大就讀台文所時才學的！難道 Holo 人獨尊 Holo 語嗎？為何寧可污名化 Holo 語，而不控訴真正的霸凌元凶「中國語」？客語作家黃恒秋最近應成大台文中心邀請演講客語文學的追求。黃指出，相對於 Holo 人，客家人比較不認同用客語寫作。我想，這才是應優先突破的觀念吧！

第五，民進黨不重視台灣語言及文化才是無法獲得選票的主因。語言及文化背後代表的是一種深沉的價值觀。這些價值觀是難以用金錢及選舉花招所能改變。以最近的總統及立委選舉為例，為何台南、高雄等本土語言及文化色彩較明顯的地區都是深綠的鐵票？因為他們代表的是台灣價值！當民進黨放棄台灣價值，才是賠了夫人又折兵的行為！如果我們不推翻獨尊中國語的教育及文化體制，台灣就不可能建立真正的多語、多文化的社會！

【原文發表於作者的自由部落 2012/6/6】

我們需要
推動台語族群文化的專責機構

　　聯合國教科文組織於 2001 年公布一份《世界文化多樣性宣言》，呼籲世界各國要重視維護語言文化多樣性的重要。台灣本土語文過去遭受獨尊華語的國語政策影響導致面臨很嚴重的失傳危機。幸好這幾年來中央政府陸續成立了原住民族委員會及客家委員會，多少可以做一些搶救原住民族語與客語的工作。可惜，人口數佔 75%左右的台語族群卻因缺乏政府資源而變成了「多數的弱勢者」。

　　有人說台語族群已經是多數，不是少數，所以不需設專責機構來推動。這樣有道理嗎？如果說現在的國民教育和傳播媒體有 75%以上都使用台語，那麼我們絕對同意不用設專責機構。可惜，當今的教育與媒體仍然是華語壟斷，不是嗎？台語和客語、原住民族語一樣，就像被土匪砍傷倒臥在地的受害者一樣，如果不予急救，如何能恢復正常活力？

　　我們以 2010 年為例來看中央政府預算如何剝奪台語族群的預算資源。2010 年原住民族委員會的年度預算是 72.5 億，客家委員會是 27 億。其中，客家委員會編列來推動客語教育的預算是 1.7 億、補助客語傳播媒體是 7 億，總共 8.7 億。這些預算當中尚未包含教育部國語會編列的預算。而台語的預算呢？勉強要算，就只有國語會台語組那區區幾千萬的預算而已。相形之下，專責服務新移民的外配基金每年都還有 3 億元。就預算分配來看，台語族群連外籍配偶都還不如！

　　預算不足，連帶影響的是推廣業務的減少。譬如原住民族有專屬的原住民族電視台，客家族也有客家電視台，但卻沒有台語電視台。又，以本土語言認證為例，原住民族委員會早從 2001 年就開始辦理原住民族

語考試。原住民學生升學考試原本憑血統可加 25%分數，若通過考試者則可加到 35%。客家委員會也從 2006 年開始每年定期辦理客語認證，通過考試的學生還有最高獎金一萬元可領。然而，台語認證業務原本預定 2009 年辦理，卻因中國國民黨於立法院刪除該年預算，導致延遲至 2010 年才能辦理。由於客語認證有獎金可領，台語認證卻沒經費可獎勵，導致報名台語認證的人數比客語認證還少。

除了預算分配不均，相關的法規也獨漏台語族群的權利。譬如，政府於 2005 年公布「原住民族基本法」，2010 年公布「客家基本法」等以保障原住民族及客家族群。我們不僅不反對，甚至還支持原住民族與客家族用法律層次及專責機構來保障他們的族語與文化。但我們不禁要問，台語呢？難道台語族群的語言文化不需受到保障與發揚嗎？

我們呼籲，基於公平正義原則，中央政府應比照原住民族及客家，成立台語電視台及台語委員會並盡速制定「語言平等及發展法」！如果馬政府不肯做，綠營的高雄市政府應率先比照原住民族及客家事務委員會成立市級台語事務委員會！

【原文發表於台灣時報頭家心聲 2011/9/23】

PART B
台語字母與拼字

台語按怎寫？

網路發音版

——台語白話字音韻系統及文字書寫介紹

　　本章將針對台語字（或稱台灣字），亦即台語白話字的音韻系統及文字符號做語言學上的基本介紹。具有語言學基本概念的讀者讀過此節後應該就能掌握台語文字的基本寫法。未具有語言學基礎的讀者若看不懂，可以跳過學理的部分直接從練習的章節開始練習白話字。

　　台語的書寫可以分為三大方式 1)全羅馬字 2)全漢字 3)漢字及羅馬字混用。全羅馬字就是全部使用羅馬字來書寫台語。最早的台語羅馬字書寫方案是十九世紀後半期傳教士傳入台灣的「白話字」（Pe̍h-ōe-jī，又稱教會羅馬字）。本章所介紹的台語文字就是白話字。此外，中華民國教育部於 2006 年 10 月 14 日亦公布一套「台灣閩南語拼音方案」（簡稱閩羅拼音），以作為國民小學台語教材的拼音標準。閩羅拼音基本上是從白話字及 TLPA 兩方案整合而來的新方案。該方案是為解決當時混亂的台語拼音而妥協下的產物。由於外來政權中華民國仍以漢字為正統，故未將閩羅拼音視為正式文字。唯有白話字自一開始就以正式文字的形態出現且已實際使用超過一百年。故本章以白話字為台語的正式音素文字。

　　全漢字的書寫主要出現在早期的歌仔冊（koa-á-chheh）。歌仔冊於清國統治台灣期間隨著唐人（Tn̂g-lâng）移居台灣而帶入台灣。歌仔冊開始有本土著作及出版主要出現於日本統治台灣的期間。歌仔冊的漢字使用並未標準化，很大程度是依作者喜好而恣意使用。由於中國將正統漢字視為唯一正式文字，其他不符規範的漢字均視為不入流的文字。因歌仔冊使用多不符中國規範的漢字，故也影響到歌仔冊及其文字的地位。此外，因漢字本身的語言學及文字學上的諸多缺陷，導致歌仔冊用漢字書

寫也顯現出許多缺點。

　　漢字與羅馬字混合（簡稱漢羅書寫）使用主要出現在二次大戰之後，特別是 1987 年解嚴後才較普遍的書寫法。由於戰後中華民國佔領台灣並強迫台灣人學習中國語及漢字，造成台灣人失去母語教育的機會。因多數台灣人沒有母語教育、不懂白話字，造成閱讀全羅馬字台語文的困難度提高。為讓不習慣全羅馬字的民眾習慣台文的書寫，故有漢羅書寫的產生。漢羅書寫就如同日本人以漢字和假名混合書寫的方式一樣，是解決漢字缺陷的方式之一。

1. 文字符號與語音的對應

　　白話字是音素文字（phonemic writing）的一種。所謂音素文字就是指其文字符號主要所對應的語音為音素。用一般民眾通俗的講法就是用羅馬字來拼音的文字。羅馬拼音看似複雜，但其實是很有效率的文字系統。所謂的拼音，其實就是文字符號與所對應的語音之間的排列組合而已。譬如，在台語裡，e 字母所對應的語音為音素/e/（挨），k 字母對應的語音為/k/，當 k 與 e 兩字母組合的時候就形成 ke（雞）。

　　音素文字的設計都是建立在其語言的音韻分析之上；不同的分析觀點，通常會造成不同的文字設計方案。就現代優勢腔的台語來講，若不算「空聲母」（zero consonant）及喉塞音（nâ-âu 塞音，glottal stop /ʔ/），台語有 17 個子音（聲頭 consonants）、6 個單母音（simple vowels）及 7 個基本聲調（base tones）。[1]茲分別列在圖表 1 到 6　給讀者參考。

---

[1]　有關台語的音韻系統及白話字拼字法，詳細可參閱張裕宏(2001)；鄭良偉、鄭謝淑娟(1977)。

圖表 1. 台語的子音（用國際音標 IPA 表示）

台語/ 英語	名稱		雙唇 (bi-labial)	齒岸 (alveolar)	軟頂 khok (velar)	Nâ-âu (glottal)
			-送氣 / +送氣	-送氣 / +送氣	-送氣 / +送氣	
清塞音	(voiceless	stop)	p / pʰ	t / tʰ	k / kʰ	
濁塞音	(voiced	stop)	b		g	
清擦音	(voiceless	C. fricative)				h
清擦音	(voiceless	G. fricative)		s		
清塞擦音	(voiceless	affricate)		ts / tsʰ		
濁塞擦音	(voiced	affricate)		dz		
濁邊音	(voiced	lateral)		l *²		
濁鼻音	(voiced	nasal)	m	n	ŋ	

圖表 2. 台語的子音（用白話字表示）

台語/ 英語	名稱		雙唇(bi-labial)	齒岸(alveolar)	軟頂 khok (velar)	Nâ-âu (glottal)
			-送氣/ +送氣	-送氣/ +送氣	-送氣/ +送氣	
清塞音	(voiceless	stop)	p / ph	t / th	k / kh	
濁塞音	(voiced	stop)	b		g	
清擦音	(voiceless	C. fricative)				h
清擦音	(voiceless	G. fricative)		s		
清塞擦音	(voiceless	affricate)		ch / chh		
濁塞擦音	(voiced	affricate)		j		
濁邊音	(voiced	lateral)		l		
濁鼻音	(voiced	nasal)	m	n	ng	

---

² 台語的音素/l/很多情形實際上是發[d]或者 flap sound [ɾ] 的音值(張裕宏 2001:31-32)，在此因是從音素文字的角度來介紹，故以普遍的音素定位來標音。

圖表 3. 台語的單母音（用國際音標 IPA 表示）

	頭前(front)	中央(central)	後壁(back)
高(high)	i		u
中(mid)	e	ə	o
低(low)		a	

圖表 4. 台語的單母音（用白話字表示）

	頭前(front)	中央(central)	後壁(back)
高(high)	i		u
中(mid)	e	o	o‧
低(low)		a	

圖表 5. 台語的基本聲調及其各種表示法

調類	1	2	3	4**	5***	6*	7	8**
白話字符號	無	／	＼	無	∧		─	｜
五音階調值	44	53	21	3	12		22	5
IPA 的調值	┤	┐	┘	‧	┘		┤	‧
詞例-p	kam 甘	kám 感	kàm 監	kap 佮	kâm 含	kám 感	kām 檻	ka̍p 洽
詞例-t	kun 君	kún 滾	kùn 棍	kut 骨	kûn 裙	kún 滾	kūn 近	ku̍t 滑
詞例-k	tong 東	tóng 黨	tòng 擋	tok 啄	tông 同	tóng 黨	tōng 洞	to̍k 毒
詞例-h	to 刀	tó 倒	tò 到	toh 桌	tô 逃	tó 倒	tō 導	to̍h 𤏸

☆後一頁 koh 有

☆頂一頁 koh 有

詞例 （口訣1）	saⁿ 衫	té 短	khò· 褲	khoah 闊	lâng 人	é 矮	phīⁿ 鼻	tit 直
詞例 （口訣2）	sai 獅	hó· 虎	pà 豹	pih 鱉	kâu 猴	káu 狗	chhiūⁿ 象	lȯk 鹿
漢學稱呼	陰平	陰上	陰去	陰入	陽平	陽上	陽去	陽入

*第 6 聲已消失。為維持原分類，在練習聲調時第 6 聲通
常會以第 2 聲代替。

**第 4 聲與 8 聲俗稱入聲，均為未釋放（unreleased）的
清塞音。

***第 5 聲也有 212 的調值，且越來越普遍。

　　白話字裡「文字符號」與「音素」的簡易對應關係列於圖表 6 及圖
表 7 供讀者參考對照。從這兩個圖表可看出白話字裡除了少數的例外，
大部分都是 1 組符號對應 1 個語音，而且白話字所選用的文字符號也非
常接近現代語言學、各國語言學家常用的 IPA 國際音標。

圖表 6. 白話字文字符號與常用母音的對應關係

文字符號	母音	條件	實例
a	/a/		ta 礁
i	/i/		ti 豬
u	/u/		tu 蛛
e	/e/		tê 茶
o·	/o/		to· 都
o	[ə]	其他情形	to 刀 toh 桌
	[o]	若有韻尾(喉塞 音/ʔ/除外)	tong 當 kok 國
ai	/aj/		ai 哀
au	/aw/		au 歐

☆後一頁 koh 有

☆頂一頁 koh 有

ia	[ja]	其他情形	chhia 車 siang 雙
	[jɛ]或[ɛ]	後面若接 n	ian 胭 kian 堅
iu	/ju/		iu 優
io	/jə/	其他情形	io 腰 ioh 臆
	[jo]或[jɔ]	若有韻尾(喉塞 音/ʔ/除外)	iok 約
oa	/wa/		oa 娃 hoa 花
oe	/we/		oe 鍋 koe 瓜
iau	/jaw/		iau 妖 khiau 曲
oai	/waj/		oai 歪 koai 乖

*鼻音化現象於韻母左上角標示 n 表示,例 koaiⁿ 關。

圖表 7. 白話字的文字符號與子音的對應關係

文字符號	子音	條件	實例
b	/b/		bûn 文
ch	/ts/		chi 之
chh	/tsʰ/		chha 差
g	/g/		gí 語
h	[h]	其他情形	hi 希
	[ʔ]	出現於韻尾	tih 滴 ah 鴨
j	/dz/		jit 日
k	/k/		ka 加

☆後一頁 koh 有

☆頂一頁 koh 有

kh	/kʰ/		kha 腳
l	[l]	後面接 a	la 拉
	[d]或[ɾ]	其他情形	lí 你
m	[m]	其他情形	mī 麵
	[m̩]	音節化	m̄ 毋
n	/n/		ni 奶
ng	[ŋ]	其他情形	ngó 五
	[ŋ̍]	音節化	n̂g 黃
p	/p/		pi 碑
ph	/pʰ/		phoe 批
s	/s/		sì 四
t	/t/		tê 茶
th	/tʰ/		thai 胎

圖表 8. 台語的音節結構及可出現的音素*

聲調(tone)			
音節頭 (onset)	韻母(rhyme)		
	介音 (glide)	核心 (nucleus)	韻尾 (coda)
所有的 台語子音	o i	a i u e o͘ o	m n ng p t k h i u

＊以白話字符號呈現

圖表 8 是台語的音節結構及其各部分可出現的音素。基本上，台語的音節結構與越南語非常類似，其「音段」（segments）可分爲「音節頭」（或稱聲母）、「介音」、「核心」及「韻尾」四大部分。「聲調」及「鼻音化」屬於無法單獨存在的「超音段」（suprasegmentals）。台語音段的各部分各有其可出現的音素：台語的所有子音均可於音節頭出現。基本上，子音均需伴隨母音出現。介音則只有兩個半母音（semi-vowels）[w]及[j]出現，在白話字裡分別寫成 o 及 i 符號[3]。這兩個半母音也可以出現在韻尾，在白話字裡分別寫成 u 及 i 符號。出現於介音或韻尾的半母音通常比出現於核心的母音較不響亮也不明顯。核心是音節必要的部分，僅可出現母音，亦即台語的六個單母音可出現。台語有二個非常特別的子音即 m 與 ng 會出現「音節化」的現象[m]與[ŋ]，此時他們可以單獨存在，不需有其他的母音出現。音節化時也可勉強視爲準核心的一種。韻尾僅可出現 9 個音素，分別是濁鼻音的 m、n、ng 三個子音，作爲入聲（第 4 或第 8 聲）的 p、t、k、h 四個，與身爲半母音的 u 及 i 符號。若韻母出現鼻音化現象，則於韻母左上角標示 n 符號，例如 ti[n]（甜）、koai[n]（關）、hiah[n]。

　　白話字的拼字法，或俗稱的羅馬拼音，就是針對圖表 8 裡各音段部分進行符號排列組合再加上聲調符號。當然，並不是所有的排列組合的結果都可以在台語裡形成有語意的語詞。但台語裡有語意的語詞一定是透過這些排列組合而形成。

　　以下舉「蹌」字說明。「蹌」拼爲 chhiàng，其音段分別爲 chh i a ng 這

---

[3] 有人感覺奇怪，爲何不用 w 或者 u 符號做爲台語介音[w]的文字符號？這主要是因爲台語的介音[w] 容易受後面音節核心的影響：假使[w]後面接「不高的母音」（[-high]），譬如[a]、[e]，就會造成原本是[+high]的[w]向[-high]的方向移動。此移動就會造成[w]的音值接近[o]或者[ə]；因爲介音[w]聽起來較像[o]或者[ə]，所以傳教士就將它寫成 o，例如 goá、koe。這種介音[w]受後面核心影響的現象在越南話裡也有，而且也表現在越南文字系統裡，例如 hoa (花)及 quê (故鄉)的差異(蔣爲文 2005, 2006; Chiung 2013)。

四個音素，聲調符號為第三聲的ヽ。聲調符號的標示位置目前仍各有不同的方案主張。但基本原則，1)標示在音節核心或介音之上。2)若有複母音時避免標在 i 之上，譬如 khùi。近年來「信望愛台語客語輸入法」深受台語文界的喜愛與使用。由於該輸入法具有自動標調的功能，建議各位直接採用該輸入法為標準。

「蹌」是由單音節所構成的語詞。如果遇到多音節語詞或複合詞，則必須在音節之間添加「音節符」－。譬如，「蹌聲」拼為 chhiàng-siaⁿ，「菜頭粿」拼為 chhài-thâu-kóe，「芋粿曲」拼為 ō·-kóe-khiau。

台語的聲調除上述的 7 個（扣除消失的第 6 聲）之外，還有輕聲調及幾種只在變調時才會出現的特別調值。輕聲的符號一般是在輕聲的前面以雙 hyphen 標示，譬如 āu--jit（後天）與 āu-jit（改天）因輕聲的出現而有語意上的差別。通常輕聲的前面都會出現本調，或者說輕聲都會伴隨在本調之後產生。在台語裡，聲調具有區別語意及扮演句法的功能，輕聲也不例外。一般來說，輕聲是作為修飾、輔助的角色，而本調則是標記主要語意的所在。譬如，請注意 1a（有輕聲）及 1b（無輕聲）兩句話語意上的差別。1a 是指隨意切個兩三塊，1b 則確切指定只要切二塊。

1a. Tāu-koaⁿ chhiat--nñg tè.（豆干切個兩三塊）
1b. Tāu-koaⁿ chhiat nñg tè.（豆干切二塊）

台語有很豐富的變調（tone sandhi）現象。在標記聲調方面，白話字採用深層結構（underlying form）的表記方式。譬如，「菜頭粿」經過變調的實際發音（surface form）是 chhái-thāu-kóe；但書寫時仍須標記每一個音節的本調（base tone of each syllable），寫成 chhài-thâu-kóe。標本調的原因主要是：1)避免因為方言差所造成的聲調差異，2)台語的本調於不同情境之下會有不同的變調，若標變調可能會造成語意的誤解。譬如，「A-má sé thâu」（阿媽洗頭）若寫成標記變調的「Ā-má se thâu」；當學生去查詞典時，查出 se 是「梳」的意思，結果這句話卻變成「阿媽梳頭」。

在書寫全羅白話字的時候，其標點符號須以依照羅馬字的方式來標

記，且專有名詞須首字大寫。譬如：

Chit 10 goā nî lâi kok tāi-ha̍k sio-soà sêng-li̍p Tâi-oân bûn-ha̍k ia̍h sī Tâi-oân gí-bûn ha̍k-hē kap gián-kiù-só͘. Sui-bóng Tâi-bûn hē-só͘ ê hoat-tián iáu-ū chin-chē būn-tê, chóng--sī, i ke-kiám ū tài-tōng ha̍k-īⁿ-phài jîn-sū tùi Tâi-gí bûn-ha̍k ê gián-kiù hong-khì.

　　教育部於 2006 年 10 月 14 日公布的閩羅拼音基本上是從白話字進行修改調整而形成的新方案[4]。白話字與閩羅拼音的音素符號及拼字規則差異不大，只要先學會其中一套，要轉換使用另一套均不成問題。閩羅拼音也細分為兩種，正式版與傳統版，這個差別主要在鼻音化符號及/o/母音。使用正式版時因其符號變得較冗長，故外型上與白話字有較明顯的差異。當初會有 TLPA 及閩羅方案的出現主要是因早期電腦上不方便處理白話字聲調符號、鼻音化符號及/o/母音符號。如今有極方便的信望愛台語客語輸入法及 Taigi Unicode 等字型，欲在電腦上處理台語文符號已不是一件難事。

圖表 9. 白話字與閩羅拼音方案的主要差異

POJ 白話字	BL閩羅		例	說明
	正式版	傳統版		
ch	ts		早 tsá	
chh	tsh		差 tsha	
oa	ua		紙 tsuá	
oai	uai		乖 kuai	
oe	ue		過 kuè	

☆後一頁 koh 有

---

[4] 詳細請參閱教育部的閩羅拼音手冊<http://www.ntcu.edu.tw/tailo/educate.htm>或 <http://www.edu.tw/FileUpload/3677-15601/Documents/tshiutsheh.pdf >。

☆頂一頁 koh 有

eng	ing		經 king	
ek	ik		激 kik	
-ⁿ	-nn	-ⁿ	甜 tinn	分爲正式版
o͘	oo	o͘	古 kó͘	及傳統版

　　有些人不瞭解白話字，認爲學台語羅馬字會與英語造成混亂。其實只要教法正確，不僅不會混亂，反而有利於台語人學英文。當初設計白話字的都是來自英國、美國或加拿大等英語國家的傳教士，他們怎會設計一套與他們的母語衝突的文字呢？譬如，a 字母於英語讀/e/、台語讀/a/，所以很多人就誤解以爲台語的讀法與英語混淆。其實這是誤解者本身對英語的錯誤理解：a 字母於英語讀成/e/，那只是講英語的人對 a 這個羅馬字母的「稱呼」，並不代表 a 字母背後所對應的發音是/e/。英語的「語音、符號對應關係」是比較複雜的系統，比如說 a 字母於英語裡所對應的發音就有/a/ (father)、/ɛ/ (later)、/ɔ/ (all)、/æ/ (after)、/ə/ (a little)等不同的發音。音素/a/其實也是英語字母 a 的發音之一。另外一個例是 e 字母：e 字母的英文名稱爲/i/，但是它對應的發音很多時候其實是讀成/e/，譬如 egg 與 elephant。

　　又有一些人認爲爲何台語的清塞音 p t k 不送氣，與英文的發音習慣不一樣？其實這也是台灣人受 KK 音標誤導及對英語的誤解所造成的錯誤想法。茲說明如下：

　　台語的塞音有 3 種，亦即「不送氣清塞音」、「送氣塞音」及「濁塞音」均可找到最小對立組（minimal pairs）。但英語只有兩種，「清塞音」及「濁塞音」。亦即英語人士的清塞音不區分「不送氣」及「送氣」的差別，而且是一種「無意識」的自然發音行爲，且他們之間呈現一種「互補分布」（complementary distribution）的關係。譬如說，英文的 "spy"（爪扒仔）與 "pie"（蛋糕派）這兩個詞裡的 p，對英語人士來講，他們聽起來 2 個 p 的發音都是一樣的（phonology 音韻學的角度）。但是，若就

語音學（phonetics）的角度，或從台語人士的聽覺來講，這兩個 p 的發音事實上是不同的，分別是不送氣的 [p]與有送氣的 [pʰ]。在這個例子，我們也可以說[p]與[pʰ]是英語的音素（phonemes）/p/ 的 2 個「音素變體」或者「同位音」（allophones）。

pie   [pʰaj]   有送氣

spy   [spaj]   無送氣

2. 台語的變調規律

　　台語的變調現象可分爲一般變調及特殊變調二大類。以下針對書寫白話字時須特別注意的一些常見變調現象作簡介。

　　一般變調是台語最常見的聲調變化現象。基本上，在一個聲調群組（可以是一個二音節或以上的詞彙，或詞組或子句）裡，最後一個音節的聲調維持以本調的型態出現，其餘音節均依照「一般變調規律」改變聲調。其公式如下：

T → T' / ＿T
Key: T= 本調，T'= 變調

　　以下舉「米粉炒」及「芋粿曲」爲例說明。讀者可發現，從單音節衍生到三音節時，最後一個音節（最右手邊那個）的聲調維持不變（框起來的數字），但其他音節的聲調均要改變。這個改變是有規律可循，而非隨意變調。這個規律稱爲「一般變調規律」。

圖表 10. 「米粉炒」為例的一般變調

漢字	白話字	變調前 （文字標記）	變調後 （實際讀音）
米	bí	2	2
米粉	bí-hún	2-2	1-2
米粉炒	bí-hún-chhá	2-2-2	1-1-2

圖表 11. 「芋粿曲」為例的一般變調

漢字	白話字	變調前 （文字標記）	變調後 （實際讀音）
芋	ō	7	7
芋粿	ō-kóe	7-2	3-2
芋粿曲	ō-kóe-khiau	7-2-1	3-1-1

　　在一般變調規律裡，除了少數例外，每一個本調均會變成其相對應的變調。此變調規律簡要歸納在圖表 12 及 13。

圖表 12. 台語一般變調規律圖

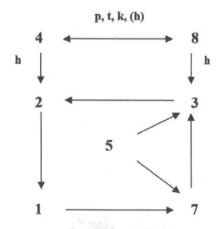

圖表 13. 台語一般變調規律及說明

本調	變調	例	變調前→變調後	說明
1	7	花花 hoe-hoe 獅頭 sai-thâu	1-1→7-1 1-5→7-5	
2	1	媠媠 súi-súi 虎尾 hó͘-bóe	2-2→1-2 2-2→1-2	
3	2	khò͘-khò͘ 豹皮 pà-phôe	3-3→2-3 3-5→2-5	
4	8	khok-khok 答喙鼓 tap-chhùi-kó͘ 踢球 that-kiû 沃水 ak-chúi （貼紙 tah-chóa）	4-4→8-4 4-3-2→8-2-2 4-5→8-5 4-2→8-2 4-2→8-2	韻尾塞音-p -t -k 出現時及韻尾喉塞音-h [ʔ]有保留的現象時
	2	闊闊 khoah-khoah （貼紙 tah-chóa）	4-4→2-4 4-2→2-2	韻尾喉塞音-h [ʔ]有出現消失的現象時
5	7	台灣 Tâi-oân 台南 Tâi-lâm	5-5→7-5 5-5→7-5	南部腔
	3	台灣 Tâi-oân 台北 Tâi-pak	5-5→3-5 5-4→3-4	北部腔
6	-			同第 2 聲
7	3	碇碇 tēng-tēng 象牙 chhiūⁿ-gê	7-7→3-7 7-5→3-5	

☆後一頁 koh 有

☆頂一頁 koh 有

| 8 | 4 | chhak-chhak
合齊 hap-chê
賊頭 chhat-thâu
鹿角 lok-kak
（跋筊 poah-kiáu） | 8-8➔4-8
8-5➔4-5
8-5➔4-5
8-4➔4-4
8-2➔4-2 | 韻尾塞音-p -t -k
出現時及韻尾喉
塞音-h [ʔ]有保留
的現象時 |
| 3 | | 落雨 loh-hō
（跋筊 poah-kiáu） | 8-7➔3-7
8-2➔3-2 | 韻尾喉塞音-h [ʔ]
有出現消失的現
象時 |

接下來要介紹屬於特殊變調的 **á 前變調**。所謂 á 前變調是指發生在以 á 為本調的前一個音節的變調現象：第一次變調照一般變調規律進行變調，第一次變調後若調值不是高調值（第 1 聲或 8 聲），則須再次變為高調值的第 9 聲。第 9 聲的五音階調值約為 35 或 45，為高升調，通常發生在變調而已故不列入基本聲調之中。Á 前變調的 á 是語意的核心，故聲調不變。具有 á 前變調的通常是動植物、小物品或輕蔑用語的詞彙，譬如 ke-á、chhiū-á、toh-á、sut-á。關於 á 前變調的規律，讀者不需特別記每一個聲調的變調，只需記「誰是老大？」。在 á 前變調，因具有高降調值性質的 á 為老大，故前一個音節變調後若不是以高調值收尾，則需變為高調值收尾以配合 á 的高調值前端。

圖表 14. 台語 á 前變調規律及說明

本調	變調	例	變調前➔➔變調後	說明
1	9	雞仔 ke-á	1-2➔7-2➔9-2	須再變為高調值的 9 聲
2	1	鳥仔 chiáu-á	2-2➔1-2	
3	1	兔仔 thò-á	3-2➔2-2➔1-2	須再變為高調值的 1 聲
4	8	七仔 chhit-á	4-2➔8-2	

☆後一頁 koh 有

5	9	猴仔 kâu-á	5-2→7-2→9-2	須再變為高調值的 9 聲
6	-			同第 2 聲
7	9	樹仔 chhiū-á	7-2→3-2→9-2	須再變為高調值的 9 聲
8	9	鹿仔 lȯk-á	8-2→4-2→9-2	須再變為高調值的 9 聲

除了 á 前變調，|隨前變調|也是常見的特殊變調。隨前變調是指具有語意核心的本調後面一個音節需依情況進行變調的現象。譬如，人名「輝仔」（Hui-á）的「輝」是語意核心，故以本調出現，後面的「仔」就要依據隨前變調規律進行變調（在此例讀做第 1 聲）。

在隨前變調的時候，語意核心的本調是老大，故後面一個音節須配合老大的調值來變調：如果老大是高調值收尾，則後面的音節也變成高調值；如果老大是低調值則後面音節也變低調值來配合。

圖表 15. 台語隨前變調規律及說明

核心本調	隨前變調	例	變調前→變調後	說明
1	1	輝仔	1-2→1-1	輝是高調值
2	3	扁仔	2-2→2-3	扁是高降調
3	3	戰仔	3-2→3-3	戰是低降調
4	3	國仔	4-2→4-3	國是中降調
5	7	才仔	5-2→5-7	才是低調值
6	-			同第 2 聲
7	7	在仔	7-2→7-7	在是低調值
8	3	玉仔	8-2→8-3	玉是高降調

隨前變調的標示方式尚不普遍，有人以等號=標示在核心本調之後，也有人將它規範在 á 前變調之中，故以雙 hyphen --標示。隨前變調通常發生在人名、名詞化、形容詞化或完成式等情形，如以下的例子：

2a. 人名：Hui=á（輝仔）

2b. 名詞化：sái-chhia=ê（開車的人）

2c. 形容詞化：chhe^n=ê（青的）；âng=ê（紅的）

2d. 完成式：chia̍h pá=à（食飽 à）；chheh hêng=à（冊還 à）

參考書目

Chiung, Wi-vun. 2013. "Missionary scripts in Vietnam and Taiwan," *Journal of Taiwanese Vernacular*, 5(2), 94-123.

張裕宏 2001《白話字基本論：台語文對應&相關的議題淺說》。台北：文鶴。

蔣為文 2005〈台語的"米"和英語的"bee"有一樣嗎?從 VOT 的觀點看台語和英語的塞音的差異〉，第四屆台灣語言及其教學研討會，2002 年 4 月 27-28 日，高雄中山大學。收錄於蔣為文 2005《語言、認同與去殖民》，頁 235-250。台南：國立成功大學。

蔣為文 2005〈台灣白話字 HĀM 越南羅馬字 Ê 文字方案比較〉發表於第一屆台灣羅馬字教學 kap 研究學術研討會，2002 年 7 月 14 日，台東大學。收錄於蔣為文 2005《語言、認同與去殖民》，頁 88-122。台南：國立成功大學。

蔣為文 2006《牽手學台語、越南語》。台南：國立成功大學。

鄭良偉、鄭謝淑娟 1977《台灣福建話的語音結構及標音法》。台北：學生。

台語拼字實務

A. 母音（vowels）

學習字母（單母音）

a	i	u	o͘	e	o

例 1

a	i	u	o͘	e	o
阿	伊	污	烏	挨	呵

例 2

a	î	ū	o͘	ê	o
阿	姨	有	烏	鞋	窩

例 3

ah-á	í-á	kim-ku	ō-á	ê-á	ô-á
鴨仔	椅仔	金龜	芋仔	鞋	蚵仔

例 4

ah-á, ah-á, a, a, a

練習 1. 請依照上面的例子完成 6 個單母音字母的練習

例 5

a, a, a, $\boxed{\text{ah-á}}$ ê a

練習 2. 請依照上面的例子完成 6 個單母音字母的練習

練習 3. 請試著念出以下的句子

    a. A-î ū í-á, í-á ū a-î.
    b. A-î ū o͘-ê, a-pô ū ō͘-á.
    c. A-pa ài ô-á, ma-ma iā ài ô-á.

學習複母音組合

ai	au			
ia	iu	io		iau
oa			oe	oai

例 6

ai	au			
ia	iu	io		iau
oa			oe	oai

哀	歐			
埃	優	腰		妖
娃			鍋	歪

練習 4. 請寫出以下漢字的複母音

| 乖 | 悠 | 愛 | 趙 | 矮 | 倚 |

| 瓜 | 拗 | 求 | 大 | 話 | 橋 |

| 台 | 短 | 繳 | 刁 | 怪 | 猴 |

練習 5. 請想想還有什麼漢字具有該複母音（不用考慮子音及聲調）？

ai	au			
ia	iu	io		iau
oa			oe	oai

學習鼻音符號

aⁿ	iⁿ	uⁿ	o͘ ⁿ	eⁿ	oⁿ

例 7

āⁿ	îⁿ-á	iúⁿ	oⁿ oⁿ khùn	eⁿ-á
餡	圓仔	羊	oⁿ oⁿ 睏	嬰仔

練習 6. 請區分以下各組漢字哪個需要添加鼻音符號？

a. 豬　　甜　　b. 箱　　修　　c. 羊　　油
d. 恐　　薑　　e. 張　　良　　f. 電　　茫

B. 子音（consonants）

學習字母（清塞音）

p	t	k
ph	th	kh

例 8

pa	ta	ka
pha	tha	kha
疤	礁	咖
葩	他	腳

例 9

po-lê	to-á	ko-á
pho-lōng	thô-á	kho-ha̍k

玻璃	刀仔	糕仔
波浪	桃仔	科學

練習 7. 請區分以下各組漢字哪個無送氣？

    a. 葩　爸　　b. 比　鄙　　c. 雞　溪

    d. 磅　膨　　e. 呆　篩　　f. 巧　膠

    g. 典　空　薑　天　冰　帆

練習 8. 請試著念出以下的句子

    a. A-pa ài phah kiû.

    b. Thô-á tī tó-ūi?

    c. To-á kā thô-á phòa khui.

學習字母（濁塞音與邊音）

b	l	g

例 10

bâ	lâ	gâ
麻	蜊	牙

例 11

bō-á	tâng-lô	gô-á
帽仔	銅鑼	鵝仔

練習 9. 請區分以下各語詞的語音差別

bī	lī	gī
pī	tī	kī

練習 10. 請區分以下各組漢字哪個具有濁塞音 b 或 g？

- a. 麵　味
- b. 尾　火
- c. 匾　免
- d. 舅　遇
- e. 囡仔　印仔
- f. 瓦　我
- g. 武　功　旅　囝　癮　金　面　介　肥　銀

練習 11. 請區分以下各組漢字哪個具有濁邊音 l？

    a. 利　　箸
    b. 底　　禮
    c. 拜　　來
    d. 攏　貢　東　冷　雷

練習 12. 請試著念出以下的句子

    a. A-pa ài pûi ti-bah.
    b. A-ko bē ài gû-bah.
    c. Lí beh ti-bah iáh giâ-bah?
    d. Góa ê gín-á bô in-á.

學習字母（鼻化子音）

m	n	ng

例 12（音節頭）

má	ná	ngá
媽	若	雅

例 13（韻尾）

am	an	ang
掩	安	尪

例 14（韻尾）

kim	kin	keng
金	根	經
iam	ian	iang
閹	胭	央

練習 13. 請試著唸出以下的語詞

    a. mā   nā

    b. niau ngiau

    c. mē   ngē

    d. nāu ngāu

    e. kiam kian   kiang

    f. pian thiam   khiang

    g. tīm thīn   kēng

    h. mî   bîn   bêng

    i. gêng lêng

    j. phin-phóng   pí-phēng

練習 14. 請試著念出以下的句子

    a. A-má ài lim gû-leng.

    b. A-kong ài lim iûⁿ-ni, bē-ài gû-ni.

    c. Lí kóng 'tāu-leng' iáh 'tāu-ni'?

    d. In tau ê bí-leng bô tè pí.

    e. Thīn Tâi-oân kap Tâi-gí tō tióh ah!

學習字母（音節化子音）

m	ng

例 15

m̄	n̂g
毋	黃

練習 15. 請試著唸出以下的語詞

    a. m̄-thang   n̂g-kim

    b. m̄-bián   tiong-ng

    c. khn̄g   a-ḿ

    d. m̄-nā   kan-taⁿ

學習字母（擦音）

s		h
ch		chh
j		

例 16

si		hi
chi		chhi
jī		

詩		希
之		痴
字		

說明：台語的 j 有逐漸消失，被 l 或 g 取代的現象。

練習 16. 請試著唸出以下的語詞

    a. sái   hái   chái   chhái

    b. hái-sán   hong-sîn

    c. chi-chhî   chù-chheh

    d. ūn-hô   só-sî

    e. chó-á   chhàu-chho

    f. siu-chî^{n} chhân-hn̂g

    g. sái-jiō   jî-chhiá^{n}

    h. chiù-chōa chhōa-thâu

練習 17. 請試著念出以下的句子

    a. Hái-sai ē-hiáu piáu-ián tàn-kiû.

    b. Cha-hng góa tī tōng-bùt-hn̂g ū khoài^{n} tōa-chhiū^{n}.

    c. Tâi-gí Pèh-ōe-jī sī 1 khoán im-sò͘ bûn-jī.

    d. Ū Tn̂g-soa^{n}-kong, bô Tn̂g-soa^{n}-má.

    e. Chhōa bó͘-tōa-chí, chē kim-kau-í.

    f. Bōe-chēng tang-cheh tō teh so î^{n}-á.

學習字母(入聲韻尾)

-p	-t	-k	-h

例 17

ap	at	ak	ah
壓迫	握手	沃水	鴨

例 18

kip	hit	hek	tih
急	彼	穫	滴

練習 18. 請試著唸出以下的語詞

    a. hip-siòng tit-chiap   b. chhân-kap-á   lo̍k-kak

    c. chhut-ji̍p khak-jīn chek-jīm

    d. khùiⁿ-oa̍h hah-tah   e. tih-hoeh chú-se̍k

練習 19. 請試著分辨以下語詞的-p -t -k -h？

    a. 國家 b. 吸管 c. 毒藥 d. 設法 e. 協力 f. 吸石

練習 20. 請試著念出以下的句子

    a. Lo̍h tōa-hō͘ hit chit kang.

    b. Chit pún chheh chin ū lāi-iông.

    c. Tiám-á-ka liâm tio̍h kha.

    d. Chhòa Pôe-hóe chin kut-la̍t chhui-sak Pe̍h-ōe-jī.

    e. Kò͘-hiong ê chhân-hn̂g sī chok-ka Tân Bêng-jîn ê chok-phín.

    f. M̄-thang hiâm Tâi-oân ê chok-chiá sī Lîm Iong-bín.

C. 聲調

調類	1	2	3	4**	5***	6*	7	8**
白話字符號	無	ˊ	ˋ	無	ˆ	－	｜	
五音階調值	44	53	21	3	12		22	5
IPA 的調值	⊣	↘	↘	˙	↗	⊣	˙⊦	
詞例-p	kam 甘	kám 感	kàm 監	kap 佮	kâm 含	kám 感	kām 檻	ka̍p 洽
詞例-t	kun 君	kún 滾	kùn 棍	kut 骨	kûn 裙	kún 滾	kūn 近	ku̍t 滑
詞例-k	tong 東	tóng 黨	tòng 擋	tok 啄	tông 同	tóng 黨	tōng 洞	to̍k 毒
詞例-h	to 刀	tó 倒	tò 到	toh 桌	tô 逃	tó 倒	tō 導	to̍h 燵
詞例（口訣1）	saⁿ 衫	té 短	khò͘ 褲	khoah 闊	lâng 人	é 矮	phīⁿ 鼻	ti̍t 直
詞例（口訣2）	sai 獅	hó͘ 虎	pà 豹	pih 鱉	kâu 猴	káu 狗	chhiūⁿ 象	lo̍k 鹿
漢學稱呼	陰平	陰上	陰去	陰入	陽平	陽上	陽去	陽入

*第 6 聲已消失。為維持原分類，在練習聲調時第 6 聲通
常會以第 2 聲代替。

**第 4 聲與 8 聲俗稱入聲，均為未釋放（unreleased）的
清塞音。

***第 5 聲也有 212 的調值，且越來越普遍。

練習 21. 請區分以下聲調的差異

1	kun	2	kún	5	kûn	8	kút	本調	āu-jit
7	kūn	3	kùn	7	kūn	4	kut	輕聲	āu--jit

練習 22. 請區分本調與聲調的差異

1	tiⁿ-tiⁿ	hoe-hoe	sng-sng
2	khó-khó	súi-súi	sán-sán
3	phàⁿ-phàⁿ	chhiò-chhiò	lò-lò
4	siap-siap	sip-sip	hip-hip
5	kiâm-kiâm	tâm-tâm	âng-âng
6	chiáⁿ-chiáⁿ		
7	tēng-tēng	kāu-kāu	tāng-tāng
8	chàt-chàt	kùt-kùt	pèh-pèh

練習 23. 請區分與判斷以下語詞的聲調，之後再拼出其字母

    a. 先　競　　b. 神　慎　　c. 主　註
    d. 在　財　　e. 宋　爽　　f. 尚　傷
    g. 親像　　　h. 火車　　　i. 貨運
    j. 台票

練習 24. 請區分與判斷以下入聲詞的聲調，之後再拼出其字母

    a. 毒　啄　　b. 集　疊　　c. 結　達
    d. 截　紮　　e. 刺鑿　　　f. 摘要
    g. 食物　　　h. 協力　　　i. 教育
    j. 影跡　　　k. 積極

練習 25. 請試著念出以下的語詞並說出它的意思

a. phok-khiat   b. tȯk-lı̍p   c. kiàn-kok
d. Jı̍t-pún   e. Bí-kok   f. Eng-bûn
g. Oa̍t-lâm   h. bûn-ha̍k   i. gē-su̍t
j. ha̍p-chok   k. chhia̍k-chhia̍k-tiô
l. chia̍h--nn̄g-óaⁿ m. sut--chı̍t-ē   n. kiaⁿ--sí

練習 26. 請試著念出以下的句子

a. Chháu-mé-á kā ke-kang lāng kah phı̍t-pho̍k thiàu.

b. Chı̍t pêng chı̍t ke tāi, kong-má sûi lâng chhāi.

c. Ka-tī chai chı̍t châng, khah iâⁿ khòaⁿ pa̍t-lâng.

D. 綜合習題 chong-hạp sịp-tê

習題 1. Chhiáⁿ kun-kù Tâi-gí-jī chhōe chhut tùi-èng ê tô͘

    a. kin-chio   b. khī-á   c. kam-á   d. nāi-chi

    e. sek-khia/niau-lâi-á   f. pạt-á   g. si-koe   h. ông-lâi

（A）   （B）   （C）   （D）

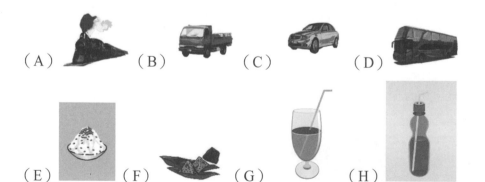

（E）   （F）   （G）   （H）

習題 2. Chhiáⁿ kun-kù Tâi-gí-jī chhōe chhut tùi-èng ê tô͘

    a. chhoah-peng   b. iû-lám-chhia   c. kó-chiap   d. hóe-chhia

    e. hòe-chhia   f. bah-chàng   g. khì-chúi   h. kiau-á

（A）   （B）   （C）   （D）

（E）   （F）   （G）   （H）

習題 3. Chhiáⁿ kun-kù Tâi-gí-jī chhōe chhut tùi-èng ê tô͘

    a. Chi̍t tè pôaⁿ-á bīn-téng ū nn̄g tè hoan-be̍h

    b. Chi̍t châng hoan-be̍h ū nn̄g sūi

    c. Nn̄g sūi hoan-be̍h niâ

    d. Nn̄g châng hoan-be̍h

（A）   （B）   （C）   （D）

習題 4. Chhiáⁿ kun-kù Tâi-gí-jī chhōe chhut tùi-èng ê tô͘

    a. Cha-bó͘ gín-á teh giú lêng-á

    b. Cha-po͘ gín-á teh khiâ thih-bé/kha-ta̍h-chhia

    c. Cha-bó͘ gín-á teh that kiàn-chí

    d. Cha-po͘ gín-á chhiú lìn the̍h nâ-kiû

（A）   （B）   （C）   （D）

習題 5. Chhiáⁿ kun-kù Tâi-gí-jī chhōe chhut tùi-èng ê tô͘

   a. Tōa-lâu piⁿ-á ū chhia teh cháu

   b. Tōa-hái lìn ū chi̍t chiah phâng-chûn

   c. Gín-á teh sńg tōa-chhiūⁿ ê chhu-thui

   d. Chhân lìn ū 1 chiah gû

（A）　　　（B）　　　（C）　　　（D）

習題 6. Chhiáⁿ tha̍k/chhiùⁿ chhut Tâi-oân bîn-iâu

  a. Tiám-á-ka

  Tiám-á-ka liâm tio̍h kha, kiò a-pa bé ti-kha. Ti-kha kho͘-á kûn nōa-nōa, iau-kúi gín-á lâu chhùi-nōa.

  b. Sai-pak hō͘

  Sai-pak hō͘, tit-tit lo̍h. Chit-á-hî beh chhōa-bó͘. Ko͘-tai hiaⁿ phah lô-kó͘. Mûi-lâng-pô thô͘-sat só. Ji̍t-thâu àm chhōe bô lō͘. Kóaⁿ-kín lâi, hóe-kim-ko͘. Chòe hó-sim, lâi chiò-lō͘. Sai-pak hō͘; tit-tit lo̍h.

  c. Pe̍h-lêng-si

  Pe̍h-lêng-si chhia pùn-ki, chhia kàu khe-á kîⁿ. Poa̍h chi̍t-tó, khioh tio̍h nn̄g sián chîⁿ. Chi̍t sián khiām khí-lâi hó kòe-nî, chi̍t sián bé piáⁿ sàng tōa-î.

習題 7. Chhiáⁿ kun-kù ē-bīn ê tô͘ iōng Tâi-gí-jī siá chhut 10 ê gí-sû

習題 8. Chhiáⁿ iōng 1 kù ~5 kù ōe biâu-siá ē-bīn múi 1 pak tô͘

a.

b.

c.

d.

e.

f.

習題 9. Chhiáⁿ kun-kù ē-bīn chit 4 pak tô͘, iōng 500~800 sû siá chhut lí ê sim-tek

習題 10. Chō-sû chiap hóe-chhia

例： Chhia-thâu →thâu-ke →ke-āu →āu-piàn →piàn-khoán →khoán-thāi →thāi-tō͘ →tō͘-chiam →chiam-chhia

    a. Óaⁿ-kóe →kóe-bô͘ →

    b. Bí-thai-bak̍ →bak̍-chiu →

    c. Lí-sióng → sióng-siōng →

習題 11. Chhiáⁿ tī keh-á lāi thiⁿ sek-tong ê Tâi-gí-sû

（bián hyphen -; téng, ē, chiàⁿ-péng, tò-pêng sūn-sī bô hān）

a. Kóe-chí kap chhài-se ê miâ（16 ê）

■	■	k			n		
	■	s			n		■
	■				a		
ô				i		h	
	ā	■	ê	■	s	ā	ⁿ
■			ȯ			e	
■	c		á	■	■	k	■
■	ō			s			
■	i	■	g		p	m	■
p		l					ô

b. Tâi-oân gâu-lâng ê miâ（12 ê）

■			t	■		g	■	n̂
l				a	■			h
	n		i	ȯ			k	c
■	m	■		■	h	ō͘	s	
■			m	■	k	ō͘		a
■			t	■				p
■				■	l	t		
■	i		n	■		l		t
■				■		l	h	
	h		i		k	ù		
	â		t		l	ô	■	

PART C
研究論述

台語教學原理原則導論

本章提要

　　本章代先紹介基本 ê 語言權概念 thang hō 讀者了解國際 ê 潮流。接續討論台灣語言 kap 台語 ê 定義 kap 歷史。Koh 來，紹介第一語言 kap 第二語言 ê 概念，kap 探討母語異化造成語言失傳 ê 現象。Sòa 第一語言 ê 概念落去紹介語言習得 ê 理論 thang hō 讀者認 bat 母語是按怎學起來 eh。Lō͘-bóe 以具體 ê 例來講台語教學現場 tiāⁿ tú tiòh ê 問題 kap 解決方案。

第一節　基本語言權概念

　　這 kúi 十年來因為咱人盲目追求工業化 kap 緊速消費地球資源 soah 造成大自然受破害、生態無平衡，後果是氣候異常、土 chhoah 流增加、冰角山減少等愈來愈嚴重。M̄-nā 按呢，真濟物種像講北極熊、台灣烏熊、貓熊、烏雉雞（帝雉）等攏強 beh 斷種去 ah。根據「世界自然保育聯盟」2007 年 tī 巴黎公布 ê 強 beh 絕種生物紅皮書，目前全球強 beh 絕種生物達到 16,306 種。

　　除了自然生態 hông 破害，人文生態 mā 糟受嚴重損斷。根據聯合國教科文組織（UNESCO）tī 2009 年 2 月 19 號公布 ê「新版世界強 beh 斷種 ê 語言 ê 地圖」（New edition of UNESCO's Atlas of the World's Languages in Danger[1]）：全世界大約有 6,000 種語言，其中有 200 種 tī 過去三代人之間

---

[1]　<http://www.unesco.org/culture/ich/UNESCO-EndangeredLanguages-WorldMap-20090218.pdf>

已經斷種、無人 teh 用，有 2,279 種是強 beh 斷種 ê。這寡語言內底有 199 種 in ê 使用人口無到 10 個人，有 178 種 in ê 使用人口是 10~50 個人。若是咱台灣，原住民 ê 語言全部攏列入無全程度 ê 危險內底。

咱會使講，這款語言死亡 ê 例 kap 速度無輸北極熊 kap 貓熊消失絕種 ê 嚴重性。俗語勸人趁早有孝爸母講，「在生一粒豆，khah 贏死了拜豬頭」。仝款 ê 道理，語言 bōe 斷種進前咱 tiòh 緊 kā 傳 hō͘ 後代，chiah bōe 後悔 bōe 赴。

聯合國教科文組織看 tiòh 真濟語言 kap 文化 tng teh 消失，所以 tī 2001 年有公布一份《世界文化多樣性宣言》（Universal Declaration on Cultural Diversity[2]），呼籲世界各國 ài 重視維護語言文化多樣性 ê 重要。宣言內底講：「…因此，tàk 個人 lóng 應當 ē-tang 用伊選擇 ê 語言，特別是用 ka-tī ê 母語來表達 ka-tī ê 思想，進行創作 kap 傳播 ka-tī ê 作品；tàk 個人 lóng 有權接受充分尊重伊 ê 文化特性 ê 優質教育 kap 培訓…」。另外，由數百 ê 非政府組織 kap 國際筆會中心 ê 220 位代表共同背書，tī 1996 年公布 ê《世界語言權宣言》（Universal Declaration of Linguistic Righch[3]），koh khah 詳細主張族群母語 ê 權益如下：

第 27 條：所有語言社群 lóng 有資格教育伊 ê 成員，hō͘ 伊 ē-tàng 得 tiòh kap 伊文化傳統相關 ê 語言 ê 知識，像講 bat 做為 in 社區慣習用語 ê 文學 iàh 聖言。

第 28 條：所有語言社群 lóng 有資格教育伊 ê 成員，hō͘ in ē-tàng 徹底瞭解 in ê 文化傳統（歷史、地理、文學 kap 其他文化表徵），甚至 ē-tàng 延伸去學習其它 in 所 ǹg 望瞭解 ê 文化。

第 29 條：人人 lóng 有資格以伊所居住區域 ê 特定通行語言來接受教育。

---

[2] 原稿 tī <http://unesdoc.unesco.org/images/0012/001271/127160m.pdf>，台文版 tī 社團法人台灣羅馬字協會<http://www.TLH.org.tw>。

[3] 原稿 tī <http://www.unesco.org/cpp/uk/declarations/linguistic.pdf>，中文版請參閱施正鋒編 2002《語言權利法典》台北：前衛。台文版 tī <http://www2.twl.ncku.edu.tw/~uibun/student/2006f/TGchoante/Soan-Gian.pdf>

第 30 條：所有語言社群 ê 語言 kap 文化 ài tī 大學階段作為研讀 kap
　　　　 探究 ê 主題。

　　總是，用 ka-tī 民族 ê 母語來進行教育是國際 ê 潮流！咱人 tiāⁿ-tiāⁿ「近
廟欺神」，tiāⁿ kā 身邊 ê 珍珠當做鳥鼠 á 屎。親像當咱 teh 大聲 hoah-hiu 保
護北極熊 kap 貓熊 ê 時，咱 kám 會記 chit 台灣特有亞種台灣黑熊是比北
極熊 kap 貓熊數量 koh khah 少 ê 強 beh 斷種動物！？

第二節　台灣語言 kap 台語

　　「台語」、「台灣話」、「台灣語言」chit 3 個語詞 tiāⁿ hông 提來使用 m̄-koh
koh gâu 造成誤解，咱先針對這 3 個用詞重新定義、分析 tī 下面。[4]

　　「台灣語言」（Taiwanese languages）是指 tī 自然狀態 ê 遷 sóa 之下（非
殖民政權強迫使用），經過「土著化」koh 有台灣傳統歷史文化「代表性」
而且外界普遍認同者。「土著化」，若用大自然 ê 概念來看，也就是講外
來物種 ài 經過一定 ê 過程、kap 當地生態產生平衡了 chiah 會使算是本土
種。若無，伊就是外來入侵種。像講，美國「大 kóng 蝦」（螯蝦）hông
引進台灣 koh 四界烏白 tàn 了 soah 造成本土魚蝦遭受攻擊 ê 生態危機。
Koh 親像外來 ê「福壽螺」造成台灣田園綠色植物受破害等等。這攏是外
來種「乞食趕廟公」破害本土種生存空間 ê 實例。

　　自然界有分本土種 kap 外來種，語言界 mā 全款，所以台灣語言就
是台灣 ê 本土種，包含原住民 ê 族語、客語 kap 台語。Tī 台灣語言 ê 定
義之下，英語、華語、日語 kap 越南新娘所用 ê 越南語 lóng 無算是台灣
語言，不過 in ē-sái 算是「國民 ê 語言」，也就是台灣國民有 teh 用 ê 語言
（languages used by the Taiwanese citizens）。咱分別用圖表 1 、圖表 2 來解
釋「台灣語言」kap「國民 ê 語言」ê 語意成份。

---

[4] 詳細 ê 討論 ē-sái 參考蔣為文(2007)。

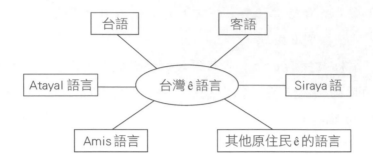

圖表 1. 「台灣語言」ê 語意成份

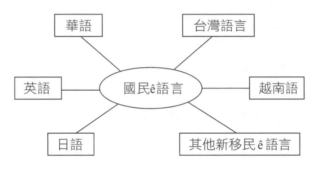

圖表 2. 「國民 ê 語言」ê 語意成份

Hoān-sè 有人會講 chit-khóan ê 分法 siuⁿ-kòe 心胸 kheh-ėh，應該將華語包含在台灣語言 lāi-té chiah tiȯh。若準華語算是台灣語言，為啥物比華語 khah 早來台灣而且 koh 有台灣人 teh 用 ê 日語 bē-sái 算台灣語言？若準華語算是台灣語言，mā 應該改名做台灣語言。Án-ne 對岸 ê 中國人是 m̄是 ē-tàng 接受 in teh 用 ê「普通話」無叫中國語言、顛倒 hông 叫做台灣語言？台灣 ê 中國語文學系是 m̄是願意改名做台灣語文學系？

「台灣話」（Taiwanese）是指眾台灣語言當中透過自然競爭所形成 ê 一種台灣共通語（Lingua franca）。「台灣話」mā ē-sái 簡稱做「台語」。Ùi án-ne ê 定義來看，「台灣語言」是 khah 大 ê 項目，lāi-té 有一種語言叫「台語」或者「台灣話」。「台語」chit-ê 專有名詞 tiāⁿ 會引起客家或者原住民族群 ê 驚惶就是爭論者將「台語」當做是「台灣語言」ê 簡稱。事實上，

「台語」kap「台灣語言」應該 hông 當做 2 個 bô-kāng ê 概念處理。就親像「廣東話」kap「廣東語言」是 bô-kāng ê 概念 án-ne：「廣東語言」是指中國廣東地區 ê「廣東話」、「客話」、「閩南話」等；雖然廣東地區 mā 有人 teh 使用「客話」kap「閩南話」，m̄-koh「廣東話」kan-taⁿ 專門指「廣東話」niâ，並無指「客話」或者「閩南話」。若就國際語言來舉例，「法語」kap「法國語言」mā 是 bô-kāng ê 概念。「法語」（Francais）是指以巴黎地區 ê 語言做標準所形成 ê 大家印象中所講 ê 法語；伊大約佔法國全人口 ê 90%。法國語言是指包含「Breton」、「Dutch」、「Gascon」、「Limousin」、「Avergnat」、「Languedocien」等在內 24 種少數族群語言（Grimes 1996:477-481）。

雖罔「台語」ê 語言源頭是 ùi 中國福建傳來台灣，m̄-koh 經過數百年 ê 土著化了，伊已經發展出有台灣代表性、kap 源頭無仝 ê 獨特語言，所以台灣人慣勢 kā 號做「台語」。是講，mā 有少數 ê 人 kā 號做「河洛語」、「福佬語」、「貉獠語」（Hō-ló）kap「閩南語」。咱尊重無仝人所使用的無仝稱呼，m̄-koh 若以專業 kap 學術 ê 角度來看，咱認為「台語」上 hảh 用，理由如下：

1. 根據《說文解字》ê 解說，閩南語 ê「閩」字是蛇 ê 意思，具有對中國閩南地區 ê 先住民 kap 伊後代歧視 ê 氣味。聯合國 1948 年公布 ê 《世界人權宣言》宣示人人生而平等，無應該受 tiỏh 任何歧視。咱若認同種族平等，tō 無應該繼續使用具有侮辱他人 ê 字眼。

2. 中國閩南地區除了講所謂 ê 閩南語之外，mā 有講客語 kap 廣東語 ê 人口。若使用「閩南語」chit-ê 詞，恐驚會造成「台語」、「客語」kap 「廣東語」ê 混淆。

3. 所謂 ê 閩南語，伊分佈 ê 所在不止是福建閩南地區，koh 包含廣東東 pêng、海南島、東南亞各國等等。經過在地化 ê 歷史演變，各所在 ê 閩南語已經無完全 kâng-khóan。若用閩南語 ê 稱呼，恐驚會造成語意混淆。

4. 閩南語是指福建南 pêng，河洛語是指黃河、洛水一帶 ê 人所使用 ê

語言。台灣人 ê 戶籍地 kap 久居地 tī 台灣，毋是中國福建閩南、mā 毋是黃河、洛水，所以無適合「閩南語」、「河洛語」、「福佬語」ê 稱呼。

5. 「貉獠人」是客人 kap 廣東人對講貉獠語 ê 人 ê 稱呼。貉獠是指中國東南方「百越」民族 ê 一族，本身有歧視 in 是東南方野蠻民族 ê 意涵。

6. 中國閩南地區當地 ê 居民絕大多數 lóng 用「廈門話」、「泉州話」「漳州話」等來稱呼，罕 leh 用「閩南話」ê 講法。

7. 「台語」是專有名詞，m̄是「台灣語言」ê 簡稱。「台灣語言」包含「原住民族語」、「台灣客語」kap「台語」。使用台語並無排斥其他族群語言 ê 意思，就親像原住民「Tao 族」自稱做「Tao」（「人」ê 意思）並無表示其他族群 tō m̄是人。

8. 台灣人使用「台語」iảh-sī「台灣話」已經有 kui 百年 ê 歷史。像講，「連戰」ê 阿公「連橫」所寫 ê《臺灣語典》mā 用台語 ê 名稱。甚至當初國語推行委員會來台灣 ê 時所制定 ê《臺語方音符號》mā 使用台語稱呼；hām 國防部所出版 ê《實用臺語會話》攏使用台語，而且 hō͘ 蔣介石列入交代 ài 軍方學習台語。[5]

9. 咱 ài 尊重住民、自我族群久長以來 ê 傳統稱呼。台語是大多數台灣人 lóng 慣習使用 ê 傳統稱呼，應該 ài kā 維護。《世界語言權宣言》第 33 條 mā 講起「所有語言社群 lóng 有權以 ka-tī ê 語言稱呼 ka-tī」，使用 ka-tī ê 名字是人民 ê 權利。

　　語言 ê 分類 kap 號名是 án-chóaⁿ 進行 ê neh？就語言分類來講，語言學頂頭通常就伊客觀 tek ê 語音、語詞、句法 ê 異同來做分類 ê 標準。若是語言 ê 號名，通常會 tī 語言學 ê 分類基礎頂頭根據 hit-ê 語言 ê 分佈地理、使用人口 kap 歷史典故來做號名 ê 依據。除了 chit-kóa 客觀因素之外，語言 ê 名稱 koh gâu 受主觀因素 ê 影響，像講族群 ê 自我認同等。

　　語言分類 ê 第一步 ài 有才調區分「語言」（language）kap「方言」

---

[5] 請上社團法人台灣羅馬字協會網站看相片<http://www.TLH.org.tw>。

112

（dialect）。台灣人久長以來受 tiòh 國語政策 ê 影響 soah 對「語言」kap「方言」有誤解 ê 印象，kiò-sī "國語"（華語）以外 ê 台灣本土語言 lóng 是方言。到底語言 hām 方言有啥差別？根據 Crystal（1992:101），方言是指「因為文法 iā 是詞彙 ê 差異 soah 展現出地區或社會背景 bô-kāng ê 某種語言變體（variety）」。Beh án-chóaⁿ 判斷某二個人所講 ê 話語是語言 iàh 是方言 ê 差別 neh？Tī 語言學頂頭，一般是以二個人溝通交談 ê 時是 m̄ 是 ē-tàng 互相理解（mutual intelligible）對方 ê 話語做判斷 ê 基本標準。（Crystal 1997:25）假使雙方無法度互相理解，án-ne in 講 ê 是二種獨立 ê、bô-kāng ê 語言；若準有 kóa 詞彙 iàh 是文法 ê 精差，m̄-koh 雙方 iáu ioh 會出對方 ê 語意 ê 時，án-ne in 使用 ê 是 kāng 一種語言 ē-kha ê 二種方言。咱以台灣為例，台語、客語 kap 華語之間是互相 bē 通 ê 語言；台語 ê 地方腔口像宜蘭腔、鹿港腔、關廟腔等算是台語 chit-ê 語言下面 ê 方言。

雖罔語言學頂頭有標準 thang 區分語言及方言，m̄-koh 現實上，特別是有政治力介入 ê 時，未必然完全用語言學 ê 標準來區分。有 kóa 情況真明顯是語言 ê 精差，soah hông tiau-kang 當作方言看待，像講國民黨時期 kā 台灣本土語言 phì-siùⁿ 做方言。另外一種情形是實際上 kan-taⁿ 方言 ê 精差，m̄-koh 為 tiòh 突顯政治上 ê 主權獨立 soah kā 方言提升做語言 ê 層次。像講北歐 ê「瑞典」、「Norway」、「Denmark」三國所使用 ê Scandinavian 語言實在是某種程度 ē-sái 互相理解 ê 方言差異，m̄-koh in 為 tiòh 凸顯國家 ê 認同 soah 堅持 in 講 ê 話語是語言 ê 差別，分別 kā in ê 語言號做「瑞典語」（Swedish）、「Norwegian」、kap「Danish」。（Crystal 1997:286）

是 án-chóaⁿ 中國國民黨時期 tiau-kang beh kā 台灣本土語言 phì-siùⁿ 做方言？因為語言 kap 方言 tiāⁿ 扮演 bô-kāng ê 社會功能，而且方言 gâu chiâⁿ 做「高低語言現象」（diglossia）lāi-té ê「低語言」。低語言 tiāⁿ hông 粗俗、沒水準 ê 印象，mā 因為無受重視所以 bē tī 正式場合使用，致使容易乎人感覺就算消失去 mā 無要緊。國民黨 kā「華語」訂做國語，kā 其他被支配族群 ê 語言 phì-siùⁿ 做「方言」，其實就是 beh 進行政治鬥爭，利用語言來強化支配者 ê 文化優勢，甚至用來打擊被支配族群 ê 自尊心 thang

進一步消滅伊 ê 自我認同。（施正鋒 1996: 58）

第三節　第一語言 vs.第二語言

Tī 語言學頂頭有所謂 ê「第一語言」（first language）kap「第二語言」（second language）ê 講法。所講 ê「第一語言」是指咱人出世 liáu 第一個學起來 ê 語言，「第二語言」是指先學 ē-hiáu 第一語言 liáu、tī 有一定 ê 年歲 liáu chiah koh 學 ê 其他語言。「第一語言」通常是「滑溜 ê 語言」（floent language），m̄-koh mā 有例外 ê 情形。像講現此時有 bē chió 台灣人雖然 sè-hàn 出世 sûi 學 ê 語言是台語，m̄-koh in 去學校讀冊 liáu soah 改用華語，致使伊 ê 第一語言「台語」比第二語言「華語」khah bē 輪轉。

若論到母語，其實 ē-sái 分做「個人母語」（personal mother tongue）kap「族群母語」（ethnic language；或者號做「民族母語」"national language"，簡稱族語）。第一語言就是咱 ê 個人母語。通常，tī 正常 ê 情況下，第一語言 m̄-tāⁿ 是個人母語，mā 是族群母語。M̄-koh tī 一寡特殊情形之下，像講留學家庭、移民家庭、受外來政權殖民等，第一語言未必然是族群母語。可比講，有一對以台語爲母語 ê 台灣留學生到美國留學，in tī hia 讀冊期間有生一個囡仔。因爲英語環境 ê 關係，in ê 囡仔一出世就先學英語。後來 in 結束留學生涯 tńg 來台灣，囡仔 mā tòe leh koh kā 台語學起來。Án-ne，雖然英語是 in 囡仔 ê 第一語言，m̄-koh in 囡仔 ê 族群母語 iáu 是台語。

若是受外來政權殖民 ê 例，可比講日本時代因爲國語政策 ê 關係，tī chit-ê 政策影響之下 tōa-hàn ê 台語囡仔 soah 將日語當做第一語言、顛倒將族群母語——台語當做第二語言。這是個人母語 kap 族群母語無一致 ê 另外一個例。

咱若問人講伊 ê「母語」（無指定是個人或者族群母語）是啥 ê sî-chūn，通常會得 tiòh 2 種 bô-kāng 觀點 ê 回應。第一，若 khiā tī 語言是"族群歷史文化傳承功能論"者，就算伊 ê 個人母語 kap 族群母語無一致，伊會根據伊 ê「族群母語」來回答。第二，若 khiā tī 語言 kan-taⁿ 是"溝通工

具"者，伊通常會根據伊 ê「滑溜 ê 語言」或者「個人母語」來回答。這就是為啥物真 chē 台灣少年家雖然 in ê 族群母語是台語，m̄-koh in 會 ìn 你講 in ê 母語是華語。

　　Tng-tong 一個人 ê 個人母語 kap 族群母語 bô-kāng ê 時，咱 ē-sái kā 講這是一種「母語異化」ê 現象。母語異化 ē-sái 分做像圖表 3 án-ne 2 種情形。第一種是雖罔個人母語 kap 族群母語 bô-kāng，m̄-koh 伊 iáu 有 khiām hit 2 種語言 ê 使用能力。另外一種是單語 ê 母語異化現象，iā-tō 是個人 kan-taⁿ ē-hiáu 個人母語、m̄-koh 已經失去族群母語 ê 使用能力；即種情形通常是語言轉換（language shift） ê 前兆。

	個人母語	族群母語
(1)雙語能力	+	+
(2)單語能力	+	-

圖表 3. 雙語 kap 單語 ê 母語異化情形

　　單語 ê 母語異化通常有 2 個後果：第一是個人 iáu 會 tī 精神上 kap 情感上承認族群母語 ê 存在，m̄-koh tī 實際日常生活 lìn lóng 用個人母語。像講歐洲 ê Irish 共和國（Irish Republic）本底是講 Irish 語言，m̄-koh 經過英國統治 liáu soah 變成真 chē Irish 人 kan-taⁿ 講英語、bē-hiáu 講 Irish 語。[6] 雖罔 Irish 政治上獨立 liáu 繼續使用英語，m̄-koh in tī 民族情感上、精神層次 iáu 將 Irish 語言當做民族母語（Fasold 1984:278）。[7]第二個後果是 tī 精神上、情感上放棄原有 ê 族群母語，將個人母語當做新 ê 族群母語。換一句話來講，族群母語已經產生語言轉換現象，ùi A 語言變成 B 語言；咱

---

[6] 根據 Ethnologue (Grimes 1996:489) ê 資料，tī 1983 所做 ê 語言普查顯示 kan-taⁿ 13% ê Irish 人自認 ka-tī ê Irish 語 iáu 真滑溜。

[7] 像講，Irish 共和國 ê 憲法 (1937 年制定)規定 "The Irish language as the national language is the first official language. The English language is recognised as a second official language"（施正鋒 2002:407; Crowley 2000:5).

ē-sái 講這是一種「母語轉換現象」（vernacular shift）。發生母語轉換 ê A 族群成員 tú 開始可能 iáu chai-iáⁿ ka-tī 是 A 族群成員，m̄-koh 時間 chit-lėh 久 in soah kiò-sī ka-tī 是 B 族群 ê 成員。有發生即種情形 ê 像講台灣 ê 平埔族、中國東南方一帶古早 ê 百越民族。

台灣 ê 本土種語言目前所 tú tiȯh ê 嚴重問題就是無全程度 ê 母語異化現象 tng teh 進行。照講台灣人入去學校了，in 應該是接受族語 ê 讀寫訓練，用族語做「教學語言」（teaching language）來教數學、物理、社會等科目。M̄-koh，現實上因為大多數 ê 學生囡仔聽無族語，soah 變成 kā 族語當做外國語彼款第二語言 ê「語言教學」（language teaching）方式來進行。因為第一語言 kap 第二語言 ê 習得過程無啥全，所以台語教學者應該注意學生 tī 學習前 ê 台語程度是按怎。到底 in 是已經會曉聽、講，iȧh 是完全 bē-hiáu？Chiah 根據 in ê 程度採取無全 ê 教學方式。

第四節　語言習得理論

咱人是按怎學會曉講話 ê leh？若照過去傳統 ê 語言學習理論，差不多攏是講透過模仿 kap 強化練習 ê 學習過程 chiah kā 語言學起來。M̄-koh tī 美國語言學家 Norm Chomsky tī 1959 年提出「轉換生湠句法」（generative grammar）ê 相關論點以後，學界開始推翻傳統 ê 講法，開始用各種新觀點看語言習得（language acquisition）ê 過程。語言習得會使分做第一語言習得 kap 第二語言習得。第一語言習得主要 teh 研究囡仔按怎會曉講第一語言；第二語言習得 teh 研究咱人 tī 第一語言 ê 基礎下按怎 kā 第二語言習得起來。

傳統 ê 模仿說基本上是 kā 人腦當做是一台錄音機。這台錄音機會 kā 伊所聽 tiȯh ê 語句攏錄起來，tng beh 用 ê 時 chiah chhih play kā 放出來。這款 ê 講法有一寡問題：像講咱人一生講過 ê 話句無一定攏有事先聽人講過，m̄-koh 咱照常會使 kā 講出來。而且模仿 ê 過程 mā 可能會有閃失，按呢，咱人 ê 語句應該愈來愈簡單、數量愈來愈少 chiah tiȯh。M̄-koh 事實上，咱人 ê 語句是愈來愈濟 ah。真濟人因為誤信語言模仿說，所以 in 會

進一步認爲語言是互相排斥 ê，也就是錄音帶 ê 錄音空間有限，tng 咱錄滿某一種語言了就坏錄其他 ê 語言。

這款模仿說 tú-tiòh 轉換生湠句法 ê 概念了 soah kui-ê 倒擔。啥物是轉換生湠句法 leh？咱用例 1 來做例說明。

例 1：阿鳳 tī 灶腳偷偷仔食旺萊枝仔冰。

咱若 kā 主詞阿鳳分別換做阿珍、阿信、阿樹、阿芬，按呢咱就會使生出 5 句語句。

咱若進一步 kā 灶腳分別換做教室、公園、便所、客廳，按呢咱就會使生出 5x5=25 句語句。

咱若 koh 進一步 kā 旺萊分別換做綠豆、紅豆、粉粿、粉 giô，按呢咱就 koh 會使生出 5x5x5=125 句語句。到 ta^n 咱 kan-ta^n 換 15 個語詞，就會使生湠 125 句語句。咱若進一步換 khah 濟語詞，就會使生湠出 x^n 無限濟 ê 語句。這寡生湠出來 ê 語句攏是由下面這寡句法公式所生湠出來 ê。

$$S \rightarrow N\ VP$$
$$PP \rightarrow P\ NP$$
$$VP \rightarrow (PP)\ (Adv)\ V\ NP$$
$$NP \rightarrow N\ NP$$

圖表 4. 例 1 ê 句法公式

Chomsky 認爲這寡語言公式是天生（innate）就有 ê，伊 kā 號做「普遍語法」（universal grammar）。每一種語言攏有共通 kap 獨有 ê 語法，像講台語 kap 英語攏有動詞詞組（VP）ê 結構，m̄-koh 台語是 VP→(PP)(Adv) V NP，ah 英語是 VP→(Adv)V NP(PP)。

若 ùi 轉換生湠句法 ê 角度來看，咱人天生就有語言公式 ê 存在，這寡公式包含句法、語音、構詞等 ê 層次。囡仔出世 ê 時，若 hō 伊台語 ê 語言環境，伊就會 kā 台語 ê 公式留落來。若 hō 伊台語 kap 英語 ê 環境，伊就會保留台語 kap 英語 ê 公式。若 hō 伊愈濟種語言 ê 環境，伊就會 kā 所有 ê 環境語言公式留落來。因爲這寡公式是 hông「保留」落來，並毋

是另外 koh 去學 ê，所以 bē 造成學習負擔，而且這寡語言攏會講了像母語按呢 ê 滑溜。

相對來講，囡仔出世 ê 時若 kan-taⁿ hō 伊單語 ê 環境，比論講 kan-taⁿ hō 伊華語 ê 環境，按呢伊會 kā 華語以外 ê 公式攏 tàn 掉。這寡公式 tàn 掉了，若 beh khioh--tńg-lâi，就會 khah 困難而且會造成負擔。這寡困難 kap 負擔會 tòe tiȯh tàn 掉時間 ê 久長來增加。這個論點若用大眾 ê 講法就是「語言愈早學習愈好」。比論講，有一個 7 歲 ê 囡仔 kap 一個想 beh 選總統 ê 50 歲查埔人，kāng 時陣開始學台語。啥人會學了 khah 好 kap khah 緊？當然是 7 歲 ê 囡仔！因為囡仔 kā 台語公式 tàn 掉 7 冬 niâ；相對之下，50 歲 ê 查甫人 beh kā 公式 khioh--tńg-lâi，恐驚仔「會好 mā bē 完全」。

囡仔出世 ê 時若 hō 伊某一種語言 ê 環境，就算伊後來中斷去，路尾 beh koh khioh--tńg-lâi 會加 khah 緊而且 khah 無腔口。比論講，一個出世 tī 台語家庭 ê 囡仔，細漢 ê 時 iáu 會曉講台語，m̄-koh 去學校讀冊了 soah 無 beh 講，路尾 soah 袂曉講。到 kah 大學畢業食頭路 ê 時，因為工作需要 ài 倒頭來學台語，伊會比 hit 寡完全無台語背景 ê 人學了 khah 緊 mā khah 好。這個論點 kā 咱講 ài hō 紅嬰仔台語環境，也就是讀冊前厝內族語教育 ê 重要。就算囡仔去讀冊了 kā 台語放 bē 記，後來 beh khioh--tńg-lâi mā khah 簡單。除了語言習得 ê 理由之外，讀冊前厝內族語教育 iáu koh 有一個真重要 ê 顧慮，也就是族群認同 ê 問題。

頂面所講 ê 語言公式到底 tī 佗位？基本上，咱人 ê 頭腦會分區來 khiām 語言公式，就親像電腦 ê ha-ti（hard disk）teh khiām 資料仝款。Tng 某一區 ê 腦受傷，khiām tī hit 區 ê 公式就會損害去，造成語言障礙。前 kúi 年報紙有報導講台東縣有一位 Rukai 族 ê 原住民青年，伊因為按裝電火球仔無細膩 soah ùi 樓梯頂 poȧh 落來傷 tiȯh 頭。頭殼受傷了，伊原底講了真滑溜 ê Rukai 族語 soah bē 記了了，顛倒平時罕 leh 用 ê 台語 soah 開始 siah-siah 叫。原來伊可能傷 tiȯh 負責 Rukai 族語 ê 語言中樞神經，致使無法度使用。好佳哉伊 iáu 會曉台語，有 ió-bih ê 語言，伊 chiah 無變成無法度言語溝通 ê 人。

　　第一語言習得 kap 第二語言習得有啥無仝 neh？第一語言習得是指
囡仔一出世了，因爲有語言環境 thang hō語言公式保留落來，所以真自
然就會曉講第一語言（有可能單數抑複數）。這款自然會曉講第一語言 ê
過程就是第一語言習得主要 teh 研究 ê 議題。囡仔抑是大人會曉某種（寡）
語言了（母語），chiah koh 去學另外 ê 語言（號做「目的語」，target
language），這款 ê 習得過程因爲牽涉 tiòh 母語 kap 目的語之間 ê 互相作用，
所以是第二語言習得過程。咱 teh 學目的語 ê 時，tī 學習者 ê 頭殼中會形
成「中介語」（interlanguage）。這個中介語就是學習者 ǹg 目的語 teh óa 近
ê 時，伊目前已經習得 ê 部分。換一句話講，中介語 kap 目的語愈接近，
表示學習成果愈好。

　　第二語言習得 ê 研究會 khah 對重第一語言 kap 第二語言之間 ê「對
比分析」（contrastive analysis），原因是咱 teh 學第二語言 ê 時攏會受 tiòh
第一語言 ê 影響。咱 ài 注意，這款影響不止咱一般人想 tiòh ê 負面作用，
其實 mā 有可能有正面作用。而且影響是相向 ê，m̄-nā 第一語言對第二語
言 ê 作用。

　　所謂 ê 對比分析，是指全時空下，針對母語（第一語言）kap 目的
語（第二語言）之間 ê 異同（特別是無仝 ê 所在）來做比較分析，thang
理解 kap 預測學習者 teh 學目的語 ê 時可能患 ê 語言錯誤[8]（errors）。像講，
台語 kap 英語 ê 語音系統有濁塞音/b/ kap /g/，m̄-koh 華語無，所以 hit 寡
kan-taⁿ 會曉華語 ê 囡仔 teh 學台語 kap 英語 ê 時真容易 kā /b/ kap /g/發毋著
去。現時 ê 台灣囡仔因爲有母語異化 ê 現象，大多數攏變做以華語做第
一語言，所以咱 teh 對 in 從事台語教學 ê 時，ài 特別注意台、華 ê 對比分
析。

---

[8] 錯誤(errors)是指學習者家己無法度自覺 kap 自我修正 ê 語言無正確。失誤(mistakes)是
指學習者知影正確 ê 語言講法，m̄-koh 因爲一時 ê 失覺察所造成 ê 會使自我修正 ê 語
言無正確。

第五節 台語教學

中華民國政府因為意識形態 ê 關係，長期以來 kā 台灣本土語言排除 tī 國民教育之外。一直到 kah 2001 年，教育部 chiah 被動開始 kā 台語、客語 kap 原住民語列入國民中小學九年一貫課程大綱 ê 語文學習領域內底。本土語言 chiah 有每禮拜 1 節必選課（40 分鐘）ê 生存空間。這當中，國中因為有升學 ê 壓力，所以無到 1 成 ê 學校有開課。小學因為 khah 無壓力，所以各學校攏有實施，m̄-koh 效果就 ài 看校長及上課老師 ê 執行態度。

關係國校 ê 台語教學，大多數 ê 老師 kap 家長差不多有這寡問題：

1) 學台語 kám 會增加學生囡仔 ê 負擔？Kám 會影響 in 學華語 kap 英語？

2) 母語 kám 毋是踮厝 lìn 講就好？Ná 會 tō ài 踮學校教？

3) 台語教學目的 hō 囡仔快快樂樂學會曉聽 kap 講台語就好，無需要學讀 kap 寫？

4) 學台語 kám tio̍h 的確用羅馬字？Tang 時開始學 khah 好？Ài 用佗一套？

關係第一 ê 問題，根據頂節講 ê 語言習得原理，囡仔若出世就有台語 ê 環境，beh 講台語就親像「桌頂 ni 柑」hiah 簡單，bē 有負擔。就算出世 ê 時無台語環境，來到國校一年仔 chiah 開始 beh 學，因為語言公式 tàn 掉 iáu 無久，所以 beh khioh--tńg-lâi iáu 真簡單。只要學校有營造台語 ê 環境，通常一二學期過囡仔就會使 kā 台語講了 bē bái。通常大人攏會用 in 學外語 ê 痛苦經驗來認為囡仔學台語 mā 會造成真大負擔，其實 che 是 ke 煩惱 ê。Ah 若按呢，講台語 kám 會影響囡仔學華語 kap 英語？根據語言習得原理，只要細漢有多語環境，in 攏會講了像母語按呢滑溜。會有明顯 ê 影響，通常是大漢了 chiah beh 學，因為 tàn 掉 siuⁿ 久 à，所以中介語 kap 目的語會離 khah 遠。

論到第二 kap 第三個問題，咱應該講：母語 m̄-nā 踮厝 ài 講，踮學校 mā ài 教伊讀 kap 寫。踮厝內講台語是基本 ê 空課 niâ，去學校是 beh 進一

步學會曉讀 kap 寫 thang 看有祖先留落來 ê 文獻 kap 文學作品，甚至進一步發展台語文學 kap 文化。若準語言是聽有、會曉講就好，按呢 chit-má 所有 ê 囡仔讀冊前攏 mā 會曉講華語 à，何必 koh 去學校學華語 leh。學校若排除台語課程，這表示 in 對台語無看重，甚至是一種歧視，這攏違反國際潮流。

　　若是第四個問題，咱 mā 會使翻頭來想：學華語 kám tiòh 學ㄅㄆㄇ注音符號？現行國校仔第一學期 ê 國語課攏會教ㄅㄆㄇ，外國人學華語 mā 會先學羅馬拼音。Che 主要 ê 理由是漢字 khah 歹學而且無法度提供學習者 khah 正確 ê 語音線索，所以咱需要 hō͘ 學習者一套 khah 簡單 ê 拼音工具 thang 幫贊 in 學習。像講，咱若用漢字寫「囡仔」，學生囡仔可能毋知 ài 讀做「gín-á」；m̄-koh 若寫羅馬字，學生囡仔 m̄-nā ē-tàng 知影讀「gín-á」，koh 會使提醒 in ài 注意 kā 濁塞音/g/發出來。台語羅馬字一方面是拼音工具，一方面 mā 是正式 ê 文字[9]，當然 ài 教羅馬字。若按呢，tang 時教？現行教育部是建議國小三年 chiah 教。其實，若就學術專業 ê 角度來看，應該 ùi 一年仔開始學台語 ê 時就開始教 chiah tiòh。反對 ê 人認為講 hiah 早學羅馬字會造成囡仔 ê 負擔。事實上，這是有用 tiòh 適合 ê 教材 kap 教法無 ê 問題。目前市面上 ê 台語教科書攏是用漢字 ê 角度來編寫，in 攏是 kā 羅馬字注 tī 漢字 ê 下面 niâ，並無採用羅馬字學習法。就算一部分 ê 補充教材有教羅馬字，mā 是用傳統 ê 音素（phonemes）拼讀法，個別音素個別教，當然囡仔 ê 羅馬字學習成果無好。台語羅馬字 ê 教學應該結合口語 ê 學習，採用有實際語義存在、khah 大 ê 語音單位「語詞」、「詞組」、「短句」等 ê 直接拼讀法，chiah koh 配合 minimal pairs（上細對立組）ê 方式來做練習。比如講，傳統教音標 ê 方式攏是 b、l、i、a、u 按呢個別教；m̄-koh 因為囡仔 ê 語音觀察能力無好，所以 khah 歹理解音素 ê 存在。咱會使改用 khah 大 ê 語音單位像講「a-î ài î-á, î-á ài î ⁿ-á」（阿姨愛姨仔，姨仔愛圓仔），按呢囡仔 m̄-nā 會使學 a、i、-ⁿ 這 3 個符號 ê

---

[9] 像講 1885 年創刊、台灣上早 ê 民辦報紙《台灣府城教會報》就是用台語羅馬字來發行。詳細參閱<http://www.de-han.org/pehoeji/>。

發音，koh 會使透過無仝 ê 排列組合練習拼音。

　　Mā 有一寡人懷疑講囡仔學羅馬字是毋是會 kap 英語造成混亂？其實只要教法正確，m̄-nā bē 混亂，顛倒有幫贊。譬喻講，a tī 英語讀/e/、台語讀/a/，所以真濟人誤解講台語 ê 讀法 kap 英語無仝。其實 che 是誤解者伊本身對英語 ê 誤解：a tī 英語讀/e/，he 只是講英語 ê 人對 a 這個羅馬字母 ê 稱呼，就親像人名「lò 驢」無一定生做真 koân 仝款，並無代表 a 背後所對應 ê 發音是/e/。英語 ê「語音、符號對應關係」是 ke 真複雜 ê 系統，比如講 a 字母 tī 英語 lìn 所對應 ê 發音就有/a/ (father)、/ɛ/ (later)、/ɔ/ (all)、/æ/ (after)、/ə/ (a little)等無仝 ê 發音。/a/其實 mā 是英語字母 a 的發音之一，可惜真濟人無理解 soah kiò-sī a 字母發做/e/。另外一個例是 e 字母：e 字母 ê 英文名號做/i/，但是伊 ê 對應發音真濟時陣是讀/e/ (elephant)。

　　咱台語是聲調語言，而且有真複雜 ê 變調系統。這部分可能是台語上歹學 ê 所在。對囡仔來講，盡量用自然 ê 學習法，毋通死背變調 ê 數字公式「573217」。

　　基本聲調會使透過好記 ê 口訣 kap 手勢來幫贊學生熟似聲調，像講「衫短褲闊人矮鼻直」、「獅虎豹鱉猴狗象鹿」。變調 ê 部分會使利用台語變調 ê 規則來 hō͘ 學生 kā 規則自然記落來，像講「花，花花」、「婿，婿婿」，頭音節 kap 尾音節攏是本調，第二個音節是變調。Sòa--lâi chiah koh 用「火車相接」ê 方式來做練習，像講「火車，車頭，頭家，家後，…」。

　　另外，台語 ê 聲調是 ài 標本調抑是變調？基本上，咱若是 kā 羅馬字當做是文字，按呢咱就 ài 標本調。標本調 ê 原因主要是：1)避免因為方言差所造成 ê 聲調差異，2)台語 ê 本調 tī 無仝情境之下會有無仝 ê 變調，若標變調可能會造成語意 ê 誤解。像講，「A-má sé thâu」（阿媽洗頭）咱若寫做「Ā-má se thâu」；學生若去查詞典，結局 se 是「梳」ê 意思，規句 soah 變成「阿媽梳頭」。其實，咱會使採取變通 ê 辦法 hō͘ 學生仝時 kā 本調 kap 變調攏學起來。也就是，tī 初學者 ê 教材 lìn 本文 iáu 是標本調，m̄-koh tī 頂 koân 面用有色 ê 線條標示 kui 句話 ê 變調情形。

第六節　結尾

台語教學 beh 做會好勢，ài 多方面 ê 配合 kap 打拼：

第一，現此時國小一禮拜一節本土語言課必須增加時數。照講本土語言 ài 上濟時數，結局咱 chín ê 時數 soah 比華語、英語課少，實在無合理。另外，國中 ê 本土語言課 mā ài 改做必修課。

第二，鼓勵現職老師從事 koh khah 進階 ê 台語專業研習。真濟現職老師對台語 kap 羅馬字攏無熟，按呢會 hō͘ 教學成果打折扣。另外，台語教學 mā ài 列入國中小師資培養 ê 教育學程必選課內底。

第三，Beh 從事台語教學 ê 老師 kap 支援人員必須通過台語檢定 chiah 會使，按呢 chiah thang 確保教學者本身 ê 台語程度。另外，政府應該比照英語 TESOL ê 做法，進一步規劃台語教學能力檢定 thang 確保教學品質。

第四，ài 持續台灣母語日 ê 執行、訪視 kap 台灣母語教學成果 ê 交流觀摩。台語羅馬字應該列入全國語文競賽 ê 比賽項目。

第五，ài 融入領域、統整教學，也就是用台語做教學語言來教其他科目。

第六，加強 kap 家長 ê「族語教育」觀念溝通。建議多辦親子活動 koh 利用各種機會 kā 家長說明 kap 強調台灣母語教育 ê 重要性。

第七，ài 充實學校圖書館 ê 台語課外讀物 kap 台灣語言文史方面 ê 圖書收藏。

第八，ài 結合社區資源從事台語 kap 台灣文化 ê 整合教育。語言 kap 文化 ài 結合做伙，而且 ài ùi 社區做起。

第九，ài 獎勵出版適合囡仔學習 ê 台語文教材 kap 囡仔歌等。Mā ài 獎勵學術界從事台語教材、教法 ê 研究。

第十，未來本土語言應該列入學校考試 kap 升高中、大學 ê 入學考科目之一。Mā ài 要求政府比照客家委員會 kap 原住民委員會來成立台語委員會 kap 台語電視台。

【原底發表 tī 2009 國民小學本土語文教材教法研討會，9 月 5 日，台中，台中教育大學；bat 收錄 tī 台中教育大學台語系編 2013《台語教材教法》】

參考冊目

施正鋒 編(1996)。《語言政治與政策》。台北：前衛出版社。

施正鋒 編(2002)。《語言權利法典》。台北：前衛出版社。

蔣為文(2007)。〈「台灣話」意識 ê 形成 kap 伊正當性 ê 辯證〉，《語言、文學 kap 台灣國家再想像》，頁 177-200。台南：國立成功大學。

Crowley, T. (2000). *The Politics of Language in Ireland 1366-1922: A Sourcebok*. NY: Routledge.

Crystal, D. (1992). *An Encyclopedic Dictionary of Language and L*anguages. Oxford: Blackwell.

Crystal, D. (1997). *The Cambridge Encyclopaedia of L*anguage. (2nd ed.) Cambridge: Cambridge University Press.

Grimes, B. F. (1996). *Ethnologoe*. (13th ed.). Dallas: Summer Institute of Linguistics.

問題 kap 討論

1. 台灣現此時 iáu 有違反世界語言權宣言 ê 現象無？若有，beh 按怎改善？
2. 你 tī 厝內 kám 有用族語及長輩序大、序細交談？面對 hiah 濟母語異化 ê 案例，咱 beh 按怎解決？
3. 你 kám 有實際 ê 台語教學經驗？若有，kám 會使提出來 hām 小組成員分享 kap 討論？

延伸閱讀

吳君平、劉遠城、詹明峰、劉家禎譯(1997)。《語言教學法》。台北：五南。

陳俊光(2007)。《對比分析與教學應用》。台北：文鶴。

黃宣範 譯(2003)。《語言學新引》。台北：文鶴。

Brown, D. (2000). *Principles of Language Learning and Teaching*. NY: Longman.(中文版：余光雄譯(2004)。《第二語教學最高指導原則》。台北：台灣培生教育出版。)

Brown, D. (2001). *Teaching by Principles: An Interactive Approach to Language Pedagogy*. NY: Longman.

Cipollone, N.; Keiser, S. H. & Vasishth, S. (1998). *Language Files*. Columbus: Ohio State University Press.

Fromkin, V. ; Rodman, R. & Hyams, N. (2003). *An introduction to Language*. (7th ed.). Boston: Thomson.

Larsen-Freeman, D. (1991). *An Introduction to Second Language Acquisition Research*. New York: Longman.

Waters, G. (1998). *Local Literacies: Theory and Practice*. Dallas: Summer Institute of Linguistics.

漢字文化圈 ê 脱漢運動

——Thèh 越南、韓國 hām 日本做例

1. 前言

Beh 探討漢字文化圈[1] ê 國家，親像越南、韓國 hām 日本 ê 脱漢[2]運動，ē-sái ùi 2 個方向來探討：第一，漢字文化圈 ê 國家 hām 漢字發源地中國 ê 互動關係；第二，漢字文化圈國家內部 ê 反封建、反知識壟斷、追求文化發展 ê 訴求。

Ùi 漢字文化圈 ê 國家 hām 漢字發源地中國 ê 互動關係來看，越南 kap 韓國 tī 古早 lóng bat hō 中國直接統治過，就算後來脱離中國來獨立，mā lóng 一直維持是中國 ê「屬國」ê 附屬地位。越南 hām 韓國 m̄-tan 政治上是中國 ê 附屬國 ê 地位，tī 文化上 mā 受「中原正統文化」ê 觀念來支配。In m̄-tan tiòh 學習「漢字」，mā tiòh 遵守「四書五經」等 ê 古典教訓。日本雖然 tī 政治上 m̄-bat hō 中國統治過，m̄-koh 因爲漢朝 hām 唐朝 ê 強勢 ê 影響，中國 mā chiân-chò 日本引進文物制度、模仿 ê 對象。整體來講，漢字文化 ê 國家自漢朝開始，一直受中國 ê 政治 hām 文化方面 ê 支配影響，這 mā 是 chit-kóa 國家 ǹg-bāng 透過「廢除漢字」來達成政治 kap 文化上完全獨立 ê「外在因素」。

Ùi 國家內部 ê 反封建、反知識壟斷、追求文化發展 ê「內部因素」來看，chit-kúi-ê 國家因爲長期借用「漢字」kap「文言文」書寫方式，造

---

[1] 所謂 ê 漢字文化圈是指 bat 用或者 iáu teh 使用「漢字」做書寫系統 ê 國家或者地區。親像，台灣、越南、朝鮮、日本、中國、香港、kap 新加坡。

[2] 「脱漢」tī chia 是指透過文字改革——廢漢字或者限制漢字使用程度，來達成國家 ê 政治 kap 文化 ê 完全獨立。

成掌握漢字 ê 文人統治階級 hām 脫赤腳 ê 做穡人[3] ê 階級對立。換一句話講，漢字 m̄-taⁿ 歹學、歹寫，而且 chit 種古典 ê「文言文」書寫方式 hām 做穡人嘴講 ê「白話」形式完全無 kāng，造成古典經書 ê「解釋權」掌握 tī 文人階級 ê 手頭。脫赤腳 ê 做穡人平時做穡 to 做 bōe-liáu--á，那有時間 thang 去學寫漢字、學習古典？Chit 種情形 lō-bóe 演變做掌握漢字 ê 統治者 kap m̄-bat 漢字 ê 被統治者 ê 階級差別。

簡單講，漢字文化圈 ê 國家 ê 脫漢運動就是國內 ê 社會大眾 beh ián-tó 國內 ê、封建 ê、文人統治階級，進一步擺脫國外 ê、大中國 ê、政治、文化架構，來達成民族國家（nation-state）ê 完全獨立。

2. 漢字文化圈 ê 歷史背景

中國對待伊 ê 厝邊 hām 外國人 ê 態度 tú-hó ē-sái 表現 tī「五服制」ê 哲學思想。中國 ê 皇帝建立以自我為中心 ê 世界觀：以首都為圓心，向外口每 500 里畫一個圓箍仔，lóng-chóng 畫五個。離首都 lú 遠 tō lú 野蠻；來自東方 ê tō 號做「東夷」，南方 ê 號做「南蠻」，西方 ê 號做「西戎」，北方 ê 號做「北狄」。除了這之外，中國皇帝 iáu 要求 in ài 每年「朝貢」或者 chiâⁿ-chò 中國 ê「藩屬國」。

西元前 111 年，漢朝 ê 漢武帝出兵佔領「南越」（越南），將「南越」納入中國 ê 直接統治。一直到西元 939 年，南越利用唐朝大亂 ê sî-chūn chiah 脫離中國 ê 直接統治。雖然越南人脫離中國來「獨立」，m̄-koh 越南必須承認中國 ê「宗主國」ê 地位，chit-ê 情形一直延續到近代。西元前 108 年，漢武帝征服古朝鮮，設立「樂浪」、「真番」、「臨屯」kap「玄菟」四郡。西元 4 世紀，tòa tī 鴨綠江南北一帶 ê「高句麗」人攻佔樂浪郡，結束來自中國 ê 直接統治，朝鮮半島 sio-sòa 形成「高句麗」（Koguryo）、「百濟」（Paekche）kap「新羅」（Silla）3 個王國；雖然脫離中國統治，大體上 iáu 是漢式制度。西元 668 年，新羅「統一」朝鮮了，積極模仿唐朝制度；sòa--lâi ê「高麗王朝」（918-1392）koh 確立科舉制度，「中國」ê 經書變

---

[3] 脫赤腳 thǹg-chhiah-kha；做穡人 chò-sit-lâng。

做「朝鮮人」必修 ê 課程，漢字 ê「正統」地位 mā tī chit-chām 穩固起來。日本 ùi 先秦時代 tō 有 hām 中國接觸 ê 記錄，漢朝武帝 ê sî-chūn koh bat「賜」hō 日本「漢委奴國王」金印。雖然日本 m̄-bat 受中國統治，m̄-koh 因為漢朝 hām 唐朝 ê 影響力，中國 mā 變做日本模仿 ê 對象。

　　漢字文化圈 ê 國家除了政治頂頭受中國支配之外，另外一個共同特色就是借用「漢字」、引進「儒家思想」kap「科舉制度」。Tī 借用漢字 ê sî-chūn，in lóng tú-tiȯh 漢字無法度完全表達 in ka-tī ê 語言 ê 問題。In tō 利用「漢字」做「訓讀」[4]、「音讀」[5]，或者造「新漢字」來應付 chit-ê 問題，甚至後來根據「漢字」ê 字形慢慢發展出 in ka-tī ê 新文字系統，親像講越南 ê「字喃」（Chu-Nom）、朝鮮 ê「Hangul」[6]、kap 日本 ê「假名」（Kana）。雖然 in 有發展出 ka-tī ê 文字，m̄-koh chit-kóa 新文字 m̄-taⁿ tī 大中國 ê 政治、文化架構下面真歹生存，甚至 tī in ka-tī ê 國家內面 mā 遭受既得利益 ê 文人統治階級 ê 輕視 kap 打壓。「新文字」chiâⁿ-chò「漢字」ê 附屬地位 ê 情形，延續到 19、20 世紀，反殖民、反帝國 ê 民族主義 chhiaⁿ-iāⁿ 起來，chiah tȧuh-tȧuh-á 開始轉變。

2.1. 漢字 ê 發展 kap 影響

　　漢字 ê 缺點 tú-hó 來自原始漢字 ê 特色，具備「形、音、義」，一字一音節。主要 ê 缺點有下面 5 個。Chia-ê 缺點，一部分是漢字 tú 創造 ê 時就有 ê，一部分是因為後來長期使用漢字所演發出來 ê 缺點。

　　1. 欠缺表音功能，誤導詞（word）ê 意含。

　　2. 欠缺複音詞（polysyllable）觀念，束綁語言發展。

　　3. 欠缺精確性，語意模糊不清。

　　4. 筆劃 chē、歹學歹記，束綁文化發展。

---

[4] 訓讀：借用漢字 ê 意思，用本國語言發音。

[5] 音讀：Bô-chhap 漢字 ê 意思，kan-taⁿ 借用漢字 ê 漢語發音，來表達本國語 ê 類似發音。

[6] Hangul：「南韓」現此時稱呼韓國文字「韓文」ê 意思。Hangul 是朝鮮語文研究兼推動者「周時經」(Chu Si-gyong) tī 1913 年上開始使用。北韓稱呼朝鮮文字 "Chosoncha"（朝鮮字) 或者 "Chongum"（正音）。

5.字數 chē，印刷打字、電腦化無方便。（蔣為文，1996）

漢字文化圈 ê 人民就是因為使用表意 ê「漢字」，造成「口語」hām「書面語」分開，影響著後來 ê 文化發展。Tī 西歐社會文藝復興時期，無意中產生 ê「方言」文學，打破拉丁文 ê 正統地位（類似古典漢文地位），形成後來西歐各民族國家（nation-state）ê 民族語文、國民文學。為啥物 chit 種情形無法度 tī 東亞發生？原因就是漢字文化地區 ê 人 lóng 借用表意 ê 漢字、文言文做書寫系統，造成文字無法度表現語言特色，自然 tō bōe 出現白話 ê 國民文學。

漢字 ê 源頭，可靠 ê 根據是 ùi 商朝後期形成 ê「甲骨文」算起。一直到秦始皇吞併六國「統一」文字了，「漢字」ê「形」chiah 大概穩定落來，mā ùi chit-chām 開始，古漢語 ê「口語」hām「書面語」形式正式 tī 雙叉路口分開發展。Ùi 春秋戰國到漢朝末年 chit 段時間所產生 ê《詩經》、《論語》、《孟子》、《左傳》kap《史記》等，形成古漢語 ê「書面語」古典文體。漢代以後 ê「文人」lóng 奉 chit 種「文體」做「正統」。

中國 ê 統治者就是透過「漢字」、「儒家思想」kap「科舉制度」ê 設計，維持 in ê 既得利益。每一個想 beh chiâⁿ-chò「士大夫」階級 ê 人，除非 hām 皇帝有 chhin-chiâⁿ 關係，若無 tō ài 學「漢字」、讀「古典」koh 通過「考舉制度」。M̄-koh，chia-ê「漢字古典」m̄-taⁿ 歹讀、歹寫，mā 歹理解，因為 in ê 書寫方式是特殊 ê「文言文」書面語，並 m̄是根據「口語」來寫 ê。也就是講，日常所使用 ê「白話」hām 書寫 ê「文言文」是完全無 kāng ê。佔大多數人口 ê 做穡人，無閒做穡 to 無閒 bōe-liáu--á，那有時間 thang 學寫「漢字」、「文言文」？Chit 種情形 tàuh-tàuh-á 形成「貴族」kap「做穡人」ê 階級，強化封建社會。台灣有一句俗語講：「四書五經讀透透，m̄-bat 龜鱉灶；漢字若讀會 bat，嘴鬚就打死結」，就是 teh 講漢字歹學、歹記、koh 歹寫 ê 程度。

2.2. 越南 ê 脱漢過程

Tī 秦始皇吞併六國了，伊繼續出兵征伐「嶺南」。西元前 207 年，

一位管轄廣東、廣西,號做「Trieu Da」(趙佗)ê 中國 ê 將軍,將紅河三角洲納入伊 ê 管轄內面,並成立「南越」國。西元前 111 年 ê 時,漢朝 ê 漢武帝出兵佔領「南越」,將「南越」納入中國 ê 直接統治。一直到西元 939 年,南越 chiah 利用唐朝大亂 ê sî-chūn 脫離中國直接統治。雖然越南人脫離中國「獨立」,m̄-koh 越南必須承認中國 ê「宗主國」ê 地位,chit-ê 情形一直延續到 19 世紀法國佔領越南 chiah 改變。

Tī 越南 ê 封建時期,李朝(Ly dynasty)hām 陳朝(Tran dynasty)(西元 1010-1428)ùi 中國引進 chin-chē 文物系統,包括「科舉制度」,來強化「儒家思想」hām 穩定朝代 ê 封建基礎。換一句話講,雖然越南 m̄ 是 tī 中國 ê 直接統治之下,中國對越南 iáu 是有真大 ê 影響。這 mā 是為啥物過身 ê 越南 ê 歷史學家陳重金(Tran Trong Kim, 1882-1953)講:

> 「…不管大人小孩,誰去上學都只學中國歷史,而不學本國史。詩賦文章也要取典于中國,對本國之事則是只字不提。國人把本國歷史看成微不足道,論為知之無用。這也是由于自古以來自己沒有國文,終生只借助于他人的語言、他人的文字而學,什麼事情都受人家感化,而自身無任何特色,形成像俗語所說『嫌裡媚外』的那種狀況…」(陳重金著、戴可來譯,1992)

19 世紀中期,法國利用傳教士受迫害做藉口,向越南出兵,要求刮土地賠償。1885 年法國 hām 中國清朝簽訂「天津條約」,清朝承認法國 tī 越南 ê「保護」地位,越南 hông 正式納入法國 ê 直接統治。一直到二次世界大戰期間,日本勢力進入越南,胡志明(Ho Chi Minh)利用中、法、日 ê 三角關係 chiah tī 1945 年成立「越南民主共和國」。後來 koh 經過 2 pái 追求獨立、擺脫外來統治 ê 印度支那戰爭(Indochina War, 1946-1954;1964-1975)chiah 建立目前 ê「越南社會主義共和國」。

越南 ê 語言 hām 政治 ê 演變關係,ē-sái ùi 下面 chit 張表看出來:

時期	政治地位	口語	書寫系統
西元前 111-西元 939	中國直接統治	越南話/文言音	漢文（漢字文言文）
939-1651	中國 ê 藩屬國	越南話/文言音	漢文/字喃
1651-1861	中國 ê 藩屬國	越南話/文言音	漢文/字喃/教會羅馬字
1861-1945	法國 ê 殖民地	越南話/文言音/法國話	漢文/字喃/教會羅馬字/法文
1945-	民族獨立	越南話	Quoc Ngu（羅馬化國語字）

*參考 John DeFrancis, 1977

2.2.1. 越南 ê 傳統書寫系統

越南 ê 傳統書寫系統是以「漢字」、「文言文」為「正統地位」。越南人 ka-tī 所創造 ê「字喃」ê 用途 hām 使用人口 lóng 真有限，主要是替漢字註解、翻譯佛經 kap「無地位」ê 查某人[7] teh 使用。

「字喃」（iá-sī「𡨸喃」）是相對中國「漢字」來講，南方 ê 文字 ê 意思。「字喃」是 tī 越南使用「漢字」了，發現用「漢字」真歹表達越南話，chiah tàuh-tàuh-á 發展出來。雖然越南人造出 in ka-tī ê 字喃，m̄-koh 字喃並無取代「漢文」mā 無法度有「漢字」ê 正統地位。原因是：第一，tī 大中國思想 hām 科舉制度之下，越南人若想 beh 做官、做「學問」tō ài 先學習讀寫「漢字」、遵守「孔子」、「孟子」等 ê 古典教訓。Chit 種情形之下，真歹有別種文字形式 ē-tàng hām 漢字相對抗。第二，雖然越南人有創造 in ka-tī ê「字喃」，m̄-koh「字喃」基本上是按照「漢字」造字 ê 原理來創造，而且「字喃」維持 hām「漢字」kāng-khoán ê「外形」。換一句話講，「字喃」kāng-khoán 是「磚仔角」文字、kāng-khoán 是複雜、歹讀寫 ê 文字系統。甚至 ū-tang-sî-á「字喃」koh 比漢字 khah 歹寫，因為「字喃」tiāⁿ-tiāⁿ 結合 2 個漢字，1 個代表發音，另外 1 個代表意思，來 chiâⁿ-chò 1 個新 ê 字喃「字」。譬如講，越南人結合「字」kap「字」來 chiâⁿ-chò 新

---

[7] 查某人：cha-bó-lâng；婦女。

ê「孳」；結合「字」hām「南」chiâⁿ-chò「字南」。

越南 ê 文字一直到 17 世紀 chiah 出現拼音系統。1624 年 ê sî-chūn，法國 ê 傳教士「得路」（Alexandre de Rhodes）來到越南。伊用羅馬字母來拼寫越南語，lō-bóe koh tī 1651 年出版第一本《越南、葡萄牙、拉丁語字典》（Dictionarium Annamaticum, Lusetanum et Latinum）。Chit 套羅馬字系統後來經過修改，chiâⁿ-chò 胡志明宣布越南獨立了唯一 ê 國定書寫系統。「羅馬字」tī 17 世紀傳入越南了，一直 lóng kan-taⁿ 少數 ê 天主教徒 teh 使用。雖然羅馬字拼音系統比「漢字」或者「字喃」簡單 chē--leh，m̄-koh 一直到 20 世紀獨立 chìn-chêng，mā 無法度 tī 越南大眾當中普遍起來。這主要 ê 理由是大多數 ê 越南人長期間受表意文字 kap 大中國觀念 ê 影響，認為 ùi 外國傳教士傳入來 ê 羅馬字 m̄ 是「字」。而且因為西方 ê 傳教士 tú 來傳教 ê 時，hām 當地越南人不時有衝突發生，若有越南人使用教會羅馬字，伊就會 hō 其他本地人當作通奸 ê 教徒來看待，致使無 sáⁿ 人敢使用。18 世紀 ê 時，雖然法國 tī 統治越南 ê 初期大力推 sak 羅馬化越南文，m̄-koh 因為是外來統治者推 sak ê 關係，效果 mā 真有限。而且 tī 法國推行羅馬字 ê sî-chūn，in 發現因為羅馬化越南文比漢文或者法文 khah 好學，tiāⁿ hō越南民族主義運動者 thèh 來做宣傳訴求 ê 文字工具，所以無外久法國就停止推行羅馬字。羅馬字後來顛倒是由越南民族主義運動者 sòa--lòe 推 sak。

2.2.2. 近代 ê 語言運動

20 世紀初，越南人停止傳統 ê、對法、武力抗爭，展開近代 ê、非武力 ê、民族主義運動。其中之一 ê khang-khòe 是推 sak 羅馬字。改革派 ê 越南民族主義者發現若 beh chiâⁿ-chò 正港獨立 ê 國家，m̄-taⁿ ài「反-法」，mā ài「脫-漢」。Beh 達成 chit-ê 目標，tō ài hō社會大眾有一套簡單 ê 文字工具，hō群眾有機會吸收新知識、參與社會改造運動。所以，譬如講，越南民族主義者 tī 1907 年有 khí 一間私立 ê「東京自由學校」（Dong Kinh Nghia Thuc），來傳播西方 ê 新觀念、科學 kap 訓練學生 chiâⁿ-chò 民族運

動者。推行羅馬字 mā hō 學校列入推行運動 ê 要務之一。羅馬字 tī chit-ê 階段因爲是出自反抗外來統治 ê 民族主義者 ê 推行，tauh-tauh-á 有比以前 khah chē 人 teh 使用。但是就 kui-ê 越南大環境來講，羅馬字 ê 使用 iáu 是屬於非主流 ê 地位。Chit-ê 情形 ài kàu 1945 年胡志明成立越南民主共和國了 chiah 開始轉變。

Tī 1945 年 chìn-chêng，「越南話」hām「羅馬化越南文」iáu 是 hông 真看輕，尤其是保守派 ê 知識份子 kap 官員 koh khah 看 in 無起。譬如講，一個越南 ê 政治人物 Ho Duy Kien，tī 1931 年「交趾支那殖民地會議」討論基本教育 ê 時指出，越南話是 kap tī 法國 ê Gascogne、Brittany、Normandy 或者 Provence 所發現 ê「土話」kāng-khoán 無水準、低路 ê 話，若是 beh 將越南話提昇到親像法國話或者中國話 ê 水準，ài liáu 500 多 ê 時間。

Tng-tong 胡志明 tī 1945 年 9 月初 2 宣布成立越南民主共和國了了，伊 sûi tī 9 月初 9 宣布推行越南話 kap Quoc Ngu（國語字；羅馬化越南文）ê 國家政策。胡志明 ǹg-bāng 透過 Quoc Ngu 一方面掃除青暝牛，一方面切斷 hām 中國 kô-kô-tîⁿ ê 關係，thang-hó 替越南 ê 政治、文化獨立鋪路。Tī 胡志明推行越南羅馬字了，全國 bat 字 ê 人數 ē-sái ùi 下面 chit 張表看出來：

年代	Bat 字 ê 人數	佔總人口 ê 比例
1945	2,520,678	14%
1946	4,680,000	27%
1947	6,880,000	39%
1948	9,680,000	55%
1949	11,580,000	66%
1950	12,000,000	68%
1953	14,000,000	79%

＊參考黃典誠，1953，p. 20

越南人會 tī 獨立了廢掉「漢字」採用「羅馬字」，kap in hō 法國統治 ê 歷史背景有關係。法國對越南 ê 影響主要有：

1. 打破過去中國是世界中心 ê 傳統觀念。

2. 造成「漢字」tī 越南 ê 正統地位 ê tín-tāng。法國統治者認定「漢字」是造成越南人愛慕「中原」、繼續 hām 中國 khiú 做伙 ê 重要

因素。若 beh 用「法文」取代「漢文」，一時得可能有困難，不如推 sak 羅馬化 ê「越南文」，等越南人有法度接受羅馬字 ê sî-chūn chiah 有可能接受 kāng-khoán 是用羅馬字 ê「法文」。

3. 西方思想 ê 傳入。法國一方面停止越南 ê「科舉制度」，一方面 khí-chō 西式 ê 學校。雖然法國統治者提供 ê 是有限 ê、殖民地 ê「跛腳教育」，m̄-koh 這 hām 過去傳統 ê 中國式教育比較起來，iáu 有法度提供越南人 khah chē 認識新 ê 知識、觀念 ê 機會。（DeFrancis, 1977, pp.77-83）

越南人是 án-chóaⁿ 有 châi-tiāu kā in ê 文字系統改變做羅馬化 ê Quoc Ngu？除了有胡志明政府 ê 支持 kap 反法國、反中國 ê 獨立氣氛之外，另外一個重要因素是，tī 1945 年 chìn-chêng 95% ê 越南人民 lóng 是青瞑牛。因為多數 ê 越南人 m̄-bat 漢字或者字喃，自然比較 hit-kóa 官員 kap 知識份子 ê 既得利益者 khah 容易接受 Quoc Ngu 做新 ê 文字系統。

2.3. 韓國 ê 脫漢過程

西元前 108 年，漢武帝征服古朝鮮，設立「樂浪」、「真番」、「臨屯」kap「玄菟」四郡。西元 4 世紀，tòa tī 鴨綠江南北一帶 ê「高句麗」人攻佔樂浪郡，結束來自中國 ê 直接統治，朝鮮半島 sio-sòa 形成「高句麗」（Koguryo）、「百濟」（Paekche）kap「新羅」（Silla）3 個王國；雖然脫離中國統治，大體上 iáu 是漢式制度。西元 668 年，新羅「統一」朝鮮了，積極模仿唐朝制度；Sòa--lâi ê「高麗王朝」（918-1392）koh 確立科舉制度，「中國」ê 經書變做「朝鮮人」必修 ê 課程，漢字 ê「正統」地位 mā tī chit-chām 穩固起來。

朝鮮 tī 借用漢字做書寫系統 ê 時，kap 越南 kāng-khoán tú-tiòh 漢字無法度完全表達 in ka-tī ê 語言 ê 問題，後來 mā 發展出朝鮮 ê 文字系統——「正音」[8]。1443 年李朝世宗（Sejong, 1398-1450）制訂好勢朝鮮拼音文字方案《訓民正音》，sòa--lâi tī 1446 年公佈推行。李朝世宗 tī《訓民正音》

---

[8] 「正音」(Chongum) 指世宗所頒佈 ê《訓民正音》ê 朝鮮拼音文字。

（Hun Min Jong Um） lāi-té 寫講：

國之語音　異乎中國　與文字不相流通　故愚民有所欲言而
終不得伸其情者多矣　予為此憫然　新制二十八字　欲使人
人易習　便於日用矣…有其聲而無其字　假中國之字以通其
用　是猶枘鑿之鉏鋙也　豈能達而無礙乎　要皆各隨所處而
安　不可強之使同也　吾東方禮樂文章　侔擬華夏　但方言
俚語　不與之同　學書者患其有趣之難曉　治獄者病其曲折
之難通　昔新羅薛聰　始作吏讀　官府民間　至今行之　然
皆假字而用　或澀或窒　非但鄙陋無稽而已　至於言語之間
則不能達其萬一焉…（Lee Sang-Baek, 1957）

　　雖然世宗 chin kut-la̍t teh 推行「正音」文字，m̄-koh 慣習使用漢字 ê
士大夫既得利益階級並無真心 beh 配合推行。世宗過身了，燕山君
（Yonsangun）tī 伊在位 ê 時期（1494-1506），因為有人用「正音」文字寫
黑函來批評伊 ê 執政，伊就利用 chit-ê 機會下令禁止 koh 再使用正音文
字。「正音」文字後來 hông 號做「諺文」[9]、「女書」或者「僧字」，因為
bat 漢字 ê 文人階級看 bōe 起 chit 種文字系統，致使新文字 kan-taⁿ tī 和尚
或者查某人之間少量流傳。Chit-ê 情形延續 500 外多，一直到 19 世紀末
朝鮮人 ê 民族意識 giâ-koân chiah 開始改變。
　　下面是韓國 ê 語言 hām 政治 ê 演變過程：

時期	政治地位	口語	書寫系統
西元前 108-西元 313	中國直接統治	朝鮮話/文言音	漢文 (漢字文言文)
313-1446	中國 ê 藩屬國	朝鮮話/文言音	漢文
1446-1910	中國 ê 藩屬國	朝鮮話/文言音	漢文/諺文
1910-1945	日本 ê 殖民地	朝鮮話/文言音/日本話	漢文/諺文/日文

☆後一頁 koh 有

---

[9] 諺文(onmun)是粗俗、白話 ê 文字 ê 意思。

☆頂一頁 koh 有

1948-	大韓民國（南韓）	朝鮮話	Hangul+Hancha[10]
1948-	朝鮮民主主義人民共和國（北韓）	朝鮮話	Hangul

2.3.1 朝鮮 ê 傳統書寫系統

朝鮮人使用漢字以後，爲著表達朝鮮語，有採用 3 種調整方式，「鄉札」（Hyangka）、「吏讀」（I-du）kap「吐」（To）。

「鄉札」是完全 kā 漢字當作表音文字來使用，hām 漢字原來 ê 意思無關係，主要用 tī 記錄鄉歌[11]、人名、地名等方面。譬如講「拜內乎隱身萬隱」是「我拜菩薩」ê 意思。

「吏讀」mā 號做「吏道」、「吏頭」或者「吏吐」，用來表記助詞 hām 語尾變化。用法是，「實詞」用漢字漢意，「虛詞」用漢字讀音記朝鮮語音。譬如：「凡同伴人亦他人乙謀害爲去乙知想只遺即時遮當禁止救護不多爲彌他人亦被害後良中置現告不多爲在乙良杖一百爲乎事」是「若 chai-iáⁿ 有人 beh 害人，無 kā 擋或者代誌發生了無通報官方，ài 打一百下」ê 意思。

「吐」ê 用法 kap「吏讀」類似。譬如，「天地之間萬物之中厓，唯人是最貴爲尼，所貴乎人者隱，以共有五倫是羅」，「厓」「尼」「隱」 等是借漢字讀音，「爲」是借漢字 ê 字義。

朝鮮人就利用漢字 kap 頂面所講 ê 變通方法，chiâⁿ-chò 朝鮮 ê 書寫系統，一直到 15 世紀李朝世宗公佈《訓民正音》以後，chiah 有拼音文字「諺文」出現。Tī 世宗公佈推行諺文拼音文字 ê 時，因爲 kap hit 當時 ê 大中國政治、文化 ê 架構 hām 掌握漢字 ê 文人階級 ê 既得利益有衝突，致使「諺文」kan-taⁿ 推行大約 50 冬，以後就 hō 官方禁止，chhun 民間少數 ê

---

[10] 朝鮮文字 "Hangul" hām「漢字」(Hancha) ê 混合體。漢字主要是用 tī ùi 漢語來 ê 外來詞。

[11] 鄉歌(Hyangka)：新羅時期 ê 傳統歌謠。

人偷偷仔使用。既得利益者反對普及文字、知識 ê 態度 ē-sái ùi 下面 chit-ê 例看出來。1444 年 2 月，李朝 ê 集賢殿副提學「崔萬里」（Choe Mal-li）上疏反對世宗推行諺文：

集賢殿副提學崔萬里等　上疏曰　臣等伏觀　諺文制作至為神妙　創物運智　敻出千古　然而以臣等區區管見　尚有可疑者敢布危懇　謹疏于後　伏惟　聖裁

（1）我朝自祖宗以來　至誠事大　一遵華制　今當同文同軌之時　創作諺文　有該觀聽　儻曰諺文　皆本古字非新字也則字形雖倣古之篆文　用音合字盡反於古　實無所據　若流中國　或有非議者　豈不有愧於事大慕華

（2）自古九州之內　風土雖異　未有因方言而別為文字者　雖蒙古西夏女真日本西蕃之類　各有其字　是皆夷狄事耳無足道者　傳曰用夏變夷　未聞變於夷者也　歷代中國皆以我國箕子遺風　文物禮樂　比擬中華　今別作諺文　捨中國自同於夷狄　是所謂棄蘇合之香而取螗螂之丸也　豈非文明之大累哉

（3）新羅薛聰吏讀　雖謂鄙俚　然皆借中國通用之字　施於語助　與文字元不相離　故雖至胥吏僕隸之徒　必欲習之　先讀教書　粗知文字　然後乃用吏讀　用吏讀者　須憑文字乃能達意　故因吏讀而知文字者頗多　亦與學之助也…不知聖賢之文字　則不學墻面　昧於事理之是非　徒工於諺文將何用哉　我國家積累右文之化　恐漸至掃地矣…

（4）若曰如刑殺獄辭　以吏讀文字書之　則不知文理之愚民一字之差　容或致冤　今以諺文直書其言　讀使聽之　則雖至愚之人　悉皆易曉　而無抱屈者　然自古中國言與文同獄訟之間　冤枉甚多　借以我國言之　獄囚之解吏讀者　親讀招辭知其誣而不勝棰楚　多有枉服者　是非不知招辭之文

意　而被冤也明矣　若然則雖用諺文　何異於此　是知刑獄
平不平　在於獄吏之如何　而不在言與文之同不同也　欲以
諺文平獄辭　臣等未見其可也

（5）凡立事功　不貴近速　國家比來措置　皆務速成　恐非為
治之體　儻曰諺文不得已而為之　此變易風俗之大者　當謀
及宰相　下至百僚　國人皆曰可　猶先甲先庚　更加三思
質諸帝王而不悖　考諸中而無愧　百世以俟聖人而惑　然後
乃可行也　今不博採群議　驟令吏輩十餘人訓習　又輕改古
人已成之韻書　附會無稽之諺文　聚工匠數十人刻之　刻欲
廣布　其於天下後世　公議何如...

（6）先儒云　凡百玩好　皆奪志　至於書札　於儒者事最近
然一向好著　亦自喪志　今東宮雖德性成就　猶當潛心聖學
益求其未至諺　諺文縱曰有益　特文士六藝之一耳　況萬萬
無一利於治道　而乃研精費思　竟日移時實有損於時敏之學
也（Lee Sang-Baek, 1957）

2.3.2. 近代 ê 語言運動

　　朝鮮 tī 16 世紀末 sio-sòa 遭受日本 hām 滿州 ê 破壞侵略了後，決定封
鎖朝鮮王朝，直到 1876 年 chiah koh tī 日本 ê 壓力之下開放門戶。朝鮮人
ê 以朝鮮為國家認同 ê 近代民族主義（nationalism）ùi 19 世紀尾仔，尤其
是 1910 年 chiâⁿ-chò 日本殖民地以後 chiah 形成。

　　朝鮮 tī 1894 年廢掉傳統 ê「科舉制度」，koh 宣布「諺文」ē-sái chiâⁿ-chò
公用文字。朝鮮語 ê 現代語言學研究 tī 周時經[12]（1876-1916）hām 金科奉
等人 ê 推 sak 之下 tàuh-tàuh-á 發展起來。日本統治 ê sî-chūn，朝鮮語 ê 工
作者 tī 1921 年成立「朝鮮語研究會」[13]，按算做朝鮮語文 ê 標準化 kap 推
動。In tī 1933 年發表《墜字法統一案》，1936 年發表《標準語詞彙集》koh

---

[12] 重要著作有《國語文典音學》(1908)、《國語文法》(1910)、《語音》(1914)等。
[13] 1931 年改名，號做「朝鮮語學會」。

138

出版會刊《國語》，1940 年發表《外來語標記法》。「朝鮮語研究會」推 sak
朝鮮語文 kap 朝鮮意識 ê 活動，後來 hō 日本統治者認定 kap 推 sak 朝鮮
獨立有關聯，lō-bóe 製造所謂 ê「朝鮮語學會事件」，逮捕李克魯等會員
28 人。

　　1945 年日本戰敗以後，朝鮮 tī 1948 年分別成立「大韓民國」（南韓）
kap「朝鮮民主主義人民共和國」（北韓）。北韓 tī 1949 年廢除漢字[14]、完
全使用朝鮮拼音文字。南韓雖然 tī 1970 宣布廢除漢字，m̄-koh 因爲考慮
老一輩 ê khah 慣習用漢字，iáu 保留 chit-kóa 漢字，用 tī 人名或者漢語 ê
外來詞。漢字 tī 韓國 ê 使用比例 ē-sái ùi 下面 chit 張根據《朝鮮日報》
（Chosun Ilbo）ê 用字所統計出來 ê 圖表來顯示（Taylor 1995:208）：

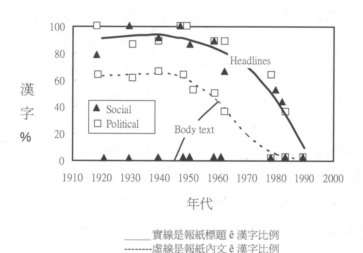

_____實線是報紙標題 ê 漢字比例
--------虛線是報紙內文 ê 漢字比例
（Taylor, 1995）

2.4. 日本 ê 脫漢過程

　　西元前 108 年，漢武帝征服古朝鮮，將朝鮮納入中國 ê 直接統治。
漢朝 ê 文物制度透過朝鮮半島 tàuh-tàuh-á 向「倭」國，hit 當時 ê 日本，iā[15]
出來。范曄《後漢書》（445）記載，「倭凡百余國，自漢武帝定朝鮮後，

---

[14] 60 年代以後將基本 ê 漢字納入學校教育，m̄-koh 書寫文字 iáu sī kan-taⁿ 用諺文。
[15] iā：「散佈」ê 意思。

使譯通漢者三十余國，漢賜以倭奴國王金印…」[16]。西元 7 世紀 ê sî-chūn，倭奴國進行「大化革新」，積極引進、模仿唐朝（618-895）ê 政治制度、語言、文學 hām 宗教等，並改名號做「日本」。16 世紀 ê 時，因爲西歐「葡萄牙」、「西班牙」、「荷蘭」等海權國家不時侵犯日本，日本 kui-khì 封鎖對外交通、進入鎖國時代，一直到 1853 chiah koh tī 歐美帝國主義 ê 壓力之下 phah-khui。日本 tī 近代歐美帝國主義 ê 刺激之下，進行政治、經濟、文化 ê「明治維新」（1867）改革。

2.4.1. 日本 ê 傳統書寫系統

　　根據日本古籍《古事記》（712）hām《日本書紀》（720）ê 記載，漢字是 tī 4 世紀 ê sî-chūn 透過朝鮮 ê 百濟王國傳到日本。Siōng-thâu-á，漢字 ê 使用 iáu m̄是真普遍，ài 等到日本 ê「大化革新」（645-649）以後，漢字 ê 地位 kap 使用 chiah 穩固 kap 普遍起來。《古事記》hām《日本書紀》就是 tī 漢字 siōng chhiaⁿ-iāⁿ ê 時期（7-9 世紀）由日本官方用漢字編寫 ê、上早 ê 2 部日本國史。

　　日本 tī 借用漢字 ê 過程，kāng-khoán tú-tiȯh hām 越南、朝鮮使用漢字所引發 ê 問題。爲著解決漢字文言文無法度表達日本人 ê 日常生活口語，in 就利用漢字 ê 文讀音來表記日本 ê 口語音，chit 種書寫方式就是所謂 ê「萬葉假名」（Manyogana）[17]。因爲「萬葉假名」是用漢字來代表日語 ê 發音，筆劃複雜、寫起來無 sù-sī，lō-bóe koh 將代表日語音 ê 漢字筆劃簡化，形成各式 ê「假名」。

　　雖然拼音式假名真早就開始發展，m̄-koh tī hit 當時唐朝 ê 影響之下，假名 kan-taⁿ 是漢字 ê「注音符號」，並無 chiâⁿ-chò 正式文字。一直到唐朝倒攤[18]、10 世紀以後 chiah 有進一步發展。其中，「平假名」（hiragana）[19]

---

[16] 東漢建武中元二年(57)，倭奴國奉貢朝賀，光武帝賜以印綬。Chit-liȧp 古籍記載 ê 印仔，後來 1784 年 tī 日本 ê 福岡縣志賀島發現。

[17] 譬如講，「阿」發音(a)，「志」(shi)，「多」(ta)，「奈」(na)，「母」(mo)。《萬葉集》(ca.759)就是用 chit 種方式來記錄傳統歌謠。

[18] 倒攤：tó-tàⁿ，倒店 ê 意思。

[19] 根據草書 ê 字形發展出來。因爲假名 khah 無地位，發展過程中主要是查某人 teh 使

hām「片假名」（katakana）[20] 演變做今仔日 ê 書寫系統。

2.4.2. 近代 ê 語言運動

　　日本 tī 18 世紀後半期 phah-khui 門戶以後，ta̍k-kang 接觸 tio̍h ê 新物件、新概念 lú 來 lú chē，為著 khah 有效率來吸收，引發出語言文字 ê 改革運動。18 世紀末 ê 語文改革主張大概分做三方面：主張全部使用「假名」、主張「羅馬字化」、kap 限制漢字 ê 使用數量。

　　第一，主張全部使用「假名」。1866，明治維新前一年，前島密（Maejima）向 hit 當時 ê 德川幕府提出〈廢止漢字 ê 意見〉（Kanji gohaishi no gi），主張廢除漢字、完全採用假名，建立口語 ê 書寫方式，做到「言文一致」。伊講，「用漢字於教育，由於學習其字形與音訓，需費長久時間，以致延緩成業之期。又因其學習困難，就學者甚為稀少」[21]。為著推動完全使用假名，前島密 tī 1873 設立「啓蒙社」（Keimosha）來發行全假名 ê 報紙——「每日片假名新聞」（Mainichi katagana shinbun）。1880 年代，社會上要求文字拼音化 ê 聲音 lú 來 lú koân。其中主張全用假名 ê 人 tī 1883 成立「假名俱樂部」（Kana no kai）。後來因為成員對口語書寫方式、假名用法等等意見 bē 合，力量 soah ta̍uh-ta̍uh-á 散去。

　　第二，主張「羅馬字化」。拼音化 ê 文字改革方向，除了假名之外，iáu 有羅馬字化 ê 主張。1869 年，南部義籌（Nanbu Yoshikazu）向 hit 當時 ê 大學頭（教育部長）提出〈修國語論〉，主張改用羅馬字母。1874 年，西周 tī《明六雜誌》發表〈用洋字書寫國語論〉，分析採用羅馬字 ê 好處。西周主張一般人只要學習羅馬字化 ê 國語就好，「漢字」、「漢學」交 hō͘ 中學以上 ê 學生讀。80 年代，主張羅馬字化 ê 人 tī 1885 成立「羅馬字會」（Romaji kai），koh 發行「羅馬字雜誌」（Romaji zasshi）。羅馬字運動除了 tú-tio̍h 假名運動 kāng-khoán ê 問題之外，koh 發生採用叼一套羅馬字方案

　　用，所以 mā 號做「女文字」(onnamoji)或者「女手」(onnade)。有名 ê《源氏物語》就是用 hiragana chhām 部分 ê 漢字寫出來 ê。

[20] 根據楷書 ê 字形發展出來。主要是和尚提來註解佛經。

[21] 陳文彬，1954. P. 21.

ê 困擾 kap 冤家。「黑奔式」（Hepburn）kap「日本式」（Nipponshiki）就是 hit 當時主要 ê 羅馬字方案。

20 世紀以後，日本政府爲著解決羅馬字方案 ê 問題，tī 1930 年設立「臨時羅馬字調查會」，後來 tī 1937 發佈「訓令式」（Kunreishiki）ê 拼音方案。形成「訓令式」、「日本式」、「黑奔式」互相不服、對立 ê 局面。一直到 chit-mái iáu-bōe 完全解決。不過因爲「訓令式」是有國家 ê 政治力量 teh 支持，táuh-táuh-á chiâⁿ-chò 日本 ê 主要羅馬字拼音方案。

第三，限制漢字 ê 使用數量。日本 ê 文字改革除了拼音化主張之外，iáu 有限制漢字字數、簡化漢字字體 ê 主張。創立慶應大學 ê 教育家福澤諭吉（Fukuzawa Yukichi）tī 1873 發表〈文字之教〉（Moji no oshie），伊認爲 kā 罕 leh 用、複雜 ê 漢字 thèh 掉，chhun 二、三千字 ê 數量就有夠用。矢野文雄（Yano Fumio）mā tī 1886 發表〈日本文體文字新論〉（Nihon buntai moji shinron），後來 koh 編《三千字字引》（Sanzenji jibiki）來推 sak 伊 ê 主張。

1900 年，文部省進行假名 ê 標準化、修改漢語詞 ê 假名寫法、kap 限制小學 lāi-té 漢字用字 tī 1,200 字。Tī 文部省發佈語文改革方案以後，遭受保守勢力反抗，soah tī 1908 暫停實施。1921 年，一陣[22]東京、大阪 ê 新聞工作者發表簡少漢字、增加假名使用比例 ê〈Kanji seigen o teisho〉聲明。1923 年，文部省 ê「臨時國語調查會」公佈 2,108 字 ê《常用漢字表》。Chit-ê 方案 tī 1931 年修改做 1856 字，而且準備推行，soah 因爲「滿州事件」來中止[23]。1942 年，文部省 ê「國語審議會」擬定《標準漢字表》（Hyojun kanjihyo），包括常用字 1,134 字、準常用字 1,320 字、特別字 74 字。擬定了，tī 其他部門 ê 建議用字之下，增加 141 字、變做總數 2,669 字，lō-bóe 由文部省發表出來。

戰後，日本內閣 tī 1946 年 11 月 16 公佈使用 1,850 字 ê《當用漢字表》

---

[22] 一陣：chit- tīn。

[23] 一方面因爲 ài 記載中國 ê 人名、地名，需要大量漢字；一方面 mā 因爲軍國主義反對廢漢字 ê 保守心態。

（Toyo kanjihyo）。後來 koh ùi《當用漢字表》選出 881 字，chiân-chò《當用漢字別表》，tī 1948 公佈做小學課本 ê 使用範圍。1949 公佈《當用漢字字體表》，確定漢字 ê 字體[24]。日本現代 ê 書寫系統就是經過戰後 chit 段改革過程，tàuh-tàuh-á 穩定起來，形成咱 chit-mái 所看著 ê 日文。

3. 脫漢運動 ê 本質

越南、朝鮮 hām 日本 ê 脫漢運動，基本上就是脫赤腳 ê 做穡人 beh ián-tó 中層 ê、內部 ê、士大夫統治階級，進一步擺脫頂層 ê、外來 ê、中國封建王朝 ê 壓迫，達成勞動大眾 ê tháu-pàng[25]。

漢字 tī 3000 年前開始發展以後，中國 ê 統治者透過「漢字」、「儒家思想」kap「科舉制度」ê 設計，維持 in 既得利益 ê 統治階級。漢字文化圈 ê 國家因爲無發展出 ka-tī ê 書寫系統，爲著記錄 ka-tī ê 語言、吸收知識，kā 中國借「漢字」做文字系統。引進漢字了，因爲漢字 ê 歹寫、歹讀、無適合表記語音 ê 特性，「漢字」一方面造成「書寫系統」hām「白話口語」ê 分離、一方面 hō 國內 ê 貴族 theh 來做維持既得利益 ê 工具。國內 ê 貴族透過向中國進貢、朝拜、引進「儒家思想」kap「科舉制度」，來塑造 kap 穩定「漢字」ê 正統地位。換一句話講，漢字 ê 地位 lú 神聖，in ê 貴族階級 lú 穩固。國內 ê 廣大 ê 勞動階級，就是 tī 國內 ê 貴族 kap 國外 ê 大中國政治架構下面遭受雙重壓迫。

另外一方面，廣大 ê 勞動階層爲著記錄 ka-tī ê 語言、生活文化，透過修改漢字，慢慢仔形成民間流傳 ê 書寫文字。「字喃」、「諺文」hām「假名」就是 án-ne 發展出來 ê。Chit 種書寫文字雖然 tī hit 當時 ê 大中國政治、文化架構下面無 hông 重視，m̄-koh tng-tong 政治、文化改變以後，chit 種文字系統寫出來 ê 作品 soah 得著後來 ê 人 ê 肯定。譬如講，字喃 ê《金云翹傳》、諺文 ê《沈清傳》、假名 ê《源氏物語》。

近代歐美勢力進入亞洲以後，漢字文化圈 ê 政治、文化架構開始

---

[24] 其中有 300 外字是簡體字。
[25] tháu-pàng：解放 ê 意思。

tín-tāng[26]。政治上，中國已經無親像 khah 早 hiah 強 ê 控制力；文化上，中國 mā m̄是唯一 ê 世界中心；語言上，「漢字文言文」已經無法度應付 lú 來 lú chē ê 西方科技 kap 概念。漢字文化圈 ê 知識份子為著避免人民遭受帝國主義 ê 第三層剝削，開始反省、思考國家架構、定位 ê 問題。In 決定拆掉大中國 ê 政治架構，起造西方近代 ê 民族國家。Tī 起造新 ê 國家架構 ê sî-chūn，當然會 tú-tio̍h 傳統 ê 政治、文化架構 ê 保守力量 ê 阻擋。新 ê 國家架構若 beh 穩定，除了 ài ián-tó 舊 ê 政治勢力之外，mā ài 擺脫舊 ê 文化束綁，透過建立新 ê 文化 chiah 有法度穩定新 ê 政治架構。當初時，中國 ê 統治者就是透過「漢字文化」來穩定封建 ê 政治架構。

基本上，政治 hām 文化是共生 ê 關係。政治 ē-tàng 影響文化，文化 mā ē-tàng 決定政治。以越南為例，越南受中國 ê 政治、文化影響 2000 多了，ē-tàng chiâⁿ-chò 獨立 ê 民族國家，並 m̄是 hiông-hiông ùi 天頂 lak--lo̍h-lâi-ê。越南 ê 傳統政治、文化架構 tī 19 世紀法國勢力進入以後 chiah 開始轉變。法國以武力建立殖民 ê 政治架構以後，sòa--lâi 廢止越南 ê 科舉制度、進行文化 ê 解構 kap 再結構，thang-hó 增加殖民體制 ê 穩定度。以越南 ê 觀點來看，若 beh 建立獨立 ê 民族國家，tō ài tàn 掉傳統 ê 中國式架構 kap 擺脫新來 ê 法國式殖民體制。法國 ê 介入 tú-hó ē-tàng tàu 拆掉中國式 ê 架構，sòa--lo̍h-lâi ài 做 ê 是建立 ka-tī ê 政治、文化架構。越南人既然 tī 軍事 kap 政治 téng-thâu 無法度 suî 得著勝利，to ài ùi 文化方面 tàu 落手，透過文化 hām 政治是共生 ê 關係，累積反抗力量。越南 ê 知識份子透過推動越南語文來普及知識、加強民族意識、累積政治反抗 ê 資源。Tng-tong 1945 年宣布獨立、建立政治架構以後，suî 宣布越南語文 ê 國語地位、羅馬字化，建立越南 ê 文化架構。透過 hām 中國、法國無 kāng ê 文化架構，來確保政治架構 ê 穩定，達成政治、文化 ê 完全獨立。

4. 結論

Ùi 漢字文化地區 ê 發展來看，越南、韓國 hām 日本將完全使用漢字

---

[26] 動搖。

改變做無 kāng ê 書寫系統，因為 in m̄-taⁿ 要求政治上 ê 獨立 mā 要求文化上 ê 完全獨立。換來看台灣，台灣人 m̄-taⁿ iáu teh 爭論 ài 用「中國語文」或者「台灣語文」，mā teh 爭論台灣語文 ê 文字方案。一般來講，台文有三種書寫方式：全部使用漢字 ê「全漢」，漢字 hām 羅馬字 lām leh 用 ê「漢羅」，kap kan-taⁿ 使用羅馬字 ê「全羅」。Chit 3 種方式 bōe-sú tú-hó 反應出有關台灣 hām 中國關係 ê 政治訴求：統一，維持現狀，kap 獨立。Tī 香港，in 維持使用中國表意文字，kan-taⁿ 新造 chit-kóa 新漢字來勉強適應 in ê 廣東話。這反映出 in tī 1997 ài 「回歸中國」ê 運命。

越南、韓國 hām 日本就是透過脫漢 ê 過程，來達成政治、文化 ê 獨立。台灣人若 beh chiâⁿ-chò 獨立 ê 民族國家，就 ài 透過文化 ê「脫漢運動」，突破目前政治上 ê 瓶頸，chiah 有可能達成。

【本論文原底發表 tī 1997 年第 3 屆北美洲台灣研究論文年會，May 30-June 1, University of California at Berkeley；bat 收錄 tī 蔣為文 2005《語言、認同與去殖民》台南：國立成功大學。】

參考冊目

Coulmas, F. 1991. *The Writing System of the World.* Oxford: Blackwell.

DeFrancis, J. 1977. Colonialism and Language Policy in Viet Nam.

Gernet, J. 1982. *A History of Chinese Civilization.* NY: Cambridge University Press.

Habein, Y. S. 1984. *The History of The Japanese Written Language.* Tokyo: University of Tokyo Press.

Kolb, A. 1971. *East Asia: China Japan Korea Vietnam.* Great Britain: Methuen & Co. Ltd.

Lee Sang-Baek, L. D. 1957. *Hangul: The Origin of Korean Alphabet.* Seoul: Tong-Mun Kwan.

Lee Sang-Baek, L. D. 1970. *A History of Korean Alphabet and Movable Types.* R. of Korea: Ministry of Culture and Information.

Seeley, C. 1991. *A History of Writing in Japan.* Netherlands: E. J. Brill.

Taylor, I. & Taylor, M. M. 1995. *Writing and Literacy in Chinese, Korean and Japanese.* PA: John Benjamins.

ㄚ·ㄚ·ㄏㄛㄌㄛㄉㄛㄞㄧㄔ著、彭楚南譯 1954〈朝鮮語〉《中國語文》第 25 期，pp. 30-32。北京：人民教育。

李啓烈 1954〈朝鮮文字改革的歷史〉《中國語文》第 24 期，pp. 33-36。北京：人民教育。

李啓烈 1954〈談朝鮮文字改革問題〉《中國語文》第 25 期，pp. 18-20。北京：人民教育。

汪學文 1977《中共簡化漢字之研究》。台北：政大國關中心。

周有光 1978《漢字改革概論》。澳門：爾雅社。

周有光 1987《世界字母簡史》。上海：教育。

武占坤、馬國凡主編 1988 《漢字·漢字改革史》。湖南：人民出版社。

段生農 1990《關於文字改革的反思》。北京：教育科學出版社。

陳文彬 1954〈日本的文字改革問題〉《中國語文》第 26 期，pp. 20-24。北京：人民教育。

陳重金著、戴可來譯 1992《越南通史》。北京：商務。

陳越 1954〈從越南的掃盲、出版工作看我國文字改革的必要和可能〉《中國語文》第 27 期，pp. 15-18。北京：人民教育。

黃典誠 1954〈越南採用拼音文字的經驗〉《中國語文》第 16 期，pp. 17-22。北京：人民教育。

蔣為文 1996〈廢漢字 chiah 有 châi-tiāu 獨立〉《海翁》。台北：台笠。

鄭之東 1956〈朝鮮的文字改革〉《中國語文》第 49 期，pp. 23-30。北京：人民教育。

延伸閱讀

Chiung, Wi-vun. 2007. "Language, Literacy, and Nationalism: Taiwan's Orthographic transition from the perspective of Han Sphere." *Journal of Multilingual and Multicultural Development*, 28(2), 102-116.

蔣為文 2002「越南的去殖民化與去中國化的語言政策」，收錄於施正鋒編《各國語言政策》，649-677 頁。台北：前衛出版社。

蔣為文 2006「從漢字文化圈看語言文字與國家認同之關係」，收錄於施正鋒編《國家認同之文化論述》，523-552 頁。台北：台灣國際研究學會。

蔣為文 2010〈《訓民正音》語文政策與韓國文字之崛起〉，收於施正鋒主編《瞭解當代韓國民主政治》，頁 203-222。台北，台灣國際研究學會。

「台灣話」意識 ê
形成 kap 伊正當性 ê 辯證

1. 前言

　　台灣 ùi 1987 年解嚴以後，包含台灣母語在內 ê 各種本土化運動 lóng hiông-hiông chhiaⁿ-iāⁿ 起來。像講 1988 年由客家社團發起解嚴以來第一 chân 有關母語 ê「還我母語運動」上街頭抗議活動。1989 年由洪惟仁、林錦賢、楊錦鋒等人組成「台語社」koh 發行《台語文摘》服務性刊物。[1]1990 年台灣同鄉鄭良光、李豐明等人 tī 美國洛杉磯創立「台文習作會」，後來 tī 1991 年 7 月創辦到 taⁿ iáu teh 發行 ê《台文通訊》。Chit 份刊物同時 tī 台灣、美國、Canada 發行。《台文通訊》早期 ê 在台 chhui-sak 者主要有陳豐惠、陳明仁、廖瑞銘等。《台文通訊》採用漢字、白話字合寫 ê 台灣話文書寫方式，伊對「漢羅」書寫 ê 推廣 kap 將白話字 sak 出教會 hō͘ khah chē 社會大眾認 bat 有真大 ê 貢獻。

　　除了社會團體 teh chhui-sak 之外，各大學校園 lāi-té mā 有成立台語相關社團，che 是台灣話文進入教育體制 ê 先鋒。包含成大台語社（1988）、台灣大學台灣語文社（1990）、交通大學台研社（1990）、淡江大學台灣語言文化研習社（1991）、清華大學台語社（1992）等。除了台語社團之外，後來 koh 有「客家社」kap 以原住民為主 ê「原社」等社團 ê 成立。後來 chit-kóa 校園台語社團 koh 串聯成立「學生台灣語文促進會」（1992）。（楊允言等 1995）

　　相對客家 kap 原住民來講，「台語人」（或者所謂 ê「Hō-ló-lâng」、鶴

---

[1]《台語文摘》同仁服務性刊物 ê 內容是將報紙雜誌當中有關台語文 ê 討論文章收集影印；發行時間包含 1989 年 8 月到 1991 年 7 月。

佬人、福佬人、閩南人）tī 1990 年代所進行 ê 母語運動比較 tėk ke 真深 mā ke 真闊，所得 tiòh ê 回應 mā ke 真大。Chit-ê 時期台語人 ê 母語運動主要有二大方面：第一是要求實施母語教育 kap 進行母語書寫 ê 標準化；第二是主張台灣文學 ài 建立 tī 台灣母語 ê 基礎頂頭。[2]其中有關母語文學 ê 訴求引起正、反雙方真大 ê 爭論。爭論 ē-sái 分做「語言名稱」kap「台灣文學代表性」二部分來討論。就語言名稱來講，雖罔「台語」、「台灣話」chit 2 個用詞 tī 台灣社會已經 hông 普遍使用真久，m̄-koh soah 遭受其他族群甚至部分台語族群成員 ê 質疑。In 質疑 koh 認為講台語人使用「台語」、「台灣話」ê 用詞是心肝 kheh-èh、「福佬沙文主義」ê 表現。就台灣文學代表性來講，有三大 bô-kāng ê 主張：像講林宗源、林央敏主張「台語文學」代表台灣文學；mā 有完全否定台語文學存在 ê 必要性--ê，像講廖咸浩、陳若曦；iā 有像李喬、彭瑞金 án-ne m̄-nā 消極面對母語文學，顛倒支持華語 chiàⁿ 做台灣文學 ê 主要文學語言 ê 維持現狀派。[3]

對主張使用「台語」、「台灣話」用詞 ê 人來講，che 是 beh 凸顯 ka-tī 是 "台灣" 人、m̄是中國 "閩南" 人，是強調台灣認同 kap 台灣意識 ê 表現。對反對 ê 人來講，in 認為客語、原住民語、甚至華語 mā 是新 ê 台語，所以 Hō-ló 人講 "Hō-ló 話是台語"是 teh 否定其他族群語言 chiàⁿ 做本土語言 ê 排他性 ê 作法。

「台語」、「台灣話」用詞 kám 有嚴重到 chiàⁿ 做排他性 ê 沙文主義？當原住民有權利使用「原住民」取代「番仔」ê 稱呼 ê 時，kám 講台語人就有接受歧視意涵 ê「閩南人」或者接受語義不清 ê「Hō-ló 人」ê 義務？

本論文 ê 研究目的 beh ùi 語言學 ê 角度分析「台語」、「台灣話」ê 語意內涵，koh 會 ùi kāng-sî kap 歷時 ê 視野來探討「台語」、「台灣話」用詞 ê 正當性。

---

[2] 有關 1980 年代 kap 1990 年代針對台灣母語 kap 文學 ê 討論 ē-sái 參閱林進輝 (1983)、呂興昌 (1999)。

[3] 有關 chit-kóa 人物 ê 主要代表性論述文章，請參閱呂興昌 (1999)。

2. 基本概念 kap 理論架構

2.1. 語意成份分析

Tī 語言學 lìn 有所謂 ê「成份分析」（componential analysis）。He 是研究語詞 ê 語意 ê sî-chūn，將 hit-ê 語詞所聯想會 tiòh ê 成份 lóng 列出來 ê 一種研究方法。

咱以「老鼠」chit-ê 語詞為實際 ê 例來說明語意成份分析。咱若想 tiòh「老鼠」，咱會想 tiòh 啥？咱有可能會想 tiòh 圖表 1 lìn hit 9 個語意成份。當然，老鼠 ê 語意成份不只 kan-taⁿ hit 9 個。伊到底有 kúi 個語意成份 ài 根據 bô-kāng ê 情境來決定；chit-ê 情境包含講話者 kap 聽話者 ê 生活背景 hām 語詞出現 ê 時間 kap 空間等。像講，一個 m̄-bat 看過 bang-gah 人物「Mickey mouse」ê 人，就 bē 出現 Mickey mouse ê 語意成份。因為每一個人 ê 生活背景 lóng bô-kāng，所以 pêⁿ-pêⁿ 對 tiòh 一個語詞，每一個人所有 ê 語意成份 mā bē 百分之百 kāng-khóan。當每一個人 ê 語意成份 ê 差異性 lú 大 ê 時，che 代表咱人對 hit-ê 語詞 ê 語意見解 lú bô-kāng。像講，最近 ê 流行用語「台客」就有正面 kap 負面真兩極化 ê 語意成份。「台客」一開始是台北中國城 ê 媒體塑造出來 beh phì-siùⁿ 台灣人形象 ê 負面用語。後來，台灣派演藝人員對「台客」語意解釋權進行反攻，kā 伊附上正面 ê 語意成份。到底「台客」是正面 iā 是負面 ê 用語？Che tī 目前 iáu 無一致 ê 共識。

圖表 1. 以「老鼠」為例 ê 語意成份分析

　　若用「成份分析」ê 方法來看「台語」、「台灣話」chit 2 個用詞，in ê 語意成份 kám 一定包含「kan-taⁿ Hō-ló 人 ê 母語是台灣本土語言，ah 客語 kap 原住民語 lóng m̄是本土語言」？答案是「未必然」。事實上，就筆者長期來 ê 觀察，hit-kóa 主張使用台語、台灣話稱呼 ê 人（像講林央敏、林宗源、黃勁連等）ē-sái 講無人否認客語 kap 原住民語是台灣本土語言。若 án-ne，是 án-chóaⁿ「台語」、「台灣話」ê 用語會造成其他族群 ê 心驚膽 hiahⁿ？原因出在雙方對伊語意成份 ê 見解 bô-kāng。

　　本論文針對「台語」、「台灣話」、「台灣語言」chit 3 個 tiāⁿ hông 提來使用 m̄-koh koh gâu 造成誤解 ê 用詞，重新定義、分析 tī 下面。

　　「台灣語言」（Taiwanese languages）是指 tī 自然狀態 ê 遷 sóa 之下（非殖民政權強迫使用），經過「土著化」koh 有台灣傳統歷史文化「代表性」而且外界普遍認同者。所以台灣語言包含原住民所有 ê 語言、客語 kap 台語。Tī 定義之下，英語、華語、日語 kap 越南新娘所用 ê 越南語 lóng 無算是台灣語言，不過 in ē-sái 算是「國民 ê 語言」，也就是台灣國民有 teh 用 ê 語言（languages used by the Taiwanese citizens）。[4]咱分別用圖表 2 kap 圖表 3 來解釋「台灣語言」kap「國民 ê 語言」ê 語意成份。

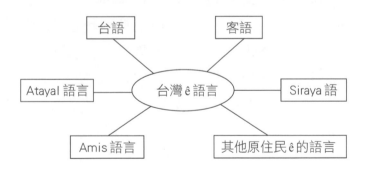

圖表 2. 「台灣語言」ê 語意成份

---

[4] 詳細 ê 討論 ē-sái 參考蔣為文 2004。

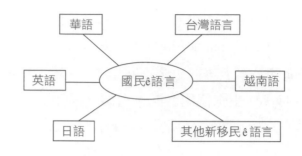

圖表 3.「國民 ê 語言」ê 語意成份

　　Hoān-sè 有人會講 chit-khoán ê 分法 seng-kòe 心胸 kheh-eh，應該將華語包含在台灣語言 lāi-té chiah tio̍h。若準華語算是台灣語言，為啥物比華語 khah 早來台灣而且 koh 有台灣人 teh 用 ê 日語 bē-sái 算台灣語言？若準華語算是台灣語言，mā 應該改名做台灣語言。Án-ne 對岸 ê 中國人是 m̄是 ē-tàng 接受 in teh 用 ê「普通話」無叫中國語言、顛倒 hông 叫做台灣語言？台灣 ê 中國語文學系是 m̄是願意改名做台灣語文學系？

　　「台灣話」（Taiwanese）是指眾台灣語言當中透過自然競爭所形成 ê 一種台灣共通語（Lingua franca）。「台灣話」mā ē-sái 簡稱做「台語」。Ùi án-ne ê 定義來看，「台灣語言」是 khah 大 ê 項目，lāi-té 有一種語言叫「台語」或者「台灣話」。「台語」chit-ê 專有名詞 tiāⁿ 會引起客家或者原住民族群 ê 恐惶就是爭論者將「台語」當做是「台灣語言」ê 簡稱。事實上，「台語」kap「台灣語言」應該 hông 當做 2 個 bô-kāng ê 概念處理。就親像「廣東話」kap「廣東語言」是 bô-kāng ê 概念 án-ne：「廣東語言」是指中國廣東地區 ê「廣東話」、「客話」、「閩南話」等；雖然廣東地區 mā 有人 teh 使用「客話」kap「閩南話」，m̄-koh「廣東話」kan-taⁿ 專門指「廣東話」niâ，並無指「客話」或者「閩南話」。

　　若就國際語言來舉例，「法語」kap「法國語言」mā 是 bô-kāng ê 概念。「法語」（Francais）是指以巴黎地區 ê 語言做標準所形成 ê 大家印象中所講 ê 法語；伊大約佔法國全人口 ê 90%。法國語言是指包含「Breton」、「Dutch」、「Gascon」、「Limousin」、「Avergnat」、「Languedocien」等在內 24

種少數族群語言。（Grimes 1996: 477-481）

2.2. 土著化 kap 代表性

「土著化」（indigenization）是指 ùi 移民社會（immigrant society）變成「土著社會」（native society）ê 轉變過程。像講早期台灣漢人 ùi 唐山移民來台灣 ê 時，tú 開始 piān 若過年、過節 in iáu 會想 beh 轉去故鄉唐山 hām 親人團圓，甚至若過身去 mā 想 beh 落葉歸根將屍體送轉去唐山埋。這就是移民社會現象，iā-tō 是移民者 iáu 有過客心態，in iáu 認為故鄉 tī 唐山、台灣不過是暫時討賺 ê 所在。M̄-koh 經過一定 ê 時間 kap 社會情境 ê 發展，hit-kóa 漢人移民 táuh-táuh-á 過年、過節 bē koh 轉去唐山，死去 mā 直接埋 tī 台灣 niâ。Lō-bóe hit-kóa 漢人移民就認為 ka-tī mā 是台灣人，台灣是 in ê 新故鄉。這就是土著化 ê 過程。台灣 tī 1945 年以前 ê 舊住民 lāi-té 有 1) 南島語系 ê「原住民」kap 2)平埔 hām 漢人移民混血 ê「客家」、「Hō-ló」族群。南島語系 ê 原住民 tī 台灣已經 kui 千冬，早就土著化 à。Ah 客家 kap Hō-ló 族群 leh？陳其南（1994:92）指出講 ùi 1683 到 1895 ê 200 外年當中，台灣 ê 漢人移民社會 táuh-táuh-á 變成土著社會。Iā-tō 是講 tī 日本 kap 中國國民黨政權來到台灣 chìn-chêng 台灣就已經形成土著化社會。Chit-ê 土著化社會基礎是「台灣文學」、「台灣語言」、「台灣民族」意識形成 ê 重要因素。

若就土著化 ê 角度來看，使用「華語」ê 新住民（或者所謂 ê「外省人」）有 gōa-chē 比例認同 ka-tī 是台灣人？Chit-kóa 新住民本底有可能 tī 2、3 代 lin 就融入台灣社會變成台灣人，m̄-koh 因為 hit-kóa 在台中國人 ê 政治操作 kap 動員 ê 關係 soah 害 in 無法度斬斷中國認同、阻礙 tiòh in tī 台灣土著化 ê 發展。換一句話講，華語若 beh tiām 台灣生湠發展、chiâⁿ-chò 台灣語言 ê 一種，除非伊 ê 使用者有認同 ka-tī 是台灣人。

Beh chiâⁿ-chò 台灣語言，除了 ài 有「土著化」之外，ài koh 有「代表性」。代表性是指 tī 台灣 ê 歷史、文化發展當中有適當 ê 主、客觀條件促使 hit 個語言有台灣 ê 主體性、對外 ē-tàng 表現台灣 ê 特色、而且外界

mā án-ne 認為。Tī chit-ê 定義之下，目前為止，有台灣 ê 代表性 ê 就是原住民語、客語 kap 台語。（蔣為文 2006）

　　若就定義來看可能真歹理解啥物是「代表性」，咱 ē-sái 用其他 ê 例來說明。像講咱若講 tiȯh 日本料理，大家一定會想 tiȯh susih（壽司）、sasimih、清酒。若講 tiȯh 台灣料理就會想 tiȯh 米粉炒、滷肉飯、珍珠奶茶。若想 tiȯh 美國料理就是 hamburger、coca cola。Kám 講台灣無食 susih、sasimih？當然 mā 有，m̄-koh 為啥物咱 bē 講 he 是台灣料理？因為 he 無台灣 ê 代表性。當然，雖然現此時 susih、sasimih 無台灣 ê 代表性，m̄-koh hoān-sè 100 多後台灣 kā 發揚光大、外界 mā 會認為 susih、sasimih 是台灣料理。M̄-koh che tang-sî chiah 會發生 ài 有主、客觀 ê 條件，m̄ 是單方面 ǹg-bāng 就會實現。但是，ē-sái 確定 ê 是至少伊現此時無代表性。

　　若就語言來舉例講，咱若想 beh 學英語咱會去 tó kúi 個國家學？一般 lóng 會想 beh 去美國、英國、Australia 或者 New Zealand。雖然印度、菲律賓 mā 有 teh 用英語，m̄-koh 真少人會想 beh 去 hia 學。為啥物？因為印度、菲律賓無英語 ê 代表性。

2.3. 語言 ê 分類 kap 號名

　　語言 ê 分類 kap 號名是 án-chóaⁿ 進行 ê neh？就語言分類來講，語言學頂頭通常就伊客觀 tėk ê 語音、語詞、句法 ê 異同來做分類 ê 標準。若是語言 ê 號名，通常會 tī 語言學 ê 分類基礎頂頭根據 hit-ê 語言 ê 分佈地理、使用人口 kap 歷史典故來做號名 ê 依據。除了 chit-kóa 客觀因素之外，語言 ê 名稱 koh gâu 受主觀因素 ê 影響，像講族群 ê 自我認同等。

　　語言分類 ê 第一步 ài 有才調區分「語言」（language）kap「方言」（dialect）。台灣人久長以來受 tiȯh 國語政策 ê 影響 soah 對「語言」kap「方言」有誤解 ê 印象，kiò-sī "國語"（華語）以外 ê 台灣本土語言 lóng 是方言。到底語言 hām 方言有啥差別？根據 Crystal（1992:101），方言是指「因為文法 iā 是詞彙 ê 差異 soah 展現出地區或社會背景 bô-kāng ê 某種語言變體（variety）」。Beh án-chóaⁿ 判斷某二個人所講 ê 話語是語言 iā 是方言 ê

差別 neh？Tī 語言學頂頭，一般是以二個人溝通交談 ê 時是 m̄是 ē-tàng 互相理解（mutual intelligible）對方 ê 話語做判斷 ê 基本標準。（Crystal 1997:25） 假使雙方無法度互相理解，án-ne in 講 ê 是二種獨立 ê、bô-kāng ê 語言； 若準有 kóa 詞彙 iā 是文法 ê 精差，m̄-koh 雙方 iáu ioh 會出對方 ê 語意 ê 時， án-ne in 使用 ê 是 kāng 一種語言 ē-kha ê 二種方言。咱以台灣為例，台語、 客語 kap 華語之間是互相 bē 通 ê 語言；台語 ê 地方腔口像宜蘭腔、鹿港 腔、關廟腔等算是台語 chit-ê 語言下面 ê 方言。

雖罔語言學頂頭有標準 thang 區分語言及方言，m̄-koh 現實上，特別 是有政治力介入 ê 時，未必然完全用語言學 ê 標準來區分。有 kóa 情況 真明顯是語言 ê 精差，soah hông tiau-kang 當作方言看待，像講國民黨時 期 kā 台灣本土語言 phì-siùⁿ 做方言。另外一種情形是實際上 kan-taⁿ 方言 ê 精差，m̄-koh 為 tiòh 突顯政治上 ê 主權獨立 soah kā 方言提升做語言 ê 層 次。像講北歐 ê「瑞典」、「Norway」、「Denmark」三國所使用 ê Scandinavian 語言實在是某種程度 ē-sái 互相理解 ê 方言差異，m̄-koh in 為 tiòh 凸顯國 家 ê 認同 soah 堅持 in 講 ê 話語是語言 ê 差別，分別 kā in ê 語言號做「瑞 典語」（Swedish）、「Norwegian」、kap「Danish」。（Crystal 1997:286）

是 án-chóaⁿ 國民黨時期 tiau-kang beh kā 台灣本土語言 phì-siùⁿ 做方 言？因為語言 kap 方言 tiāⁿ 扮演 bô-kāng ê 社會功能，而且方言 gâu chiaⁿ 做「高低語言現象」（diglossia）lāi-té ê「低語言」。低語言 tiāⁿ hông 粗俗、 沒水準 ê 印象，mā 因為無受重視所以 bē tī 正式場合使用，致使容易乎人 感覺就算消失去 mā 無要緊。國民黨 kā「華語」訂做國語，kā 其他被支 配族群 ê 語言 phì-siùⁿ 做「方言」其實就是 beh 進行政治鬥爭，利用語言 來強化支配者 ê 文化優勢，甚至用來打擊被支配族群 ê 自尊心 thang 進一 步消滅伊 ê 自我認同。（施正鋒 1996: 58）

2.4. 漢語語系 ê 分類 kap 分佈

「台灣話」chit-ê 用詞是 m̄ 是妥當 leh？本節咱用 kāng 時 ê （synchronic）、khah 大 ê 視野看漢語語系 ê 語言成員是 án-chóaⁿ hông 分類

kap 號名。

　　漢語語系（Han language family）下面 ê 語言成員大概 ē-sái 分做下面七大類 1)官話 2)吳語 3)湘語 4)贛語 5)粵語 6)客語 7)閩語。[5] Chit 七大語言實際上是互相無法度溝通 ê「語言」，m̄-koh 中國學者 tiāⁿ 因為政治上 ê 考慮，lóng kā in 號做 "漢語方言"。Chit 七大語言每一個語言下面其實 koh 有 bē-chió ê 次語群，有 ê 是方言、有 ê 是語言 ê 差別。下面咱 kéng 官話、粵語、客語 kap 閩語做簡介。

　　「官話」是漢語語系 lāi-té siōng-chē 使用人口 ê 語言，海內外 tī 1990 年大約有 10 億人口，佔漢語系人口 ê 七成。（Grimes 1996:544）中國現此時全國通行 ê「普通話」就是以官話為基礎所推行出來 ê。官話 ē-sái 分做四大語區：1) 華北語區，包含河北、河南、東北三省、內蒙古 ê 一部分等。2) 西北語區，包含山西、陝西、甘肅、青海、寧夏等 ê 漢族居住地。3) 西南語區，包含四川、雲南、貴州三省全部 kap 湖北大部分地區、河南西南部、湖南西北部、廣西北部。4) 江淮語區，包含江蘇、安徽二省 tī 長江以北、淮河以南地區 kap 江蘇省江南鎮西 pêng、九江東 pêng ê 沿江一帶。（詹伯慧 1991:93-99）

　　「粵語」俗稱「廣東話」。粵語 tī 中國境內主要分佈 tī「廣東」西 pêng、「廣西」東南 pêng kap 香港、澳門特區（參閱圖表 4）。粵語分佈地區包含廣西，為啥物無用廣西 ê 簡稱「桂」來號名，顛倒用廣東 ê 簡稱「粵」？主要是因為粵語人口半數以上 lóng 集中 tī 廣東，而且全廣東人口一半以上 lóng 講粵語。根據詹伯慧等人 ê 報導，2001 年中國境內 ê 粵語人口大約有 6,000 至 6,500 萬人，其中 4,000 萬人 tī 廣東省境內，佔 hit 省人口 ê 一半；有 1,500 萬人 tī 廣西省，佔廣西總人口 4,000 萬 ê 37%。（侯精一 2002:174）廣東省境內除了有粵語之外，koh 有客語、閩語 kap 少數 ê 湘語。用「粵語」或者「廣東話」chit-ê 稱呼主要是 teh 突顯 chit-ê 語言具有廣東 ê「代表性」，ah 無否定客語、閩語、湘語有 tī 廣東使用 ê 事實。是 án-chóaⁿ 無人抗議「廣東話」是廣東沙文主義 ê 表現？顛倒有

---

[5] 詳細請參閱 Norman (1988)；Ramsey (1987)；詹伯慧 (1991)；侯精一 (2002)。

台灣人 tòe 在台中國人 tī hia giàh 旗篙抗議「台灣話」ê 用詞！？

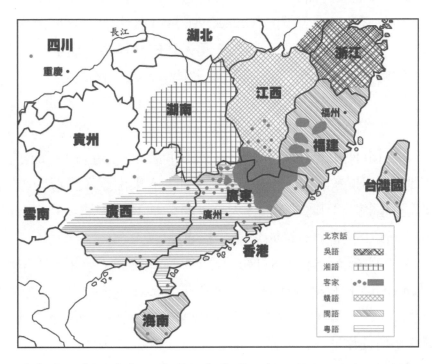

圖表 4. 漢語語系 tī 南方 ê 分佈圖。（based on Ramsey 1987）

　　「客語」人口 tī 1995 年全世界大約有 3,400 萬人。（Grimes 1996:544）
分佈 ê 地區真四散，包含廣東、江西、福建、廣西、湖南、四川、海南
kap 台灣。其中客人上集中 ê 所在是廣東中部 kap 東部、福建西部 kap 江
西南部。客語 tī bô-kāng 所在有 bô-kāng 名稱，像講「ngai 話」、「ma-kai
話」、「客家話」、「新民話」、「客籍話」、「土廣東話」等。（侯精一 2002:154-155）
使用客語 ê 客人 tī 各地區 lóng 算人口 ê 少數，所以就真罕 leh 用地名來
稱呼 in ê 語言，顛倒用歷史上 "後來者為客" ê「客」為族群 kap 語言名
稱。Chiah chē 名稱 lāi-té「土廣東話」算是少數以地名為稱呼 ê 名號。Chit-ê
名號是四川地區講西南官話 ê 在地居民對 hit-kóa 二、三百年前 ùi 廣東遷
sóa 去四川 ê 客人 teh 使用 ê 語言 ê 稱呼。（侯精一 2002:154）使用 chit-ê
名稱 ê 原因可能是四川在地居民 kiò-sī hit-kóa ùi 廣東移民過四川 ê 人講 ê
就是廣東話。

「閩語」是漢語語系 lāi-té 語言分歧上大 ê 語系（詹伯慧 1991:181）。閩語主要分佈地區是福建、廣東、海南島 kap 咱國台灣。閩語人口 tī 1991 年全世界大約有 6,000 萬人。（Grimes 1996:545）其中大約 1800 萬人分佈 tī 福建省內，佔全省 4 分 3；大約 1500 萬人分佈 tī 廣東，佔全廣東省人口 5 分 1。（侯精一 2002:207）福建地區 ê「閩語」ē-sái 分做 5 大"方言"區（事實上是語言）：「閩南」、「閩東」[6]、「閩北」、「閩中」、「莆仙」（季羨林 1992:293）。「閩南語」主要是福建南部一帶包含「泉州」、「漳州」、「廈門」等縣市 ê 人 teh 使用 ê 語言，其中廈門是閩南語 ê 代表腔口。閩南語除了 tī 閩南地區使用之外，iáu 分佈 tī 廣東東部 kap 東南亞像講新加坡、菲律賓、印尼等國家。因為 tī 閩語 5 大分支語言 lāi-té 閩南語 ê 分佈 kap 影響力上大，所以閩南語 mā hông 叫做「福建話」。

　　中國清朝統治台灣（1683-1895 年）ê 時閩南一帶 ê 泉州、漳州等 ê 福建人 táuh-táuh-á 移民來到台灣[7]。Tī 1887 年 chìn-chêng 台灣是屬福建省 teh 管，台灣 tī 政治、經濟、文化各方面 iáu khah 輸福建，所以稱呼 hit 當時 ê 閩南移民所使用 ê 語言號做「福建話」iáu 無過份。M̄-koh 台灣進入 20 世紀以後，一方面是土著化 ê 關係，koh 一方面是因為日本統治期間促成 ê 近代化、資本主義化致使「台灣社會 hām 台灣人意識」ê 形成（史明 1992:220）。因為泉州話、漳州話來到台灣已經土著化、形成不漳不泉 ê 新腔口（王育德 1993:95），koh 摻入台灣平埔族、日本語 ê 成份，所以一種新 ê 語言形式「台灣話」已經客觀上成立 à。除了語言 ê 客觀條件之外，台灣 tī 政治、經濟、文化[8]等各方面 lóng lú 來 lú 比福建 khah 重要 kap 優勢。加上台灣人意識 ê 出頭，台灣人主觀上認同伊所講 ê 是「台灣話」、m̄是「福建話」，所以「台灣話」（簡稱做台語）chit-ê 用詞就成立 à！

---

[6] 福州話是閩東語 ê 代表。

[7] 雖罔 tī 荷蘭時期 kap 鄭氏王朝時期就有少量漢人移民，m̄-koh 漢人大量移民來台主要是中國清朝統治時期。

[8] 像講，筆者 tī 2001 年 bat 去福建廈門做田野調查。Hit 當時有特別去 in hia ê 唱片行參觀，結果發現 in hia ê "閩南語"流行歌大約 95%以上 lóng 是台灣進口去 ê 葉啟田、江蕙、陳小雲等人 ê 台語歌。In 在地發行 ê 流行歌非常少，若有 lóng 是一寡傳統歌謠。

3. Ùi 閩南語到台語

　　台灣 ê 語言除了南島語系 ê 原住民語之外，chhun=ê lóng 是 17 世紀以來 chiah tòe tiòh 移民遷 sóa 入來台灣。雖罔客語 kap 台語 ê 源頭是 tī 中國 ê 廣東 kap 福建，m̄-koh chit 2 種語言來台灣已經有數百多 ê 時間而且已經土著化，所以 mā chiaⁿ 做台灣本土 ê 語言。台灣 ê 語言 tī bô-kāng 時期有無啥 kāng ê 稱呼。Chit-ê 現象一方面反映語言土著化 ê 進程，一方面反映統治者 ê 殖民心態。本節咱 tō 就 lėk-sî ê（diachronic）角度來看台語 tī bô-kāng 時期 ê 稱呼 ê 演變。

　　近來 bē-chió 人 kìo-sī「台語」、「台灣話」是民進黨組黨 chit 10 外年來 chiah 新造、帶有「福佬沙文主義」意涵 ê 用語。事實 kám án-ne？咱若 kā 久年來出版 ê 台語相關字典、詞典列出來，hōan-sè ē-sái 提供咱一個概念 thang 了解各時期 ê 人是 án-chóaⁿ 稱呼台語（請參閱附錄一）。Ùi 附錄一 ē-sái 看出，日本占領台灣 chìn-chêng，語言稱呼大概 ùi 福建話→閩南語→廈門話；日本時期，語言稱呼多數以台灣語為主；中華民國時期主要是台語或者閩南語。

　　清國時期所出版 ê 現代字典、詞典多數是傳教士所編寫出版。Ùi 字、詞典名稱 ê 轉變看會出傳教士 lō-bóe 了解福建並 m̄是單一 ê 語言區域，而且對福建各地方 ê 語言分佈 ê 掌握 lú 來 lú 好，尾手 in kéng 廈門話做閩南語 ê 代表腔口。

　　到 kah 日本時期，「台灣語」chit-ê 名稱 ē-sái 講已經真普遍 teh 使用。Che 原因一方面是日本人有意無意 tiau-kang 使用 "台灣" 語 thang kap 中國福建做區隔，一方面是因為 hit 當時台語 tī 自然發展之下已經形成台灣 ê 共通語。像講，日本統治台灣 ê 第一年（1895）就有「俁野保和」出版《台灣語集》，「佐野直記」出版《台灣土語》，kap「田內八百久万」出版《台灣語》。甚至 1902 年 koh 有「台灣語學同志會」成立 kap 伊 ê 機關報《台灣語學雜誌》ê 創刊（葉石濤 1993:209）。Koh，tī 1920 新舊文學論戰、1930 台灣話文論戰期間，「臺灣話」、「台灣語」ē-sái 講是 hông 真普遍 teh 使用 ê 語詞（中島利郎 2003；陳淑容 2004；楊允言 1993）。甚

至自稱「中國人」ê「連戰」in 公仔「連橫」tī 1933 年編寫好勢 1957 年出版 ê《臺灣語典》mā 是用「臺語」、「臺灣語」ê 稱呼。

二次大戰戰後中華民國佔領台灣。Tī chit-ê 時期，特別是 1987 年解嚴以前，已經真少使用 ê「閩南語」用詞 soah 顛倒 koh hông 提來使用。解嚴以後，民間出版 ê 詞典全部使用台語 ê 稱呼，kan-taⁿ 官方色彩「國立編譯館」所編 ê 詞典號做「台灣閩南語」。Chit-ê 現象看會出中華民國政權透過政治力對台語 ê 號名 ê 影響力。中華民國是中國來 ê 外來政權，伊會偏好使用「閩南語」用詞是 ē-sái 理解 ê。Chit-kóa 台灣派 ê 領導者思考無深入 soah tòe tiòh 中國派 ê「福佬沙文主義」論調 teh 呼應，甘願用中國 khùi 真重 ê「閩南語」mā m̄ 用「台語」。Chit-khoán ê 現象實在真怪奇！

4. 結論

Ùi 1987 年台灣解嚴以來，本土化運動 lú 來 lú chhiaⁿ-iāⁿ，台灣意識 kap 國家認同 mā chiâⁿ-chò 全民關心 ê 議題。「台語」、「台灣話」用詞 ê 爭議，一方面顯示本土客家 kap 原住民族群想 beh 表達 ka-tī kap Hō-ló 人 kāng-khoán 認同台灣，一方面顯示在台中國人族群 teh 抵制本土化、反對台灣意識 ê 提升。

就客家 kap 原住民來講，in 反對「台語」、「台灣話」用詞，主要是驚 ka-tī hông 排除在本土語言族群之外，驚 ka-tī 無台灣代表性。事實上，台語 kap 台灣話並無排斥客家 kap 原住民 chiâⁿ-chò 本土族群 ê 意涵。誤解 ê 原因出自大眾對「台語」、「台灣話」、「台灣語言」chit 3 個用詞 ê 語意成份有 bô-kāng ê 見解。「台灣語言」是複數 ê 概念，包含原住民、客家 kap Hō-ló 族群 ê 語言。「台灣話」是延續日本時期就普遍使用 ê「臺灣語」概念，指 tī 自然發展下形成台灣全國通行 ê「Hō-ló 話」。若講到「台語」，che 是「台灣話」ê 簡稱。Bē-chió 人 kā 台語當做台灣語言 ê 簡稱，só-í 誤會會產生。

Beh 避免客家 kap 原住民族群對台語用詞 ê 反感，上好 ê 作法是鼓勵台語人學客語或者原住民語；若放棄台語用詞、改用閩南語，chit-khoán 是 siōng lióng-kong ê 作法，m̄-taⁿ 無法度改善族群關係，顛倒會失去台灣意

識 ê 凝聚點 kap 失去台灣主體性 ê 表現。

【本文原底發表 tī 2006 年台灣主體性與學術研究研討會，7 月 1 日，台
灣歷史學會，台北，台灣會館；bat 收錄 tī 蔣為文 2007《語言、文學 kap
台灣國家再想像》台南：國立成功大學。】

參考冊目

Crystal, David. 1992. *An Encyclopedic Dictionary of Language and Languages*. Oxford: Blackwell.

Crystal, David. 1997. *The Cambridge Encyclopedia of L*anguage. (2nd ed.) Cambridge: Cambridge University Press.

Grimes, Barbara F. 1996. *Ethnologue*. (13th ed.). Dallas: Summer Institute of Linguistics.

Norman, Jerry. 1988. *Chinese*. Cambridge: Cambridge University Press.

Ramsey, S. Robert. 1987. *The Language of China*. New Jersey: Princeton University Press.

中島利郎 2003《1930 年代台灣鄉土文學論戰》。高雄：春暉出版社。

王育德 1993《台灣：苦悶的歷史》。台北：自立晚報社。

史明 1992《民族形成與台灣民族》

呂興昌編 1999《台語文學運動論文集》。台北：前衛。

周振鶴、游汝杰 1990《方言與中國文化》。台北：南天。

季羨林 等編 1992《中國大百科全書：語言文字》。北京：中國大百科全書出版社。

林進輝編 1983《台灣語言問題討論集》。台北：台灣文藝雜誌社。

侯精一 編 2002《現代漢語方言概論》。上海：上海教育出版社。

施正鋒 編 1996《語言政治與政策》。台北：前衛出版社。

洪惟仁 1996《台灣文獻書目解題：語言類》。台北：中央圖書館台灣分館。

陳其南 1994《台灣的傳統中國社會》(第 2 版) 。台北：允晨出版社。

陳淑容 2004《台灣話文論爭及其餘波》。台南：台南市立圖書館。

楊允言 1993〈台語文字化 ê 過去 kap 現在〉《台灣史料研究》第一期，p.57-75。

楊允言等 1995〈九○年代以來校園台語文運動概況〉第七屆台灣新生代論文研討會論文集，台灣研究基金會。

葉石濤 1993《台灣文學史綱》。高雄：文學界雜誌。

詹伯慧 1991《現代漢語方言》。台北：新學識文教出版中心。

蔣為文 2004〈收編或被收編？--當前台文系所對母語文學及語言人權態度之初探〉，語言人權與語言復振學術研討會，12 月 18-19 日，台東大學

蔣為文 2006〈從漢字文化圈看語言文字與國家認同之關係〉，國家認同之文化論述學術研討會，6 月 10-11 日，台北：台灣國際研究學會。

附錄一：
歷年來台語相關字、詞典 kap 伊所使用 ê 語言名稱。

出版年	冊名	編著者	內文使用 ê 語言	語言名稱	印刷所在	出版者
1837	Dictionary of the Hok-keen Dialect of the Chinese Languages, According to the Reading and Colloquial Idioms (福建方言字典)	W. H. Medhurst (麥都思)	閩南語、英語	福建話	澳門	Honorable East India Company (英國東印度公司)
1838	A vocabulary of the Hok-keen Dialect as spoken in the county of Tsheang-tshew (漳州語彙)	S. Dyer	漳州話、英語	福建漳州話	Malacca	Anglo-Chinese College Press
1853	Anglo-Chinese Manual with Romanized Colloquial in the Amoy Dialect (翻譯英華廈腔語彙)	Elihu Doty (羅啻)	廈門話、英語	廈門話	廣州	S. Wells Williams
1866	A Vocabulary of the Hokkien Dialect, as Spoken at Amoy and Singapore	J.A. Winn	閩南語、英語	福建話	新加坡	
1873	Chinese-English Dictionary of the Vernacular or Spoken Language of Amoy(廈英大辭典)	Carstairs Douglas (杜嘉德)	廈門話、英語	廈門話	倫敦	Missionary of the Presbyterian Church in England

☆後一頁 koh 有

☆頂一頁 koh 有

1874	A Syllabic Dictionary of the Chinese Language; Arranged According to the Wu-Fang Yuen Yin, with the Pronunciations of Peking, Canton, Amoy, and Shanghai (漢英韻府)	S.W. Williams (衛三畏)	北京話、廣東話、廈門話、上海話	廈門話	上海	上海長老教會
1882	Chineesch-Hollandsh Voordenbook van het Emoi Dialect (廈荷辭典)	J.J.C Franken & C.F.M. de Grijs	廈門話、荷蘭話	廈門話	Bata-via	Landsdrukkerij
1882-1890	Nederlandsch-Chinesch Woorden Book Met de Transcriptie der Chineesche Karaters in het Tsiang-tsiu Dialect (荷華文語類參)	Gustave.Schlegel	漳州話、荷蘭話	漳州話	荷 蘭 Leiden	E.J.Brill
1883	English and Chinese Dictionary of the Amoy Dialect (英廈辭典)	John Macgowan	英語、廈門話	廈門話	倫敦	Fruber & Co
1874 完成、1891 出版	Chinese Romanized Dictionary of the Formosan Vernacular (中西字典)	George L. Makay (馬偕)	廈門話、英語	Formosan	上海	台北耶穌聖教會
1894	Ē-mn̂g-im ê jī-tián (廈門音 ê 字典)	John Talmange (打馬字)	廈門話	廈門話	廈門	鼓浪嶼萃經堂
1898	日臺小字典	上田萬年、小川尚義	台語、日語	台灣語	台北	總督府
1900	Diccinario Tonico Sino-Espanol, Del Dialecto de Emoy, Chiang-chiu, Choan-chiu Formosa	R.P.Fr. Ramon Colomer	閩南語、西班牙語	Formosa	廈門	鼓浪嶼萃經堂
1904	日臺新辭典	杉房之助	台語、日語	台灣語	台北	日本物產合資會社

☆後一頁 koh 有

1907	日臺大辭典	小川尚義	台語、日語	台灣語	台北	總督府
1908	日臺小辭典	小川尚義	台語、日語	台灣語	東京	大日本圖書株式會社
1913	廈門音新字典 (A Dictionary of the Amoy Vernacular Spoken Throughout the Prefectures of Chin-chiu Chiang-chiu and Formosa (Taiwan))	William Campbell (甘為霖)	閩南語、英語	Formosa	台南	台灣教會公報社
1923	Supplement to Dictionary of the Vernecular or Spoken Language of Amoy (廈英大辭典補編)	Thomas Barclay (巴克禮)	閩南語、英語	廈門話	上海	台南長老教會
1931	臺日新辭書	東方孝義	台語、日語	台灣語	台北	總督府
1931-1932	臺日大辭典 (上)(下)	小川尚義	台語、日語	台灣語	台北	總督府
1932	臺日小辭典	小川尚義	台語、日語	台灣語	台北	總督府
1938	新訂日臺大辭典 (上)	小川尚義	台語、日語	台灣語	台北	總督府
1946	國臺音萬字典	二樹庵、詹鎮卿	華語、台語	臺語	嘉義	蘭記
1954	增補彙音寶鑑	沈富進	台語	台語	斗六	文藝學社
1957	臺灣語常用語彙	王育德	台語、日語	台灣語	東京	永和語學社
1957	台灣語典	連橫	台語、文言	台灣語	台北	中華叢書編審委員會
1969	閩南語國語對照常用辭典	蔡培火	閩南語、華語	閩南語	台北	正中
1970	漢英台灣方言辭典	陳嘉德	台語、英語	台灣方言	臺北	南天
1971	A Dictionary of Southern Min	Bernard L.M. Embree	台語、英語	閩南語		

☆後一頁 koh 有

☆頂一頁 koh 有

1976	中國閩南語英語字典(Amoy-English Dictionary)	The Maryknoll Language Service Center	台語、英語	閩南語	台中	The Maryknoll Language Service Center
1979	英廈辭典 (English-Amoy Dictionary)	The Maryknoll Language Service Center	英語、台語	閩南語	台中	The Maryknoll Language Service Center
1980	臺語辭典	徐金松	台語	臺語	台北	南天
1981	現代閩南語辭典	村上嘉英	閩南語、日語	閩南語	日本	天理大學
1984	普通話閩南方言詞典	黃典誠 etc	普通話、閩南語	閩南語	廈門	廈門大學
1986	綜合閩南方言基本字典	吳守禮	閩南語、華語	閩南語	台北	文史哲
1986	台灣禮俗語典	洪惟仁	台語、華語	台語、閩南語、鶴佬語	台北	自立
1991	簡明台語字典	林央敏	台語	台語	台北	前衛
1991	台灣話大詞典	陳修	台語、華語	台灣話	台北	遠流
1992	台語大字典	魏南安	台語、華語	台語	台北	自立晚報
1991	國台音彙音寶典	陳成福	華語、台語	台語	台南	西北
1992	常用漢字臺語詞典	許極燉	台語	臺語	台北	自立晚報
1992	台灣漢語辭典	許成章	臺語、華語	漢語	台北	自立晚報
1992	國台雙語辭典	楊青矗	台語、華語	台語	台北	敦理
1994	分類臺語小辭典	胡鑫麟	台語	臺語	台北	自立晚報
1994	實用臺語小字典	胡鑫麟	台語	臺語	台北	自立晚報
1995	蘭記臺語字典	二樹庵、詹鎮卿	華語、台語	臺語	嘉義	蘭記
1996	實用華語臺語對照典	邱文錫、陳憲國	華語、台語	臺語	台北	樟樹
1997	台語語彙辭典	楊青矗	台語、華語	台語	台北	敦理

☆後一頁 koh 有

1997	台灣俗諺語典	陳主顯	台語、華語	台語	台北	前衛
1998	台華字典	陳慶洲 陳宇勳	台語、華語	台語	台北	陳慶洲
1998	福全台諺語典	徐福全	台語、華語	台語	台北	徐福全
1998	常用漢字台語詞典	許極燉	台語、華語	台語	台北	前衛
1999	實用臺灣諺語典	陳憲國、邱文錫	台語、華語	台語	台北	樟樹
2000	台語字彙	王壬辰	台語、華語	台語	台北	萬人
2000	國臺對照活用辭典	吳守禮	華語、台語	台語	台北	遠流
2001	台灣閩南語辭典	國立編譯館	閩南語、華語	台灣閩南語	台北	五南
2001	台語俗語辭典	楊青矗	台語、華語	台語	台北	敦理
2001	Taiwanese-English Dictionary	The Maryknoll Language Service Center	台語、華語、英語	台語	台中	The Maryknoll Language Service Center
2002	新編華台語對照典	邱文錫、陳憲國	華語、台語	台語	台北	樟樹
2002	普實台華詞典	邱豔菱,莊勝雄	台語、華語	台語	台中	台灣語文研究社
2002	台灣彙音字典	謝達鈿	台語、華語	台語	台中	謝達鈿
2003	台語實用字典	董峰政	台語	台語	台南	百合文化
2003	通用台語字典	吳崑松	台語、華語	台語	台北	南天
2004	新編台日大辭典	王順隆	台語、日語	台語	台北	王順隆
2004	國語台語對比辭典	陳成福	華語、台語	台語	台南	建利書局
2005	台語音外來語辭典	張光裕	台語、華語	台語	台中	雙語

☆後一頁 koh 有

☆頂一頁 koh 有

2005	國語臺語綜合字典	陳成福	華語、台語	台語	台南	大正書局
2007	東方台湾語辞典	村上嘉英	台語、日語	台湾語	東京	東方書店
2007	重編新訂日台大辭典 上卷	王順隆	日語、台語	台語	台北	王順隆
2007	高階標準臺語字典	陳冠學	台語、華語	台語	台北	前衛
2009	甘為霖台語字典 Kam Uî-lîm Tâi-gú Jī-tián (William Campbell's Taiwanese Dictionary)	William Campbell (甘為霖)	台語、閩南語、英語	台語	台南	台灣教會公報社
2009	台語白話小詞典	張裕宏	台語、華語	台語	台南	亞細亞國際傳播社
2009	福爾摩莎語言文化詞典	張宏宇	台語、華語、英語	台語	台北	文鶴
2011	全民台語認證語詞分級寶典	蔣為文	台語、華語	台語	台南	亞細亞國際傳播社
2011	實用台語詞典	盧廣誠	台語、華語	台語	台北	文水藝文
2012	精解台語漢字詞典	王華南	台語、華語	台語	台北	文水藝文
2013	English-Taiwanese Dictionary	The Maryknoll Language Service Center	英語、台語、華語	台語	台中	The Maryknoll Language Service Center

*Chit-ê 表是根據洪惟仁(1996) kap 筆者 ka-tī ê 資料整理出來 ê(2014/7/27 更新)。

語言、文學 kap 民族國家 ê 建構

——台語文學運動史初探

1. 前言

若 ùi Benedict Anderson（1991）「想像 ê 共同體」（imagined communities）觀點切入，tī 漢字文化圈[1]lìn，19 世紀以前 lóng 有一種以中國爲中心、透過漢字所形成 ê「漢字文化想像共同體」（an imagined Hanji cultural community）。Chit 種「漢字文化想像共同體」（簡稱做「漢字共同體」）加加減減 lóng 影響 tiòh 漢字文化圈成員近代 ê「民族國家」（nation-state）ê 國族想像建構。

Tī 中國，in 利用「漢字共同體」chiaⁿ 做近代「中華民族」或者「中國國族」ê 想像基礎。Hit-kóa 無法度跳脫漢字共同體 ê「壯族」、「苗族」、「瑤族」等，當然就無形成 in ka-tī ê 民族國家。Ah hit-kóa 跳脫「漢字共同體」ê 舊成員，像講越南、韓國、朝鮮 kap 日本，lóng 重新建構以 ka-tī 爲主體 ê「民族國家」想像。若論到台灣，雖罔 tī 17 世紀初因爲荷蘭統治 soah 將台灣 sak chiū ⁿ 國際舞台，m̄-koh sòa--lâi ê 鄭成功 kap 清國統治 soah 將台灣 khiú 入去漢字文化圈。台灣 ê 漢字文化特色 soah chiaⁿ 做二次戰後中國國民黨 thang thèh 來做中國國族想像 ê 基礎。

Anderson（1991:37-46）bat 分析講「出版」、「宗教改革」kap「當地母語 ê 出頭」是近代西歐民族國家意識形成 ê 重要源頭。Davies（1997:482）mā 指出講「歐洲文藝復興時期用民族母語來創作 ê 風氣 lō-bóe 發展出國民文學（national literatures）；ah 這是形成國家認同（national identity）ê 關

---

[1] 咱所講 ê「漢字文化圈」是指卡早 bat ah 是 chín koh teh 使用漢字 ê 地區或者國家，包含越南、韓國(所謂 ê 南韓)、朝鮮(所謂 ê 北韓)、日本、新加坡、台灣 kap 中國等。

鍵之一」。若準是 án-ne，台灣人 ê 民族母語──「台灣語言[2]」tī 台灣 ê
「民族國家」ê 建構當中是扮演啥款 ê 角色？以台灣語言為書寫語言 ê
國民文學是 m̄是已經形成？若準 iáu bōe，是啥原因？若準有，是 án-choáⁿ
iáu bōe chiâⁿ 做主流？實在講，台語文學 ê 發展就是台灣民族國家建構過
程 ê 一個縮影。Chit 篇論文就是 beh 用台語文學發展 ê 情形來探討語言、
文學 kap 民族國家 ê 關係。

2. 基本定義、概念 kap 理論架構

咱這節會先針對 kap 論文主題有相關 ê 基本專有名詞做一個定義 kap
相關概念 ê 討論。

2.1. 個人母語 vs. 族群母語

Tī 語言學頂頭有所謂 ê「第一語言」（first language）kap「第二語言」
（second language）ê 講法。所講 ê「第一語言」是指咱人出世 liáu 第一個
學起來 ê 語言，「第二語言」是指先學 ē-hiáu 第一語言 liáu、tī 有一定 ê
年歲 liáu chiah koh 學 ê 其他語言。「第一語言」通常是「滑溜 ê 語言」（fluent
language），m̄-koh mā 有例外 ê 情形。像講現此時有 bē chió 台灣人雖然 sè-hàn
出世 sûi 學 ê 語言是台語，m̄-koh in 去學校讀冊 liáu soah 改用華語，致使
伊 ê 第一語言「台語」比第二語言「華語」khah bē 輪轉。

若論到母語，其實 ē-sái 分做個人母語（personal mother tongue）kap
族群母語（ethnic language；或者號做「民族母語」"national language"）。
第一語言就是咱 ê 個人母語。通常，tī 正常 ê 情況下，第一語言 m̄-taⁿ 是
個人母語，mā 是族群母語。M̄-koh tī 一寡特殊情形之下，像講留學家庭、
移民家庭、受外來政權殖民等，第一語言未必然是族群母語。可比講，
有一對以台語為母語 ê 台灣留學生到美國留學，in tī hia 讀冊期間有生一
個囡仔。因為英語環境 ê 關係，in ê 囡仔一出世就先學英語。後來 in 結
束留學生涯 tńg 來台灣，囡仔 mā tòe leh koh kā 台語學起來。Án-ne，雖然

英語是 in 囝仔 ê 第一語言，m̄-koh in 囝仔 ê 族群母語 iáu 是台語。

　　若是受外來政權殖民 ê 例，可比講日本時代因爲國語政策 ê 關係，tī chit-ê 政策影響之下 tōa-hàn ê 台語囝仔 soah 將日語當做第一語言、顛倒將族群母語——台語當做第二語言。這是個人母語 kap 族群母語無一致 ê 另外一個例。

2.2. 母語異化 kap 母語轉換

　　咱若問人講伊 ê「母語」（無指定是個人或者族群母語）是啥 ê sî-chūn，通常會得 tiòh 2 種 bô-kāng 觀點 ê 回應。第一，若 khiā tī 語言是"族群歷史文化傳承功能論"者，就算伊 ê 個人母語 kap 族群母語無一致，伊會根據伊 ê「族群母語」來回答。第二，若 khiā tī 語言 kan-taⁿ 是"溝通工具"者，伊通常會根據伊 ê「滑溜 ê 語言」或者「個人母語」來回答。這就是爲啥物真 chē 台灣少年家雖然 in ê 族群母語是台語，m̄-koh in 會 in 你講 in ê 母語是華語。

　　Tng-tong 一個人 ê 個人母語 kap 族群母語 bô-kāng ê 時，咱 ē-sái kā 講這是一種「母語異化」ê 現象。母語異化 ē-sái 分做像圖表 1 án-ne 2 種情形。第一種是雖罔個人母語 kap 族群母語 bô-kāng，m̄-koh 伊 iáu 有 khiām hit 2 種語言 ê 使用能力。另外一種是單語 ê 母語異化現象，iā-tō 是個人 kan-taⁿ ē-hiáu 個人母語、m̄-koh 已經失去族群母語 ê 使用能力；chit 種情形通常是語言轉換（language shift）ê 前兆。

	個人母語	族群母語
(1) 雙語能力	+	+
(2) 單語能力	+	-

圖表 1. 雙語 kap 單語 ê 母語異化情形

　　單語 ê 母語異化通常有 2 個後果：第一是個人 iáu 會 tī 精神上 kap 情感上承認族群母語 ê 存在，m̄-koh tī 實際日常生活 lìn lóng 用個人母語。像講歐洲 ê Irish 共和國（Irish Republic）本底是講 Irish 語言，m̄-koh 經過

英國統治 liáu soah 變成真 chē Irish 人 kan-taⁿ 講英語、bē-hiáu 講 Irish 語。[3]
雖罔 Irish 政治上獨立 liáu 繼續使用英語，m̄-koh in tī 民族情感上、精神層
次 iáu 將 Irish 語言當做民族母語（Fasold 1984:278）。[4]第二個後果是 tī 精神
上、情感上放棄原有 ê 族群母語，將個人母語當做新 ê 族群母語。換一
句話來講，族群母語已經產生語言轉換現象，ùi A 語言變成 B 語言；咱
ē-sái 講這是一種「母語轉換現象」（vernacular shift）。發生母語轉換 ê A
族群成員 tú 開始可能 iáu chai-iáⁿ ka-tī 是 A 族群成員，m̄-koh 時間 chit-lėh
久 in soah kiò-sī ka-tī 是 B 族群 ê 成員。有發生 chit 種情形 ê 像講台灣 ê 平
埔族、中國東南方一帶古早 ê 百越民族。

2.3. 語言 kap 認同

語言 kap 族群認同（ethnic identity）或者國族認同（national identity）
kám 有啥關係？針對 chit-ê 問題，通常會有正反二種完全無 kāng ê 答案。

贊成 ê 人認為語言除了是溝通 ê 工具之外 iáu koh 是族群歷史文化傳
承 ê 媒介、族群自信、自尊 kap 認同 ê 表現；族群母語若是死亡，族群
意識 mā 會消退。反對 ê 人總會提 chit-kóa 像 Irish án-ne ê 例來證明雖然講
英語 mā 是 ē-tàng 維持 Irish 人認同。若 án-ne，到底語言 kap 認同有關係
無？

實在講，語言 kap 認同雖然無"絕對" ê 關係，m̄-koh 有"相對" ê 關係。
Iā 是講，語言是族群認同 kap 國族認同 ê 重要基礎之一，m̄-koh m̄是唯一
（Liebkind 1999:144；施政鋒 1998:52）。語言對族群、國族認同是 m̄是有催
化 ê 作用 ài 由 in 存在 ê 社會情境（social context）來決定（Fishman 1999:154;
Ross 1979:4）。

語言對族群、國族認同 ê 作用 ē-sái 分 2 方面來討論，i.t.s.「強化語言

---

[3] 根據 Ethnologue (Grimes 1996:489) ê 資料，tī 1983 所做 ê 語言普查顯示 kan-taⁿ 13% ê Irish
人自認 ka-tī ê Irish 語 iáu 真滑溜。

[4] 像講，Irish 共和國 ê 憲法(1937 年制定)規定 "The Irish language as the national language is the
first official language. The English language is recognised as a second official language" (施正鋒
2002:407; Crowley 2000:5)。

功能」vs.「弱化語言功能」。「強化語言功能」是指利用族群母語來動員 kap 強化族群認同。像講選舉演講場頂頭用台語、客語分別來動員台語、客語族群成員。「弱化語言功能」是指無利用族群母語來做族群動員。有 bē chió 研究指出族群母語 ê 消失並無一定會造成族群認同 ê 喪失（施正鋒 1998:55；Edwards 1985:48；Lu 1988:99）。可比講，有一個客人（Hak-ka-ngin），雖然 bē-hiáu 講客話（Hak-fa），m̄-koh 伊 iáu 有可能會認同伊 ka-tī 是客人。有 bē chió 人就 án-ne 做結論講語言 hām 認同無關係。事實上，雖然「弱化語言功能」iáu 有可能維持族群認同，m̄-koh 這並無証明講"「強化語言功能」bē-tàng 動員 kap 強化族群認同"！蔣為文（Chiung 2005:377）針對 244 個大學生所做 ê 調查顯示 ē-hiáu 客語是客家認同 ê 關鍵因素之一。這說明雖然族群母語 ê 消失 iáu 有可能維持族群認同，m̄-koh 族群母語 ê 強化對族群意識 ê 加強是有幫贊 ê。

　　「弱化語言功能」kám 一定 ē-tàng 維持族群認同？當然 mā 無一定。族群意識（ethnic consciousness）ê 產生 ē-tàng 分做主、客觀 ê 因素（史明 1992:4；施正鋒 1998:52）。客觀因素包含血緣、語言、宗教、風俗、共同歷史記憶等。Tng-tong 族群母語消失去 ê 時，若準其他 ê 客觀因素 iáu 存在，當然就有可能維持族群意識。M̄-koh，若準語言是現存唯一 ê 客觀因素，族群意識恐驚 á 早晚會 tòe 族群母語 ê 消失來消失。像講台灣現此時真 chē 鶴佬客（Hō-ló-kheh）kap 平埔族因為客語、平埔語 ê 消失 soah mā 失去原來客家、平埔族群 ê 意識 kap 認同。

2.4. 種族、民族、族群

　　「種族」（race）、「民族」（nation）、「族群」（ethnicity or ethnic group）是 3 個 bô-kāng ê 概念，m̄-koh tī 生活當中 tiāⁿ hông 誤用（施正鋒 1998:3）。

　　Tī chit 篇論文 lāi-té，「種族」是指體質人類學頂頭根據咱人 ê 外在生物特徵，像講皮膚色、基因等所做 ê 分類。「民族」，mā 有人 kā 翻做「國族」，是政治學頂頭 ê 概念。民族 ê 概念是西歐社會 tī 文藝復興、宗教改革以來 tī 近代資本主義經濟基礎頂頭 tàuh-tàuh-á 發展出來 ê。民族是指佔

有一定 ê 領土而且成員有歷史、運命共同體 ê 認同感 ê 社會群體單位。「民族國家」（nation-state）是 tòe tiòh 民族意識 ê 形成 liáu 發展出來 ê "要求一個民族建立一個國家" ê 概念（Johnson 1995:188）。[5]

「族群」是 20 世紀以來因為移民社會，像講美國，所發展出來 ê 一種新概念（Eriksen 1996:28）。Chit-ê 概念是指無論是根據 tī 原有種族或者民族基礎頂頭，只要成員集體「自我認同而且外人 mā án-ne 認為」ê 時族群認同就存在（Fishman 1977:16; Levinson 1994:73）。Tī bô-kāng 社會情境之下，族群之間 ê 界線（boundary）並 m̄是固定 bē 變 ê 而且是有可能 kāng 時存在多層認同（Fishman 1977:26-28; Levinson 1994:73-75）。像講 tī 美國 ê 中國人，in tī 白人 ê 眼中可能 lóng 是 kāng-khoán ê 族群，m̄-koh tng 中國人 ka-tī tàu-tīn 做伙 ê 時 in 會幼分做福建人、廣東人、上海人等；tng 福建人 tàu-tīn ê 時 koh 分做廈門、泉州、漳州等。

2.5. 台語、台灣話、台灣語言

「台語」、「台灣話」、「台灣語言」是 tiāⁿ hông 提來使用 m̄-koh koh gâu 造成誤解 ê 用詞。Tī chit 篇論文 lāi-té，in ê 定義分別列 tī 下面。

「台灣語言」（Taiwanese languages）是指 tī 自然狀態 ê 遷 sóa 之下（非殖民政權強迫使用），經過土著化 koh 有台灣傳統歷史文化代表性而且外界普遍認同者。所以台灣語言包含原住民所有 ê 語言、客語 kap 台語（或者是所講 ê Hō-ló-oē）。Tī 定義之下，英語、華語、日語 kap 越南新娘所用 ê 越南語 lóng 無算是台灣語言，不過 in ē-sái 算是台灣國民有 teh 用 ê 語言（languages used by the Taiwanese citizens）。[6] Hoān-sè 有人會講 chit-khoán ê 分法 seng-kòe 心胸 kheh-èh，應該將華語包含在台灣語言 lāi-té chiah tiòh。若準華語算是台灣語言，為啥物比華語 khah 早來台灣而且 koh 有台灣人 teh 用 ê 日語 bē-sái 算台灣語言？若準華語算是台灣語言，mā 應該改名做台灣語言。Án-ne 對岸 ê 中國人是 m̄是 ē-tàng 接受 in teh 用 ê「普通話」無

---

[5]　Chit 方面 ê 中文討論 ē-sái 參考施正鋒(2000)、史明(1992)。
[6]　詳細 ê 討論 ē-sái 參考蔣為文 2004。

叫中國語言、顛倒 hông 叫做台灣語言？台灣 ê 中國語文學系是 m̄是願意改名做台灣語文學系？有關台灣語言是 m̄是應該包含華語 ê 爭論就是因為母語異化所造成 ê 現象。

　　「台灣話」（Taiwanese）是指眾台灣語言當中透過自然競爭所形成 ê 一種台灣共通語（Lingua franca[7]）。「台灣話」mā ē-sái 簡稱做「台語」。Ùi án-ne ê 定義來看，「台灣語言」是 khah 大 ê 項目，lāi-té 有一種語言叫「台語」或者「台灣話」。「台語」chit-ê 專有名詞 tiāⁿ 會引起客家或者原住民族群 ê 恐惶就是爭論者將「台語」當做是「台灣語言」ê 簡稱。事實上，「台語」kap「台灣語言」應該 hông 當做 2 個 bô-kāng ê 概念處理。就親像「廣東話」kap「廣東語言」是 bô-kāng ê 概念 án-ne：「廣東語言」是指中國廣東地區 ê「廣東話」、「客話[8]」、「閩南話[9]」等；雖然廣東地區 mā 有人 teh 使用「客話」kap「閩南話」，m̄-koh「廣東話」kan-taⁿ 專門指「廣東話」niâ，並無指「客話」或者「閩南話」。

　　若就國際語言來舉例，「法語」kap「法國語言」mā 是 bô-kāng ê 概念。「法語」（Francais）是指以巴黎地區 ê 語言做標準所形成 ê 大家印象中所講 ê 法語；伊大約佔法國全人口 ê 90%。法國語言是指包含「Breton」、「Dutch」、「Gascon」、「Limousin」、「Avergnat」、「Languedocien」等在內 24 種少數族群語言（Grimes 1996:477-481）。

2.6. 土著化 kap 代表性

　　頂一節講 tiòh ài 有「土著化」kap「代表性」chiah ē-tàng 算是台灣語言。若 án-ne，啥物號做土著化、代表性？

　　「土著化」（indigenization）是指 ùi 移民社會（immigrant society）變成「土著社會」（native society）ê 轉變過程。像講早期台灣漢人 ùi 唐山移

---

[7] 有關 Lingua franca，Crystal (1992:230) kā 定義做 "An auxiliary language used to permit routine communication between groups of people who speak different native languages."

[8] 客話(Hakfa) tī 中國主要分佈 tī 廣東北 pêng、福建西 pêng、江西南 pêng (周振鶴、游汝杰 1990:8; Ramsey 1987:16-17)。

[9] 閩南話除了分佈 tī 福建南部，iáu koh 分佈 tī 廣東東 pêng 汕頭地區、海南島、雷州半島、浙江南 pêng、舟山群島等所在(詹伯慧 1991:186)。

民來台灣 ê 時，tú 開始 piān 若過年、過節 in iáu 會想 beh 轉去故鄉唐山 hām 親人團圓，甚至若過身去 mā 想 beh 落葉歸根將屍體送轉去唐山埋。這就是移民社會現象，iā-tō 是移民者 iáu 有過客心態，in iáu 認為故鄉 tī 唐山、台灣不過是暫時討賺 ê 所在。Ḿ-koh 經過一定 ê 時間 kap 社會情境 ê 發展，hit-kóa 漢人移民 tàuh-tàuh-á 過年、過節 bē koh 轉去唐山，死去 mā 直接埋 tī 台灣 niâ。Lō-bóe hit-kóa 漢人移民就認為 ka-tī mā 是台灣人，台灣是 in ê 新故鄉。這就是土著化 ê 過程。台灣 tī 1945 年以前 ê 舊住民 lāi-té 有 1) 南島語系 ê「原住民」kap 2)平埔 hām 漢人移民混血 ê「客家」、「Hō-ló」族群。南島語系 ê 原住民 tī 台灣已經 kui 千多，早就土著化 à。Ah 客家 kap Hō-ló 族群 leh？陳其南（1994:92）指出講 ùi 1683 到 1895 ê 200 外年當中，台灣 ê 漢人移民社會 tàuh-tàuh-á 變成土著社會。Iā-tō 是講 tī 日本 kap 中國國民黨政權來到台灣 chìn-chêng 台灣就已經形成土著化社會。Chit-ê 土著化社會基礎是「台灣文學」、「台灣語言」、「台灣民族」意識形成 ê 重要因素。

若就土著化 ê 角度來看，使用「華語」ê 新住民（或者所謂 ê「外省人」）有 gōa-chē 比例認同 ka-tī 是台灣人？Chit-kóa 新住民本底有可能 tī 2、3 代 lìn 就融入台灣社會變成台灣人，m̄-koh 因為 hit-kóa 在台中國人 ê 政治操作 kap 動員 ê 關係 soah 害 in 無法度斬斷中國認同、阻礙 tiòh in tī 台灣土著化 ê 發展。換一句話講，華語若 beh tiàm 台灣生湠發展、chiâⁿ-chò 台灣語言 ê 一種，除非伊 ê 使用者有認同 ka-tī 是台灣人。

Beh chiâⁿ-chò 台灣語言，除了 ài 有「土著化」之外，ài koh 有「代表性」。代表性是指 tī 台灣 ê 歷史、文化發展當中有適當 ê 主、客觀條件促使 hit 個語言有台灣 ê 主體性、對外 ē-tàng 表現台灣 ê 特色、而且外界 mā án-ne 認為。

若就定義來看可能真歹理解啥物是「代表性」，咱 ē-sái 用其他 ê 例來說明。像講咱若講 tiòh 日本料理，大家一定會想 tiòh susih（壽司）、sasimih、清酒。若講 tiòh 台灣料理就會想 tiòh 米粉炒、滷肉飯、珍珠奶茶。若想 tiòh 美國料理就是 hamburger、coca cola。Kám 台灣無食 susih、 sasimih？當然 mā 有，m̄-koh 爲啥物咱 bē 講 he 是台灣料理？因爲 he 無台灣 ê 代表性。當然，雖然現此時 susih、sasimih 無台灣 ê 代表性，m̄-koh hoān-sè 100 冬後台灣 kā 發揚光大、外界 mā 會認爲 susih、sasimih 是台灣料理。M̄-koh che tang-sî chiah 會發生 ài 有主、客觀 ê 條件，m̄ 是單方面 ǹg-bāng 就會實現。但是，ē-sái 確定 ê 是至少伊現此時無代表性。

若就語言來講，咱若想 beh 學英語咱會去 tó kúi 個國家學？一般 lóng 會想 beh 去美國、英國、Australia 或者 New Zealand。雖然印度、菲律賓 mā 有 teh 用英語，m̄-koh 真少人會想 beh 去 hia 學。爲啥物？因爲印度、菲律賓無英語 ê 代表性。

若 hoan 頭轉來看台灣語言，爲啥物原住民語、客語 kap 台語 chiah 有台灣 ê 代表性？咱 ē-kha 就以台語爲例來說明。

一個語言 beh 號做啥物名有伊主、客觀 ê 條件。客觀條件 lāi 面 ê 政治、經濟、文化因素上重要。Tī 中國，福建地區 ê「閩語」ē-sái 分做 5 大“方言”（事實上是語言[10]）：「閩南」、「閩東」、「閩北」、「閩中」、「莆仙」（季羨林 1992:293）。「閩南語」主要是福建南部一帶包含「泉州」、「漳州」、「廈門」等縣市 ê 人 teh 使用 ê 語言，其中廈門是閩南語 ê 代表腔口。閩南語除了 tī 閩南地區使用之外，iáu 分佈 tī 廣東東部 kap 東南亞，像講新加坡、菲律賓、印尼等國家。因爲 tī 閩語 5 大分支語言 lāi-té 閩南語 ê 分佈 kap 影響力上大，所以閩南語 mā hông 叫做「福建話」。

中國清朝統治台灣（1683-1895 年）ê 時閩南一帶 ê 泉州、漳州等 ê 福建人 táuh-táuh-á 移民來到台灣[11]。Tī 1887 年 chìn-chêng 台灣是屬福建省 teh 管，台灣 tī 政治、經濟、文化各方面 iáu khah 輸福建，所以稱呼 hit 當時 ê 閩南移民所使用 ê 語言號做「福建話」iáu 無過份。M̄-koh 台灣進入 20 世紀以後，一方面是土著化 ê 關係，koh 一方面是因爲日本統治期間促成 ê 近代化、資本主義化致使「台灣社會 hām 台灣人意識」ê 形成（史

---

[10] Tī 語言學頂頭一般是用“互相有法度溝通、聽有無”來判斷雙方是語言或者方言 ê 差別。
[11] 雖罔 tī 荷蘭時期 kap 鄭氏王朝時期就有少量漢人移民，m̄-koh 漢人大量移民來台主要是中國清朝統治時期。

明 1992:220）。因為泉州話、漳州話來到台灣已經土著化、形成不漳不泉 ê 新腔口（王育德 1993:95），koh 摻入台灣平埔族、日本語 ê 成份，所以一種新 ê 語言形式「台灣話」已經客觀上成立 à。除了語言 ê 客觀條件之外，台灣 tī 政治、經濟、文化[12]等各方面 lóng lú 來 lú 比福建 khah 重要 kap 優勢。加上台灣人意識 ê 出頭，台灣人主觀上認同伊所講 ê 是「台灣話」、m̄是「福建話」，所以「台灣話」（簡稱做台語）chit-ê 用詞就成立 à！

近來 bē chió 人 kiò-sī「台語」、「台灣話」是民進黨組黨 chit 10 外年來 chiah 新造、帶有「福佬沙文主義」意涵 ê 用語。事實上，「台語」、「台灣話」tī 20 世紀初期早就 teh 使用 à，因為 hit 當時台語 tī 自然狀態之下已經形成台灣 ê 共通語。像講，tī 1901 年就有《台灣語》創刊、1902 年《台灣語學雜誌》創刊 kap「台灣語同志會」成立（葉石濤 1993:209）。Koh，chhui-sak 白話字 ê 先覺「Chhòa Pôe-hóe」（蔡培火）tī 伊 1925 年 ê 著作《Cha̍p-hāng Koán-kiàn》lìn kui 本冊就是用「Tâi-oân-ōe」（台灣話）來稱呼台灣人 ê 語言。伊 tī 論說台灣 kap 羅馬字 ê 關係 ê 時講：

> Tâi-oân-lâng iū sī Jit-pún ê peh-sèⁿ, só-í Jit-pún ê Kok-gú iā-sī tek-khak
> tio̍h ài o̍h. M̄-kú Hàn-bûn sī chin oh, Kok-gú iā sī chin lân, koh-chài chit
> nn̄g hāng kap Tâi-oân-ōe lóng sī bô koan-hē (Chhòa Pôe-hóe 1925:15).

簡單講，tī 1920 新舊文學論戰、1930 台灣話文論戰期間「臺灣話」、「台灣語」ē-sái 講是 hông 真普遍 teh 使用 ê 語詞（中島利郎 2003；陳淑容 2004）。甚至自稱「中國人」ê「連戰」in 公仔「連橫」tī 1933 年編寫好勢 ê《臺灣語典》mā 是用「臺語」、「臺灣語」ê 稱呼。若準將「台灣話」kap「福佬沙文主義」劃等號，恐驚 á 是"反台灣" ê 心理 teh 作怪。

---

[12] 像講，筆者 tī 2001 年 bat 去福建廈門做田野調查。Hit 當時有特別去 in hia ê 唱片行參觀，結果發現 in hia ê "閩南語"流行歌大約 95% 以上 lóng 是台灣進口去 ê 葉啓田、江蕙、陳小雲等人 ê 台語歌。In 在地發行 ê 流行歌非常少，若有 lóng 是一寡傳統歌謠。

3. 高低語文現象

Tī 漢字文化圈 lāi-té，語言、文字 ê 使用 ē-sái 用「高低語言」（diglossia）kap「高低文字」（digraphia）ê 概念來分析。啥物號做「高低語言」kap「高低文字」呢？基本上，chit 2 個用詞 ê 概念是類似 ê，m̄-koh「高低語言」主要是指「口語」、「高低文字」是指「書面語」（iā 就是「文字」）。

若論到「高低語言」ê 概念，Charles Ferguson（1959）是第一個有系統性來論說 diglossia 概念 ê 社會語言學家。伊將「高低語言」定義做一個語言 ê 2 個「語言變體」（two varieties of the same language）分別擔任 bô-kāng ê 社會功能（social functions）。伊 koh 講，chit 2 個「語言變體」當中，其中一個扮演「高語言」（High language）、另外一個扮演「低語言」（Low language）。「高語言」通常有 khah 高 ê 名聲 kap 文學傳統，而且會用 tī 正式場合。相對之下，「低語言」通常會 hông 看 khah 無起，用 tī 非正式 kap 私人場合。

後來，Joshua Fishman（1967）針對 Ferguson ê diglossia 概念提出修改，伊認爲「高低語言」無一定 kan-taⁿ ē-sái 發生 tī "一個語言 lāi-té ê 2 個語言變體"；iā 就是講「高低語言」無一定是「語言變體」，mā 有可能發生 tī「語言」hām「語言」之間，而且語言數目 ē-sái 不只 2 個。

Án-ne，啥物是「高低文字」（digraphia）？Dale（1980:5）ùi Ferguson ê「高低語言」概念延伸到 "文字" mā 適用，kā 定義做「一個語言使用二種（或者以上）ê 文字書寫系統」。漢學家 DeFrancis（1984:59）mā 針對「高低文字」提出 kāng-khoán ê 定義。後來蔣爲文（Chiung 2003:9）kā Dale kap DeFrancis ê 定義修改做「一個社會 lāi-té 有一個以上 ê 文字系統分別擔任 bô-kāng ê 溝通功能」。蔣爲文 chit-khoán ê 定義就親像 Fishman 對「高低語言」ê 定義 kāng-khoán，無限定 tī kāng 一種語言 ê 變體。

若用頂面所講 tiòh ê「高低語言」、「高低文字」（合稱「高低語文」）來看，漢字文化圈 lāi-té ê 情形是 án-chóaⁿ leh？先就口語來講，漢字文化圈 lāi-té 自古以來各地方就有 bô-kāng ê 語言，像講有廣東話、閩南話、客話、壯話、苗話、瑤話等。雖然 in ka-tī 有 ka-tī ê 語言，m̄-koh in hia ê 讀

冊人 piān 若想 beh 上京城赴考，就 ài 學皇帝所在首都 ê 語言（或者所謂 ê 口音），因為皇帝 ê 語言是 hit 當時 ê 標準語，用 tī 教育、行政等正式場合。Iā 就是講，hit-kóa 讀冊人平時生活當中雖然是用 in 地方 ka-tī ê 語言，m̄-koh piān 若吟詩作對、讀四書五經就 ài 模仿首都地方 ê 語音。時間 chit-lėh 久，hit-kóa 讀冊人 koh 將 in 模仿 tiȯh ê 首都語音傳 hō͘ in 在地 ê 鄉親 kap 後代。致使 hit-kóa 讀冊人 ê 在地語言 lāi-té 有所謂 ê「讀冊音」（文言音）kap「白話音」同時存在 ê 現象。Che mā 是咱台語內面有所謂文言音、白話音 ê 由來。若用高低語言來分析，就 kāng 一個語言來講，文言音就是「高語言」、白話音就是「低語言」。若就 bô-kāng 語言之間來看，皇帝所講 ê 語言就是「高語言」、一般百姓所用 ê 在地語言就是「低語言」。「高語言」因為長期以來用 tī 正式場合 kap 科舉制度，所以 hông 感覺 khah 有水準、有學問；「低語言」因為 seng 平凡，所以感覺真粗俗。像 chit-khoán ê 社會心理其實 tī 目前台灣 ê 社會 lìn iáu 真普遍。可比講布袋戲 iā 是歌仔戲 ê 戲齣 lìn，piān 若有大俠、文人出現，in 就用文言音講話；若是 siáu 丑仔 teh tak 嘴鼓就用白話。

若就「書面語」來看，漢字文言文就是「高文字」，其他發展出來 ê 民族文字，親像講越南 ê「字喃」（Chu-Nom）、朝鮮 ê「Hangul」[13]、日本 ê「假名」（Kana）、kap 台灣 ê「歌仔冊文字」、「白話字」等 lóng 算「低文字」。漢字文言文因為長期以來 hông 當作"正統"文字 koh 有科舉制度 ê 體制支持，所以社會大眾感覺使用文言文 khah 有水準、有學問。Chit 種現象 tī 現此時 ê 台灣社會 mā iáu 真普遍，像講墓牌、祭文用文言文寫生平紀事，廟寺 mā 用文言文寫廟史、對聯，甚至一般人講話、寫作 ê 時為 tiȯh 展風神 mā 會 lām kóa "成語" kap 引用古詩、古文。

Tī「高低語文」ê 社會 lāi-té，高語言/文字無一定永遠高，低語言/文字 mā 無一定永遠低，in ê 地位 tī 一定 ê 條件之下有可能變動。M̄-koh，是 án-choáⁿ 漢字文言文有法度 tī 漢字文化圈壟斷高語言/文字 kui 千多？

---

[13] Hangul：「南韓」現此時稱呼韓國文字「韓文」ê 意思。Hangul 是朝鮮語文研究兼推動者「周時經」(Chu Si-gyong) tī 1913 年上開始使用。北韓稱呼朝鮮文字"Chosoncha" (朝鮮字)或者"Chongum" (正音)。

是 án-choáⁿ 到路尾 kan-taⁿ 日本「假名」、韓國「諺文」、越南「羅馬字」
有才調翻身 ùi 低語言/文字變成高語言/文字？Hit-kóa「壯字」、「苗字」、「瑤
字」soah 無法度出頭天？除了政治因素之外，文字本身 mā 是真大 ê 因素！
文字是 án-choáⁿ 會影響 tiòh 高低語文呢？咱後一節就來討論 chit-ê 問題。

4. 漢字 ê 迷思 kap 對國民文學發展 ê 限制

　　爲啥物漢字對國民文學、民族意識 ê 發展有影響？這牽涉 tiòh 漢字
ê 文字結構 kap 本質。因爲篇幅限制 ê 關係，咱 tī chia kan-taⁿ ē-sái kéng 重
點講，詳細 ê 分析討論 ē-sái 參考 DeFrancis（1990）、Gelb（1952）、蔣爲文
（2005c、2005e、2005g）。漢字是 án-choáⁿ hông 利用來發展出新 ê 文字？
咱 ē-sái 用下面 chit-ê 例來說明：假使有一個講英語 ê 英國人 John beh 用漢
字替英語設計一套新 ê 漢字式文字系統。伊上代先有可能用(1) ê 漢字來
表示(2) ê 英語語句。Chit 種方式就是漢字造字原則「六書」lāi-té ê「假借」。
Iā 就是借用漢字 ê 讀音（tī chia 借用北京音）來表記英語 ê 語音 kap 語意。

　　(1) 哀黑夫土豆戈斯

　　(2) I have two dogs.

　　(3) 亻哀 亻黑 𰀀 扌二 犭豆 犭戈 亻斯

　　後來，John 驚人看 tiòh 語句(1) lāi-té ê 漢字會受漢字字面 ê 語意誤解，
像講看 tiòh"哀黑夫"會誤解是"悲傷 ê 穿黑衫 ê 農夫"，所以 John 就 tī 原
有 ê 漢字頂頭加「形旁」起去，像(3)所寫 ê án-ne。語句 (3) chit 種做法就
是所謂 ê「形聲字」。

　　後來，有另外一個英國人 Marry，伊感覺 John ê 用字無適合，所以
伊 kā (2)寫做 (4) ê 方式。

　　(4) 亻我 亻黑 亻孚 吐 犭罔 犭罔 亻司

　　Lō-bóe，koh 有一個英國人 Joe kā (2)寫做(5)。

　　(5) 我 嘿 口孚 二 犭斗 犭各 勿魍

　　以上 Marry kap Joe 所寫 ê(4)、(5) kám ē-sái？若就漢字造字原則來看當
然 mā ē-sái。若 án-ne，siáng 寫 ê 是標準？無人是絕對 ê 標準 mā 無人是絕
對 ê 無標準！這就是 chit-khoán 漢字式新字無法度標準化、普遍化 ê 主因。

　　Tī 漢字文化圈 lìn，hit-kóa 利用漢字發展出來 ê 民族文字，大概 ē-sái 分做 3 類。第一類是 tī 漢字 ê 基礎頂頭依照漢字造字方法，特別是形聲字，來創造新字。Chit-khoán ê 新文字 kap 漢字 kāng-khoán 屬「詞素音節文字[14]」。Chit-khoán ê 新文字有越南「字喃[15]」、台灣「歌仔冊文字[16]」、中國「壯字」、「苗字[17]」、「瑤字」（周有光 1997:98-108）等。Chit-kóa 字 ê 外形 kap 漢字真類似，造字原則大多數 kap 漢字 kāng-khoán，並無跳脫漢字 ê 思考模式 kap 造字方法。就文字讀寫 ê 效率來看，chit-kóa 新文字比漢字 koh khah 複雜、歹學。若 beh 讀有 chit-khoán 字，通常就 ài 有漢字 ê 基礎。因為 bat 漢字 ê 人佔人口比例無高，而且 koh m̄ 是所有 bat 漢字 ê 人 lóng 會支持發展 chit-khoán 新字，所以 bat chit-khoán 漢字式新字 ê 人 mā 無 chē。換一句話講，hit-kóa chò-sit、脫赤腳 ê 普羅大眾 kāng-khoán 真歹接近、使用 chit-khoán ê 漢字式新字。若 án-ne，是啥款 ê 人 chiah 有法度操作 chit-kóa 漢字式新字？主要就是 hit-kóa 落魄 ê 文人。落魄文人 ē-sái 分作 2 類：一種是 ùi 權力核心 hông 趕出來、不得志 ê 舊文人；一種是具備民族意識、進步 ê 文人。Chit-kóa 落魄文人因為有漢字 ê 基礎，所以 chiah 有可能使用漢字式新字。落魄 ê 舊文人因為 tiāⁿ-tiāⁿ iáu 存有大中國 ê 封建思想，所以 mā tiāⁿ 反應 tī in 用新字創作 ê 作品 lìn。對照之下，若是 beh 有新思想、民族獨立觀通常就 ài ùi 進步 ê 落魄文人 ê 作品 lìn 去 chhōe。可惜 chit-kóa 進步 ê 落魄文人用漢字式新字所寫 ê 作品因為通路無大，無法度 tī 脫赤腳 ê 普羅大眾之間普遍流傳。

　　利用漢字發展出來 ê 民族文字 ê 第二類是「音節文字」，伊典型代表是日本 ê「假名」（Kana）。第三類是「音素文字」，典型代表是韓國 ê「諺文」（Hangul）、越南 tī 17 世紀以後透過傳教士發展出來 ê「越南羅馬字」（Chu Quoc Ngu）kap 台灣 tī 17 世紀透過傳教士發展出來 ê「新港文字」

---

[14] 有關啥物是詞素音節文字，參閱 DeFrancis 1990。
[15] 像講，「巴三」(/ba/)是數字 "3" ê 意思。有關字喃 ê 發展，ē-sái 參閱蔣為文(2005d) 。
[16] 像講，「勿會」(bē)、「身長」(lò)。有關歌仔冊 ê 發展，ē-sái 參閱丁鳳珍(2005)。
[17] 像講，「女八」(/pa/)是 "婦女" ê 意思。

kap 19 世紀以後 ê「白話字[18]」（Pėh-ōe-jī）。Chit 2 類 ê 文字 lóng 真好學、好用，因爲無需要漢字 ê 基礎就 ē-sái 單獨學習使用，所以 hō 普羅大眾親近使用 ê 機會加真高。Tng-tong 19 世紀尾 20 世紀初 hit-kóa 韓國、越南、日本進步 ê 文人提倡用 chit 種新造 ê 文字 ê 時，一般國民真緊就 ē-sái kā chit-khoán 文字學起來。當然，民族國家意識就 án-ne 因爲讀寫能力 kap 國民教育 ê 建立 soah 真緊形成起來。這就親像西歐國家近代 tī 宗教改革以後因爲民眾讀寫能力 ê 建立連帶帶動國民文學 kap 民族國家意識 ê 形成 kāng-khoán 道理（蔣爲文 2005h）。相對之下，hit-kóa 無法度跳脫漢字思考中心 ê「壯族」、「苗族」、「瑤族」tī 政治上 mā 無法度形成民族國家意識。

中國 tī 1930 年代 bat 試驗用羅馬字來書寫漢語、進行所謂 ê「拉丁化」運動（季羨林 1992:245）。Lō-bóe-chhiú 中國共產黨得 tiȯh 政權了 tī 1950 年代停止拉丁化運動、改推 sak 漢字簡化。爲啥物中國 beh 放棄漢語拉丁化？主要就是顧慮 tiȯh 中國政治 kap 文化上 ê "一統性"（Norman 1988:257-264; DeFrancis 1950:221-236; Barnes 1974）。In 驚若中國各地用當地語言來書寫，會造成廣東、福建、上海等各地 ê 地方意識發展做近代民族國家意識 soah 來 ùi 中國獨立出去。

5. 台語文學發展 ê 時期 kap 特色

以台灣人 ê 母語爲文學語言 ê 源頭 ē-sái 追溯到 17 世紀 ê「新港文」（蔣爲文 2005h）。Hit 當時分佈 tī 台南一帶 ê 平埔族「Siraya」ê 語言有可能形成荷蘭時期 ê 台灣共通語，可惜 chit-ê 語言 kap 文字 soah tȧuh-tȧuh-á 死亡 kap 失傳去。後來到 19 世紀後半期，另外一波 ê 母語文學 koh 開始 tȧuh-tȧuh-á 發展形成，he 就是咱 chín 所講 ê 台語 kap 白話字。照講台語文學就是台灣文學，m̄-koh tī 現此時 chit 種無正常 ê 國家地位之下，台語文學 soah tō ài hông 邊緣化做"台語"文學，台灣"華語"文學 soah 顛倒「乞食趕廟公」講是"台灣"文學。實在講，台語文學 ê 正名 kap 台灣國名正名

---

[18] 詳細請參閱蔣爲文(2005c)、董芳苑(2004)。

kāng-khoán lóng 是 beh 發揚台灣主體性 ê 積極表現。下面咱 tō 就運動史 ê
角度分析台灣（語）文學發展 ê 過程。

　　一般若講 tiòh 近代台語文學 ê 起源 lóng 會講是 tòe tiòh 1920 年代新文
學發展起來所引起 ê 台灣話文論戰開始 ê（葉石濤 1993；林瑞明 1996；游
勝冠 1996；林央敏 1996）。事實上，台灣 ê 新文學是 tòe tiòh 19 世紀後半期
白話字（Pèh-oē-jī）ê chhui-sak chiah 開始發展出來 ê。台語文學 ê 發展 ē-sái
分做下面 kúi 個有 bô-kāng 特色 ê 時期。

5.1. 台語白話字文學形成期（1865-1920s）

　　雖然白話字（台語羅馬字）ê 源頭 ē-sái 追溯到 Medhurst（麥都思）1837
年 tī 澳門出版 ê《福建方言字典》，甚至追溯到 17 世紀西班牙人 tī 菲律賓
替閩南語設計 ê 羅馬字系統（Kloter 2004）。Ḿ-koh 白話字對台灣 ê 影響應
該 ùi 1865 年長老教會來台灣傳教、教白話字算起。

　　若 ùi 西歐國家國民文學發展當中白話聖經扮演重要角色來看，閩南
語白話聖經 ê 翻譯對台語白話書寫標準 ê 建立 mā 有真重要 ê 貢獻。根據
賴永祥（1990:73），閩南語 ê 新、舊約聖經分別 tī 1873、1884 年就發行。雖
然 in 是用廈門腔所翻譯 koh tī 外地出版，m̄-koh che 對台灣人建立初期 ê
台語白話文書寫有一定 ê 幫贊。白話字書寫 ê 本土化，ē-sái ùi 1885 年
《Tâi-oân-hú-siâⁿ Kàu-hōe-pò》（台灣府城教會報）tī 台南開始發行算起（蔣
為文 2005h）。咱 chai，具有語言「讀寫能力」是發展「文學」ê 第一步。
因為有白話聖經、報紙 ê 出版，台灣人 ê 台語讀寫能力就 án-ne tàuh-tàuh-á
建立起來，台語文學 mā án-ne tàuh-tàuh-á 發展出來。因為《台灣府城教會
報》提供台語白話字發表 ê 空間，所以白話台語寫作 ê 作品 lú 來 lú 成熟。
到 kah 1920 年代 ē-sái 講是用白話字來創作台語白話文學 ê 成熟期。像講
1925 年 Lōa Jîn-seng（賴仁聲）出版白話字小說《Án-niâ ê Bàk-sái》（阿娘 ê
目屎）；1926 年 Tēⁿ Khe-phoàn（鄭溪泮）出版小說《Chhut Sí-Soàⁿ》（出死
線[19]）；1925 年 Chhoà Poê-hoé（蔡培火）所出版 ê 社會評論集《Chàp-hāng

---

[19]　李勤岸有 kā 翻譯做漢羅台文版，全文 ē-sái tī 台灣文學工作室網站掠著

Koán-kiàn》(十項管見)。Chit kóa 作品 lóng 是 tī 1930 年代台灣話文、鄉土文學論戰以前就出版 à。[20]

可惜，hit 當時受漢文、日文教育 ê 一般知識份子因為既得利益 kap 漢字 ê 迷思 soah 無法度接受台語羅馬字。致使 chit-ê 階段白話字主要 tī 教會內 teh 流行 niâ。

5.2. 漢字白話文討論期（1920-1937）

雖然 tī 1920 年代 Pėh-oē-jī（白話字）已經發展成熟 chiâⁿ-chò「文學語言」，m̄-koh hit 當時 ê 台灣文學界討論 ê 主要重點 soah lóng khǹg tī 漢字 ê 改革 kap 書寫方面。Ùi 1920 年《台灣青年》雜誌發行、1924 年「張我軍」發表〈糟糕的台灣文學界〉引起 ê 新舊文學論戰到 kah 1930 年代 ê 台灣話文、鄉土文學論戰 chit 10 外年中間，討論 ê 焦點主要是漢字 ê 書寫方式[21]：1) beh 用傳統文言文 ā 是白話文，2) 若 beh 用白話文，是 beh 用日本白話文、中國式漢字白話文 ā 是台灣式漢字白話文？已經發展成熟 ê 文學語言「白話字」soah hō͘ hit-kóa 漢字既得利益者 tàn tī 邊仔、無受重視，lō͘-bóe tī 社會上 soah 造成一種看重漢字、看輕白話字 ê「高低文字現象」。

扣除少數像講蔡培火，hit-kóa 主張發展台灣話文 ê 主要領導者因為無法度跳脫漢字 ê 思考模式致使台灣話 ê 書寫受 tiȯh 真大 ê 限制 kap 影響：

第一，限制 tiȯh 台灣話文 ê 大眾性 kap 普遍性。因為 beh 讀有漢字式台灣話文就 ài 先讀有漢字。俗語講「漢字若 beh 讀會 bat，嘴鬚就 phah 死結」，就是 teh keng-thé 漢字歹學 ê 問題[22]。Tī 1920 年代 ê 台灣 bat 漢字 ê 人 tō 無 chē，台語 ê 書寫若倚靠 bat 漢字 ê 人口，自然會 lú hông 邊緣化。普遍 ê 國民文學自然就 khah oh 產生。

第二，限制 tiȯh 台灣話文 ê 標準化。近代國民文學 ê 形成 kap 民族語言標準化是互相扶持共生 ê。漢字式台灣話文因為用漢字書寫致使標

<http://ws.twl.ncku.edu.tw/>。

[20] 有關白話字文學，參閱黃佳惠(2000)、呂興昌(1995)。

[21] 詳細參閱中島利郎(2003)、陳淑容(2004)、楊允言(1993)。

[22] 有關漢字 ê 學習效率，ē-sái 參閱蔣為文(2005e)、Chiung (2003)。

準化 khang-khòe 真歹進行（鄭良偉 1990:194）。Chit 種情形就親像越南使用「字喃」kāng-khóan，雖然用 chiaⁿ 千多 m̄-koh iáu 是無標準化（蔣為文 2005b:90）。因為台語漢字無標準化，自然就降低伊 chiâ-chò 文學語言 ê 普遍性。

第三，造成台灣話文使用者無受重視、hông 看輕。台灣人 beh 用漢字來書寫台灣話文自然會 tú-tiòh chit-kóa 用漢字寫 bē 出來語詞。Chit-ê sî-chūn 真 chē 人就用造字、chhōe「本字」或者用假借字 ê 方式來克服。因為 chit 種「特殊字」、「怪字」tī 漢字文化圈 lìn 通常 lóng 是 hông 當作「低文字」來看待，致使台灣語文 mā hông 當作無水準、低路 ê 文字。

第四，影響 tiòh 台灣民族性格 ê 文化獨立性。越南人 tī 法國統治之下透過法國 ê 協助廢除漢字、切斷越南 hām 中國之間 ê 文化 tō-châi（蔣為文 2005a）。對照之下，台灣 tī 日本統治之下，初期為 tiòh beh khiú 近 pêⁿ-pêⁿ 是漢字文化圈成員 ê 台灣人 hām 日本人之間 ê 關係，日本人就利用漢字 ê「chīn chhun ê 價值」（剩餘價值）hō͘ 台灣人繼續使用漢字。雖然 lō͘-bóe 日本人為 tiòh 排華、侵略中國 soah tī 1937 年禁用漢文，m̄-koh 已經 seng 慢 à。台灣文學界 tī 1920-1937 期間走 chhōe 台灣文學 ê 內涵 kap 定位 ê 時，因為無法度跳脫漢字 ê 迷思，致使有 bē chió 人認為台灣文學是中國文學 ê 支流 niâ。因為 án-ne soah 減弱台語文學 chiaⁿ 做台灣 ê 國民文學 ê 強度。

5.3. 台語文學 ê tìm-bī 期（1937-1987）

Ùi 1937 到 1980 年代 chit-ê 時期 ē-sái 講是台語文學 ê tìm-bī[23]期。1937 到 1945 年算是「戰爭時期」，chit-ê 時期主要 ê chīn-chhun ê 刊物是《台灣教會公報》（原來 ê《台灣府城教會報》，透過宗教 ê 方式來生存。

戰後 1945 到 1987 解嚴 chìn 前 chit-chām 算是「戒嚴時期」。chit-ê 時期是台語文學 ê 黑暗時代，因為台灣話文 ê 使用遭受中華民國 ê 大中國統治結構 ê 有計畫 ê 殘害。伊 ê 後果是台語文學作品 ê 量真 chió 而且 hông

---

[23] "Tìm-bī"是指咱人 ê 面 chhàng lòe 水底、禁氣 ê 意思。

矮化做「方言文學」，新生代台灣人 ê 族群母語能力 tảuh-tảuh-á 退化，致使有真 chē「母語異化」kap「母語轉換」ê 現象。

　　「戒嚴時期」大多數 ê 台灣作家若 m̄ 是選用中國文寫作就是 tiām-tiām m̄ 做聲。少數 ê 作家像講「林宗源」、「向陽」tī 1970 年代就三不五時浮出水面用土地 ê 氣味 teh 創作台語詩（向陽 1985、鄭良偉 1988）。Chit-ê sî-chūn 有組織性 ê chhui-sak 台灣話文 ê lóng 來自海外：日本「台獨聯盟」tī 1960 年代發行 ê《台灣青年》（張學謙 2003）kap 1977 年由美國 ê 台灣同鄉鄭良偉、陳清風等人主辦 ê《台灣語文月報》。

5.4. 台語文學 ê koh 活期（1987-2000）

　　1987 年台灣解嚴以後各種社會運動 lóng hiông-hiông chhiaⁿ-iāⁿ 起來。台灣語文 mā ùi hit-chām 開始受 tiỏh tháu-pàng。Chit-ê 時期 ê 初期 khah 偏語言運動、主要探討台語書寫標準化問題，後期偏台語文學寫作 ê 實踐[24]。主要 ê chhui-sak 團體有：

　　1989 年由洪惟仁、林錦賢、楊錦鋒等人組成 ê「台語社」kap《台語文摘》服務性刊物。1990 年台灣同鄉鄭良光、李豐明等人 tī 美國洛杉磯創立「台文習作會」，後來 tī 1991 年 7 月創辦到 taⁿ iáu teh 發行 ê《台文通訊》。Chit 份刊物同時 tī 台灣、美國、Canada 發行。《台文通訊》早期 ê 在台 chhui-sak 者主要有陳豐惠、陳明仁、廖瑞銘等。《台文通訊》採用漢字、白話字合寫 ê 台灣話文書寫方式，伊對「漢羅」書寫 ê 推廣 kap 將白話字 sak 出教會 hō͘ khah chē 社會大眾認 bat 有真大 ê 貢獻。

　　Chit-ê 時期上早 chhiàng 明專門創作台語文學 ê 第一個文學性團體是 1991 年 5 月成立 ê「蕃薯詩社」kap 伊 ê 機關刊物《蕃薯詩刊》（1991-1996）。伊主要 ê 社員有林宗源、黃勁連、李勤岸、胡民祥、莊柏林、陳明仁、黃恒秋等。

　　上早 chhiàng 明專門刊載台語文學作品 ê 期刊是《台文罔報》（1996- ），

---

[24] Chit-ê 時期初期對台語文 ê 討論 ê 相關文獻 ē-sái 參考林進輝(1983)、呂興昌(1999) kap《台語文摘》同仁服務性刊物，將報紙雜誌當中有關台語文 ê 討論文章收集影印，時間包含 1989 年 8 月到 1991 年 7 月。

伊 ê 主要成員有廖瑞銘、呂子銘、陳明仁、陳豐惠、楊嘉芬、劉杰岳、劉德樺。

除了 chia ê 團體、刊物之外 iáu 真 chē，像講「台語文推展協會」kap《茄苳台文月刊》（1995-1999）、「菅芒花台語文學會」kap《菅芒花詩刊》（1997- ）等（方耀乾 2005）。除了社會團體 teh chhui-sak 之外，各大學校園 lāi-té mā 有成立台語相關社團，che 是台語話文進入教育體制 ê 先鋒。包含成大台語社（1988）、台大台灣語文社（1990）、交大台研社（1990）、淡江台灣語言文化研習社（1991）、清華台語社（1992）等（楊允言等 1995）。主要 ê 學生運動成員有楊允言、盧誕春、丁鳳珍、李自敬、蔣爲文等。後來 chit-kóa 校園社團 koh 串聯成立「學生台灣語文促進會」（1992）。

Chit-ê 時期因爲電腦網路開始發展，台灣語文 ê 書寫 mā 開始進入電腦資訊時代。因爲電腦資料庫 lāi-bīn ē-sái khiām ê 漢字有限，所以 hit-kóa 台語造字或者怪字就真歹 tiàm 電腦頂頭處理。Iā-tō 是講 beh tiām 電腦網路頂頭完全用漢字書寫會造成一定 ê 問題 kap 困難。Che 無形中促進台文寫作者接受「漢羅」ê 書寫方式。

5.5. 台語文學 ê 正名期（2000～）

台語文學經過 1990 年代 ê 打拼 liáu m̄-nā koh 活起來，而且開始進入學校教育體制。自 1997 年私立真理大學設立台灣文學系、2000 年國立成功大學設立台灣文學研究所以來，全台灣已經有 10 外間大學有台灣文學、台灣語文相關系所。雖然有 chiah chē 間台文科系，可惜台語文學 soah lóng 無受 in 重視，in 甚至「乞食趕廟公」將華語文學當作台灣文學 ê 代表文學（蔣爲文 2004、李勤岸 2005）。台語文學 beh án-choán 正名是 chit-ê 時期重要 ê khang-khòe。

Tī chit-ê 時期，台語文學 mā 開始受學界注意。第一部有系統性紹介台語文學發展過程 koh 一一對台語作家作品做簡評 ê 冊是張春凰、江永進、沈冬青合寫 ê《台語文學概論》（2001）。台語文學教材 mā 開始出現，包含鄭良偉、曾金金、李櫻、盧廣誠 ê《大學台語文選》（2000）、江寶

釗、周碧香、蕭藤村、董育儒 ê《閩南語文學》（2001）、方耀乾 ê《台語文學讀本》（2003）。針對台語文學 ê 學術論文出專冊 ê 包含方耀乾（2004a、2004c、2005）。

6. 結論

台語文學發展 ê 歷史就是台灣民族形成過程 ê 一個縮影。台語文學現此時上大 ê 危機就是已經有 lú 來 lú chē ê 在地台灣人發生「母語異化」、「母語轉換」現象。Tng-tong 放 sak 台語、認同「華語」做新民族母語 ê 人 lú 來 lú chē，台語文學 ê 創作者 kap 讀者一定會 lú 來 lú chió，到 lō-bóe tō ài 像「新港文」án-ne 進入歷史博物館。

若 án-ne，beh án-choáⁿ 避免母語轉換現象 ê 擴大？一方面 ài 加強體制對台灣語文 ê 保護，像講要求政府將台灣語文納入正式教育體制 kap 公務人員考試、設立台語委員會、台語電視台。Koh 一方面 ài 加強論說台灣人使用華語 ê bái 處比好處 khah chē、用華語無法度突顯台灣特色，而且台灣無可能主導華語文化 ê 發展、用華語 kan-taⁿ 會變成中華文化 ê 邊陲 niâ。另外，積極 chhui-sak 台語羅馬字 kap 英語 mā 是 hō 台灣脫離漢字文化圈、chiâⁿ-chò 文化獨立國 ê 真好步數。

【本論文 goân-té 發表 tī 2005 年台語文學研討會，10 月 29-30 日，國家台灣文學館；bat 收錄 tī 蔣為文 2007《語言、文學 kap 台灣國家再想像》台南：國立成功大學。】

參考冊目

Anderson, Benedict. 1991. *Imagined Communities.* New York: Verso.

Barnes, Dayle. 1974. Language planning in Mainland China: standardization. In , Fishman, J.A.(ed.). *Advances in Language Planning*, 457-477.

Chiung, Wi-vun T. 2003. *Learning Efficiencies for Different Orthographies: A Comparative Study of Han Characters and Vietnamese Romanization.* PhD dissertation: University of Texas at Arlington.

Chiung, Wi-vun T. 2005. Impact of monolingual policy on language and ethnic identity: a case study of Taiwan. In Wi-vun Chiung. *Languge, Identity and Decolonization*, 356-386. Tailam: National Cheng Kung University.

Crowley, Tony 2000. *The Politics of Language in Ireland 1366-1922: A Sourcebook.* NY: Routledge.

Crystal, David. 1992. *An Encyclopedic Dictionary of Language and Languages.* Oxford: Blackwell.

Dale, Ian R.H. 1980. Digraphia. *International Journal of the Sociology of Language* 26, 5-13.

Davies, Norman. 1997. *Europe: A History.* London: Pimlico.

DeFrancis, John. 1950. *Nationalism and Language Reform in China.* Princeton University Press.

DeFrancis, John. 1984. Digraphia. *Word* 35 (1), 59-66.

DeFrancis, John. 1990. *The Chinese Language: Fact and Fantasy.* (Taiwan edition) Honolulu: University of Hawaii Press.

Edwards, John. 1985. *Language, society, and identity.* NY: Basil Blackwell.

Eriksen, Thomas H. 1996. Ethnicity, race, class and nation. In John Hutchinson & Anthony D. Smith (ed.). *Ethnicity*, 28-31. Oxford: Oxford University Press.

Fasold, Ralph. 1984. *The Sociolinguistics of Society.* Oxford: Blackwell

Ferguson, Charles. 1959. Diglossia. *Word* 15, 325-340.

Fishman, Joshua. (ed.) 1999. *Handbook of Language and Ethnic Identity.* Oxford: Oxford University Press.

Fishman, Joshua. 1967. Bilingualism with and without diglossia; diglossia with and without bilingualism. *Journal of Social Issues* 32(2), 29-38.

Fishman, Joshua. 1977. Language and ethnicity. In Howard Giles (ed.). *Language, Ethnicity and Intergroup Relations,* 15-57. London: Academic Press Inc.

Gelb, Ignace. J. 1952. *A Study of Writing*. London: Routledge and Kegan Paul.

Grimes, Barbara F. 1996. *Ethnologue*. (13th ed.). Dallas: Summer Institute of Linguistics.

Johnson, Allan G. 1995. *The Blackwell Dictionary of Society*. Oxford: Blackwell.

Kloter Henning 2004. Early Spanish Romanization system for Southern Min. 台灣羅馬字國際研討會論文集，國家台灣文學館。

Levinson, David. 1994. *Ethnic Relations: A Cross-cultural Encyclopedia*. Santa Barbara: ABC-CLIO, Inc.

Liebkind, Karmela. 1999. Social psychology. In Joshua Fishman (ed.). *Handbook of Language and Ethnic Identity*, 140-151. Oxford: Oxford University Press.

Lu, Li-Jung. 1988. A study of language attitudes, language use and ethnic identity in Taiwan. M.A. Thesis: Fu-jen Catholic University.

Norman, Jerry. 1988. *Chinese.* Cambridge: Cambridge University Press.

Ramsey, S. Robert. 1987. *The Language of China*. New Jersey: Princeton University Press.

Ross, Jeffrey A. 1979. Language and the mobilization of ethnic identity. In Howard Giles & Saint-Jacques Bernard (eds.) *Language and Ethnic Relations.* NY: Pergamon Press.

丁鳳珍 2005《「歌仔冊」中的台灣歷史詮釋——以張丙、戴潮春起義事件敘事歌爲研究對象》。博士論文：東海大學。

中島利郎 2003《1930 年代台灣鄉土文學論戰》。高雄：春暉出版社。

方耀乾 2003《台語文學讀本(1)》。台南：真平企業。

方耀乾 2004a《台語文學的觀察與省思》。台南：復文書局。

方耀乾 2004b《台語文學讀本(2)》。台南：真平企業。

方耀乾 2004c《台語詩人的台灣書寫研究》。台南：復文書局。

方耀乾 2005《台語文學的起源與發展》。台南：作者自行出版。

王育德 1993《台灣：苦悶的歷史》。台北：自立晚報社。

史明 1992《民族形成與台灣民族》

向陽 1985《土地的歌》。台北：自立晚報。

江寶釵、周碧香、蕭藤村、董育儒 2001《閩南語文學》。高雄：麗文文化。

呂興昌 1995〈白話字中的台灣文學資料〉《台灣詩人研究論文集》p.435-462。

呂興昌編 1999《台語文學運動論文集》。台北：前衛。

李勤岸 2005〈台灣文學 ê 正名——ùi 英語後殖民文學看台灣文學〉《海翁台語文學雜誌》第 41 期，p.4-16。

周有光 1997《世界文字發展史》。上海：上海教育出版社。

周振鶴、游汝杰 1990《方言與中國文化》。台北：南天。

林央敏 1996《台語文學運動史論》。台北：前衛。

林進輝編 1983《台灣語言問題討論集》。台北：台灣文藝雜誌社。

林瑞明 1996《台灣文學的歷史考察》。台北：允晨。

季羨林 等編 1992《中國大百科全書：語言文字》。北京：中國大百科全書出版社。

施正鋒 1998《族群與民族主義 :集體認同的政治分析》。台北：前衛出版社。

施正鋒 2000《台灣人的民族認同》。台北：前衛出版社。

施正鋒 2002《語言權利法典》。台北：前衛出版社。

張春凰、江永進、沈冬青 2001《台語文學概論》。台北：前衛。

張學謙 2003〈書寫 ê 意識形態分析──用「台灣青年」作例〉《行向多文字 ê 台語文──文字態度 kap 政策論文集》p.129-152。

陳淑容 2004《台灣話文論爭及其餘波》。台南：台南市立圖書館。

游勝冠 1996《台灣文學本土論的興起與發展》。台北：前衛。

黃佳惠 2000《白話字資料中的台語文學研究》台南師院碩士論文。

楊允言 1993〈台語文字化 ê 過去 kap 現在〉《台灣史料研究》第一期，p.57-75。

楊允言等 1995〈九〇年代以來校園台語文運動概況〉第七屆台灣新生代論文研討會論文集，台灣研究基金會。

葉石濤 1993《台灣文學史綱》。高雄：文學界雜誌。

董芳苑 2004〈台語羅馬字之歷史定位〉《台灣文獻》》，第 55 卷第 2 期，頁 289-324。

詹伯慧 1991《現代漢語方言》台北：新學識文教出版中心。

蔣為文 2004〈收編或被收編？──當前台文系所對母語文學及語言人權態度之初探〉，語言人權與語言復振學術研討會，12 月 18-19 日，台東大學

蔣為文 2005a〈共同體 ê 解構：台灣 hām 越南 ê 比較〉，戰後六十年學術研討會──後殖民論述與各國獨立運動研討會，5 月 21 日，台灣歷史學會，台北，台灣會館。

蔣為文 2005b〈台灣白話字 hām 越南羅馬字 ê 文字方案比較〉《語言認同與去殖民》p.88-116.台南：成功大學。

蔣為文 2005c〈白話字，囝仔人 teh 用 ê 文字？〉《語言認同與去殖民》p.52-81.台南：成功大學。

蔣爲文 2005d〈越南去殖民化與去中國化的語言政策〉《語言認同與去殖民》p.188-201.台南:成功大學。

蔣爲文 2005e〈越南羅馬字和台灣羅馬字的學習效率及錯誤型態比較〉《語言認同與去殖民》p.144-175.台南:成功大學。

蔣爲文 2005f〈漢字文化圈 ê 脫漢運動〉《語言認同與去殖民》p.2-22.台南:成功大學。

蔣爲文 2005g〈漢字對台灣人 ê 語言認知 ê 影響〉《語言認同與去殖民》p.212-233.台南:成功大學。

蔣爲文 2005h〈羅馬字是台灣新文學 ê 開基祖〉《語言認同與去殖民》p.26-42. 台南:成功大學。

鄭良偉編 1988《林宗源台語詩選》。台北:自立報系。

鄭良偉 1990《演變中的台灣社會語文》。台北:前衛。

鄭良偉、曾金金、李櫻、盧廣誠 2000《大學台語文選》。台北:遠流。

賴永祥 1990《教會史話》第一輯。台南:人光。

Ùi 漢字文化共同體到民族國家

——以台灣為個案研究

1. 前言

　　咱所講 ê「漢字文化圈」是指 khah 早 bat ah 是 chín koh teh 使用漢字 ê 地區或者國家，包含越南、韓國、朝鮮[1]、日本、新加坡、台灣 kap 中國等。

　　若 ùi Benedict Anderson（1991）「想像 ê 共同體」（imagined communities）觀點切入，tī 漢字文化圈 lìn，19 世紀以前 lóng 有一種以中國爲中心、透過漢字所形成 ê「漢字文化想像共同體」（an imagined Hanji cultural community）。Chit 種「漢字文化想像共同體」（簡稱做「漢字共同體」）加加減減 lóng 影響 tioh 漢字文化圈成員近代 ê「民族國家[2]」（nation-state）ê 國族想像建構。

　　Tī 中國，in 利用「漢字共同體」chiân 做近代「中華民族」或者「中國國族」ê 想像基礎。Hit-kóa 無法度跳脫漢字共同體 ê「壯族」、「苗族」、「瑤族」等，當然就無形成 in ka-tī ê 民族國家。Ah hit-kóa 跳脫「漢字共同體」ê 舊成員，像講越南、韓國、朝鮮 kap 日本，lóng 重新建構以 ka-tī 爲主體 ê「民族國家」想像。若論到台灣，雖罔 tī 17 世紀初因爲荷蘭統治 soah 將台灣 sak chiūn 國際舞台，m̄-koh sòa--lâi ê 鄭成功 kap 清國統治 soah 將台灣 khiú 入去漢字文化圈。台灣 ê 漢字文化特色 soah chiân 做二次戰後

---

[1] 「朝鮮」指台灣 tiān 用 ê 用詞「北韓」，「韓國」指「南韓」。

[2] 本文 lāi-té ê 民族國家是指 19 世紀以來西方 ê nation-state 概念。Nation 是指 "a society that occupies a particular territory and includes a sense of common identity, history, and destiny," nation-state 是指 "a nation governed by a state whose authority coincides with the boundaries of the nation" (Johnson 1995:188). Chit 方面 ê 討論 mā ē-sái 參考施正鋒（2000）。

中國國民黨 thang thèh 來做中國國族想像 ê 基礎。雖然 tī「中華民國」統治時代台灣 ê「中國化」氣味真重，m̄-koh 以台灣為民族國家想像 ê 本土化力量 mā 一直 teh 提升。

就 án-ne，台灣一方面有中國化 ê 力量 teh kā khiú，另外一方面 mā 有來自台灣本身 ê 本土化力量 teh 相 ián。一個新 ê 共同體 tang-sî chiah 會建構完成 tō ài 看伊解構「舊共同體」 ê 速度。換一句話講，以台灣為主體 ê 民族國家想像 tang-sî chiah 會建立就 ài 看台灣何時 chiah 會行出漢字共同體。Chit 篇論文 ê 研究目的就是 beh ùi 漢字文化圈 ê 視野探討「漢字文化」對近代 kap 當代台灣 teh 建構國家意識當中所造成 ê 影響 kap 伊解決 ê 法度。

2. 漢字文化共同體 ê 想像基礎

2.1. 漢字文化圈 ê 歷史背景

Beh 了解漢字文化圈 ê 歷史背景，ē-sái ùi 2 個方向來看：第一，漢字文化圈 ê 國家 hām 漢字發源地中國 ê 互動關係；第二，漢字文化圈國家內部 ê 反封建、反知識壟斷、追求文化發展 ê 訴求（蔣為文 2005f）。

第一，ùi 漢字文化圈 ê 國家 hām 漢字發源地中國 ê 互動關係來看，越南、韓國 kap 朝鮮 tī 古早 lóng bat hō͘中國直接統治過，就算後來脫離中國來獨立，mā lóng 一直維持是中國 ê「屬國」 ê 附屬地位。公元前 111 年，漢朝 ê 漢武帝出兵佔領越南[3]，將越南納入中國 ê 直接統治。一直到公元 939 年，南越利用唐朝大亂 ê sî-chūn chiah 脫離中國 ê 直接統治（Hodgkin 1981）。雖然越南人脫離中國來「獨立」，m̄-koh 越南必須承認中國 ê「宗主國」ê 地位，chit-ê 情形一直延續到 19 世紀（SarDesai 1992:19）。公元前 108 年，漢武帝征服古朝鮮，設立「樂浪」、「真番」、「臨屯」kap「玄菟」四郡。公元 4 世紀，tòa tī 鴨綠江南北一帶 ê「高句麗」人攻佔樂浪郡，結束來自中國 ê 直接統治，朝鮮半島 sio-sòa 形成「高句麗」

---

[3] Hit 當時佔領 ê 區域是等於 chit-mái ê 越南北部。

（Koguryo）、「百濟」（Paekche）kap「新羅」（Silla）3 個王國；雖然脫離中國統治，大體上 iáu 是漢式制度。公元 668 年，新羅「統一」朝鮮了，積極模仿唐朝制度；sòa--lâi ê「高麗王朝」（918-1392）koh 確立科舉制度，「中國」ê 經書變做「朝鮮人」必修 ê 課程，漢字 ê「正統」地位 mā tī chit-chām 穩固起來（Taylor and Taylor 1995:203, 255-259）。若論到日本，日本 ùi 先秦時代 tō 有 hām 中國接觸 ê 記錄，漢朝武帝 ê sî-chūn koh bat「賜」hō 日本「漢委奴國王」金印。雖然日本 m̄-bat 受中國統治，m̄-koh 因為漢朝 hām 唐朝 ê 影響力，中國 mā 變做日本引進文物制度、模仿 ê 對象。像講，日本 tī 7 世紀 ê sî-chūn 所進行 ê「大化革新」就是模仿中國建立中央集權體制 ê 開始（Seeley 1991:40）。

　　漢字文化圈 ê 國家除了政治頂頭受中國支配之外，另外一個共同特色就是借用「漢字」、引進「儒家思想」kap「科舉制度」。Tī 借用漢字 ê sî-chūn，in lóng tú-tiòh 漢字無法度完全表達 in ka-tī ê 語言 ê 問題。In tō 利用「漢字」做「訓讀」[4]、「音讀」[5]，或者造「新漢字」來應付 chit-ê 問題，甚至後來根據「漢字」ê 字形慢慢發展出 in ka-tī ê 新文字系統，親像講越南 ê「字喃」（Chu-Nom）、朝鮮 ê「Hangul」[6]、kap 日本 ê「假名」（Kana）。雖然 in 有發展出 ka-tī ê 文字，m̄-koh chit-kóa 新文字 m̄-taⁿ tī 大中國 ê 政治、文化架構下面真歹生存，甚至 tī in ka-tī ê 國家內面 mā 遭受既得利益 ê 文人統治階級 ê 輕視 kap 打壓。Chit-khoán「新文字」chiâⁿ-chò「漢字」ê 附屬地位 ê 情形，延續到 19、20 世紀，反殖民、反帝國 ê 民族主義 chhiaⁿ-iāⁿ 起來，chiah táuh-táuh-á 開始轉變（蔣為文 2005f；Hannas 1997）。

　　Ùi 國家內部 ê 反封建、反知識壟斷、追求文化發展 ê「內部因素」來看，chit-kúi-ê 國家因為長期借用「漢字」kap「文言文」書寫方式，造成掌握漢字 ê 文人統治階級 hām 脫赤腳 ê 做穡人 ê 階級對立。換一句話

---

[4] 訓讀：借用漢字 ê 意思，用本國語言發音。

[5] 音讀：Bô-chhap 漢字 ê 意思，kan-taⁿ 借用漢字 ê 漢語發音，來表達本國語 ê 類似發音。

[6] Hangul：「南韓」現此時稱呼韓國文字「韓文」ê 意思。Hangul 是朝鮮語文研究兼推動者「周時經」(Chu Si-gyong) tī 1913 年上開始使用。北韓稱呼朝鮮文字 "Chosoncha" (朝鮮字)或者 "Chongum" (正音)。

講，漢字 m̄-taⁿ 歹學、歹寫，而且 chit 種古典 ê「文言文」書寫方式 hām 做穡人嘴講 ê「白話」形式完全無 kāng，造成古典經書 ê「解釋權」掌握 tī 文人階級 ê 手頭。脫赤腳 ê 做穡人平時做穡 to 做 bōe-liáu--á，那有時間 thang 去學寫漢字、學習古典？Chit 種情形 lō-bóe 演變做掌握漢字 ê 統治者 kap m̄-bat 漢字 ê 被統治者 ê 階級差別。

2.2. 高低語文現象

Tī 漢字文化圈 lāi-té，語言、文字 ê 使用 ē-sái 用「高低語言」（diglossia）kap「高低文字」（digraphia）ê 概念來分析。啥物號做「高低語言」kap「高低文字」呢？基本上，chit 2 個用詞 ê 概念是類似 ê，m̄-koh「高低語言」主要是指「口語」、「高低文字」是指「書面語」（iā 就是「文字」）。

若論到「高低語言」ê 概念，Charles Ferguson（1959）是第一個有系統性來論說 diglossia 概念 ê 社會語言學家。伊將「高低語言」定義做一個語言 ê 2 個「語言變體」（two varieties of the same language）分別擔任 bô-kāng ê 社會功能（social functions）。伊 koh 講，chit 2 個「語言變體」當中，其中一個扮演「高語言」（High language）、另外一個扮演「低語言」（Low language）。「高語言」通常有 khah 高 ê 名聲 kap 文學傳統，而且會用 tī 正式場合。相對之下，「低語言」通常會 hông 看 khah 無起，用 tī 非正式 kap 私人場合。

後來，Joshua Fishman（1967）針對 Ferguson ê diglossia 概念提出修改，伊認為「高低語言」無一定 kan-taⁿ ē-sái 發生 tī "一個語言 lāi-té ê 2 個語言變體"；iā 就是講「高低語言」無一定是「語言變體」，mā 有可能發生 tī「語言」hām「語言」之間，而且語言數目 ē-sái 不只 2 個。

Án-ne，啥物是「高低文字」（digraphia）？Dale（1980:5）ùi Ferguson ê「高低語言」概念延伸到"文字" mā 適用，kā 定義做「一個語言使用二種（或者以上）ê 文字書寫系統」。漢學家 DeFrancis（1984:59）mā 針對「高低文字」提出 kāng-khoán ê 定義。後來蔣為文（Chiung 2003:9）kā Dale kap DeFrancis ê 定義修改做「一個社會 lāi-té 有一個以上 ê 文字系統分別擔任

bô-kāng ê 溝通功能」。蔣為文 chit-khoán ê 定義就親像 Fishman 對「高低語言」ê 定義 kāng-khoán，無限定 tī kāng 一種語言 ê 變體。

　　若用頂面所講 tioh ê「高低語言」、「高低文字」（合稱「高低語文」）來看，漢字文化圈 lāi-té ê 情形是 án-chóaⁿ leh？先就口語來講，漢字文化圈 lāi-té 自古以來各地方就有 bô-kāng ê 語言，像講有廣東話、閩南話、客話、壯話、苗話、瑤話等。雖然 in ka-tī 有 ka-tī ê 語言，m̄-koh in hia ê 讀冊人 piān 若想 beh 上京城赴考，就 ài 學皇帝所在京城 ê 語言（或者所謂 ê 口音），因為皇帝 ê 語言是 hit 當時 ê 標準語，用 tī 教育、行政等正式場合。Iā 就是講，hit-kóa 讀冊人平時生活當中雖然是用 in 地方 ka-tī ê 語言，m̄-koh piān 若吟詩作對、讀四書五經就 ài 模仿京城地方 ê 語音。時間 chit-leh 久，hit-kóa 讀冊人 koh 將 in 模仿 tioh ê 京城語音傳 hō͘ in 在地 ê 鄉親 kap 後代。致使 hit-kóa 讀冊人 ê 在地語言 lāi-té 有所謂 ê「讀冊音」（文言音）kap「白話音」同時存在 ê 現象。Che mā 是咱台語內面有所謂文言音、白話音 ê 由來。若用高低語言來分析，就 kāng 一個語言來講，文言音就是「高語言」、白話音就是「低語言」。若就 bô-kāng 語言之間來看，皇帝所講 ê 語言就是「高語言」、一般百姓所用 ê 在地語言就是「低語言」。「高語言」因為長期以來用 tī 正式場合 kap 科舉制度，所以 hông 感覺 khah 有水準、有學問；「低語言」因為 seng 平凡，所以感覺真粗俗。像 chit-khoán ê 社會心理其實 tī 目前台灣 ê 社會 lìn iáu 真普遍。可比講布袋戲 iā 是歌仔戲 ê 戲齣 lìn，piān 若有大俠、文人出現，in 就用文言音講話；若是肖丑仔 teh tak 嘴鼓就用白話。

　　若就「書面語」來看，漢字文言文就是「高文字」，其他發展出來 ê 民族文字 lóng 算「低文字」。漢字文言文因為長期以來 hông 當作"正統"文字 koh 有科舉制度 ê 體制支持，所以社會大眾感覺使用文言文 khah 有水準、有學問。Chit 種現象 tī 現此時 ê 台灣社會 mā iáu 真普遍，像講墓牌、祭文用文言文寫生平紀事，廟寺 mā 用文言文寫廟史、對聯，甚至一般人講話、寫作 ê 時為 tioh 展風神 mā 會 lām kóa "成語" kap 引用古詩、古文。

Tī「高低語文」ê 社會 lāi-té，高語言/文字無一定永遠高，低語言/文字 mā 無一定永遠低，in ê 地位 tī 一定 ê 條件之下有可能變動。M̄-koh，是 án-choáⁿ 漢字文言文有法度 tī 漢字文化圈壟斷高語言/文字 kui 千冬？是 án-choáⁿ 到路尾 kan-taⁿ 日本「假名」、韓國「諺文」、越南「羅馬字」有才調翻身 ùi 低語言/文字變成高語言/文字？Hit-kóa「壯字」、「苗字」、「瑤字」soah 無法度出頭天？除了政治因素之外，文字本身 mā 是真大 ê 因素！文字是 án-choáⁿ 會影響 tio̍h 高低語文呢？咱後一節就來討論 chit ê 問題。

2.3. 漢字 ê 迷思 kap 對民族意識發展 ê 束綁

為啥物漢字對民族意識 ê 發展有影響？這牽涉 tio̍h 漢字 ê 文字結構 kap 本質。因為篇幅限制 ê 關係，咱 tī chia kan-taⁿ ē-sái kéng 重點講，詳細 ê 分析討論 ē-sái 參考 DeFrancis（1990）、Gelb（1952）、蔣為文（2005c、2005e、2005g）。漢字是 án-choáⁿ hông 利用來發展出新 ê 文字？咱 ē-sái 用下面 chit 個例來說明：假使有一個講英語 ê 英國人 John beh 用漢字替英語設計一套新 ê 漢字式文字系統。伊上代先有可能用(1) ê 漢字來表示(2) ê 英語語句。Chit 種方式就是漢字造字原則「六書」lāi-té ê「假借」。Iā 就是借用漢字 ê 讀音（tī chia 借用北京音）來表記英語 ê 語音 kap 語意。

(1) 哀黑夫土豆戈斯

(2) I have two dogs.

(3) 亻哀 黑 有夫 土二 狂豆 犭戈 斯

後來，John 驚人看 tio̍h 語句(1) lāi-té ê 漢字會受漢字字面 ê 語意誤解，像講看 tio̍h "哀黑夫"會誤解是"悲傷 ê 穿黑衫 ê 農夫"，所以 John 就 tī 原有 ê 漢字頂頭加「形旁」起去，像(3)所寫 ê án-ne。語句(3) chit 種做法就是所謂 ê「形聲字」。

後來，有另外一個英國人 Marry，伊感覺 John ê 用字無適合，所以伊 kā (2)寫做(4) ê 方式。

(4) 亻我 黑 有孚 吐 犭們 犭哥 句司

Lō-bóe，koh 有一個英國人 Joe kā (2)寫做(5)。

(5) 我 嘿 呼 二 犰 狢 恝

以上 Marry kap Joe 所寫 ê (4)、(5) kám ē-sái？若就漢字造字原則來看當然 mā ē-sái。若 án-ne，siáng 寫 ê 是標準？無人是絕對 ê 標準 mā 無人是絕對 ê 無標準！這就是 chit-khoán 漢字式新字無法度標準化、普遍化 ê 主因。

Tī 漢字文化圈 lìn，hit-kóa 利用漢字發展出來 ê 民族文字大概 ē-sái 分做 3 類。第一類是 tī 漢字 ê 基礎頂頭依照漢字造字方法，特別是形聲字，來創造新字。Chit-khoán ê 新文字 kap 漢字 kāng-khoán 屬「詞素音節文字[7]」。Chit-khoán ê 新文字有越南「字喃[8]」、台灣「歌仔冊文字[9]」、中國「壯字」、「苗字[10]」、「瑤字」（周有光 1997:98-108）等。Chit-kóa 字 ê 外形 kap 漢字真類似，造字原則大多數 kap 漢字 kāng-khoán，並無跳脫漢字 ê 思考模式kap造字方法。就文字讀寫 ê 效率來看，chit-kóa 新文字比漢字koh khah 複雜、歹學。若 beh 讀有 chit-khoán 字，通常就 ài 有漢字 ê 基礎。因為 bat 漢字 ê 人佔人口比例無高，而且 koh m̄是所有 bat 漢字 ê 人 lóng 會支持發展 chit-khoán 新字，所以 bat chit-khoán 漢字式新字 ê 人 mā 無 chē。換一句話講，hit-kóa chò-sit、脫赤腳 ê 普羅大眾 kāng-khoán 真歹接近、使用 chit-khoán ê 漢字式新字。若 án-ne，是啥款 ê 人 chiah 有法度操作 chit-kóa 漢字式新字？主要就是 hit-kóa 落魄 ê 文人。落魄文人 ē-sái 分作 2 類：一種是 ùi 權力核心 hông 趕出來、不得志 ê 舊文人；一種是具備民族意識、進步 ê 文人。Chit-kóa 落魄文人因為有漢字 ê 基礎，所以 chiah 有可能使用漢字式新字。落魄 ê 舊文人因為 tiāⁿ-tiāⁿ iáu 存有大中國 ê 封建思想，所以 mā tiāⁿ 反應 tī in 用新字創作 ê 作品 lìn。對照之下，若是 beh 有新思想、民族獨立觀通常就 ài ùi 進步 ê 落魄文人 ê 作品 lìn 去 chhōe。可惜 chit-kóa 進步 ê 落魄文人用漢字式新字所寫 ê 作品因為通路無大，無法度 tī 脫赤腳 ê 普羅大眾之間普遍流傳。

---

[7] 有關啥物是詞素音節文字，參閱 DeFrancis 1990。
[8] 像講，「巴三」(/ba/) 是數字"3" ê 意思。
[9] 像講，「勿會」(bē)、「身長」(lò)。
[10] 像講，「女八」(/pa/) 是"婦女" ê 意思。

利用漢字發展出來 ê 民族文字 ê 第二類是「音節文字」，伊典型代表是日本 ê「假名」（Kana）。第三類是「音素文字」，典型代表是韓國 ê「諺文」（Hangul）、越南 tī 17 世紀以後透過傳教士發展出來 ê「越南羅馬字」（Chu Quoc Ngu）kap 台灣 tī 17 世紀透過傳教士發展出來 ê「新港文字」kap 19 世紀以後 ê「白話字[11]」（Pėh-oē-jī）。Chit 2 類 ê 文字 lóng 真好學、好用，因爲無需要漢字 ê 基礎就 ē-sái 單獨學習使用，所以 hō 普羅大眾親近使用 ê 機會加真高。Tng-tong 19 世紀尾 20 世紀初 hit-kóa 韓國、越南、日本進步 ê 文人提倡用 chit 種新造 ê 文字 ê 時，一般國民真緊就 ē-sái kā chit-khoán 文字學起來。當然，民族國家意識就 án-ne 因爲讀寫能力 kap 國民教育 ê 建立 soah 真緊形成起來。這就親像西歐國家近代 tī 宗教改革以後因爲民眾讀寫能力 ê 建立連帶帶動國民文學 kap 民族國家意識 ê 形成 kāng-khoán 道理（蔣爲文 2005h）。相對之下，hit-kóa 無法度跳脫漢字思考中心 ê「壯族」、「苗族」、「瑤族」tī 政治上 mā 無法度形成民族國家意識。

中國 tī 1930 年代 bat 試驗用羅馬字來書寫漢語、進行所謂 ê「拉丁化」運動（季羨林 1992:245）。Lō-bóe-chhiú 中國共產黨得 tiȯh 政權了 tī 1950 年代停止拉丁化運動、改推 sak 漢字簡化。爲啥物中國 beh 放棄漢語拉丁化？主要就是顧慮 tiȯh 中國政治 kap 文化上 ê "一統性"（Norman 1988:257-264; DeFrancis 1950:221-236; Barnes 1974）。In 驚若中國各地用當地語言來書寫，會造成廣東、福建、上海等各地 ê 地方意識發展做近代民族國家意識 soah 來 ùi 中國獨立出去。

3. 台灣 ùi 世界 ê 一部分到漢字文化圈

3.1. 台灣 peh chiūⁿ 國際舞台

1492 年 Kholanpos（Christopher Columbus）代表歐洲人第 1 pái 行船到美洲大陸；幾年後，葡萄牙 ê 行船人 Gama (Vasco da Gama) tī 1498 年經由

---

[11] 詳細請參閱蔣爲文(2005c)、董芳苑(2004)。

「好望角」（The Cape of Good Hope）phah 開歐洲到印度 ê 新航線。15 世紀 ê 結束 tú 好是新航線時代 ê 開始。Tī 亞洲，tòe 新航線時代腳後 táu 來 ê 是西歐 ê 傳教活動、國際貿易 kap lō-bóe ê 殖民主義。

荷蘭人 tī 1579 年脫離西班牙 ê 統治、建立荷蘭共和國，sòa--lâi 聯合英國 táuh-táuh-á 形成新 ê 海洋霸權。荷蘭人 tī 17 世紀初本底 beh 佔領澎湖 thang 作為 hām 中國買賣 ê 據點，因為中國明朝 ê 強烈反對 kap 抵抗，致使無成功。Lō-bóe 中國 hām 荷蘭達成停戰協議：荷蘭 ài 退出明朝統治之下 ê 澎湖；荷蘭若是 beh 佔領無屬明朝 ê 台灣，明朝並 bē 干涉（史明 1980:58）。Tī chit ê 緣故之下，荷蘭人 tī 1624 年"轉進"台灣，tī 無 tú-tiòh 中國兵 ê 抵抗之下，真簡單就佔領台灣。

Tī 荷蘭人來到台灣 chìn-chêng，台灣是南島語系民族 ê 天下。因為台灣原住民 hit 當時並無形成近代民族國家 ê 政治組織，致使無法度真有力抵抗荷蘭人 ê 入侵。

荷蘭人 tī 台灣除了剝削經濟資源之外，iáu 從事基督教義 ê 推廣（Campbell 1903:vii）。In 替台灣平埔族設計羅馬字 ê 文字系統、印教義冊、koh tī 1636 設立第一間用平埔族「新港語」為教學語言 ê 學校（Campbell 1903:147; Heylen 2001；林玉体 2003:20）。這是台灣有史以來第一 pái ê 學校教育系統。雖然 chit ê 系統淡薄仔"跛腳"、功能有限，m̄-koh 伊提供 hit 當時台灣 hām 世界相接 ê 線（蔣為文 2005h）。

Anderson（1991:37-46）分析講「出版」、「宗教改革」kap「當地母語 ê 出頭」是近代民族國家意識形成 ê 重要源頭。若照 chit 種觀點來看，hit 當時荷蘭人若無 tī 1661 年將台灣讓 hō 鄭成功，「新港語」ê 出版 kap 教育有可能 lú 來 lú 重要，甚至「新港語」可能形成台灣平埔族之間 ê 共通語、扮演以平埔族為主體 ê 台灣民族意識 ê 催化劑。

3.2. 鄭氏王朝 kap 漢字文化

雖罔台灣平埔族有可能成為台灣第一 pái ê 民族國家 ê 主體，可惜台灣平埔族透過新港語想像運命共同體 ê 時間無夠長，就因為中國明朝遺

將「鄭成功」tī 1661 年領軍進攻台灣來中斷。

鄭成功就類似越南歷史中 ê 趙佗，是透過軍事、政治將台灣往漢字文化圈 sak ê 頭一人（蔣為文 2005a、2005d）。Tī 鄭氏王朝（公元 1661-1683）統治台灣時期，in 推行漢字、儒學、設立科舉制度（林玉体 2003:37）。台灣就 án-ne hông giú--jip-khì 漢字文化圈，一直到 1895 年清國割讓台灣 hō͘ 日本。

Tī 鄭氏王朝 kap sòa--lȯh ê 清國統治期間，官方一律使用漢字文言文。雖罔官方用文言文，m̄-koh 民間 mā 有出現類似越南「字喃」ê 文字，he tī chia 咱 kā 統稱做「歌仔冊文字[12]」。Chit-khoán 歌仔冊文字雖罔講是用來寫白話台語，m̄-koh hit-khoán ê 白話 kap 現代所講 ê 白話 bô-kāng，siōng-ke kan-taⁿ ē-sái 講是「半白話」。這是因為歌仔冊文字本身 ê 文字缺陷所造成 ê。

漢字文化圈就是利用漢字文言文做為共同 ê 想像凝聚體。民間發展出來 ê「字喃」或者「歌仔冊」雖然分別對越南、台灣 ê 個別民族意識（national consciousness）有幫贊，m̄-koh 因為官方 ê 打壓 kap 本身 ê 文字缺陷（歹學、歹讀）soah 無法度發揮類似羅馬字 tī 歐洲帶動近代西歐國家國民文學、國民意識 ê 形成 ê 貢獻。總講一句，漢字文化圈 lāi-té 有 2 款力量：一款是透過漢字文言文建構起來 ê 以中國皇帝為中心 ê 中國吸引力；另外一款是透過「字喃」或者「歌仔冊」chit khoán ê 以在地為中心 ê 本土化力量。漢字文化圈 lāi-té ê 成員是 m̄是有法度脫離中國形成近代 ê 民族國家就 ài 看 chit 2 股力量 siáng khah 強。

越南近代因為有外力 ê 介入，幫贊 in 切斷透過漢字文言文連起來 ê hit 條越南 hām 中國之間 ê 線。Koh 因為法國推行羅馬字 soah hō͘ 越南「青暝雞啄 tiȯh 米」得 tiȯh 改善越南語書寫效率 ê 工具 thang 提升本土化力量。所以越南有法度 tī 20 世紀解構漢字共同體，行向民族國家 ê 建構（蔣為文 2005a）。

---

[12] 因為 chit-khoán 文字大多數用 tī 歌仔冊。有關歌仔冊 ê 發展，ē-sái 參閱丁鳳珍(2005)。

3.3. 日本帝國 kap 漢字文化

　　台灣雖然 tī 19 世紀尾 mā 有外力介入，m̄-koh 因爲佔領台灣 ê「日本」本身 mā 是漢字文化圈 ê 國家，所以對台灣 beh 跳脫漢字共同體 ê 幫贊並無大。若準 1884 年 hit 當時清國 hām 法國之間爲 tiòh 越南宗主權歸屬問題所發生 ê「清法戰爭」（中法戰爭）延續落去而且法國同時佔領台灣 kap 越南，án-ne 台灣 ê 近代史就 ài 改寫、而且台灣有可能用「白話字」取代漢字。

　　Án-chóaⁿ 講日本統治對台灣脫離漢字文化圈無 kài 大 ê 幫贊？雖然日本自 1868 年「明治維新」以後就非常注重「脫華入歐」而且真重視語文改革 hām 國民教育 ê 重要性（Seeley 1991:136-142）。M̄-koh，日本 ê 語文改革 kan-taⁿ 明顯提升 Kana ê 使用比例，並無完全廢除漢字。爲啥物日本無完全廢除漢字 neh？因爲自 1931 年日本發動「滿州事件」開始全力入侵中國東北以後，日本軍國主義者氣勢當 chhiaⁿ-iāⁿ。In 爲 tiòh 紀錄所佔 ê 中國地名 kap 人名 ê 實質需要，soah 反對廢除漢字（Gottlieb 1995:75-88; Seeley 1991:147-148）。

　　日本佔領台灣期間雖然一開始就有按算推行日本話，m̄-koh in 對漢字 iáu m̄是真敵視。日本總督甚至 tiāⁿ 舉辦漢詩聯吟大會，招台籍文人來官聽吟詩作對 thang giú 近台灣人 hām 日本人 ê 距離（施懿琳 2000:186-187）。日本人就是利用漢字文化圈 lāi-té 漢字 ê「剩餘價值」來做爲軟化台灣人反抗 ê 工具。Che kap 法國人將漢字當作破壞法國、越南關係 ê 第三者有完全 bô-kāng ê 觀點。

　　因爲日本政府對漢字無排斥[13]，koh 加上 hit 當時 ê 台灣知識份子對用羅馬字來做台灣話文 ê 書寫工具 mā 無真看重，致使台灣失去用羅馬字取代漢字 thang 切斷 hām 漢字文化圈 ê 關係 ê 機會。像講，日據時期推行羅馬字上有力 ê 蔡培火 tī 1924 年同化會 tng teh 鬧熱滾滾 ê 時建議推行羅馬字 soah 無得 tiòh 重視；tī 1931 年對日本官員「伊澤多喜男」遊說使用羅馬字 mā 得 tiòh 反對 ê 回應（張漢裕 2000:19-20）。

---

[13] 一直到 1937 年台灣總督 chiah 禁止使用漢文(葉石濤 1993:59)。

4. 中華民國 kap 台灣共和國想像 ê 建構

公元 1945 年日本投降了，蔣介石代表聯軍接收台灣 kap 越南北部[14]。爲啥物 hit 當時 ê 台灣人會出現所謂 ê "歡迎祖國" ê 現象？若 beh 講 he 是歡迎祖國 "中國"，khah 輸講 he 是一種對漢字文化共同體 ê ǹg 望。

咱 chìn-chêng 有講過，台灣雖然經過日本統治，m̄-koh 台灣並無完全脫離漢字文化共同體。雖然台灣 iáu 有漢字文化共同體 ê 特色，m̄-koh he koh hām 蔣介石所想像 ê 中華民族或者中國共同體無完全 kāng-khoán。蔣介石 kā chit 個 bô-kāng 怪罪對台灣人受日本 ê 奴化，soah 無認清「漢字文化共同體」kap「中國共同體」本 chiaⁿ 就是 2 個無完全 kāng ê 層次。因爲文化 ê 差異，加上經濟 ê 剝削 kap 政治 ê 壟斷，soah 引起台灣 1947 年 ê 228 起義。

因爲 228 起義 ê 教訓，台灣人 chiah 覺醒講台灣 hām 中國是 bô-kāng ê 2 個個體。蔣介石 mā 自 án-ne chiah 體會到 ài 徹底對台灣人實行中國化政策 chiah ē-tàng 穩定中華民國 tī 台灣 ê 生存空間。蔣介石就一方面利用台灣原有 ê 漢字文化共同體特色，像講使用漢字、崇拜儒學、過舊曆年、中秋、清明等，kā 轉換做中國共同體 ê 想像基礎；另外一方面就盡力斬斷台灣本土化 ê 根，像講推 sak 華語、禁止講台灣語言、禁止使用羅馬字。透過出版品、媒體宣傳 kap 大中國 ê 教育系統，台灣真 kín 就建立以中華民國爲基礎 ê 中國共同體想像。

Chit 個中國共同體雖然 tī 1980 年代以後遭受嚴重 ê 挑戰，m̄-koh 到 taⁿ 以台灣爲主 ê 想像共同體並 iáu-bōe 完成。雖然本土政黨「民主進步黨」tī 2000 年執政到 taⁿ 已經 7 冬，m̄-koh 台派 kap 中國派選舉對決 iáu 是 5 分 5 分，甚至 iáu koh 有人走去對岸「中華人民共和國」hoah 反對台獨。是 án-chóaⁿ 以台灣爲主 ê 運命共同體 iáu 無法度形成主流？Che 大概有下面 kúi 點原因：

第一，台灣自古以來 iáu m̄-bat 成功建立 ka-tī ê 國家或者王朝、欠缺一個光榮 ê 歷史過去。對一個社群來講，bat 有共同 ê 歷史經驗是叫醒成

---

[14] 有關蔣介石軍隊佔領越南 ê 代誌，ē-sái 參閱蔣爲文 2005a。

員 ê 集體記憶 sòa--lâi 進一步做伙行動來達成社群 ê 共同目標 ê 重要因素。這 mā 是爲啥物 tī 清朝統治台灣 ê 歷史當中，所有 ê "造反" 或者革命 ê 領導者 lóng ài 用「反清復明」等 chit-khoán ê 口號來 kho群眾。可惜「反清復明」chit khoán ê 口號對建立新 ê 民族國家 ê 吸引力有限。台灣有一句俗語講：「三年一小反，五年一大亂」。Chit 句話主要 teh 描寫清朝統治台灣期間，台灣人起義造反 ê 次數 put-lí-á chē。雖然台灣人起義造反 ê 次數真 chē，爲啥物無半 pái 起義成功甚至進一步建立獨立 ê 王朝？Chit ê 原因 m̄-nā 因為清朝軍隊比起義 ê 民兵 khah 有組織，mā 因為 hit-chūn ê 人 iáu-bōe 形成整合各族群（ethnic groups）共同對抗清國或者外來者 ê 現代 ê「台灣人意識」。加上，儒家思想 kap 中國式士大夫教育是 hit-chūn ê 社會主流，kui-ê 台灣或者中國社會 m̄-bat 接觸 hit 當時西歐社會 tng teh 流行 ê 民族國家概念，莫怪起義 ê 領導者 lóng 停留 tī 封建觀念 ǹg 望有一工 ē-tàng 登基作皇帝。譬如，1721 年有名 ê 朱一貴起義。Tng-tong 朱一貴 tī 初期 phah 贏清朝軍隊 ê sî-chūn，伊真緊就自封「中興王」，m̄-koh tng 伊 hām 做伙 phah 天下 ê 客家籍領導人「杜君英」發生衝突 ê 時，無外久伊就 hō 清朝鎮壓落來。

台灣 mā 因為欠缺一個光榮 ê 歷史文化，致使台灣對 kā-tī mā 無自信、妥協性格 khah 強。有 sî-chūn 台灣有機會出頭，m̄-koh soah ka-tī 放棄機會。像講，對 tiòh 二次大戰戰後蔣介石佔領台灣 chit 件代誌，台灣人竟然無人有胡志明 hit-khoán ê 眼光要求中國撤軍（蔣爲文 2005a）。Koh 像講，2000 年以後台灣雖然換民進黨執政，m̄-koh 對 tiòh 教育台灣化、本土語言 ê 栽培 soah lóng 無啥 chù-táu、無重視；各大學台灣文學系對台灣母語 mā 無看重（蔣爲文 2004）。

第二，台灣 tī 二次大戰戰後有一批新移民加入，chit-kóa 新移民（中國人）ê 歷史記憶 tú-hó kap 舊移民（台灣人）ê 記憶出現矛盾 ê 現象。Hit-kóa 新移民歷史記憶 lāi-té 對中國 ê 嚮往 kap ǹg 望 tú-hó 是台灣人 tī 砌造民族國家當中想 beh tàn 掉 ê 一部分。這 mā 是目前台灣政治上 "獨"、"統" 紛爭、國家認同無一致 ê 主因。Án-choán 解決 chit 個矛盾現象是台灣邁向

正常國家真重要 ê 課題。

第三，台灣人 iáu 有強烈 ê 漢字文化圈特色。真 chē 政治台獨 ê 人士雖然支持台灣建立主權獨立 ê 國家，m̄-koh 文化上 iáu 是認爲 in ka-tī 是華人、祖先來自中國。Chit 種 ê 獨立方式其實是「二個中國」、或者「蕃屬國」ê 獨立模式，kap 日本接收台灣 chìn-chêng 所成立 ê 短命 ê「台灣民主國」kāng-khoán bē 久長。類似 chit-khoán "政治台灣、文化中國" ê 現象其實 tī 漢字文化圈 lìn mā bat 發生過。像講，韓國「李世宗」tī 15 世紀中期召集學者研究發明韓國文字「諺文」ê 時就有封建文人「崔萬里」以 "一尊華制" 爲理由上疏反對推行諺文（蔣爲文 2005f）。

5. 結論

若準講 hit-kóa 漢字文化圈 ê 舊成員包含日本、韓國、越南等 tī 民族國家 ê 建構路途頂頭已經出世、大漢，án-ne 台灣算是一個早產兒。Chit-ê 早產兒 beh án-choáⁿ khah 會勇健大漢 leh？

台灣民族會 án-ne 黃酸黃酸、飼 bē 大漢就是因爲 iáu teh 吸漢字文化 ê 老奶哺！台灣民族若 beh 好 io 飼、gâu 大漢就 ài 實行「脫漢」政策，包含推行台灣語言（包含原住民語、客語、台語）kap 廢除漢字。台灣人若無跳脫華語、漢字 ê 思考模式，伊 ê 下場恐驚 á 會 kap 中國壯族、苗族、瑤族 kāng-khoán 無法度建立政治、文化完全獨立 ê 民族國家。有人講，台語、客語是漢語系 ê 語言，若無用漢字來寫 bē-sái。這實在講是一種對漢字 ê 迷思 niâ。越南以前 mā 是用漢字，後來 in tō ē-sái 廢漢字、改用羅馬字，爲啥物台灣就 bē-sái？Tī 語言學頂頭 beh 設計一套羅馬字來書寫台語、客語絕對無問題。台語、客語若無法度改用羅馬字，che m̄是語言學 ê 問題，是社會心理 ê 問題，是台灣人 iáu kā 漢字當作「高文字」、漢字共同體 ê 魔神仔 teh 作怪 ê 關係！

有人 koh 會講，中國 hit-pêng mā 有人 teh 用客語、閩南語，án-ne 咱若推 sak 台語、客語 mā 無台灣特色。咱 ài chai-iáⁿ，「脫漢」並 m̄是中國有啥物咱就 ài 放棄啥物。若準 án-ne，中國人有食飯，咱台灣人 m̄-tō 免

食飯？「脫漢」ê 基本原則是"脫離中國 ê 思考觀、mài hām 中國爭代表性"。Iā 就是講咱 ài 放棄 hit-kóa 無法度主導 ê 物件、發揚 hit-kóa 台灣 ē-tàng 發揮 ê 特色 án-ne 台灣 chiah 有才調建立文化 ê 主體性。華語、漢字就是咱台灣無法度主導 ê 物件！前 chit-chām-á 民進黨政府講 beh hō 台灣發展 chiâ"-chò 世界 ê 華語教學中心。這就 ká-ná 講印度 beh 發展做世界 ê 英語教學中心 kāng-khoán，mā 親像過去中國國民黨講中華民國政府是中國唯一代表性 ê 政府 kāng-khoán hàm-kōa-kōa。是 án-choá" 講台語、客語 chiah 有台灣特色？因為台灣有法度主導！咱 tī chia 舉一個例說明：筆者 tī 2000 年底 bat 去中國廈門做田野調查。照講廈門是閩南語文化 ê 中心，m̄-koh 現此時 tī 廈門街仔、公共場所真罕 leh 聽廈門人講閩南語，聽 tio̍h--ê 大多數是中國普通話。In hia ê 唱片行賣 ê 歌（北京話無算）大約 95% 以上 lóng 是台灣歌手葉啓田、江蕙 chit-kóa 人 ê 台語歌。Chit-ê 現象說明台灣已經取代廈門 chiâ-chò 所謂"閩南"文化 ê 中心。Iā 就是講，台灣人透過台語，m̄-ta" 建立台語文化 ê 主體性，koh 有法度將文化產品銷售到中國或者東南亞。

【本論文 goân-té 發表 tī 2005 年中華文化與台灣本土化研討會，10 月 15-16 日，民進黨中央黨部；bat 收錄 tī 蔣為文 2007《語言、文學 kap 台灣國家再想像》台南：國立成功大學。】

參考冊目

Anderson, Benedict. 1991. *Imagined Communities*. (Originally published in 1983). New York: Verso.

Barnes, Dayle. 1974. Language planning in Mainland China: standardization. In *Advances in Language Planning*, Fishman, J.A.(ed.), 457-477.

Campbell, William. 1903. *Formosa Under the Dutch*. (reprinted in 1992) Taipei: SMC Publishing Inc.

Chiung, Wi-vun T. 2003. *Learning Efficiencies for Different Orthographies: A Comparative Study of Han Characters and Vietnamese Romanization*. PhD dissertation: University of Texas at Arlington.

Dale, Ian R.H. 1980. Digraphia. *International Journal of the Sociology of Language* 26, 5-13.

DeFrancis, John. 1950. *Nationalism and Language Reform in China*. Princeton University Press.

DeFrancis, John. 1984. Digraphia. *Word* 35 (1), 59-66.

DeFrancis, John. 1990. *The Chinese Language: Fact and Fantasy*. (Taiwan edition) Honolulu: University of Hawaii Press.

Ferguson, Charles. 1959. Diglossia. *Word* 15, 325-340.

Fishman, Joshua. 1967. Bilingualism with and without diglossia; diglossia with and without bilingualism. *Journal of Social Issues* 32(2), 29-38.

Gelb, I. J. 1952. *A Study of Writing*. London: Routledge and Kegan Paul.

Gottlieb, Nanette. 1995. *Kanji Politics: Language Policy and Japanese Script*. London: Kegan Paul International.

Hannas, William. 1997. *Asia's Orthographic Dilemma*. Hawaii: University of Hawaii Press.

Heylen, Ann. 2001. Dutch language policy and early Formosan literacy (1624-1662). In Ku Wei-ying (ed.). *Missionary Approaches and Linguistics in Mainland China and Taiwan*, 199-251. Leuven: F. Verbiest Foundation and Leuven University Press.

Hodgkin, Thomas. 1981. *Vietnam: The Revolutionary Path.* London: The Macmillan Press Ltd

Johnson, Allan G. 1995. *The Blackwell Dictionary of Society.* Oxford: Blackwell.

Norman, Jerry. 1988. *Chinese.* Cambridge: Cambridge University Press.

SarDesai D. R. 1992. *Vietnam: The Struggle for National Identity.* (2nd ed.). Colorado: Westview Press, Inc.

Seeley, Christopher. 1991. *A History of Writing in Japan.* Netherlands: E. J. Brill.

Taylor, Insup; and Taylor, Martin M. 1995. *Writing and Literacy in Chinese, Korean and Japanese.* PA: John Benjamins.

丁鳳珍 2005《「歌仔冊」中的台灣歷史詮釋──以張丙、戴潮春起義事件敘事歌為研究對象》。博士論文:東海大學。

史明 1980《台灣人四百年史》(上冊) San Jose: 蓬島文化。

林玉体 2003《台灣教育史》。台北:文景書局。

周有光 1997《世界文字發展史》。上海:上海教育出版社。

季羨林 等 1992《中國大百科全書:語言文字》。北京:中國大百科全書出版社。

施正鋒 2000《台灣人的民族認同》。台北:前衛出版社。

施懿琳 2000《從沈光文到賴和──台灣古典文學的發展與特色》。高雄:春暉出版社。

張漢裕 2000《蔡培火全集一:家世生平與交友》。台北:台灣史料中心。

葉石濤 1993《台灣文學史綱》。高雄:文學界雜誌。

董芳苑 2004〈台語羅馬字之歷史定位〉《台灣文獻》，第 55 卷第 2 期，
　　p.289-324。

蔣為文 2004〈收編或被收編？──當前台文系所對母語文學及語言人權
　　態度之初探〉，語言人權與語言復振學術研討會，12 月 18-19 日，台
　　東大學。

蔣為文 2005a〈共同體 ê 解構：台灣 hām 越南 ê 比較〉，戰後六十年學術
　　研討會──後殖民論述與各國獨立運動研討會，5 月 21 日，台灣歷
　　史學會，台北，台灣會館。

蔣為文 2005b〈台灣白話字 hām 越南羅馬字 ê 文字方案比較〉《語言認同
　　與去殖民》p.88-116. 台南：成功大學。

蔣為文 2005c〈白話字，囡仔人 teh 用 ê 文字？〉《語言認同與去殖民》
　　p.52-81. 台南：成功大學。

蔣為文 2005d〈越南去殖民化與去中國化的語言政策〉《語言認同與去殖
　　民》p.188-201. 台南：成功大學。

蔣為文 2005e〈越南羅馬字和台灣羅馬字的學習效率及錯誤型態比較〉
　　《語言認同與去殖民》p.144-175. 台南：成功大學。

蔣為文 2005f〈漢字文化圈 ê 脫漢運動〉《語言認同與去殖民》p.2-22. 台
　　南：成功大學。

蔣為文 2005g〈漢字對台灣人 ê 語言認知 ê 影響〉《語言認同與去殖民》
　　p.212-233. 台南：成功大學。

蔣為文 2005h〈羅馬字是台灣新文學 ê 開基祖〉《語言認同與去殖民》
　　p.26-42. 台南：成功大學。

羅馬字是台灣新文學 ê 開基祖

——台灣文學史 ê 再詮釋

1. 前言

　　無論是台灣派或者中國派，piān 若論到台灣文學史，多數 lóng 是 khiā tī 漢字 ê 角度來看台灣文學 ê 發展。會有 chit 種對台灣文學史 ê 誤解，顯示 in chia 漢字 ê 既得利益者若 m̄ 是對台灣史無了解就是刁工 beh am-khàm「羅馬字 chiah 是台灣第一 ê 出現 ê 文學語言」ê 歷史事實！

　　咱 chai-iáⁿ，tī 歐洲人發現台灣 chìn-chêng，台灣是南島語系 ê 原住民 ê 天下。Hit tong-chūn ê 原住民並無發展出文字系統，所以 in ê 文學形式是以嘴 tú 嘴流傳 ê 方式。亦就是講，hit 當時 ê 台灣 kan-taⁿ 有口語文學（oral literature），iáu 無書面語文學（written literature）。台灣進入書面語文學 ê 時代是 ùi 荷蘭人佔領台灣、用羅馬字替平埔族設計書寫系統、koh 開設學校 chiah 開始算起。有 chit-kóa 中國人，像講古繼堂（2003:26），講台灣文學是 ùi 1652 年沈光文漂流來台灣 chiah 開始發展起來。這根本是無了解世界史 mā 無清楚台灣史所講出來 ê 一種 in ka-tī m̄-chai thang 見笑 ê 笑話。In 無了解講，台灣 tī 1636 年就已經設立羅馬字 ê 學校 à；tī 沈光文來台灣 chìn-chêng，台灣早就有真 chē 用羅馬字書寫平埔族語言 ê 出版品（Heylen, 2001）。Chit-kóa 出版品 kap 學校教育系統是促成羅馬字 chiâⁿ-chò 台灣文學史上第一 ê 文學語言 ê 重要因素！

　　羅馬字書寫系統 tī 台灣 ê 發展，大概 ē-sái 分做 2 個時期（Chiung, 2001）。第一 ê 時期是荷蘭統治時代由荷蘭傳教士所設計 ê 描寫平埔族語言 ê「新港文」（村上直次郎，1933）。Chit-ê 時期大概 ùi 17 世紀荷蘭佔領到 kah 19 世紀初期。第二 ê 時期是 19 世紀後半段到 taⁿ，由西方傳教士設

計、主要 teh 描寫台語 ê "Pėh-oē-jī"（白話字）（蔣爲文，2001；董芳苑，2004）。因爲用羅馬字來書寫 ê 文字系統是屬語音單位 khah 細 ê 音素文字，所以伊有學習效率高、語意準確性高 ê 特色。Chit 款 ê 特色 tú-hó 符合白話書寫 ê 基本需求。

因爲「新港文」kap「白話字」lóng 是音素文字，而且 in lóng 延續西歐近代國民文學 ê 白話書寫模式，所以台灣文學一進入書面語時代就是以「白話」ê 「新文學」ê 方式發展。Hit-kóa 用漢字文言文寫作 ê 所謂 ê 「舊文學」，其實是台灣受「鄭氏王朝」kap「滿清帝國」外來統治期間，受中國傳統文學影響之下 ê 產物。台灣文學界 lóng 慣習 kā 台灣文學史上「鄭氏王朝」kap「滿清帝國」時期 ê 文學作品號做「古典文學」或者「舊文學」，實在講，in 應該改做傳統漢詩、漢文。因爲「古典文學」、「舊文學」其實是 khiā tī 中國已經有 kúi 千年漢字書寫傳統 ê 歷史角度來講，若 khiā tī 台灣 ê 角度，台灣上早 ê 書面語是用羅馬字書寫 ê 新港文 chiah tiȯh。

Tī chit 份論文 lāi-té，咱會先分析文字 kap 知識、權力 ê 關係，koh 分析西歐白話文學對台灣 ê 影響，sòa--lâi 咱會舉例證明用羅馬字書寫 ê「新港文」kap「白話字」chiah 是台灣新文學 ê 開基祖。

2. 文字 hām 知識、權力 ê 關係

文字 kám 一開始就是爲 tiȯh 文學 chiah 發展出來 ê？M̄是啦！文字一開始 lóng 是操控 tī 少數人 ê 手頭，tī 中央集權 ê 政治、宗教團體 ê 支持之下 chiah 發展出來 ê（Diamond, 1997:235）。

早期 ê 政治組織爲 tiȯh 卜卦、抽稅、行政等 ê 目的 chiah 發展出文字。像講，咱 chín 所知上早 ê 文字之一「Sume 文字」（Sumerian cuneiform），伊一開始 kan-taⁿ 是 chit-kóa 名詞 kap 數字 niâ，主要是作爲記帳 ê 工具（Gelb, 1952:62）。Koh 像講，中國漢字 ê 形成過程當中，一開始是以卜卦爲主要目的。

文字系統 ê 設計並 m̄是一開始發展就真完美，mā m̄是一開始就適合文學創作。某種程度來講，文字 ê 結構會影響伊 hông thėh 來使用 ê 用途。

世界有名 ê 文字學家 Gelb（1952）thẻh 出講，世界文字 ê 分類應該就伊文字符號所對應 ê 語音單位 ê 大細來做標準。Tī chit-ê 標準之下，現存 ê 世界文字大概有 3 類：「語詞音節文字」（word-syllabic systems[1]）、「音節文字」（syllabic systems）、kap「音素文字」（phonemic systems）。Sòa--lâi Gelb（1952）koh 進一步指出講，文字 ê 發展是 ùi 大 ê 語音單位演變到 khah 細 ê 單位，也就是講 ùi「語詞音節」進到「音節文字」chiah koh 到「音素文字」。

　　無 kāng ê 語音單位 ê 文字有 siáⁿ-mih 特色 leh？一般來講，描寫 khah 細 ê 語音單位 ê 文字系統會 khah 有學習效率（Smalley, 1963:7）。這是因爲咱人 ê 語言其實是由少數有限 ê 音素（phonemes）透過排列組合所組成 ê。咱只要用少數 ê 文字符號來表達 hit-kóa 音素，就 ē-tàng kā 無限 ê 語詞記錄落來。除了 khah 有效率之外，描寫 khah 細 ê 語音單位 ê 文字系統 mā 會 khah 準確、減少語意模糊 ê 空間（蔣爲文，2001）。

　　描寫 khah 大 ê 語音單位因爲 khah 無效率 mā khah 無準確，所以一般民眾 khah 無簡單學，致使 khah 歹普遍化。因爲伊有歹普遍化 ê 特質，所以統治階級就 khah 容易利用對文字 ê 掌控來進行知識、權力 ê 壟斷。下面咱就以漢字 tī 漢字文化圈所扮演 ê 角色來說明。

　　漢字是屬一種語音單位 khah 大 ê「詞素音節文字」。「文言文」是一種利用漢字來做書寫 ê 特別文體，而且伊並無完全表記口語 ê 話語。甲骨文時期 ê 漢字主要是用 tī 卜卦，甲骨文以後 ê 時期主要用 tī 行政 kap 學術。Hit 當時 ê 文言文 ē-sái 講是統治階級 ê 統治工具。一般民眾若 beh 學 ē-hiáu 文言文，伊第一步就 ài 先學漢字。M̄-koh 漢字是真無學習效率 koh 真無準確 ê 文字，就親像咱俗語講 ê「漢字若 beh 學會 bat，嘴 chhiu 就打死結」，beh kā 漢字學 kah chiâu-chñg 是真 oh ê 代誌（DeFrancis, 1996）。就算 hit-kóa khiáu--ê、好運 ê 了真 chē 時間 kā 漢字學起來 à，in sòa--lòe ài koh 讀 hit-kóa 用文言文寫 ê 四書五經。Chit 種用漢字文言文寫 ê 古典經冊，並 m̄ 是你 ka-tī tiàm 厝 lìn 讀就讀會 bat neh。因爲文言文是一種無表達口語、語意含糊 ê 文體，所以學生一定 ài 就課文內容 kā 老師請教。Mā m̄ 是

---

[1] Gelb 傾向用 "word-syllabic"，DeFrancis (1990)傾向用 "morphosyllabic" (詞素音節文字)。

講你 chhìn-chhái chhōe 一個老師聽伊解釋課文就 ē-sái neh！你若 chhōe
m̄-tiòh 人，無符合當權者 ê 意思 mā bē-sái。亦就是講，hit-kóa 用文言文寫
ê 經冊 ê「解釋權」其實是掌握 tī 統治者 ê 手頭；就算講你有 châi-tiāu 讀
漢字，你 mā 無一定有法度符合當權者 ê 意思。

　　Chit 種統治者掌握經冊解釋權 ê 現象 tī「科舉制度」以後更加嚴重。
因為各朝代 lóng kā 漢字當做正統、mā kā 列 tī 科舉考試內底，所以 hit-kóa
想 beh 做官、通過考試 ê 人 tō bē-sái 無學。Tng 當 chit-kóa 人考試入取、
功成名就了，in 為著維護 ka-tī ê 既得利益，當然 tō 繼續擁護漢字 ê 正統
地位。Tī 現此時 ê 台灣，雖然講已經無「科舉制度」，m̄-koh chit 種文字
既得利益 ê 現象 iáu 是真普遍 ê 存在。Hit-kóa 接受外來政權「中華民國」
ê 中文使用者，tī 大中國 ê 教育、行政體制 ê 支持下，為 tiòh in 個人 ê 既
得利益對台灣語文 ê 打壓 ê chit 款現象，就親像以前中國 ê 文言文舊勢力
對胡適提倡中國白話文運動 ê 打壓 kāng-khoán。

　　漢字文化圈因為長期借用「漢字」kap「文言文」書寫方式，造成掌
握漢字 ê 文人統治階級 hām 脫赤腳 ê 做穡人 ê 階級對立（蔣為文，1997）。
換一句話講，漢字 m̄-taⁿ 歹學、歹寫，而且 chit 種古典 ê「文言文」書寫
方式 hām 做穡人嘴講 ê「白話」形式完全無 kāng，造成古典經書 ê「解釋
權」掌握 tī 文人階級 ê 手頭。脫赤腳 ê 做穡人平時做穡 tō 做 bōe-liáu--á，
那有時間 thang 去學寫漢字、學習古典？Chit 種情形 lō-bóe 演變做掌握漢
字 ê 統治者 kap m̄-bat 漢字 ê 被統治者 ê 階級差別。

　　Chit 種利用漢字文言文來維持 ka-tī ê 既得利益 ê 統治階級 ê 情形一直
到 kah 19 世紀尾，chiah tī 西歐帝國主義 ê 威脅下，不得不改變。

3. 歐洲白話文學 ê 發展 kap 對台灣 ê 影響

　　西歐地區自「西羅馬帝國」滅亡了，就進入所謂 ê「中古時代」（the
Middle Age）。無 kāng ê 學者對「中古時代」ê 詳細時間進程可能會有
tām-pòh-á 無 kāng ê 意見。M̄-koh，一般得來講「中古時代」大約是 ùi 公
元 5 世紀到 kah 15 世紀當中 chit 段時間。「中古時代」hō͘ 人上大 ê 印象是

1)神權統治 2)封閉 ê 封建社會 kap 3)無 sáⁿ 進步 ê 科技（Davies, 1997:291）。Tī hit-ê 中古時代，拉丁文（Latin）是 hit-ê 掌控多數歐洲地區 ê「羅馬天主教會」（the Roman Catholic Church）ê 正式語言（official language），hông 用 tī 行政、學術、教育、kap 文學等方面（Crystal, 1992:223）。亦就是講，hit 當時 ê 歐洲人平時曆 lìn 是講 in 地方 ê 母語(vernacular language)，m̄-koh tī 正式場合 ê 時就 ài 用拉丁語。拉丁文 tī 西歐地區 ê 地位就 ká-ná「文言文」tī 漢字文化圈 lìn 所扮演 ê 角色 kāng-khoán（Norman, 1988:83）。

拉丁文 tī 西歐地區 ê 正統地位一直到 kah 中古時代尾期、文藝復興（Renaissances[2]）初期，特別是宗教改革（Reformations）浮出來了 chiah 受 tiȯh 真大 ê 挑戰。宗教改革以前，拉丁文 hông 認定是神聖 ê 語言、是接近上帝 ê 唯一語言，而且 chit-ê 語言是操控 tī 神職人員 ê 手頭。M̄-koh，「馬丁路德」（Martin Luther, 1483-1546）thȯeh 出宗教改革主張，伊主張每一個信徒 lóng ē-sái 用伊日常 ê 母語直接 hām 上帝 chih-chiap，無需要 koh 透過神職人員做中間者。Tī chit-ê 信念之下，馬丁路德用伊 ê 母語「德語」將《聖經》翻譯做德文版而且 tī 1522 年出版。

用母語來翻譯聖經、宣傳教義後來形成新教徒 ê 基本信念，chit-ê 信念 m̄-taⁿ tī 德國流行 mā seⁿ-thòaⁿ 到全西歐 ê 基督教區域，甚至影響後來西歐國家 ê 海外殖民地經營。

Tī 西歐基督教世界，透過閱讀聖經，是一般人學 ē-hiáu 文字讀寫能力 thang 進入書寫世界 ê 重要途徑。Tī 中古時代尾期、文藝復興初期雖然 tȧuh-tȧuh-á 開始有 chit-kóa 用各地方母語書寫 ê 作品出現，像講 Dante Dante Alighieri, 1265-1321）ê《神曲》，m̄-koh 用母語來書寫、創作 ê 觀念 kap 實踐 ài 等到宗教革命了 chiah 有 khah 大 ê 進展。像講，馬丁路德 tī 德國文學史頂頭 ê 大貢獻就是將《聖經》翻譯做德文版；chit 部德文版 ê 聖經 chiâⁿ-chò 近代德語書面語 ê 開基標準，確立「德語」chiâⁿ-chò 近代德國文學 ê「文學語言」（余匡復，1996:51）。像 chit 種用母語來書寫、創作 ê 做

---

[2] 有關文藝復興 ê 開始 kap 結束 ê 時間，無 kāng ê 學者有 tām-pȯh-á 無 kāng ê 看法。若照 Davies (1997:469) ê 分期，大約是公元 1450-1670。

法後來 chiâⁿ-chò 歐洲文藝復興時期真重要 ê 文學特色之一，mā 是 in 歐洲形成民族國家（nation-state）ê 國家認同 ê 關鍵要素（Davies, 1997:482）。

當西歐國家向海外拓展勢力 ê 時，宣傳基督教義 mā 是 in 重要 ê khang-khòe 之一。In ê 傳教士 piān 若到一個新所在，當地若無書寫傳統 ê，in 就用 in khah 熟 ê 羅馬字替當地語言創造一套書寫系統。像講，荷蘭人 tī 17 世紀來到台灣 ê 時，因為 hit 當時台灣原住民並無發展出文字，所以荷蘭傳教士就用羅馬字替平埔族設計出咱 chín 通稱「新港文書」ê 文字系統。

西歐傳教士到 ê 所在若準已經有文字系統，m̄-koh 當地 ê 文字 siuⁿ 難、siuⁿ 歹學 ê 時，傳教士 mā 會用羅馬字替 in koh 創造另外一套書寫系統。像講，西歐傳教士來到中國或者越南 ê 時，雖然 chit 2 個所在 lóng 有用漢字書寫 ê 傳統，m̄-koh 因為漢字 siuⁿ 歹學，所以 in kāng-khoán 用羅馬字分別替 in 創造新 ê 文字系統。Tī 越南 ê chit 套音素文字號做 chữ Quốc ngữ（國語字），tī 中國 kap 台灣 chit 套以廈門話為主 ê 羅馬字號做 Pėh-oē-jī（白話字）（蔣為文，2003；董芳苑，2004）。

西歐傳教士所傳入來 ê chit 種以白話為書寫基礎 ê 做法對漢字文化圈造成真大 ê 影響。Tī 19 世紀，當西歐帝國主義侵略東亞 ê 企圖 lú 來 lú 明顯了，chit-kóa 漢字文化圈 ê 國家（包含中國、越南、韓國、日本等）為 tiòh 對抗帝國主義，in 不得不 thèh 出 chit-kóa 富國強民 ê 革新政策。其中一項要務就是教育改革。為 tiòh hō in ê 普羅大眾 ē-tàng 受基本 ê 國民教育 thang 宣傳民主、科學並進一步反抗帝國主義，in 就 ài 廢除過去漢字文言文 ê 正統地位，改用以口語為書寫基礎 ê 白話文。所以 tī 漢字文化圈 lāi-té，白話文 ê 發展其實是 tī 西歐帝國主義 ê 強勢威脅之下各民族為 tiòh 求生存所產生出來。

4. 新港文是台灣第一 pái ê 文學語言

1492 年 Kholanpos（Christopher Columbus）代表歐洲人第一 pái 行船到美洲大陸；幾年後，葡萄牙 ê 行船人 Gama（Vasco da Gama）tī 1498 年經

由「好望角」（The Cape of Good Hope）phah 開歐洲到印度 ê 新航線。15 世紀 ê 結束 tú 好是新航線時代 ê 開始。Tī 亞洲，tòe 新航線時代腳後 táu 來 ê 是西歐 ê 傳教活動、國際貿易 kap lō-bóe ê 殖民主義。

荷蘭人 tī 1579 年脫離西班牙 ê 統治、建立荷蘭共和國，sòa--lâi 聯合英國 tàuh-tàuh-á 形成新 ê 海洋霸權。荷蘭人 tī 17 世紀初本底 beh 佔領澎湖 thang 做 hām 中國買賣 ê 據點，因爲中國明朝 ê 強烈反對 kap 抵抗，致使無成功。Lō-bóe 中國 hām 荷蘭達成停戰協議：荷蘭 ài 退出明朝統治之下 ê 澎湖；荷蘭若是 beh 佔領無屬明朝 ê 台灣，明朝並 bē 干涉。Tī chit-ê 緣故之下，荷蘭人 tī 1624 年「轉進」台灣，tī 無 tú-tiòh 中國兵 ê 抵抗之下，真簡單就佔領台灣。

「新港文」是台灣史上第一 pái 出現 ê 有系統 ê 文字，所描寫 ê 語言主要是 hit 當時荷蘭佔領 ê 大本營 ê 台南 hit khơ-ûi-á ê 平埔族「Siraya」（西拉雅族）ê 語言。雖然「新港文」tī 17 世紀就出現 tī 台灣 teh 使用，chit-kóa 文獻像講《諸羅縣志》、《下淡水社寄語》mā lóng 有記載過 chit 款 ê「紅毛仔字」，m̄-koh 一直 ài 等到 19 世紀發現 tiòh 所謂 ê「番仔契」chiah 有法度證實「新港文」ê 存在。

經濟資源 ê 剝削 kap 基督教義 ê 傳播是荷蘭統治台灣 ê 2 大目的。甘爲霖牧師（Rev. William Campbell, 1871-1918）tī 伊 ê 冊《荷蘭統治下 ê 台灣》（*Formosa under the Dutch*）lāi-té 記載講：「彼當時，in（荷蘭人）m̄-taⁿ 真 gâu 做生理、賺真 chē 錢，koh 真成功 ê 推廣教育 kap 基督教義；荷蘭傳教士伊 ka-tī 一個就有 châi-tiāu 經營管理 kúi-nā 間學校，收超過 5,000 人加入教會做基督徒。」（Campbell, 1903:vii）

Hit 當時傳教 ê 方法之一就是透過當地 ê 語言來傳授教義。爲著使用當地 ê 語言，傳教士就利用羅馬字來設計一套 ē-sái 描寫當地語言、koh 簡單好學 ê 文字系統。即套羅馬字書寫系統，一方面 ē-tàng 幫贊傳教士紀錄、學習當地 ê 語言，一方面 mā ē-sái hō 當地 ê 人真簡單就看 ē-hiáu 用 in ka-tī ê 語言寫 ê 聖經 kap 基督教義 ê 冊。「新港文」就是 án-ne 產生 ê。台南附近 ê 平埔族因爲荷蘭人傳教 ê 影響之下，soah tàuh-tàuh-á ē-hiáu 用

羅馬字來讀寫 in ka-tī ê 語言。荷蘭人 mā 因爲傳教 ê 需要，出版 chit-kóa 羅馬字 ê 教材，kā chit-kóa 基督教義 ê 冊 kap 聖經翻譯做「新港文」。譬如講，Jacobus Vertrecht 所編 ê《Favorlang 語信仰個條書[3]》，由 Daniel Gravius 翻譯 ê 荷蘭、新港文對照 ê《馬太福音[4]》等。Chit-kóa 書面材料 lóng chiâⁿ-chò hit 當時台灣發展書面語文學 ê 真好養分。

Tī 國姓爺（Koxinga；鄭成功）趕走荷蘭人了後，雖然「漢字」chiâⁿ-chò hit 當時 ê 官方文字，m̄-koh 羅馬字式 ê「新港文」iáu tī 民間流傳使用 chit-chām 時間。當 Siraya ê 語言 ta̍uh-ta̍uh-á 消失去 ê sî-chūn，咱人 chiah tī 19 世紀尾 ê 時發現 in 過去 bat 使用羅馬字 ê 證據。Chit-kóa 證據就是 chit-kóa 用「新港文」寫 ê 古文件。In 有 ê 規張 kan-taⁿ 用「新港文」寫，mā 有「新港文」hām「漢字」lām leh 對照寫。Chit-kóa 古文件，大部分是買賣、抵押、或者出租 ê 契約（村上直次郎，1933:IV）。因爲 chit-kóa 古文件大部分 lóng tī「新港」（現此時 ê 台南縣新市）地區發現 ê，所以學者 kā 號做「新港文書」，一般大眾有 ê kā 叫做「番仔契」（賴永祥，1990:125-127）。Tī chit 份研究論文 lāi-té 就 kā chit-ê 時期 ê「羅馬字書寫系統」統稱做「新港文」。

根據村上直次郎（1933: XV）做 ê 研究，現存 ê 新港文書大概有 141 件。[5] Tī chit 百 thóng 件 ê 文書 lāi-té，上早 ê 是 1683 年所寫 ê，上 oàⁿ ê 是 1813 年。可見至少 tī 19 世紀初 iáu 有 Siraya ê 族人 ē-hiáu 寫「新港文」。

雖然講台灣史上第一 pái ê 白話文書寫傳統到 19 世紀初就去 hō͘ 斷去，m̄-koh 真 kín tī 19 世紀後半期就 koh hō͘「白話字」接落去擔任 chit-ê 白話文 ê khang-khòe。

---

[3] 由甘爲霖(William Campbell) tī 1896 年 koh 印。

[4] 原冊 ê 標題 Het Heylige Euangelium Matthei en Jonannis Ofte Hagnau Ka D'llig Matiktik, Ka na Sasoulat ti Mattheus, ti Johannes appa. Overgefet inde Formosaansche tale, voor de Inwoonders van Soulang, Mattau, Sinckan, Bacloan, Tavokan, en Tevorang. 詳細請參閱 Campbell, 1888；賴，1990:121-123。

[5] 最近 chit kúi 年，蔡承維 kap 李壬癸 mā 有 koh 發表數十件新發現 ê 文件。

5. 白話字是近代台灣白話文運動 ê 開基祖

　　咱若以 19 世紀以後 ê 歷史算近代史，án-ne 白話字 ē-sái 講是台灣近代史上白話文運動 ê 開基祖。白話字 m̄-taⁿ 影響 19 世紀尾期、20 世紀初期 ê 台灣人民，甚至影響到當代 ê 台灣母語文學 ê 發展。

　　學界對台灣新文學發展 ê 開始點一般 lóng 是定 tī 1920 年代（葉石濤 1993:28；林瑞明 1996:2；游勝冠 1996:18；梁明雄 1996:149；河原功 2004:134）。In ê 論點通常是講台灣新文學是受 1)中國五四運動，或者 2)日本現代文學 ê 影響 chiah 發展起來 ê。Chit 種 ê 講法其實是用漢字 ê 角度來看台灣文學史 ê 發展。實在講，台灣近代 ê 白話文學、新文學 ê 發展 ùi 1885 年 Barclay 牧師（Thomas Barclay 巴克禮，1849-1935）tī 台南發行白話字報紙《Tâi-oân-hú-siâⁿ Kàu-hōe-pò》（台灣府城教會報）ê 時就建立基礎 à！Tng hit-kóa 漢字既得利益者 iáu teh 新舊文學論戰、台灣話文論戰 ê sî-chūn，台灣文學史上早就出現 bē chió ê 白話文作品 kap 作家，像講偕叡廉（1882-1963）、柯設偕（1900-1990）、林茂生（1887-1947）、鄭溪泮（1896-1951）、賴仁聲（1898-1970）、蔡培火（1889-1983）（黃佳惠，2000）。

　　實在講，台灣書面語文學一開始就是受世界文學 ê 影響，tī 歐洲白話 ê 國民文學 ê 刺激之下所發展出來 ê。所謂 ê 中國五四運動或者日本現代文學，不過是台灣受世界文學影響一段時間了，另外 koh 出現 ê 2 個影響台灣文學 ê 支流 niâ。中國五四運動 hoān-sè 對 hit-kóa 讀漢學仔冊 ê 有刺激 ê 影響，m̄-koh 就台灣文學史來看，白話字對台灣白話文運動 ê 影響 iáu 是上早 ê。

　　下面咱就舉例來看白話字對台灣新文學 ê 貢獻。

　　有人講，「追風」tī 1922 年發表 ê〈她要往何處去〉是台灣新文學史上 ê 第一篇小說（古繼堂，2003:78）。Che 實在是對台灣史無了解所犯 ê 大錯誤。咱若掀開 Barclay 牧師所創辦 ê《台灣府城教會報》，咱 ē-sái 發現 tī 1922 年 chìn-chêng 就有真 chē 用台語白話字寫 ê 現代小說。譬如講，1886 年 1 月《台灣府城教會報》第 7 期有一篇小說號做〈Jıt-pún ê koài-sū〉（日本 ê 怪事）。Chit 篇小說並無註明作者，內容主要是講一個肖貪 ê 旅

館頭家去 hō 一個假做老狐狸 ê 人客騙錢去 ê 故事。Chit 篇小說 m̄-taⁿ 比「追風」早，mā 比「賴和」第一篇小說〈鬥熱鬧〉（1926）早 40 冬！另外一篇是格林童話〈灰姑娘〉ê 台語版。

除了有小說之外，mā 有散文 kap 報導文學 ê 作品。像講，1886 年 2 月《台灣府城教會報》第 8 期有一篇〈Pak-káng Má ê sin-bûn〉（北港媽 ê 新聞），1887 年第 20 期有一篇〈Tī Hêng-chhun-koān kiâⁿ-iû thoân-tō〉（Tī 恆春縣行遊傳道）。

M̄-taⁿ án-ne，mā 有 chit-kóa 時事 ê 報導，像講 1912 年 6 月第 327 期有一篇〈Kong-phòa tōa-chûn〉（攻破大船），主要 teh 講 Titanic（北京話號做「鐵達尼號」）péng 船 ê 代誌。

整體來看，《台灣府城教會報》ùi 1885 年到 1969 年 chit 段用白話字出版 ê 期間，伊 ê 內容 ē-sái 分做下面 12 類：（黃佳惠，2000）

1	宗教議題	5	科學新知	9	教會 kap 學校通訊
2	道德勸說	6	人物傳記	10	個人書信
3	台、西新聞	7	專題報導	11	原住民
4	天文地理	8	遊記 kap 見聞	12	文字 kap 語言 ê 探討

白話字有法度 tī 台灣 hông 普遍使用 kap 對台灣白話文學造成 chiah 大 ê 影響，其中 ê 大功臣之一就是 Barclay 牧師。Barclay 牧師 1849 年 tī Scotland ê Glasgow 市出世。伊 tī 1875 來到台灣傳教，到 kah 1935 年 tī 台南過身，lóng 總 tī 台灣貢獻 60 冬。Barclay 牧師引進印刷術、印刷機，創立印刷所「聚珍堂」（俗稱「新樓書房」），開辦第一份白話字報紙《台灣府城教會報》，設立教育機構「台南神學院」，重新翻譯新、舊約聖經，編印《廈英大辭典增補》（潘稀祺，2003；Band, 1936）。Barclay 牧師對白話字教育 ê 貢獻 kap 對台灣文學 ê 影響 chiah-nih 大，伊 ē-sái 講是「台灣白話字文學之父」、近代「台灣新文學 ê 開基祖」！

Barclay 牧師 tī 1885 年發行 ê 頭一期 ê《台灣府城教會報》lāi-té 寫講爲啥物伊 beh 推 sak 白話字：

Khó-sioh lín pún-kok ê jī chin oh, chió chió lâng khòaⁿ ē hiáu--tit. Só-í goán ū siat pàt-mi̍h ê hoat-tō, ēng pe̍h-oē-jī lâi ìn-chheh, hō͘ lín chèng-lâng khòaⁿ khah khoài bat... Lâng m̄-thang phah-sǹg in-ūi i bat Khóng-chú-jī só-í m̄-bián o̍h chit-hō ê jī; iā m̄-thang khòaⁿ-khin i, kóng sī gín-á só͘-tha̍k--ê (Barclay, 1885).

可惜恁本國 ê 字（漢字）真 oh，真少人看會曉得。所以阮有設別物 ê 法度，用白話字來印冊，hō͘恁眾人看 khah 快 bat⋯人毋通 phah 算因為伊 bat 孔子字（漢字）所以毋免學 chit-hō ê 字；也毋通看輕伊，講是囝仔所讀 ê。

白話字既然 chiah 重要，án-ne 伊是 án-chóaⁿ 來 ê neh？下面咱就來看白話字 tī 台灣發展 ê 情形。

自荷蘭撤退以後，tī 台灣 ê 來自西方 ê 傳教活動 tō tiām 靜落來 à。一直到 kah 19 世紀後半期 chiah koh 開始 tī 台灣 chhiaⁿ-iāⁿ 起來。1860 年 ê sî-chūn 清國 hām 外國簽定「天津條約」，正式允准外國傳教士去中國傳教。台灣 hit-chūn 是 hō͘ 清國統治，因爲天津條約 ê 關係，mā 開放 hō͘ 外國人來傳教。Tō 是 tī chit-ê 歷史緣故之下，天主教 kap 基督教陸續來到台灣傳教。其中 siōng kut-la̍t 推 sak 白話字 ê「長老教會」tī 1865 年由「馬雅各」醫生（James L. Maxwell, 1836-1921）chhōa 頭，正式 tī 現此時 ê 台南設立傳教 ê 本部（徐謙信，1995:6-8；賴永祥，1990:277-280）。

「白話字」siōng-thâu-á 是爲著傳教 ê 目的 chiah 發展出來 ê。所以「白話字」真大部分 ê 應用 kap 出版 lóng 是 hām 宗教有關係 ê。Chit-kóa 運用白話字 ê 出版品或者個人 ê 應用大概 ē-sái 分類做 6 類：1)白話字教材 2)白話字字典、詞典 3)聖經、教義問答 kap 宣傳小冊等 4)白話字報紙、雜誌 5)其他有關哲學、數理、詩歌、小說等題材 6)個人 ê 筆記或者寫 phoe。

　　自 19 世紀開始，有 bē chió ê 白話字字（詞）典出版，下面 tō 簡單舉 chit-kóa 例。Medhurst（Water H. Medhurst 麥都思，1796-1857）tī 1837 年出版《福建方言字典[6]》；Douglas 牧師（Carstairs Douglas 杜嘉德，1830-1877）tī 1873 年出版《廈英大辭典[7]》；現此時 tī 台灣 siōng 普遍 tek 使用 ê《廈門音新字典[8]》是由 Campbell 牧師（William Campbell 甘為霖，1871-1918）編輯，tī 1913 年由台南 ê 教會公報社發行（參閱賴永祥，1990；洪惟仁，1993、1996）。

　　頭一本白話字 ê 新約聖經《咱的救主耶穌基督的新約[9]》tī 1873 年出版，舊約聖經《舊約的聖經[10]》tī 1884 年出版。對白話字 tī 早期 ê 台灣教會 hông 普遍使用有真大貢獻 ê 白話字報紙《台灣府城教會報[11]》tī 1885 年由 Barclay 牧師發行。白話字出版品 ê 內容除了直接 hām 宗教有關之外，mā 有 chit-kóa kap 教義 khah 無關係 ê mih-á。[12] 像講，1897 年 Gê Uî Lîm 出版 ê 數學冊《筆算的初學[13]》；1917 年戴仁壽（G. Gushue-Taylor）出版 ê《內外科看護學[14]》；1925 年賴仁聲（Lōa Jîn-seng）所出版 ê 小說《阿娘 ê 目屎[15]》；1926 年鄭溪泮（Tēⁿ Khe-phoàn）所出版 ê 小說《出死線[16]》；1925 年蔡培火（Chhòa Pôe-hóe）所出版 ê 社會評論 ê 冊《十項管見[17]》。Chit-kóa 作品 lóng 是 tī 30 年代台灣鄉土文學論戰以前就出版 à。Hit-kóa 頭殼 lāi

---

[6] 英文冊名 A Dictionary of the Hok-keen Dialect of the Chinese Language, According to the Reading and Colloquial Idioms。Chit 本字典 tī 1932 編寫好勢，1937 正式出版。

[7] 英文冊名 Chinese-English Dictionary of the Vernacular or Spoken Language of Amoy, with the Principal Variations of the Chang-chew and Chin-chew Dialects。

[8] 白話字冊名 Ē-mn̂g-im Sin Jī-tián。英文冊名 A Dictionary of the Amoy Vernacular Spoken throughout the Prefectures of Chin-chiu, Chiang-chiu and Formosa。

[9] 白話字冊名 Lán ê Kiù-chú Iâ-so͘ Ki-tok ê Sin-iok。

[10] 白話字冊名 Kū-iok ê Sèng Keng。

[11] 《台灣府城教會報》改過 kúi-nā pái 名，現此時號做《台灣教會公報》。Chit 份報紙 tī 1970 年 chìn-chêng lóng 用白話字發行，1970 以後改用中文發行，chit 幾年 koh 開始 tī 版面內底有 1 部分用台語文書寫，像講「父母話」版有白話字 ê 文章。

[12] Ē-sái 參閱呂興昌 1994。

[13] 白話字冊名 Pit Soàn ê Chho͘ Ha̍k。

[14] 白話字冊名 Lāi Gōa Kho Khàn-hō-ha̍k；英文名 The Principles and Practice of Nursing。

[15] 白話字冊名 Án-niâ ê Ba̍k-sái。

[16] 白話字冊名 Chhut Sí-Sòaⁿ。李勤岸有 kā 翻譯做漢羅台文版，全文 ē-sái tī 台灣文學工作室網站掠著<http://ws.twl.ncku.edu.tw/>。

[17] 白話字冊名 Cha̍p-hāng Koán-kiàn。

kan-taⁿ té 漢字 ê 漢字既得利益者竟然 iáu 看 bē 清白話字 ê 重要性 kap 世界 ê 局勢，iáu tī hia 論戰台語 kám 有法度寫。甚至 90 年代到 taⁿ ê 台語文運動竟然 iáu 有 bē chió 人 iáu teh 替台語 chhōe 漢字本字、質疑台語 kám ē-tàng 用羅馬字寫。Che 實在是漢字至上 ê 悲哀行為！

通常，教會 ê 信徒 tī 教會學 ē-hiáu 讀寫白話字了，in ē kā chit 套白話字應用 tī 日常生活當中，像講寫 phoe hō hāu-seⁿ cha-bó-kiáⁿ、寫日記、或者做大細項 tāi-chì ê 筆記。白話字 tī 1970 年代 chìn-chêng[18] tī 台灣 ê 教會內底 iáu 算 hông 真普遍 ê 使用；m̄-koh，了後因為政治 kap「國語政策」ê 影響，soah tàuh-tàuh-á lú 來 lú chió 人使用。雖然白話字對普及教育 ê 貢獻無分 cha-po、cha-bó，白話字對女性教友 ê 影響特別大。Tī 古早重男輕女 ê 社會，一般 cha-bó-lâng lóng 真罕 leh 有機會受漢文 ê 教育。Chit-ê 現象一方面是因為文化價值觀（重男輕女）ê 問題，一方面 mā 是經濟問題（漢字比白話字加真 pháiⁿ 學）。Chit-kóa cha-bó-lâng tī 接觸教會了，tú-hó hō in thang 學習簡單 ê 文字工具（白話字）、有受教育 ê 機會。In m̄-taⁿ 透過白話字學習聖經 ê 教義，mā ē-sái 學習現代 ê 智識。現此時 tī 台灣 iáu 有 chit-kóa 老一輩 ê 教友（特別是女性），m̄-bat 漢字、kan-taⁿ ē-hiáu 白話字。[19]

雖然「白話字」siōng-thâu-á 是為著傳教 ê 目的所設計，到 taⁿ 來已經無限定 tī 描寫教會 ê 事務 niâ。Tī 1980 年代以後，[20]對著台灣政治運動 ê 開展，台灣 ê 本土文化界 mā 展開台語文運動，強烈訴求「chhùi 講台語、手寫台灣文[21]」。Tī 現此時 khah 普遍 ê 3 種台文書寫方式「全漢」、「全羅」、kap「漢羅」lāi-té 所用 ê 台語羅馬字，真 chē 團體或者個人 tō 是使用白話字或者修改過 ê 白話字來出版台文作品。[22]像講，「Tâi-oân-jī」、「台文通

---

[18] 我以《台灣教會公報》改做中文發行 hit 年做分界點。

[19] 根據黃典誠 tī 1955 年 ê 估計，tī 所有講 Hō-ló 話 ê 地區，包含福建、馬來西亞、菲律賓、台灣等，lóng 總有 115,500 人 ē-hiáu 白話字。其中，台灣佔 32,000 人(參閱許長安，1992:70)。

[20] 有關 1980 年代以後 ê 台語文運動，ē-sái 參閱 Chiung (1999:33-49)。

[21] 台語 tī chia ê 定義是台灣各本土族群 ê 母語，包含原住民語言、客話、Hō-ló 話。

[22] 有關各式 ê 羅馬字，ē-sái 參閱楊允言&張學謙(1999)。

訊」、「台文罔報」、kap「台譯 5%計劃」[23]等團體，tī 羅馬字 ê 部分 lóng
用傳統教會白話字。因爲參予台文寫作 ê 作者 ê 多元化，「白話字」ê 應
用已經脫離過去以教會、傳教爲主 ê 題材。

　　Ùi 讀寫能力 ê 角度來看，白話字會 tī 早期 ê 台灣發展起來，並毋是
意外 ê 代誌。白話字利用 kúi-ê 有限 ê 羅馬字母就 ē-sái 描寫所有 ê 台語詞，
伊 ê 效率性實在 m̄是 hit kúi 萬字 ê 漢字會當相比評 ê。Tī 古早農業社會 ê
台灣，大部分 ê 做穡人平時做穡 tō 做 bōe-liáu--á，那有時間 thang 去學寫
漢字。白話字 ê 出現 tú-hó hō͘ chit-kóa 下腳層 ê 做穡人 tī 真短 ê 時間內就
學 ē-hiáu 讀 kap 寫。蔡培火 tī 20 年代 ê 時就點出漢字對 chē-chē ê 台灣人
來講是學習上 ê 負擔；伊進一步主張用白話字來 tháu 放青暝牛，hō͘ khah
chē 人 ē-hiáu 讀 kap 寫 thang 增加知識、學問。伊 ti 1925 年出版 ê 用白話字
寫 ê《十項管見》lāi-té 講：

Pún-tó lâng lóng-kiōng ū saⁿ-pah lák-cháp-bān lâng, kīn-kīn chiah
chha-put-to jī-cháp-bān lâng ū hák-būn, kiám m̄-sī chin chió mah? Che
sī sím-mih goân-in neh? Chit hāng, sī lán ka-tī bē-hiáu khòaⁿ hák-būn
tāng; chit hāng, sī siat-hoat ê lâng bô ū cháp-hun ê sêng-sim. Iáu koh chit
hāng, chiū-sī beh òh hák-būn ê būn-jī giân-gú thài kan-kè hui-siông
oh-tit òh. (Chhòa, 1925:14-15)

本島人攏共有 360 萬人，kīn-kīn 才差不多 20 萬人有學問，kám
毋是真少嗎？這是啥物原因呢？一項，是咱家己 bē-hiáu 看學問
重；一項，是設法 ê 人無有十分 ê 誠心。Iáu koh 一項，就是 beh
學學問文字言語太堅計非常 oh 得學。

　　雖然白話字比漢字 khah 有效率，一般人 soah 顛倒 kā 看輕、當做低

---

[23] Tī 1996 年由 chit-tīn 海內外 ê 台灣少年家組成一個台譯 5%計劃小組，chit-ê 計劃 tō 是
beh kā chit-kóa khah 有名 ê 世界文學作品翻譯做台文。自 1996 年開始，已經出版幾 10
本 ê 冊 à。

路 ê 文字，致使過去白話字 tī 教會以外 ê 社區並無 hông 真普遍 ê 接受 kap 使用。會造成 chit-ê 現象，主要是因為下面 chit 3 個原因。

第一，「漢字主宰」ê 社會化 ê 結果。漢字 tī 漢字文化圈 lāi-té kúi 千年來 lóng hông 採用作正式 ê 官方文字。這無形中影響著老百姓對漢字 ê 看法，認為有讀冊、有學問、beh 做官 ê 就 ài ē-hiáu 讀寫漢字。漢字以外 ê 文字 lóng 是 khah 低路、無水準 ê 人 teh 學 ê。

第二，對漢字 ê 結構 kap 功能有誤解，soah 來認為漢字有「表意」ê 功能、上 ē-tàng 表達漢語。因為真 chē 人有 chit 種無正確 ê 觀念，soah 認為無用漢字就無法度來完整、正確 ê 表達 in ê 口語。M̄-koh，愈來愈濟 ê 研究，包括研究東亞語言出名 ê Hawaii 大學教授 DeFrancis（1990）已經指出 chit 種觀念是 m̄ tiòh ê。

第三，政治力干涉 ê 結果。羅馬字 ê 使用受政治力壓迫 ê 現象 tī 中國國民黨統治台灣 ê 時期特別明顯。「漢字」對中國國民黨政權來講是中國文化 ê 象徵之一，用漢字以外 ê 文字來書寫台語等於是向大中國 ê 政治、文化概念挑戰。所以中國國民黨 bat 用鴨霸 ê 手段禁止白話字 ê 使用，像講 tī 1975 年下令沒收白話字版 ê《新約》。

6. 結論

台灣 ùi 口語文學進展到書面語文學，一開始就是受西歐 ê 白話文學 ê 影響之下 kap 世界接做伙。台灣第一 pái ê 白話文傳統是 17 世紀荷蘭佔領時期 ê「新港文」。第二 pái ê 白話文傳統是 ùi 1885 年 Barclay 牧師 tī 台南發行白話字報紙算起。「白話字」比「新港文」ê 影響 ke 真大，因為 chit-mái iáu 有 bē chió ê 人 teh 讀、寫白話字作品。

有人認為羅馬字是為 tiòh 傳教 chiah 發展出來 ê，所以 he m̄是文學 ê 語言、mā m̄是全民 ê 文字。Chit 種 ê 講法其實是漢字既得利益者 teh 替 in ka-tī 辯解 ê 做法。咱 tī chit 篇論文 lāi-té 有講 tiòh，世界上 ê 文字無一種自起頭就是為 tiòh 文學 soah 發展出來 ê。文字系統 hông thèh 來做創作文學 ê 工具 lóng 是後來 chiah koh 加起去 ê 功能。Tī 西歐國家，宗教改革以

後宗教是促使 in 文字普遍化、國民文學產生 ê 重要因素之一。若準因為白話字一開始有宗教 ê 色彩就否定伊 chiaⁿ-chò 文學語言、全民文字 ê 地位，án-ne 西歐國家 ê 德國文學、英國文學，甚至東方 ê 越南文學[24]等 mā lóng 無法度成立。

有人 koh 講，早期推 sak 羅馬字 ê 人士 lóng 是「外國人」，所以羅馬字是外國字 m̄ 是台灣字。若準 án-ne，漢字 mā m̄ 是台灣字，因為伊是沈光文等 hit-kóa 中國人 chah 來台灣 ê。「Arab 數字」mā m̄ 是台灣字，因為伊是 Arab 人發明 ê。實在講，無論羅馬字、漢字、Arab 數字，in lóng 是台灣人 teh 使用 ê 文字之一。長久以來，學界 chit 種 kan-taⁿ 看重漢字、忽略羅馬字 ê 心態 kap 作為應該值得反省。咱應該用 khah 開闊 ê 心胸來接受羅馬字，m̄-thang 用「狹隘」ê 中國地方主義來排斥國際通用 ê 羅馬字。只要是用台灣母語書寫 ê，無論是用羅馬字 iā 是漢字，in lóng 是正港 ê 台灣文學！

【本論文原底發表 tī 2004 年台灣羅馬字國際研討會，台南，國家台灣文學館，10 月 9-10 日；bat 收錄 tī 蔣為文 2005《語言、認同與去殖民》台南：國立成功大學。】

※特別感謝呂興昌教授 ê《台灣白話字文學資料蒐集整理計畫》團隊熱心提供白話字相關資料。

---

[24] Tī 越南，早期是用漢字，m̄-koh tī 1945 年以後漢字完全乎當初 mā 是傳教士設計出來 ê 越南羅馬字 chữ Quốc ngữ 取代。到 taⁿ，用越南羅馬字所創作 ê 作品 chiaⁿ-chò 越南 ê 國民文學。

參考冊目

Band, Edward. 1936. *Barclay of Formosa*. Tokyo: Christian Literature Society.

Barclay, Thomas. 1885. *Tâi-oân-hú-siâⁿ Kàu-hōe-pò*. No.1.

Campbell, William. 1888. *The Gospel of St. Matthew in Formosan (Sinkang Dialect) With Corresponding Versions in Dutch and English Edited From Gravius's Edition of 1661.* (reprinted in 1996) Taipei: SMC Publishing Inc.

Campbell, William. 1903. *Formosa Under the Dutch.* (reprinted in 1992) Taipei: SMC Publishing Inc.

Chiung, Wi-vun Taiffalo. 1999. *Language Attitudes toward Taibun, the Written Taiwanese.* MA thesis: The University of Texas at Arlington.

Chiung, Wi-vun Taiffalo. 2001. Romanization and language planning in Taiwan. *The Linguistic Association of Korea Journal* 9(1), 15-43.

Crystal, David. 1992. *An Encyclopedic Dictionary of Language and Languages*. Oxford: Blackwell.

Davies, Norman. 1997. *Europe: A History*. London: Pimlico.

DeFrancis, John. 1990. *The Chinese Language: Fact and Fantasy.* (Taiwan edition) Honolulu: University of Hawaii Press.

DeFrancis, John. 1996. How efficient is the Chinese writing system? *Visible Language.* Vol.30, No.1, p.6-44.

Diamond, Jared. 1997. *Guns, Germs, and Steel*. New York: W. W. Norton & Company.

Gelb, I. J. 1952. *A Study of Writing.* London: Routledge and Kegan Paul.

Heylen, Ann. 2001a. Dutch language policy and early Formosan literacy (1624-1662). In Ku Wei-ying(ed.). *Missionary Approaches and Linguistics in Mainland China and Taiwan*, 199-251. Leuven: F.

Verbiest Foundation and Leuven University Press.

Norman, Jerry. 1988. *Chinese.* Cambridge: Cambridge University Press.

Smalley, William. et al.1963. *Orthography Studies.* London: United Bible Societies.

中島利郎 2003《台灣鄉土文學論戰資料彙編》。高雄：春暉。

余匡復 1996《德國文學史》（上）。台北：志一。

古繼堂 編 2003《簡明台灣文學史》。台北：人間。

呂興昌 1994〈白話字中的台灣文學資料〉，

　　<http://ws.twl.ncku.edu.tw/hak-chia/l/lu-heng-chhiong/peh-oe-ji.htm>。

周有光 1978《漢字改革概論》。澳門：爾雅。

徐謙信等編 1995《台灣基督長老教會百年史》第三版，台灣基督長老教會。

村上直次郎 1933《新港文書》（南天出版社重新出版）。台北：帝國大學。

林瑞明 1996《台灣文學的歷史考察》。台北：允晨。

楊允言、張學謙 1999〈台灣福佬話非漢字拼音符號的回顧與分析〉發表 tī 第 1 屆台灣母語文化重生與再建學術研討會。

河原功著 莫素微譯 2004《台灣新文學運動的展開與日本文學的接點》。台北：全華科技。

洪惟仁 1993a〈巴克禮《廈英大辭典補編》及杜典以後的辭字典簡介〉，《閩南語經典辭書彙編》第 4 輯，頁 10-25。台北：武陵。

洪惟仁 1993b〈杜嘉德《廈英大辭典》簡介〉，《閩南語經典辭書彙編》第 4 輯，頁 1-9。台北：武陵。

洪惟仁 1996《台灣文獻書目題解：語言類》。台北：中央圖書館台灣分館。

游勝冠 1996《台灣文學本土論的興起與發展》。台北：前衛。

潘稀祺 2003《為愛航向福爾摩沙─巴克禮博士傳》。台南：人光。

葉石濤 1993《台灣文學史綱》（再版）。高雄：文學界。

董芳苑 2004〈台語羅馬字之歷史定位〉，《台灣文獻》，第 55 卷第 2 期，頁 289-324。

蔡培火 1925《Cha̍p-hāng Koán-kiàn》。

蔣為文 1997〈漢字文化圈的脫漢運動〉發表 tī 第 3 屆北美洲台灣研究論文年會，加州大學柏克萊校區。

蔣為文 2001〈白話字，囡仔人 teh 用 ê 文字？──台灣教會白話字 ê 社會語言學分析〉，《台灣風物》，第 51 卷第 4 期，頁 15-52。

蔣為文 2003〈台灣白話字 hām 越南羅馬字 ê 文字方案比較〉，《台灣民族普羅大眾 ê 語文──白話字》，頁 94-123。台北：台灣羅馬字協會。

賴永祥 1990《教會史話》第一輯。台南：人光。

黃佳惠 2000《白話字資料中的台語文學研究》。碩士論文：台南師院。

附件：早期白話字作品

Sìn Chú ê lâng nā heng-ōng hó-giáh ê sî, chiū kóng in ū hok-khì; kàu tú-tiõh chhì-liān kan-khó, chiū kā in thó-khùi hoân-ló. Lán tiõh kiû Siōng-tè hō͘ lán tāi-ke khah gâu thé-thiap Kìu-chú ê chêng.

Jit-pún ê Koài-sū.

Chha-put-to chảp-nî-chêng, tī Jit-pún ê chng-sîa ū chît-lâng khì hioh tī hit kheh-tiàm, tī hia chiảh hó-mîh, iā tòa hó só͘-chāi, chhîaⁿ lâng lâi chhoe-siau chhiú-khek, lim-chíu khoài-lók chît-tiû. Kàu beh khùn ê sî, hoan-hù tiàm-chú, kah i bîn-á-chài 11 tiám cheng tiõh kìo i chhíⁿ. Hit ê tiàm-chú chiū chìau i-ê oē, kàu hit-sî jîp-khì beh kìo i; khòaⁿ-kìⁿ bîn-chhn̂g-chêng soan-chhut chît-ki hó͘-lî bóe, hut-jiân kîaⁿ kàu bē-kò͘-tit, sûi-sî cháu-chhut-lâi, phah-sǹg hit-ê lâng-kheh tek-khak sī iau-koài. Ka-tī teh siūⁿ--kioh m̄-kú ū hoan-hù i, nā bô kìo i, iū kîaⁿ-líau hō͘ i kòe-sîau khiàn-chek. Ko͘-put-chiong koh-chài jîp-khì, chiū khòaⁿ hit-ê lâng-kheh chē tī bîn-chhn̂g, teh chiảh hun. Hit-ê lâng-kheh khòaⁿ-kìⁿ tiàm-chú sim-sîn tah-hiah, chíu mn̄g i, Lí ū jîp-lâi chia khòaⁿ-kìⁿ sáⁿ-hòe? Tāi-seng tiàm-chú m̄-káⁿ kóng, kan-ta the-sî kóng, Bô--ah, Bô--ah! Hit ê lâng-kheh koh kóng, Lí tek-khak ū khòaⁿ-kìⁿ sím-mîh--leh; lí tiõh bêng-bêng kā góa kóng. Hit-ê tiàm-chú jiân-āu chiah kā i kóng láu-sît, Góa ū khòaⁿ-kìⁿ chît-ki hó͘-lî bóe. Hit-ê lâng-kheh chiah ìn i kóng, Hm̄-hm̄, lí ta" í-keng ū khòaⁿ-kìⁿ, góa put-hông sît-chāi kā lí kóng. Góa chīu-sī láu hó͘-lî, siông-sî tiàm tī soaⁿ-nih; chît-tiảp lâi chia sī

beh pān tāi-chì. Lí só͘-khòaⁿ só͘-thiaⁿ chit-hō sū, lí toàn-toàn m̄-thang kā lâng kóng. Lí nā kó-jiân án-ni, siók-hō͘ lí put-lūn ū chíⁿ hē tī biō--nih, góa beh hō͘ lí ke chît-pōe. Kóng líau chiū chò i khí-sin, lóng bô pòaⁿ-iⁿ só͘-hùi hō͘ i; hit ê tiàm-chú iā m̄-káⁿ kā i thèh. Thêng-hāu kàu bîn-á-chài chiū chin-chîaⁿ thèh 50 chíⁿ hē tī biō--nih chhì-khòaⁿ; kàu āu--jît lâi khòaⁿ, kó-jiân ū piⁿ chît-pah. Hē kàu kúi-nā jît, iû-goân sī án-ni, châi hit-ê tiàm-chú put-chí chhim-sìn lah. Sim-koaⁿ ná tham, kàu lö͘-bóe chiū khioh kàu 100 kho͘; koh khì hē hia. Kàu bîn-á-chài khì khòaⁿ, m̄-nā bô ke, hām i ka-tī-ê iā sòa bô--khì. Iáu-kú m̄ sí-sim, chiū koh khì hē chît-pái, keh-jît khì-khòaⁿ, iû-goân sī bô--khì. Kàu hit-tiảp, chiū chai--kiõh sī hō͘ kong-kún phah-phîàn--khì; hit-ê lâng sêng-sît m̄-sī hó͘-lî, put-kò͘ sī chai in ū tùi-tiōng hit-ê khiàn-sńg, só͘-í chhōe chit-ê phāng lâi choán-chiảh--i.

Tiõh sio-thîaⁿ.

Kīn-lâi ū chît-ê Bók-su khì kàu Lâm-hái ê Hái-su beh sûn kàu-hōe. Hit-tah sìn Chú ê lâng chin ài thìaⁿ i kóng tō-lí, tît-tît teh-beh biân-kóng i kóng. Nā-sī hit-ê Bók-su lâi bô lōa-kú, bat bô lōa chē oē, pún-chîaⁿ m̄-káⁿ kóng; chóng-sī chiah ê lâng chhin-chhîu bô-beh pàng i soah. Só͘-í siūⁿ--tiõh châi-chá Sù-tô͘ Iok-hān kàu put-chí láu ê sî, chha-put-to bô khùi-lảt thang kóng-oē, iáu-kú ū chît-kù oē teh khó͘-khǹg hảk-seng, chiū chiong hit-kù lâi kā in kóng:— Sè-kíaⁿ, lín tiõh sio-thîaⁿ. Chit-ê sī góa ê tō-lí, sī té-té hō͘ lín khah ē kì-tit.

⟨Jit-pún ê koài-sū⟩（日本 ê 怪事）1886 年 1 月《台灣府城教會報》第 7 期

lâng lâi jīn-chōe sìn Kiù-chú. Thiaⁿ chit-hō siau-sit, síaⁿ lâng m̄ kóng che sī chéng-pún hó-lī-lớ ê hoat-tớ?

Lán tiong-kan ū sím-mı́h lâng beh khì òh án-ni lâi kiaⁿ?

------:------

Pak-káng Má
ê Sin-bûn.

(Sī Chiu Pớ-hâ kì--ê.)

Ka-gī siók Pak-káng ū chıt-keng biō, mia kiò Tiâu-thian-keng, lāi-tiong ū chıt-sin Jī-má, hō-chò Thian-siōng Sèng-bó, sī thong Tâi-oân tē-it ū mîa-siaⁿ--ê; lâng nā beh chhíaⁿ chıt-sin Jī-má lâi kèng, chıt-jıt tiòh saⁿ-khơ-gín, 100 jıt tiòh 300 khơ, chē-chío jıt tiòh chiàu-sǹg. Kū-nî, peh-goèh-kan, Ka-gī síaⁿ-lāi-gōa tàk kéng-hūn ū khì chhíaⁿ, eng chē-chē kớ-sū láu-jıȧt; iū mê-jıt chò-hì hàu-kèng, khai-chı́ⁿ chin-chē kàu bē-sǹg--tit. Ka-gī síaⁿ pak-mn̂g-gōa Un-sio-chhù-kéng sī lớ-bóe chhíaⁿ lâi kèng, kèng-liáu tiòh sòa chhíaⁿ khì hêng. Thâu chıt-jıt chhíaⁿ, lâng chiū chò-hì siang-pêⁿ-tàu, koh tìm phàu-síaⁿ chin láu-jıȧt; tē-jī-jıt, tē-saⁿ-jıt iā-sī án-ni; tē-sì-jıt beh sàng khì hêng Pak-káng-biō. Kng kàu Sin-káng hioh-khùn, kio-lāi pùt ū tháu-khui, kàu koh khí-sin ê sî, bē kì--tit pák. Kàu Pak-káng khe ê khàm-téng, beh lòh khàm-ē, Má-chớ-pô tùi kio-lāi ū khıh-lı̄h khók-lók pōah--lòh-khì, siak tī khàm-ē. Kng ê lâng kóaⁿ-kín khioh, hē tī kio-lāi, koh kng-khì. Theⁿ-pâi ê lâng cháu chò-chêng khì pò hôe-sīuⁿ. Kng kàu-ūi, hôe-sīuⁿ chiū giâm-siong, kah lâng khì phah lô kio thâu-ke, lớ-chú, kap chèng phô-hō,

kóng, Lán ê Chớ-má hơ Ka-gī ê lâng kng-khì chau-that, seng-khu giâm gơ-siong. Aū-lâi chiong hiah-ê kio-pan, kap sàng-khì hêng ê lâng, lóng pák-làk-khí-lâi, lêng-jiók, khớ-chhớ in. Iā ū sía-phoe hơ thong Ka-gī chhíaⁿ Má-chớ ê thâu-lâng, kóng tiòh khì Pak-káng kā in chò-chiò, á-sī khì Bí-chiu khai-gán chhíaⁿ-sin, kóng sìn tiòh-kiaⁿ tò--khì lah. Ka-gī ê thâu-lâng hôe-phoe kóng, nā beh-soah chiū án-ni soah, nā m̄, mê-nî in m̄ chhíaⁿ. Taⁿ hiah-ê kio-pan ū lâng pàng-tò--lâi; chóng-sī chıt-ê sū-chêng m̄-chai aū-lâi beh kàu-nāu kàu án-chóaⁿ-iūⁿ. Koh ū chıt-ê Un-sio-chhù lâng, kúi-nā-chàp nî chêng siàu-liām beh kàu biō khì sio-kim, kàu hit-tiàp iā kap in khì; kim sio-liáu, iā hơ lâng pák chò-tui. Kúi-nā mê-jıt iau, kòaⁿ; iā kàu pàng tò--lâi ê sî, chin m̄-kam-goān; ū pháiⁿ-chhùi chiu-chớ, kóng i kàu-sí iā m̄-kèng hit-hō chhâ-thâu-á, iā beh hoan-hù i-ê hơ-ê m̄-thang pài-pùt, chin-chiaⁿ bē pó-pì lâng; bē kòe--tit in jıp-kàu ê lâng kóng pùt sī chhâ-thâu-á bô słaⁿ. Iā ū-lâng hì-lāng kóng, káⁿ-sī khòaⁿ káng-goèh mê-jıt ê hì, bô bîn, tī kio-lāi ài khùn tuh-ka-chōe, chiah pōah-lòh--khì: ū lâng kóng, káⁿ-sī chhùi-ta, kàu khe beh lòh--lâi chiàh-chúi. Góa sïuⁿ i bô khòaⁿ-hì, iā bē chhùi-ta lim-chúi, put-kò sī chhâ ê siông, siók sí-ê míh, bô sìn, bē słaⁿ, lâng kèng i hók-sāi i, sıt-chāi sī gōng kàu-kèk; ǹg-bāng lâng tùi án-ni chhéⁿ-gớ, chhin-chhïuⁿ hit-ê lâng kóng pún-sin m̄-pài, iā beh hoan-hù i-ê hơ-ê m̄-thang pài: sī goán-ê sim sớ-ài.

Aū-lâi ū thiaⁿ-kìⁿ kóng, Ka-gī słaⁿ ū tē 30 khơ-gín hơ hôe-sīuⁿ khì chò-chiò: tāi-chì chiū án-ni soah.

Lâm-pō· Thoân-tō-hōe.

Lâm-pō· Thoân-tō-hōe tī 9 goéh 20 bō (Kū-lėk 8 goéh 12) beh chū-chip tī Kì-āu-ke Lé-pài-tńg. Chhiáⁿ Lâm-pō· kap A-kâu-thiaⁿ-siók ê chèng tông-liâu tiòh chiâu kàu; tī hōe-kî beh sòa khui tāi Ián-soat-hōe, chhiáⁿ liát-ūi tiòh ū-pī.

Thô·-thòaⁿ-á.

Bó· kok ū hiaⁿ-tī nñg lâng chò tiâu-lāi ê bûn-koaⁿ. Hiaⁿ-ko ū seⁿ chit-ê cha-bó·-kiáⁿ miâ kiò Pó-siān. Kàu 14 hòe, Pē-bó lóng kòe-óng, chiū hō· in chek chhōa khì chiàu-kò·. Sió-tī iā ū seⁿ nñg-ê cha-bó·-kiáⁿ; chit-ê miâ kiò Pó-chu, chit-ê miâ kiò Pó-gėk. Pó-chu chit sì 12 hòe, Pó-gėk 13 hòe. In lāu-pē chit-sì sin-thé tì-pēⁿ, chiū ·sī koaⁿ hôe-ke iông-pēⁿ.

In chím chin thiàⁿ i nñg ê cha-bó·-kiáⁿ, múi jit kan-ta kò· se-chng. Pó-siān múi-jit liâu-lí chú-chiàh sé i-chiûⁿ, iā tiòh kéng thô·-thòaⁿ, tì-kàu seng-khu siông-siông ū thô·-thòaⁿ ê lâ-sâm, sòa kā i kiò-chò Thô·-thòaⁿ-á. Chóng-sī hiah-nih tiòh-bôa iàh m̄-bat siūⁿ-khì, sùg sī chin hó lú-tek. Tùi lâi in chek tau 7 nî kú, i nñg-ê sió-mōe chng-thāⁿ súi-súi ēng-ēng, i lóng m̄ bat kheng-hūn, ka-tī tàk jit jīn-chit lí-ke.

Chit-sì tú-tiòh Thài-chú beh chhōa-bó·, tiàu thong-kok ê chhâi-sek-lú, tiòh lâi hō· i chhiáⁿ. Hit-tiàp in nñg ê sió-mōe chē chhia beh khì hù Thài-chú ê iàn-siàh. Thô·-thòaⁿ-á kā in chím pín i iā ài khì; in chím kap i nñg ê sió-mōe lóng hiâm i kóng, "Lí chit pān iā káⁿ thí khui-chhùi kóng beh khì, chin bē kiàn-siàu leh!" Hō· in chím kap nñg-ê sió-mōe chek-pī, bīn àng-àng chiū koh jíp-khì thô·-thòaⁿ-keng, bàk-sái ná lòh-hō·, chóng-sī m̄-káⁿ háu chhut siaⁿ.

Hut-jiân ū chit tiuⁿ bé-chhia chē chit-ê chin lāu ê hū-jîn-lâng lâi, mn̄g Pó-siān kóng, "Háu siáⁿ-sū? Góa sī lí ê chó·-má chai lí ê kan-khó·, taⁿ lí iā thang khì hù Thài-chú ê iàn-siàh." Chiū chiong koáiⁿ-á loàh Pó-siān ê seng-khu, chek-sî pìⁿ-chò chhēng chin súi ê si-tiû; iā ēng koáiⁿ-á phah nñg tè chiòh, chek-sî pìⁿ-chò chit siang gėk-ê, chiū hoan-hù i kóng, "Lí khì tiòh m̄-thang kòe 12 tiám túg-lâi." Pó-siān pài-siā chó·-má chē chhia chiū khì. Chóng-sī hit-sî lâng lóng í-keng teh lim-chiàh lah!

Thài-chú khoàⁿ-kìⁿ Pó-siān bí chhut bōng-gōa, pún-sin thèh hó mih hō· i chiàh, chiàh poàⁿ-sėk liâu, khoàⁿ-kìⁿ teh-beh 12 tiám, Pó-siān chiū khí-sin chhut-khì; chin kú lóng bô koh lâi. Thài-chú chin iu-būn, sì-kè lóng chhōe bô, iā m̄-chai i ê sèⁿ-miâ chū-chí, Āu-lâi khoàⁿ-kìⁿ tòh-kha chit-siang gėk-ê, chiū chiong gėk-ê chhe Khim-chhe khì tàk só·-chāi hō· chhâi-sek-lú ê cha-bó·-gín-ná chhēng, nā chhēng tú-hó hit-ê chiū-sī Thài-chú-hui. Khim-chhe niá-chí chek-sî khì.

Hit-tiàp Pó-siān túg-lâi kàu chhù iáu-bōe 12 tiám, i-chiûⁿ iû-goân pìⁿ-chò kap kū-sî tâng, in chím lóng m̄-chai i khì hù Thài-chú ê iàn-siàh. I nñg-ê sió-mōe kàu 4 tiám chiùⁿ túg-lâi, chiū kā in niâ kóng, "Kiu-á-jit khoàⁿ-kìⁿ chit-ê chin-súi, pí siau-lú lāⁿ-kòe chin chē." Pó-siān tī thô·-thòaⁿ-keng àⁿ-thâu chhut lâi khoàⁿ kóng, "Kiám ū chhin-chhiūⁿ góa?" Pó-chu, Pó-gėk chím siū-khì, chek-pī i kóng, "Lí chit-ê ná kúi, iā teh bē kiàn-siàu." Sòa bô-i bô-i koh kiu-jíp thô·-thòaⁿ-keng.

Keh jit Khim-chhe lâi kàu in tau, kiò nā ū chhâi-sek-lú lóng tiòh lâi chhì chhēng gėk-ê, chhēng nā tú-hó, chiū-chò Thài-chú-hui. Pó-chu, Pó-gėk khoàⁿ tiòh gėk-ê khah sè, chiū tī lāi-bīn chàm chit-tè kha-chiûⁿ, kín-kín chiong pò· chat hó, chiū beh lâi chhēng. Khim-chhe khoàⁿ-kìⁿ kóng, "M̄-thang phah lâ-sâm gėk-ê, in-ūi lí ê kha m̄-sī chū-jiân-ê iáu teh lâu-hoeh leh." Pó-siān tī

明治四十三年十月二十日 第三種郵便物認可
每月一回三日 大正四年九月 第三百六十六號

〈Thô·-thòaⁿ-á〉（塗炭仔）1915 年 9 月《台灣府城教會報》第 366 期

Kong-phòa Tōa-chûn.

Khah óa Pak-kek hia ū lóh-seh ná-chūn ti khan lâm-pêng ū lóh-hō͘ ê khoán. Lūn hit ê seh ū só͘-chāi sī chin chhim; téng-bīn ê seh ū teh é-té--ê, tì-kàu tēng khok-khok, chiàⁿ-chò peng. Hit hō peng ū chiām-chiām lâu-lóh kè ná-chhiūⁿ-chhiūⁿ chò chit tiâu peng ê hô. Hit hō peng-hô ū bān-bān chin-chêng kàu hái-nih. Í-keng kàu hái-khaú peng chiū chhng-jip chúi-nih, chhun khah tūg chiū tōa tè peng chih-tūg khì phû tī hái-nih. Só͘ chih-tūg ê peng, lâng kiò chò peng-soaⁿ; ū-sî chám-jiân tōa tè, lî hái-bīn kúi chàp tūg koân, iā tī hái-lāi kúi-nā pah-tūg chhim. Lūn hiah ê peng-soaⁿ hō͘ chúi lâu, iā hō͘ hong phah kàu khah lâm-pêng, tú-tiòh khah sio-lō ê só͘-chāi chiū ûn-ûn-á iûⁿ-khì.

Bo̍k iûⁿ ê tāi-seng, hiah ê peng-soaⁿ sī chò hái-bīn chûn-chiah ê tōa gûi-hiám. Sái-chûn--ê mê-hng-sî khòaⁿ bē tiòh, ū-sî chûn khàp-tiòh peng-soaⁿ ná-chûn lê-tiòh chiòh-thâu, sòa tîm-lóh-khì kàu hái-té.

Chhái se-lėk 4 goėh 14 mê, tī Tōa-sai-iûⁿ óa Bí-kok hit-tah, ū thiⁿ-ē bān-kok tē-it tōa chiah chûn khàp-tiòh hit hō peng-soaⁿ. Hit chiah sī Eng-kok chûn hō-kiò "Titanic"; sì-bān gō͘-chheng tun tōa. Tùi Ke-lâng sái kàu Sin-hó͘ hiah ê chûn sī kan-ta lák-chheng-gōa tun, án-ni hit ê "Titanic" pí in sī chha-put-to chhit pōe khah tōa. Hit-tiáp tài-khì ū 2200 lâng tī chûn-lāi, chûn khiok bô liâm-piⁿ tîm-lóh-khì, iû-goân phû chúi-bīn chha-put-to 4 tiám-cheng-kú. In sûi-sî kòng bô-sòaⁿ-tiān kiò pat chiah chûn lâi kiù. Lēng-gōa kúi-nā chiah chih-tiòh in ê tiān-pò, chiū kóaⁿ-kín sái khì in hia, khó-sioh hù bē-tiòh; kàu ūi chiū kan-ta khòaⁿ kúi-nā chiah kiù miâ chûn, kiù óa 800 lâng, ki-ú 1400 lâng sí-khì. Tōa chûn í-keng tîm-lóh khì.

Tī chûn-nih ū kim-tiâu tàt $1,0000,0000. Chûn ê kè-chîⁿ sī chha-put-to $1500,0000. Hit chiah chûn sī siu-sin-ê, hit-tiáp sǹg sī in thâu-chōa kòe hái. Chûn-chiah chiân lóng m̄-bat tú-tiòh hiah-nih tōa ê chai-hō. Ū chit hāng sit-chāi hō͘ lán thang kám-siā Siōng-tè, chiū-sī in tāi-ke sui-jiân tú-tiòh hiah-nih gûi-hiám ê sū, iáu-kú ū chiàu tō-lí lâi kiàⁿ. Chiū-sī tī Se-kok Ki-tok ê tō-lí kú-kú liû-thong, só͘-í tī chûn-nih hiah ê lâng m̄-sī kan-ta tì-í ka-tī ài tit-tiòh kiù, hoán-tǹg kam-goān saⁿ-niū, hō͘ hū-jîn-lâng kap gín-á seng lòh chûn-á tit-tiòh kiù, āu-lâi nā ū ūi chiū cha-po͘-ê chiah jip chûn. Án-ni tit-tiòh kiù ê lâng khah chē sī hū-jîn-lâng kap gín-á. Che sit-chāi sī hián-bêng hiah ê lâng chit-tāi kòe chit-tāi ū tit-tiòh Ki-tok ê kà-sī, iā m̄-sī kui tī khang-khang.

Sió-hák-hāu.

Kin-nî Tâi-lâm Thài-pêng-kéng Sió-hák-hāu ê hák-seng, ū nn̄g pah gōa lâng. Ūi-tiòh kàu-sek khah ė, iú-koh bô sim-mih tú-hó ê sian-si kàu-giàh thang kà, chiū m̄ káⁿ siu siuⁿ-chē. Nā beh bô án-ni ê put-piān, chiū ū nn̄g pah sì gō͘ chàp lâng.

Bāng kàu se-lėk 9 goėh tī Chiang-hòa ē-tit ke siat chit keng sió-óh, put-kò hú-khó iáu-bōe chhut-lâi.

Tī chháu-tē kúi ūi ê thoân-tō sian-siⁿ ū siat sió-óh kà gín-á. Kiám-chhái ū kàu-hōe lēng-gōa chhiáⁿ sian-siⁿ lâi kà. Chhiáⁿ kà hit hō sió-óh ê sian-siⁿ kap thoân-tō-ê siá phoe kā Tiong-óh hāu-tiúⁿ thong-ti kúi-nā hāng.

1 Ū kúi ê hák-seng? Hun lâm-lú.

2 Choán-jit ū kà á-sī pòaⁿ-jit, chhiáⁿ kóng-bêng.

3 Ū kà sím-mih chheh? Chhin-chhiūⁿ Hàn-bûn sím-mih chheh? Kok-gí sím-mih chheh? Pėh-ōe sím-mih chheh? Ū kà soàn-sùt bô?

4 Ū kà sím-mih pat mih?

5 Tī lín ê sió-óh ū sím-mih pat mih ê siau-sit? Chhiáⁿ kì-lóh-khì.

改寫台灣新文學史 ê 《台語白話字文學選集》出版頭尾研究

1. 話頭

　　Tī 漢字文化圈，19 世紀尾 20 世紀初是真濟國家 ùi 漢字文言文轉換做白話文書寫 ê 關鍵時期。Tī 中國，胡適 tī 1917 年發表〈文學改良芻議〉，1918 年發表〈建設的文學革命論〉，提出白話文學 kap「國語的文學，文學的國語」主張。伊 tàn 出中國語文 ài 標準化 kap 現代化 ê 訴求，連帶造成中國白話文運動。其實，tī 胡適提出 chit khoán 主張進前，台灣早就 teh 用白話來書寫、出版、辦報紙 kap 教育。台語白話字（Pe̍h-oē-jī）mā 有人 kā 號做教會羅馬字 iȧh-sī 台灣字。伊 ē-sái 講是台灣新文學 ê 開基祖。白話字對 19 世紀尾 20 世紀初台灣 ê 全民教育、文化啓蒙 kap 文學創作有真大 ê 影響 kap 貢獻。

　　可惜台灣文學界 soah 對白話字文學真 chheⁿ-hūn。因爲 chit-ê 緣故，前國立台灣文學館館長鄭邦鎮任內批准「《台灣府城教會報》台語文學資料分類出版計畫」（執行期間 2010 年 2 月 23 到 2011 年 12 月初 10），按算 kā 早前 ê 白話字文學作品分類揀選出版 thang hō͘ khah 濟人認捌台灣文學 ê 完整面容。Chit-ê 計畫 tú 執行無外久，文建會進行職務調整，台灣文學館換李瑞騰教授接任新館長。李瑞騰館長延續前館長 ê 計畫繼續進行。目前，chit-ê 計畫已經進行到收 soah ê 階段，照進度 tī 今年底會正式出版。出版單位是國立台灣文學館，套冊 ê 正式名稱號做「台語白話字文學選集」，分做 5 冊，各冊 ê 主題分別是：1) 文化論述 kap 啓蒙，2) 台譯文學，3) 詩‧歌，4) 小說‧戲劇，kap 5) 散文。

　　咱 chit 份論文就是 beh 探討 kap 記錄台語白話字文學選集 ùi 頭到尾

ê 籌備過程 kap 文選內容。Ǹg-bāng ē-tàng hō͘ 讀者對 chit 套冊有 khah 深入 ê 了解。

2. 白話字文學 ê 發展

　　西歐地區自「西羅馬帝國」滅亡了，就進入所謂 ê「中古時代」（the Middle Age）。一般得來講「中古時代」大約是 ùi 公元 5 世紀到 kah 15 世紀當中 chit 段時間。Tī hit-ê 中古時代，拉丁文（Latin）是 hit-ê 掌控多數歐洲地區 ê「羅馬天主教會」（the Roman Catholic Church）ê 正式語言（official language），hông 用 tī 行政、學術、教育、kap 文學等方面（Crystal 1992:223）。亦就是講，hit 當時 ê 歐洲人平時厝 lìn 是講 in 地方 ê 母語（vernacular language），m̄-koh tī 正式場合 ê 時就 ài 用拉丁語。拉丁文 tī 西歐地區 ê 地位就 ká-ná「文言文」tī 漢字文化圈 lìn 所扮演 ê 角色 kāng-khoán（Norman 1988:83）。

　　拉丁文 tī 西歐地區 ê 正統地位一直到 kah 中古時代尾期、文藝復興（Renaissances）初期，特別是宗教改革（Reformations）浮出來了 chiah 受 tio̍h 真大 ê 挑戰。宗教改革以前，拉丁文 hông 認定是神聖 ê 語言、是接近上帝 ê 唯一語言，而且 chit-ê 語言是操控 tī 神職人員 ê 手頭。M̄-koh，「馬丁路德」（Martin Luther 1483-1546）the̍h 出宗教改革主張，伊主張每一個信徒 lóng ē-sái 用伊日常 ê 母語直接 hām 上帝 chih-chiap，無需要 koh 透過神職人員做中間者。Tī chit-ê 信念之下，馬丁路德用伊 ê 母語「德語」將《聖經》翻譯做德文版而且 tī 1522 年出版。

　　Tī 西歐基督教世界，透過閱讀聖經，是一般人學 ē-hiáu 文字讀寫能力 thang 進入書寫世界 ê 重要途徑。Tī 中古時代尾期、文藝復興初期雖然 tàuh-tàuh-á 開始有 chit-kóa 用各地方母語書寫 ê 作品出現，像講 Dante Dante Alighieri（1265-1321）ê《神曲》，m̄-koh 用母語來書寫、創作 ê 觀念 kap 實踐 ài 等到宗教革命了 chiah 有 khah 大 ê 進展。像講，馬丁路德 tī 德國文學史頂頭 ê 大貢獻就是將《聖經》翻譯做德文版；chit 部德文版 ê 聖經 chiân-chò 近代德語書面語 ê 開基標準，確立「德語」chiân-chò 近代德

國文學 ê「文學語言」（余匡復 1996:51）。像 chit 種用母語來書寫、創作 ê
做法後來 chiâⁿ-chò 歐洲文藝復興時期真重要 ê 文學特色之一，mā 是 in
歐洲形成民族國家（nation-state）ê 國家認同 ê 關鍵要素（Davies 1997:482）。

　　當西歐國家向海外拓展勢力 ê 時，宣傳基督教義 mā 是 in 重要 ê
khang-khòe 之一。In ê 傳教士 piān 若到一個新所在，當地若是無書寫傳統，
iah 是當地 ê 文字 siuⁿ 難、siuⁿ 歹學 ê 時，in 就用 in khah 熟 ê 羅馬字替當
地語言創造一套書寫系統。像講，荷蘭人 tī 17 世紀來到台灣 ê 時，因為
hit 當時台灣原住民並無發展出文字，所以荷蘭傳教士就用羅馬字替平埔
族設計出咱 chín 通稱「新港文書」ê 文字系統。可惜 chit 套文字去 hō 斷
種去 ah。後來，19 世紀後半期 ê 時，歐美傳教士來到台灣 koh 替台語設
計俗稱「白話字」（Pėh-oē-jī）ê 羅馬字系統（蔣為文 2005；董芳苑 2004）。
Chit 套白話字目前 iáu 有袂少人 teh 使用，mā 是咱 chit 套冊 ê 主角。

　　白話字對 19 世紀尾 20 世紀初台灣 ê 全民教育、文化啟蒙 kap 文學創
作有真大 ê 影響 kap 貢獻。

　　Ùi 讀寫能力 ê 角度來看，白話字會 tī 早期 ê 台灣發展起來，並毋是
意外 ê 代誌。白話字利用 kúi-ê 有限 ê 羅馬字母就 ē-sái 描寫所有 ê 台語詞，
伊 ê 效率性實在 m̄ 是 hit kúi 萬字 ê 漢字會當相比評 ê。俗語講「漢字 beh
讀會 bat，喙鬚 tō phah 死結」。Tī 古早農業社會 ê 台灣，大部分 ê 做穡人
平時做穡 tō 做 bōe-liáu--á，那有時間 thang 去學寫漢字。白話字 ê 出現
tú-hó hō chit-kóa 下腳層 ê 做穡人 tī 真短 ê 時間內就學 ē-hiáu 讀 kap 寫。

　　Barclay 牧師（Thomas Barclay 巴克禮，1849-1935）tī 1885 年發行 ê 頭一
期 ê《台灣府城教會報》lāi-té 寫講為啥物伊 beh 推 sak 白話字：

　　　可惜恁本國 ê 字（漢字）真 oh，真少人看會曉得。所以阮有設
　　　別物 ê 法度，用白話字來印冊，hō 恁眾人看 khah 快 bat…人毋
　　　通 phah 算因為伊 bat 孔子字（漢字）所以毋免學 chit-hō ê 字；
　　　也毋通看輕伊，講是囡仔所讀 ê。

　　蔡培火 tī 20 年代 ê 時 mā 點出漢字對 chē-chē ê 台灣人來講是學習上 ê

負擔；伊進一步主張用白話字來 tháu 放青暝牛，hō͘ khah chē 人 ē-hiáu 讀 kap 寫 thang 增加知識、學問。伊 ti 1925 年出版 ê 用白話字寫 ê《十項管見》lāi-té 講：

> 本島人攏共有 360 萬人，kīn-kīn 才差不多 20 萬人有學問，kám 毋是真少嗎？這是啥物原因呢？一項，是咱家己 bē-hiáu 看學問重；一項，是設法 ê 人無有十分 ê 誠心。Iáu koh 一項，就是 beh 學學問 ê 文字言語太艱計非常 oh 得學。（蔡培火 1925:14-15）

雖然白話字對普及教育 ê 貢獻無分 cha-po͘、cha-bó͘，白話字對女性教友 ê 影響特別大。Tī 古早重男輕女 ê 社會，一般 cha-bó͘-lâng lóng 真罕 leh 有機會受漢文 ê 教育。Chit-ê 現象一方面是因為文化價值觀（重男輕女）ê 問題，一方面 mā 是經濟問題（漢字比白話字加真 pháiⁿ 學）。Chit-kóa cha-bó͘-lâng tī 接觸教會了，tú-hó hō͘ in thang 學習簡單 ê 文字工具（白話字）、有受教育 ê 機會。In m̄-taⁿ 透過白話字學習聖經 ê 教義，mā ē-sái 學習現代 ê 智識。Chit koá 鼓催全民教育 ê 文章，親像〈男女對等論〉、〈女子 ê 教育〉、〈勵女學〉、〈論利益青暝人〉、〈兒童教育 ê 一方面〉等。

當時 ê 全民教育 m̄-taⁿ 無分 cha-po͘、cha-bó͘，mā kā 真濟新觀念 kap 新知識 chah 入台灣。譬論講關係生態環保 ê hit koá 文章〈樹木 ê 利益〉、〈保惜精牲〉等，紹介科學新知〈火車 ê 起因〉、〈飛行機〉、〈E-lí-sùn kap 電燈〉等，論風俗文化〈菸 ê 害〉、〈縛跤 ê 要論〉、〈論嫁娶〉、〈論喪事〉、〈論分囡仔 ê 風俗〉等，論醫學知識〈論瘟疫 ê 事〉、〈鳥鼠病〉、〈寒熱病〉等，紹介世界各國〈論意大利〉、〈論德國〉等。

咱若以 19 世紀以後 ê 歷史算近代史，án-ne 白話字 ē-sái 講是台灣近代史上白話文運動 ê 開基祖。白話字 m̄-taⁿ 影響 19 世紀尾期、20 世紀初期 ê 台灣人民，甚至影響到當代 ê 台灣母語文學 ê 發展。

學界對台灣新文學發展 ê 開始點一般 lóng 是定 tī 1920 年代。In ê 論點通常是講台灣新文學是受 1)中國五四運動（1919 年），或者 2)日本現代文學 ê 影響 chiah 發展起來 ê。Chit 種 ê 講法其實是用漢字 ê 角度來看台

灣文學史 ê 發展。咱來看，頭一本白話字 ê 新約聖經《咱的救主耶穌基督的新約》tī 1873 年出版，舊約聖經《舊約的聖經》tī 1884 年出版。對白話字 tī 早期 ê 台灣教會 hông 普遍使用有真大貢獻 ê 白話字報紙《台灣府城教會報》mā tī 1885 年由 Barclay 牧師發行。實在講，台灣近代 ê 白話文學、新文學 ê 發展 ùi 1885 年 Barclay 牧師 tī 台南發行白話字報紙 ê 時就建立基礎 à！Tng hit-kóa 漢字既得利益者 iáu teh 新舊文學論戰、台灣話文論戰 ê sî-chūn，台灣文學史上早就出現袂少 ê 白話文作品 kap 作家，像講偕叡廉（1882-1963）、柯設偕（1900-1990）、林茂生（1887-1947）、鄭溪泮（1896-1951）、賴仁聲（1898-1970）、蔡培火（1889-1983）等等。

實在講，台灣書面語文學一開始就是受世界文學 ê 影響，tī 歐洲白話 ê 國民文學 ê 刺激之下所發展出來 ê。所謂 ê 中國五四運動或者日本現代文學，不過是台灣受世界文學影響一段時間了，另外 koh 出現 ê 2 個影響台灣文學 ê 支流 niâ。中國五四運動 hoān-sè 對 hit-kóa 讀漢學仔冊 ê 有刺激 ê 影響，m̄-koh 就台灣文學史來看，白話字對台灣白話文運動 ê 影響 iáu 是上早 ê。

下面咱就舉例來看白話字對台灣新文學 ê 貢獻。

有人講，「追風」tī 1922 年發表 ê〈她要往何處去〉是台灣新文學史上 ê 第一篇小說。Che 實在是對台灣史無了解所犯 ê 大錯誤。咱若掀開 Barclay 牧師所創辦 ê《台灣府城教會報》，咱 ē-sái 發現 tī 1922 年 chìn-chêng 就有真 chē 用台語白話字寫 ê 現代小說。譬如講，1886 年 1 月《台灣府城教會報》第 7 期有一篇小說號做〈Jit-pún ê koài-sū〉（日本 ê 怪事）。Chit 篇小說並無註明作者，內容主要是講一個肖貪 ê 旅館頭家去 hō͘一個假做老狐狸 ê 人客騙錢去 ê 故事。Chit 篇小說 m̄-taⁿ 比「追風」早，mā 比「賴和」第一篇小說〈鬥熱鬧〉（1926）早 40 多！

雖然白話字 siōng-thâu-á 是為著傳教 ê 目的所設計，到 taⁿ 來已經無限定 tī 描寫教會 ê 事務 niâ。Tī 1980 年代以後，對著台灣政治運動 ê 開展，台灣 ê 本土文化界 mā 展開台語文運動，強烈訴求「chhùi 講台語、手寫台灣文」。Tī 現此時 khah 普遍 ê 3 種台文書寫方式「全漢」、「全羅」、kap

「漢羅」lāi-té 所用 ê 台語羅馬字，真 chē 團體或者個人 tō 是使用白話字或者修改過 ê 白話字來出版台文作品。像講，「Tâi-oân-jī」、「台文通訊」、「台文罔報」、kap「台譯 5%計劃」等團體，tī 羅馬字 ê 部分 lóng 用傳統教會白話字。因為參予台文寫作 ê 作者 ê 多元化，白話字 ê 應用已經脫離過去以教會、傳教為主 ê 題材。

有人認為羅馬字是為 tiòh 傳教 chiah 發展出來 ê，所以 he m̄ 是文學 ê 語言、mā m̄是全民 ê 文字。Chit 種 ê 講法其實是漢字既得利益者 teh 替 in ka-tī 辯解 ê 做法。咱 tī chit 篇論文 lāi-té 有講 tiòh，世界上 ê 文字無一種自起頭就是為 tiòh 文學 soah 發展出來 ê。文字系統 hông thèh 來做創作文學 ê 工具 lóng 是後來 chiah koh 加起去 ê 功能。Tī 西歐國家，宗教改革以後宗教是促使 in 文字普遍化、國民文學產生 ê 重要因素之一。若準因為白話字一開始有宗教 ê 色彩就否定伊 chiâⁿ-chò 文學語言、全民文字 ê 地位，án-ne 西歐國家 ê 德國文學、英國文學，甚至東方 ê 越南文學等 mā lóng 無法度成立。

有人 koh 講，早期推 sak 羅馬字 ê 人士 lóng 是「外國人」，所以羅馬字是外國字 m̄是台灣字。若準 án-ne，漢字 mā m̄是台灣字，因為伊是沈光文等 hit-kóa 中國人 chah 來台灣 ê。「Arab 數字」mā m̄是台灣字，因為伊是 Arab 人發明 ê。實在講，無論羅馬字、漢字、Arab 數字，in lóng 是台灣人 teh 使用 ê 文字之一。長久以來，學界 chit 種 kan-taⁿ 看重漢字、忽略羅馬字 ê 心態 kap 作為應該值得反省。咱應該用 khah 開闊 ê 心胸來接受羅馬字，m̄-thang 用「狹隘」ê 中國地方主義來排斥國際通用 ê 羅馬字。只要是用台灣母語（包含原住民族各族語、客語 kap 台語）書寫 ê，無論是用羅馬字 iā 是漢字，in lóng 是正港 ê 台灣文學！

3. 白話字文學選集出版頭尾 kap 內容

3.1. 計畫 ê 由來 kap 團隊人員

自國立台灣文學館（後 soà 簡稱台文館）iáu teh 籌備成立 ê 階段，台

文館就真注重白話字作品 ê 收集。Hit chūn 林瑞明教授擔任館長 ê 時有委託國立成功大學台灣文學系 ê 呂興昌教授進行 4 多 ê「台灣白話字文學資料蒐集整理計畫」（2000-2004）。Chit-ê 計畫 ē-sái 講是台灣有史以來第一擺用政府 ê 經費針對白話字進行大規模 ê 蒐集 kap 整理。呂興昌教授 ê 計畫完成 liáu，台文館 koh 委託楊允言教授 kā 呂興昌整理好 ê 白話字作品電子檔上網。因爲呂興昌收集 ê 資料真濟，有一部分出版品 bē-hù phah 字做電子檔。Tī 鄭邦鎮擔任館長 ê 時，台文館 kā chit 部分出版品委託 hō͘ 廖瑞銘教授進行數位化 ê khang-khoè。到 hit chūn，ē-sái 講大多數 ê 白話字作品 lóng 數位化。雖罔 tī 資訊化時代數位化 khang-khoè 真重要，m̄-koh nā 無出版一份紙本選集，mā 真可惜。Só-pái tī 鄭邦鎮館長任內 koh 核准「《台灣府城教會報》台語文學資料分類出版計畫」，按算 ùi chit koá 資料精選 1 套 5 本 ê 台語白話字文學選集。Chit-ê 計畫經由公開招標，尾手由國立成功大學 ê 蔣爲文得標，負責執行。版權 ê 部分由台灣教會公報社提供。

白話字文學選集計畫 ê 團隊由蔣爲文擔任總計畫主持人 kap 總編輯。編輯委員包含蔣爲文、楊允言、何信翰、林裕凱、張學謙、方嵐亭、康培德。各分冊主編由一位編委擔任。台文館周定邦研究員擔任台文館執行編輯 kap 相關承辦業務。編輯顧問有呂興昌、巫義淵、林俊育、林清祥、張德麟、陳祐陞、黃伯和、蔡哲民、鄭兒玉、賴永祥。參與執行 ê 主要人員有李婉慈、阮意雯、張玉萍、陳德樺、湯美玲、潘秀蓮 kap 穆伊莉。

3.2. 選錄範圍 kap 原則

（一）文本選錄：選錄 ê 作品來源主要是 1885 年用白話字（Pèh-oē-jī）出刊 ê《台灣府城教會報》kap 其他早期白話字出版品。漢字 ê 台語文獻無佇 chit-ê 收錄範圍內底。收錄 ê 年代重點 khǹg 佇 1920 年代以前，以後 ê 作品若有代表性 ê mā 會 chún-chat 收入。所收史料限定以短篇作品爲主，部分長篇 iah-sī 專冊就以重點摘要方式收錄。收錄原則是：

1.　　對台灣新文學史 ê 書寫有貢獻。

2.　對台灣文學創作有影響力。

3.　對台灣語文 ê 保存 kap 發展有貢獻。

4.　對台灣思想、文化發展有貢獻。

5.　對台灣歷史研究有史料價值。

收錄方式 kap 過程：

助理將依據編輯委員會及顧問的意見進行文章初選，之後由編輯委員會開會進行逐篇審查，審查通過者始進入編輯作業。

（二）文本內容：分做下腳五冊，各冊主題是：

1.　文化論述 kap 啓蒙。（蔣爲文主編，367 頁）

2.　台譯文學。（楊允言主編，343 頁）

3.　詩・歌。（何信翰主編，360 頁）

4.　小說・戲劇。（林裕凱主編，312 頁）

5.　散文。（張學謙主編，325 頁）

（三）印製規格：

1.　25K 圓背軟皮精裝附水軍帶。

2.　1 套 5 冊含套盒。

3.　封面 2 頁，採 300P 銅西卡紙，單面彩色印刷，上霧面 PP，局部立體上光。

4.　內頁採 80P 米白道林紙，內頁單色印刷。

5.　以穿線膠裝成冊。

3.3. 編例

（一）各冊前半部是白話字原文，後半部是漢羅（漢字+羅馬字）翻譯。漢字ê使用主要參考教育部ê推薦用字，羅馬字以原文白話字呈現（像講早期白話字書寫有區分ch kap ts）。原文若有明顯拍字錯誤，會kā編者認爲正確ê拼字khǹg佇註腳。

（二）篇幅khah長ê文章tiòh摘要部分精彩koh有代表性ê段落；省略ê部分佇內文內面有註明。

（三）因爲作品主題真oh分類，所以各冊ê目錄lóng照年代順序編排。若有需要檢索查詢ê人，ē-sái利用數位化ê資料庫，請上網：<http://ctlt.twl.ncku.edu.tw/kauhak>。

（四）《台灣府城教會報》1895年以前ê文章原文若用清國年月標示，會改做公元年月kap原文（khìg佇kheng內底）並存方式呈現。例：劉茂清1886（光緒12），〈白話字ê利益〉，《台灣府城教會報》，2月（正月），第7張，頁42-44。

3.4. 封面設計

因爲白話字 kap 台灣早期 ê 普羅化教育 hām 文化啓蒙有關係，chit 套冊封面設計理念期待以透過早期白話字各類作品集做冊，產生文化啓蒙 kap 知識教育力量 ê 傳達做概念發想，展現藉由符號、色彩、線條、元素，訴說具象書籍 kap 抽象閱讀 ê 力量與多元思考。封面有理性、chheng-khì 台語文字 kap 雉雞構成與各冊象徵主題感性 ê 具像圖案搭配。有名 ê 台語作家黃勁連有一首真有名 ê 詩「雉雞若啼」。咱 chit 套冊揀雉雞做封面主角來貫穿各冊，表示本土 ê 台語文學會繼續代代傳湠落去，總有出頭天 ê 一工。

圖片 1. 第一冊封面。

圖片 2. 全套 5 冊封面。

圖片 3. 新冊發表會現場。

4. 話尾 kap ǹg-bāng

　　Chit 套冊 tī 2011 年 12 月由國立台灣文學館正式出版，ISBN 978-986-02-8987-9，訂價 1500 台票。出版單位 tī 2011 年 12 月 16 號 tiàm 國立台灣文學館辦新冊發表會，真濟文化界 kap 文學界工作者 lóng 來鬥鬧熱。Chit 套冊 ē-sái 出版，除了是真濟工作人員 ê 拍拚之外，mā ài 感謝過去 hit koá 無計較名利、認真堅持用白話字寫作 kap 出版 ê sian-pái。Chit 種精神是咱 chit 代 ê 作家、研究者 kap 教育者 ài 好好仔學習 ê！Mā ǹg-bāng chit 套冊 ê 出版，ē-sái hō͘ hit koá 學院內以中文漢字為中心 ê 台灣文學研究者深深 ê 反省空間！

【本論文原底發表 tī 2012，《海翁台語文學》127 期，2-25 頁。】

參考冊目

Crystal, David. 1992. An Encyclopedic Dictionary of Language and Languages. Oxford: Blackwell.

Davies, Norman. 1997. Europe: A History. London: Pimlico.

Norman, Jerry. 1988. Chinese. Cambridge: Cambridge University Press.

余匡復 1996《德國文學史》（上）。台北：志一。

董芳苑 2004〈台語羅馬字之歷史定位〉,《台灣文獻》，第 55 卷第 2 期，頁 289-324。

蔣爲文 2005《語言、認同與去殖民》。台南：國立成功大學。

附件一：
《台語白話字文學選集》各冊收錄作品清單

第一冊收錄作品

目次	漢羅標題	作者	年代	月份	出處	期(卷)號
1	台灣府城教會報 發刊詞	無落名	1885	7	台灣府城教會報	第 1 張
2	白話字的利益(白話字的要緊)	葉漢章	1885	7~9	台灣府城教會報	第 1~3 張
3	白話字的利益	劉茂清	1886	2	台灣府城教會報	第 7 張
4	論分囝仔的風俗	無落名	1887	4	台灣府城教會報	第 22 張
5	論用鴉片丸 ê 危險	無落名	1889	6	台灣府城教會報	第 49 張
6	論喪事	劉茂清	1890	2~7	台灣府城教會報	第 57~62 張
7	縛腳 ê 要論	無落名	1891	8	台灣府城教會報	第 75 張
8	嫁娶著好規矩	無落名	1891	9	台灣府城教會報	第 76 張
9	教示查某囝仔	無落名	1892	10	台南府城教會報	第 90 卷
10	樹木 ê 利益		1892	11	台南府城教會報	第 91 卷
11	青暝學	甘牧師	1893	8	台南府城教會報	第 100 卷
12	體恤禽獸	無落名	1894	1	台南府城教會報	第 105 卷
13	論利益青暝人	Khớ Bûn-gâm	1895	7~9	台南府城教會報	第 124~126 卷
14	對時鐘 ê 法	無落名	1896	5	台南府城教會報	第 134 卷
15	論瘟疫 ê 事	高天賜	1897	6	台南府城教會報	第 147 卷

☆後一頁 koh 有

☆頂一頁 koh 有

目次	漢羅標題	作者	年代	月份	出處	期(卷)號
16	記數 ê 法度	倪為霖	1897		《筆算 ê 初學》。廈門 鼓浪嶼：Chūi-keng 堂	
17	勸戒嫁娶 ê 條規	無落名	1898	2	台南府城教會報	第 155 卷
18	台灣誌	無落名	1898	8	台南府城教會報	第 161 卷
19	保惜精性	文姑娘	1899	5	台南府城教會報	第 170 卷
20	論風俗	Tân Pún-lâi	1900	3~4	台南府城教會報	第 180~181 卷
21	火車 ê 起因	萬姑娘	1900	12	台南府城教會報	第 189 卷
22	勵女學	王接傳	1902	11	台南府城教會報	第 212 卷
23	鳥鼠病	H. Chiu	1903	3	台南府城教會報	第 216 卷
24	議設東西學	Gô Tō-goân	1903	11	台南府城教會報	第 224 期
25	台灣鐵路	無落名	1905	3	台南府城教會報	第 240 卷
26	掃帚星	Hô Hi-jîn	1910	2	台南教會報	第 299 卷
27	寒熱論	馬醫生	1910	8~10	台南教會報	第 305~307 卷
28	公共小學	有時戀想	1911	2~4	台南教會報	第 311~313 卷
29	教育 ê 好法	無落名	1911	5	台南教會報	第 314 卷
30	論白話字	甘為霖	1911	6	台南教會報	第 315 卷
31	飛行機	T. Th. Ts.	1911	6	台南教會報	第 315 卷
32	斯文 kap 衛生	郭水龍	1914	11	台灣教會報	第 356 卷
33	論嫁娶	林燕臣	1915	7	台灣教會報	第 364 卷
34	論意大利	無落名	1916	1	台灣教會報	第 370 卷
35	論德國	無落名	1916	2	台灣教會報	第 371 卷
36	學白話字	宋牧師娘	1916	10	台灣教會報	第 379 卷
37	薰害	L.T-k	1917	9	台灣教會報	第 390 卷
38	內外科看護學	戴仁壽	1917		台灣：台南基督長老 教病院	

☆後一頁 koh 有

☆頂一頁 koh 有

目次	漢羅標題	作者	年代	月份	出處	期(卷)號
39	衛生 kap 厝	Lô Khiân-ek	1918	10	台灣教會報	第 403 卷
40	菸 ê 害	陳鹿	1921	4	台灣教會報	第 433 卷
41	教白話字 ê 方法	林安	1925	6,8	台灣教會報	第 483、485 卷
42	男女對等論	陳瓊琚	1925	9	台灣教會報	第 486 卷
43	十項管見	蔡培火	1925	9	台南:新樓冊房。	
44	女子 ê 教育	陳瓊琚	1926	7~8	台灣教會報	第 496、497 卷
45	兒童教育 ê 一方面	王守勇	1927	9	台灣教會報	第 510 卷
46	感覺 boē tiȯh ê 世界	Tân Lêng-thong	1929	5	芥菜子	第 39 號
47	E-lí-sùn kap 電燈	Tân Lêng-thong	1929	12	芥菜子	第 46 號
48	光	Tiuⁿ ki-choân	1930	1	芥菜子	第 47 號
49	新台灣話的陳列館	林茂生	1933	11	台灣教會公報	第 584 卷
50	討論「教育佮羅馬字運動」的序言	董大成	1949	9	台灣教會公報	第 729 期
51	地理教科書	無落名			發行地 kap 年代無註明	

第二冊收錄作品

目次	漢羅標題	作者	年代	月份	出處	期(卷)號
1	恩義兩全	無落名	1886	11	台灣府城教會報	第 17 張
2	Sit-tián-má	無落名	1889	7	台灣府城教會報	第 50 張
3	雅各去見著女王	無落名	1890	8	台灣府城教會報	第 63 張
4	引家 Tòng 道	無落名	1890	8	台灣府城教會報	第 63 張
5	Lí-á 所夢見 ê 事	無落名	1890	9	台灣府城教會報	第 66 張
6	盡忠到死	無落名	1890	11	台灣府城教會報	第 65 張
7	安樂街	無落名	1890		府城：聚珍堂	
8	天定聖人	許先生	1891	1	台灣府城教會報	第 68 張
9	救命船	無落名	1893	8	台南府城教會報	第 100 卷
10	和約 ê 條款	無落名	1895	5	台南府城教會報	第 122 卷
11	冬天 Chhì-pho	無落名	1896	9	台南府城教會報	第 138 卷
12	莫 tit 掛慮明仔日	無落名	1897	11	台南府城教會報	第 152 卷
13	精牲 ê 譬喻	無落名	1898	5	台南府城教會報	第 158 卷
14	二 ê 鬼	無落名	1900	6~7	台南府城教會報	第 183~184 卷
15	浪蕩子	萬姑娘	1900	8~5	台南府城教會報	第 185~186 卷
16	彼得戒酒	無落名	1902	1	台南府城教會報	第 202 卷
17	三字經新撰白話註解	余饒理	1904		台南府城印	
18	朝見國王	無落名	1911	9	台南教會報	第 318 卷
19	Hái-lí	(文姑娘、朱姑娘)	1913		《十個故事》廈門：閩南聖教書局	
20	蟲擋火車	無落名	1914	11	台灣教會報	第 356 卷

☆後一頁 koh 有

☆頂一頁 koh 有

目次	漢羅標題	作者	年代	月份	出處	期(卷)號
21	新聞 ê 雜錄	無落名	1915		《新聞 ê 雜錄》廈門：閩南聖教書局	
22	欣羨神息	無落名	1915		《欣羨神息》台灣：Lô-chhù-chng 天主堂	
23	塗炭仔	無落名	1915	9	台灣教會報	第 366 卷
24	東方 ê 故事	無落名	1916		台南：新樓聚珍堂印	
25	Kui-lô-toān	無落名	1918		廈門：閩南聖教書局	
26	王 ê 看護婦	文姑娘	1918	6~7	台灣教會報	第 399~400 卷
27	囡仔佮鳥	杜雪雲	1921	6	台灣教會報	第 435 卷
28	勇敢 ê 農夫	潘道榮	1921	9	台灣教會報	第 438 卷
29	創世記	無落名	1923		《舊約 ê 聖經》上海：聖冊公會。	
30	孝女 Tē-cha	無落名	1925		《孝女 Tē-cha》廈門：閩南聖教書局	
31	農夫掠著鶴	無落名	1928	1	台灣教會報	第 514 卷
32	一條線	陳清忠	1928	5	芥菜子	第 27 號
33	天路歷程	John Bunyan 著；打馬字譯	1931		《天路歷程》第一本。廈門：閩南聖教書局。	
34	有味短言	無落名	1932		《有味短言》。Chui keng tông。	
35	德育 ê 故事	無落名	1932		《德育 ê 故事》（發行地無註明）	
36	銀冰鞋	無落名	1947		《銀冰鞋》（發行地無註明）	

☆後一頁 koh 有

☆頂一頁 koh 有

目次	漢羅標題	作者	年代	月份	出處	期(卷)號
37	Venice ê 生理人	陳清忠	1950		《Venice ê 生理人》（發行地無註明）	
38	Lí-un-su-teng 大衛	偕睿廉	1951		《Lí-un-su-teng 大衛》台南：教會公報社	
39	Hoai-Tek-Hui ê 傳記	無落名	1955		《Hôai-tek-hui ê 傳記》嘉義：台灣宣道社	
40	Lek-sī-ka ê 代誌	無落名	1955		《Lek-sī-ka ê 代誌》台南：教會公報社	
41	天路指南	無落名	1956		《天路指南》嘉義：台灣宣道社	
42	偉大 ê 轎夫	安琪	1957	2	活命 ê 米糧	第 33 期
43	反對 lim 酒 ê 女英雄：Ná-sùn	無落名	1958	11	活命 ê 米糧	第 54 期
44	烏人 ê 老母：Má-lī Bit-tek ê Su-lé-sa	無落名	1959	9	活命 ê 米糧	第 64 期
45	愛 súi ê chháu-kâu	劉定華	1966	1	女宣月刊	第 73 期
46	雅各 ê 批	天主教 kap 基督教聯合翻譯委員會	1974		〈雅各 ê 批〉第一章，《新約》。(發行地無註明)	

第三冊收錄作品

目次	漢羅標題	作者	年代	月份	出處	期(卷)號
1	上帝創造萬物	無落名	1873		《養心神詩》第 1 首	
2	律法 ê 命令	無落名	1873		《養心神詩》第 2 首	
3	獨一真主	無落名	1873		《養心神詩》第 3 首	
4	稱呼耶穌	無落名	1873		《養心神詩》第 4 首	
5	詩篇第 23 篇	無落名	1873		《養心神詩》第 5 首	
6	詩篇第 63 篇	無落名	1873		《養心神詩》第 6 首	
7	詩篇第 100 篇	無落名	1873		《養心神詩》第 7 首	
8	天堂路隘	無落名	1873		《養心神詩》第 8 首	
9	世人迷路	無落名	1873		《養心神詩》第 9 首	
10	詩篇第 121 篇	無落名	1873		《養心神詩》第 10 首	
11	詩篇第 1 篇	無落名	1873		《養心神詩》第 11 首	
12	詩篇第 103 篇	無落名	1873		《養心神詩》第 12 首	
13	詩篇第 117 篇	無落名	1873		《養心神詩》第 13 首	
14	主教人祈禱	無落名	1873		《養心神詩》第 14 首	
15	洗禮	無落名	1873		《養心神詩》第 15 首	
16	家己省察	無落名	1873		《養心神詩》第 16 首	
17	晚餐	無落名	1873		《養心神詩》第 17 首	
18	安息日	無落名	1873		《養心神詩》第 18 首	
19	祝福	無落名	1873		《養心神詩》第 19 首	
20	律法應驗	無落名	1873		《養心神詩》第 20 首	
21	求聖神感化	無落名	1873		《養心神詩》第 21 首	
22	身軀復活	無落名	1873		《養心神詩》第 24 首	
23	O-ló 三位一體	無落名	1873		《養心神詩》第 25 首	
24	早起 ê 詩	無落名	1873		《養心神詩》第 26 首	
25	人活無久	無落名	1873		《養心神詩》第 40 首	

☆後一頁 koh 有

☆頂一頁 koh 有

目次	漢羅標題	作者	年代	月份	出處	期(卷)號
26	O-ló 上帝	無落名	1885	8	台灣府城教會報	第 2 張
27	耶穌屬我	無落名	1885	9	台灣府城教會報	第 3 張
28	請近救主	無落名	1885	10	台灣府城教會報	第 4 張
29	謙卑	無落名	1886	6	台灣府城教會報	第 11 張
30	新名	無落名	1886	8	台灣府城教會報	第 14 張
31	明宮好地	無落名	1886	9	台灣府城教會報	第 15 張
32	教會 ê 兄弟所做 ê 詩 kap 歌	無落名	1891	9	台灣府城教會報	第 76 張
33	新年 ê 詩	無落名	1893	2	台南府城教會報	第 94 卷
34	補養心神詩	無落名	1894	2	台南府城教會報	第 106 卷
35	真理福音	潘有三	1894	10	台南府城教會報	第 115 卷
36	新翻譯 ê 詩	無落名	1897	9~10	台南府城教會報	第 149、151 卷
37	心適歌	廈門女學 ê 學生	1898	1	台南府城教會報	第 154 卷
38	約瑟歌	李本	1898	8~10	台南府城教會報	第 161~163 卷
39	耶穌猶 chhōa 路	無落名	1900	4	台南府城教會報	第 181 卷
40	保惠師已經來	高天賜	1902	9	台南府城教會報	第 210 卷
41	教學先生歌	Jîn 姑娘	1906	7	台南教會報	第 256 卷
42	空空	無落名	1909	10	台南教會報	第 295 卷
43	浪蕩子歌	無落名	1915	7、9	台灣教會報	第 364、366 卷
44	慶賀禧年 ê 詩	吳文彬	1916	1	台灣教會報	第 370 卷
45	食薰歌	鄭溪泮	1917	2	台灣教會報	第 383 卷
46	看光星	鄭溪泮	1920	12	台灣教會報	第 429 卷
47	雅歌	無落名	1923		《舊約 ê 聖經》	

☆後一頁 koh 有

☆頂一頁 koh 有

目次	漢羅標題	作者	年代	月份	出處	期(卷)號
48	嘴 ta 嘴渴	高金聲	1924	7	台灣教會報	第 472 卷
49	敬好兄弟仔	無落名	1925	10	台灣教會報	第 487 卷
50	送別會	林燕臣	1926	2	台灣教會報	第 491 卷
51	著顧網內魚	柯維思	1931	6	芥菜子	第 65 號
52	紀念偕牧師 ê 歌	Chiong Ông-iû	1932	6	芥菜子	第 77 號
53	母性 ê 愛	無落名	1933	6	芥菜子	第 89 號
54	拿俄米故事	林清潔	1935	2	芥菜子	第 109 號
55	震災悲傷歌	柯維思	1935	7	芥菜子	第 114 號
56	職業與家庭	尤正義	1965		《職業與家庭》	
57	胡梅見證歌	胡梅	1983		《胡梅見證歌》	

第四冊收錄作品

目次	漢羅標題	作者	年代	月份	出處	期(卷)號
1	日本 ê 怪事	無落名	1886	2	台灣府城教會報	第 7 張
2	譬喻山鴨	無落名	1895	9	台南府城教會報	第 126 卷
3	拖車 ê 譬喻	無落名	1900	2	台南府城教會報	第 179 卷
4	王宮 kap 御園	文安	1916	9	台灣教會報	第 378 卷
5	弄巧反拙	林燕臣	1918	9	台灣教會報	第 402 卷
6	過年	胡紹風	1919	2	台灣教會報	第 407 卷
7	雜喙翁	無落名	1919	3	台灣教會報	第 408 卷
8	路得改教	林茂生	1924/11~1925/02		台灣教會報	第 476~479 卷
10	拯救	郭頂順	1925	7、10	芥菜子	1&2 號
10	俺娘 ê 目屎	賴仁聲	1925		《俺娘 ê 目屎》高雄州屏東郡：醒世社	
11	十字架 ê 記號	賴仁聲	1925		《俺娘 ê 目屎》高雄州屏東郡：醒世社	
12	仁愛 ê 報賞	雪風逸嵐	1926	6	芥菜子	第 5 號
13	虛榮心 ê 凄慘	雪風逸嵐	1926	10	芥菜子	第 9 號
14	出死線	鄭溪泮	1926		《出死線》高雄州屏東郡：醒世社	
15	心心，念念	周天來	1928	4	台灣教會報	第 517 卷
16	賣豆腐婆仔	李水車	1932	8	芥菜子	第 79 號

☆後一頁 koh 有

☆頂一頁 koh 有

目次	漢羅標題	作者	年代	月份	出處	期(卷)號
17	守錢奴變做慈善翁	林清潔	1934	8	台灣教會公報	第 593 卷
18	我想攏無	古樓主人	1950	8	台灣教會公報	第 740 卷
19	望香歸	嘉中青年部	1953		《新宗教劇本》嘉義：嘉中青年部	
20	M̄是小說	賴仁聲	1955		《疼你贏過通世間》嘉義：台灣宣道社	
21	可愛 ê 仇人	賴仁聲	1960		台南：台灣教會公報社	
22	短篇小說	丁榮林	1966	4	台灣教會公報	第 978 卷

第五冊收錄作品

目次	漢羅標題	作者	年代	月份	出處	期(卷)號
1	北港媽 ê 新聞	周步霞	1886	3	台灣府城教會報	第 8 張
2	迎佛冤家	無落名	1887	4	台灣府城教會報	第 22 張
3	論甘蔗	無落名	1890	6	台灣府城教會報	第 61 張
4	蜜蜂的類	無落名	1892	6	台灣府城教會報	第 86 卷
5	著大膽 ná 獅	無落名	1893	3	台南府城教會報	第 95 卷
6	培養囝仔	無落名	1894	8	台南府城教會報	第 113 卷
7	譬喻食酒	無落名	1895	10	台南府城教會報	第 127 卷
8	余先生離別 ê 批	余饒理	1896	8	台南府城教會報	第 137 卷
9	奇怪 ê 應答	無落名	1897	9	台南府城教會報	第 150 卷
10	狗有智識	無落名	1897	11	台南府城教會報	第 152 卷
11	後山的消息	巴牧師	1902	3	台南府城教會報	第 204 卷
12	謠言通驚	無落名	1902	11	台南府城教會報	第 212 卷
13	自盡	廖三仲	1903	6	台南府城教會報	第 219 卷
14	痟狗	Chiu Iāu-chhái	1903	6	台南府城教會報	第 219 卷
15	巴牧師娘 ê 小傳	高金聲	1909	10	台南教會報	第 295 卷
16	路途寬窄論	P. Ch. H.	1911	8	台南教會報	第 317 卷
17	生番內地觀光	潘道榮	1911	10	台南教會報	第 319 卷
18	攻破大船	無落名	1912	6	台南教會報	第 327 卷
19	苦是樂的種	郭水龍	1914	6	台灣教會報	第 351 卷
20	眠夢	偕叡廉	1918	1	台灣教會報	第 394 卷
21	白話字土想	李德章	1920	1	台灣教會報	第 418 卷

☆後一頁 koh 有

☆頂一頁 koh 有

目次	漢羅標題	作者	年代	月份	出處	期(卷)號
22	天注定	郭水龍	1920	9	台灣教會報	第 426 卷
23	問症發藥	鄭溪泮	1920	11	台灣教會報	第 428 卷
24	相共擔擔	杜姑娘	1921	1	台灣教會報	第 430 卷
25	霧社 ê 生番	蘭連氏瑪玉	1921	4	台灣教會報	第 433 卷
26	理想的 ê 婦人	黃 Siū-hūi	1924	5	台灣教會報	第 470 卷
27	迷信 ê 艱苦	無落名	1924	11	台灣教會報	第 476 卷
28	南勢番	陳清義	1925	7	台灣教會報	第 484 卷
29	十項管見	蔡培火	1925		台南：新樓冊房	
30	著學蚼蟻	李水車	1926	1	芥菜子	第 3 號
31	百合花	潘勝輝	1926	8	台灣教會報	第 504 卷
32	人生 ê 雙叉路	蔡安定	1927	3	台灣教會報	第 498 卷
33	台灣 ê 名稱	柯設偕	1927	3	芥菜子	第 14 號
34	赴家己 ê 葬式	偕叡廉	1927	4	芥菜子	第 15 號
35	疼家己	紀溫柔	1928	3	台灣教會報	第 516 卷
36	阿里山遊覽記	黃仁榮	1930	6	台灣教會報	第 543 卷
37	這人 ná 樹一般	明有德	1933	6	芥菜子	第 89 號
38	女性 ê 使命	許水露 譯	1933	10	台灣教會公報	第 583 卷
39	無感覺 ê 寶貝	陳鳩水	1933	12	台灣教會公報	第 585 卷
40	新台灣話 ê 陳列館	林茂生	1934	1	台灣教會公報	第 586 卷
41	平埔族	柯設偕	1934	12	台灣教會公報	第 597 卷
42	現在 ê 平埔族佮 A-mi 族	林清廉	1935	1	台灣教會公報	第 598 卷
43	現在 ê 阿美族	林清廉	1935	5	台灣教會公報	第 602 卷

☆後一頁 koh 有

☆頂一頁 koh 有

目次	漢羅標題	作者	年代	月份	出處	期(卷)號
44	逐人毋免絕望，的確有向望	賴仁聲	1939	2	台灣教會公報	第 647 卷
45	純真 ê 少女	周淑慧	1962	2	台灣教會公報	第 880 卷

漢字迷思 kap
對台灣文學、文化發展 ê 影響

1. 話頭

　　1492 年 Kholanpos（*Christopher Columbus*）代表歐洲人第一 pái 行船到美洲大陸；Kúi 年 liáu，葡萄牙 ê 行船人 Gama（*Vasco da Gama*）tī 1498 年透過「好望角」（*The Cape of Good Hope*）phah 開歐洲到印度 ê 新航線。Koh 來葡萄牙統治者 A-bu-khe-khe（*Don Affonse de Albuquerque*）tī 1510 kap 1511 年分別佔領 ē-tàng 控制印度西海岸 ê「Goa」kap ē-tàng 控制東南亞 Ma-la-kah 海峽 ê「Ma-la-kah」（*Malacca*）。自 án-ne，歐洲人 phah 開 ùi 海上來到東方 ê 新航路（Hall 1981: 264；湯錦台 2001:35）。

　　Hoan 頭 kā 看，15 世紀 ê 結束 tú 好是新航線、大航海時代 ê 開始。台灣 mā tī chit-khoán ê 時代潮流之下 hông 帶 chiūⁿ 國際舞台。Tī che chìn-chêng，台灣是由南島語系 ê 原住民所構成 ê 原始部落社會。到 kah 17 世紀 ê sî-chūn，荷蘭 ùi 葡萄牙、日本、大明帝國、西班牙等國際勢力當中有出眾 ê 表現，致使搶 tāi-seng tī 1624 年佔領台灣、建立台灣第一個外來政權。

　　雖然荷蘭人佔領台灣主要是經貿 ê 考慮，m̄-koh 以基督教義為主 ê 文教活動 mā 是 in ê 重要 khang-khòe 之一（Campbell 1903: vii；曹永和 1979: 33-38）。像講，荷蘭人為 tiòh hō͘ hit 當時 ê 台灣人，也就是平埔族人 ē-tàng 用 in ka-tī ê 母語 kap 上帝 chih-chiap，所以用羅馬字替平埔族設計文字 koh tī 1636 年設立台灣有史以來 ê 學校（Heylen 2001）。台灣就是 án-ne 半自願、半被迫--ê ùi 口傳原始社會進入書面語時代。而且台灣一進入書面語時代，就因為荷蘭 ê 關係 kap 西歐 ê 文字讀寫傳統建立關係。

雖罔台灣 ùi 原始社會 hông 帶 chiūⁿ 國際舞台，一開始就受西歐基督教文化影響。M̄-koh 自 1662 年荷蘭人投降，換鄭成功 tī 台灣建立漢人政權、用體制 ê 力量來 chhui-sak 漢字文化以來，台灣人所顯現出來 ê 漢字文化特質 soah lú 來 lú 重。

台灣人對漢字 ê 迷思代先表現 tī 對漢字 ê 錯誤認知，kiò-sī 漢字是表意文字。台灣人因爲對漢字有迷思 soah 致使 kiò-sī 台語無用漢字書寫 bē-sái。譬如講，tī 台灣文學史上有名 ê 1930 年代台灣話文論戰，論戰焦點 soah lóng khǹg tī án-choáⁿ 使用漢字 thang 寫台語，甚至到 kah 1990 年代初期台語文運動 ê 爭論焦點 mā 是 tī 漢字本字。追求漢字本字 ê 結局是台語文創作量無法度提升。

本研究就是以 Gelb（1952）ê 文字理論爲論述基礎，來分析漢字迷思 ê 文字因素，sòa--lâi 探討漢字迷思對台灣文學、文化發展 ê 影響。

2. 文字 ê 分類 kap 發展

2.1. 文字應該就伊「表示語音 ê 單位 ê 大細」來分類

若論到文字，真 chē 人 lóng 會用「表音」kap「表意」二分法來區分世界上 ê 文字系統，sòa--lâi 認爲漢字是「表意文字」，其他使用 ABC 羅馬字母 ê 是「表音文字」。事實上，chit-khoán kā 文字二分法 ê 分類方法真無妥當 mā 無準確，因爲無半種文字是「純」表音或者表意 ê。像講，英文 ê "semi" kap "er" 就分別有「半」kap「人」ê 意含；中文 ê「麥當勞」就純粹是利用漢字做「記音」ê 工具來表示英文 ê "McDonald" chit-ê 詞。

若準漢字是表意文字，án-ne 漢字 ê 閱讀過程應該 hām 其他所謂 ê ABC 拼音文字無 kāng chiah tiȯh。M̄-koh，真 chē 心理語言學 ê 研究報告 lóng 指出「kā 漢字 ê 閱讀過程 kap 語音聯想分開」是無正確 ê 觀念。前教育部長曾志朗 ê 研究報告（Tzeng 1992: 128）指出「漢字 ê 閱讀過程 kāng-khoán 牽涉著語音 ê 反射聯想，chit-ê 過程 kap 其他所謂 ê 拼音文字是類似 ê」。意思就是講，漢字 kap 所謂 ê 拼音字 tī 閱讀過程 kāng-khoán 牽涉著語音

ê 反射聯想。類似 ê 研究報告 bē-chió，包含 Flores d'Arcais（1992）、Cheng（1992）、Su and Anderson（1999）、Li（2000）等。

因爲傳統表音、表意 ê 文字分類法有伊真大 ê 缺點，Gelb（1952）kap Smalley（1963）就提出新 ê 文字分類觀念。In 指出，世界 ê 文字應該就伊「表示語音 ê 單位 ê 大細」來分類 chiah ē-tàng 有系統性 ê 對世界文字做分類 kap 了解文字 ê 演變趨勢。所謂 ê「語音單位」就是指語言學 teh 講 ê「音素」（phoneme）、「音節」（syllable）、「詞素」（morpheme）、kap「語詞」（word）等，ùi 細到大、無 kāng 大細 ê「話語」成分。

Tī chit-ê 分類標準之下，漢字 ē-sái 講是「語詞-音節」（word-syllabic）或者「詞素-音節」（morphosyllabic）ê 文字。[1]日本 ê「假名」是「音節」文字 ê 典型代表。越南羅馬字、英文字、台灣「白話字」、kap 韓國「諺文」ē-sái 算是「音素」文字，因爲 tī chit-ê 系統 lāi-té 每一個字母所表示 ê 語音單位是「音素」。雖然越南羅馬字、英文字、白話字、kap 諺文 lóng 是音素文字，m̄-koh in iáu 有 tām-pȯh-á 差別；差別 ê 所在就是「語音 hām 符號 ê 對應關係」kap「符號排列方式」ê 無 kāng。就「語音 hām 符號 ê 對應關係」來看，越南羅馬字 kap 台灣白話字基本上是一個符號對應一個音素，m̄-koh 英文是多元 ê 對應關係。就音素符號排列方式來看，越南羅馬字、台灣白話字 kap 英文字 lóng 是一維 ê 線性排列，m̄-koh 韓國諺文 kap 漢字 lóng 是二維 ê 結構。現此時世界上多數 ê 文字系統，像講英文、德文、法文、西班牙文、越南文 kap 台灣白話字，lóng 是一維 ê 音素文字。一維 ê 音素文字 ē-sái 講是世界上普遍 ê 書寫系統。

2.2. 文字演變是 ùi 大 ê 單位到細 ê 單位

Gelb（1952）進一步提出講：ùi 語音 ê 單位 ê 大細來看，世界上 ê 文字演變是 ùi 大 ê 單位到細 ê 單位。會有 chit 款 ùi 大到細 ê 演變，是因爲牽涉著人類對「話語」ê 觀察 ê 能力。也就是講，tng-tong 咱人對「話語」ê「語音單位」有 khah 進一步 ê 了解了，咱人就進一步發展出描寫 khah

---

[1] Gelb 傾向用 "word-syllabic"，DeFrancis 傾向用 "morphosyllabic"。

細 ê「語音單位」ê 文字系統。

　　描寫 ê 語音單位 ê 大細 kap 學習效率有啥物關係 leh？一般 ték 來講，描寫 khah 細 ê 語音單位 ê 文字系統會 khah 準確（紀錄語音）、有效率、有利咱人 ê 學習，因為 in ē-sái 透過有限 ê、少數 ê「字母」ê「排列組合」來描寫無限 ê、新語詞 ê 創造。「音素」文字 ē-tàng 有 chit 種功能是因為咱人類 ê 語言 lóng 是由少數 ê「母音」（vowels）kap「子音」（consonants）所構成 ê。透過無 kāng ê 音素符號來代表無 kāng ê 母音 kap 子音，就 ē-sái kā hit-ê 語言 ê 語音系統完整描寫起來。

　　Smalley（1963:7）指出，「音素」文字通常 kan-ta^n 需要少數 ê 字母（像講，英文只要 26 個字母），就 ē-sái 描寫 hit-ê 語言 ê 所有語音。相對來講，「詞素」文字 ê 缺點就是有真 chē ê「字」（詞素音節符號），學生就 ài 學足 chē ê「字」了 chiah 有 châi-tiāu 進一步做閱讀應用。以台灣為例，小學階段大概 ài 學 2,600 個漢字；升起去中學了，為著讀文言文 ê 文章，學生 ài 繼續學 chit-kóa 平時罕 leh 用著 ê 漢字。若準小學畢業就算有一般 ê 閱讀寫作能力，台灣 ê 學生上無差不多 ài 學 3,000 字漢字 chiah 會曉讀寫一般程度 ê 中文。根據 Hannas（1997）ê 統計，咱 chit-mái 社會上通行使用 ê 漢字大約有 7,000 字。Chit 7,000 字只是常用 ê 漢字 niâ，若 kā 其他 khah 少人用 ê 字（像講前行政院副院長「游錫ㄎㄨㄣ」ê「堃」）算在內，數量 ē-sái 達到《康熙字典》所收集 ê 47,035 字。

　　下腳咱就來說明文字是 án-chóa^n 形成 kap 發展。

　　Tī 古早古早，咱人 iáu sa 無 「話語」ê 結構 chìn-chêng，人類 kan-ta^n ē-tàng tī 洞孔 ê 壁 lìn 畫寫圖案來表達 in beh 講 ê「話語」ê 內容。Chit-ê 時期 ê「準文字」所描寫 ê 語音單位是 kui ê 故事 ê 內容。舉例來講，假使咱發現一萬年前 ê Siraya 人 tī 洞孔 lāi-té 畫圖（圖表 1），in tī 壁 lìn 畫一仙人，hit ê 人手 lìn 提一粒石頭，人 ê 邊仔有一隻嘴仔開開開 ê 獅。畫 chit pak 圖 ê 人可能 beh 表示伊 tī 某一工、某一個所在、真不幸去遇著一隻獅；伊孤不二終，石頭仔 sa leh 就 kap hit 隻獅拼。Mā 有可能 beh 表示伊真勇敢，伊 tī 某一工主動找獅挑戰或者是真有愛心 beh thèh 物件 hō獅

食。因為 chit pak 圖描寫 ê 是 kui-ê 故事，有 seng chē 資訊無具體描寫出來，到底伊 beh 表示啥物意思，kan-taⁿ 畫 chit pak 圖 ê 人 ka-tī 知影。Tng-tong 其他 ê 族人看著 chit pak 圖 ê 時，in 就 ài tī hia"說文解字"、ioh 看作者 ê 意思是啥。Tī chit 種情形之下，100 個人來看，可能有 101 種 ê bô-kāng 解釋。

圖表 1. 圖畫(準)文字所描寫 ê 語音單位是 kui-ê 故事 ê 內容。

Tng-tong 咱人對「話語」ê「語音單位」有突破性 ê 觀察、了解「語詞」單位 ê 存在 liáu，咱人就開始 kā 描寫 hit-ê「語詞」ê「圖案」（文字外形）畫落來。咱以頂面圖表 1 ê 故事來延續：假使 5 千年後 ê Siraya 人開始有語詞 ê 觀念，in 將原本圖表 1 ê 故事改用圖表 2 ê 語詞圖案方式紀錄落來。

圖表 2 可能是表示某一工，某一人 teh 行路，soah 看 tiòh 一隻獅嘴仔開開開…。像 án-ne，原本有 101 種可能性 ê 講法，到 taⁿ 因為描寫 ê 語音單位相對變細，所以可能 chhun 50 種講法。換一句話講，準確度 ē-tàng 提升。

圖表 2. 語詞文字所描寫 ê 語音單位是語詞。

2.3. 文字發展過程 ê「定形」、「tàu 字」kap「音化」

Tng 咱人有語詞 ê 概念 liáu，"正式" ê 文字就 tit-beh 出現。Hit-kóa 經過「定形化」過程 ê 圖案 lō-bóe 就變成文字 ê 開基祖。所謂 ê 定形就是 tak-pái beh 表示 kāng 一個「語詞」ê 時，就用 kāng 一個「圖案」來記錄表示。像講，畫一個圓箍仔、中央點一點，來表示「日頭」chit-ê 語詞。透過 chit 款「定形」ê 過程，人類 ê 文字總算出世 à。因為透過「定形」ê 過程，作者 kap 讀者之間 chiah 有法度取得共識 thang hō 文字 tī bô-kāng 時間 kap 空間當中流傳。漢字 lāi-té ê「象形字」kap「指事字」就是 chit-khoán ê 語詞文字。

雖罔語詞定形是文字正式發展 ê 頭一步，m̄-koh 伊若無進一步發展出「tàu 字」kap「音化」(phonetization) ê 過程就無法度進化出具備完整功能 ê 文字系統（Gelb 1952: 193-194）。

為啥物 ài 有「tàu 字」kap「音化」ê 過程？因為咱人 ē-tàng 畫 ê 圖案有限，無可能 piān 若 tú tioh 一個語詞就畫一個圖案，所以就 ài tī 原有 ê 圖案基礎頂頭動腳手。

咱若 hoan 頭看語詞文字，伊一開始出現一定是以具體、看會 tioh、摸會 tioh ê 詞，像講日、獅、虎、魚等先發展出來。Chit-kóa 語詞因為有具體 ê 外形 thang 畫，所以圖案真 kín 就定落來；Chit-kóa 詞就是漢字 lāi-té ê 象形字。M̄-koh，咱人 ê 語詞 m̄-nā 限定 tī án-ne niâ，koh 有真 chē 抽象 ê 詞 kap 句法頂頭 ê 虛詞。Chit-kóa 抽象 ê 語詞 kap 虛詞 beh án-chóaⁿ 畫？若是簡單 ê 抽象詞，像講「上」iáu ē-sái 畫土腳頂插一枝樹枝來表示「頂koân」ê 概念；這就是所謂 ê「指事字」。M̄-koh chit-khoán 畫會出來 ê 抽象詞數量非常有限，所以只好 tī 現有 ê 文字圖案做修改。

「Tàu 字」就是將現有 ê kúi 個文字圖案 tàu 做新 ê 文字。像講用「日」kap「月」tàu 做「明」字；用 3 個「木」tàu 做「森」字；用 2 個「木」kap 1 個「火」tàu 做「焚」字；這就是漢字 lāi-té 所謂 ê「會意字」。

啥物是「音化」呢？若是「Tàu 字」ê 過程有考慮 tioh 原始文字圖案發音，就是音化。「音化」ē-sái 分做「完全音化」kap「部分音化」。咱 tāi-seng

用英語來做例,「完全音化」就是現代英語所謂 rebus writing ê 概念。圖表 3 lāi-té ê 英語"4U"本底是 4 個 U ê 意思,m̄-koh tī rebus writing 當中,無管伊原來是啥意思,只要 in ê 發音真 oá,就 kā thėh 來表示新概念"for you"(爲 tiȯh 你)。

4 U → 4 個 U → for you

圖表 3. 用英語 4U 做 rebus ê 例

若用圖表 4 ê 台語來做例,「七桃」原本是 7 粒桃仔,m̄-koh 伊 ê 發音 hām "chhit-thô"真 oá,所以就借用來表示 chhit-thô chit-ê 語詞。Rebus writing ê 做法若用漢字來講就是所謂 ê「假借字」。

七桃 → 7 粒桃仔 → chhit-thô, sńg (to play)

圖表 4. 用台語「七桃」做 rebus ê 例

啥物是「部分音化」呢?就是借用現有文字圖案 ê 時 kan-taⁿ 取用伊其中 ê 音素 niâ。Tī 漢字 lāi-té,古早 ê「反切」就是 chit-khoán 部分音化 ê 例。像講圖表 5 lāi-té 分別取「都」([t]) kap「宗」([ong])來表記「冬」ê 發音[tong]。Tī 西方,古埃及文 lāi-té「聲符」文字 mā 是 chit-khoán 部分音化 ê 文字。

都　　　　+　　　　宗　　　→　　　冬

[**to**]　　　　　　[ch**ong**]　　　　　[**tong**]

圖表 5. 漢字反切是部分音化 ê 例

2.4. 文字發展過程 lāi-té 解決「同音異義詞」ê 法度

文字 ê 發展過程 lìn kan-taⁿ 有「定形」、「tàu 字」kap「音化」ê 過程

iáu 無夠。因為「音化」ê 過程雖然 ē-sái 克服文字圖案有限 ê 問題，m̄-koh 伊會 seⁿ-thòaⁿ 出 kāng 音 bô-kāng 意思 ê「同音異義詞」。為 tióh 解決 chit-ê 問題，一個成熟 ê 文字系統就 ài chhōe 出解決方案。Chit-ê 問題通常是由變更拼字法或者增加區別符號來解決。

Tī 音素文字 lāi-té 多數是以變更拼字法來解決同音異義詞。以英文為例，kāng 發音 ê to、too、two 分別拼寫做 bô-kāng 字；see kap sea mā 是 bô-kāng 拼字。[2]雖罔音素文字多數採用變更拼字法，m̄-koh mā 是有採用增加區別符號 ê 例。台灣「陳慶洲」所發明 ê 台語「科根」就是 chit-ê 做法：伊將台語語詞分做 60 類，每一類有一個符號表示（號做「科根」），像講「%」表示「數字」、「z」表示「動物」。Sòa--lâi 伊 kā 科根加 tī 語詞後壁，像講「kau%」kap「kauz」，án-ne 就 ē-sái 區別 kāng 音 ê「九」kap「狗」。

漢字 lāi-té ê「形聲字」就是用增加區別符號來解決同音異義詞 ê 問題。像講「江」kap「杠」pêⁿ-pêⁿ 發做/kang/，m̄-koh 分別用區別符號 氵 kap 木來區別語意。

2.5. 音節 kap 音素文字 ê 出現

Tng-tong 咱人發覺語詞是由 khah 細 ê「音節」（syllable）構成 ê，經過音節定形 kap 簡化 ê 過程 liáu，音節文字就出現 à。日本 ê「假名」（Kana）是典型 ê 音節文字代表。

日本人借用漢字 liáu，in 發覺語詞是由音節構成，in 一開始就先用 bô-kāng ê 漢字來紀錄每一個日語音節；這就是所謂「萬葉假名」（万葉仮名）ê 由來。（Habein 1984: 12）後來 in 發覺 kāng 一個音節用 kāng 一個漢字來表示就好，koh 進一步將 hit 個漢字 ê 筆劃簡化，就形成純音節文字「假名」。（Seeley 1991: 59）像講，in 一開始 kéng「安」字來表示/a/音節，lō-bóe kā 簡化做「あ」；將「利」字(/ri/)簡化做「り」；將「乃」字(/no/)

---

[2] 當然有 kóa 詞彙 m̄是一開始 tō tiau-kang beh 解決同音異義詞 chiah 拼字 bô-kāng，m̄-koh 經過歷史演變 liáu，現此時有 bē-chió 詞彙發音 kāng-khoán soah 拼字 bô-kāng ê chit-khoán 現象無形中 ē-sái 解決同音異義詞 ê 問題。

簡化做「の」。

　　韓國人借用漢字 liáu 一開始 mā 是借用 kui-ê 漢字當做表記音節或者詞素（morpheme）ê 符號；chit-khoán ê 做法表現 tī in ê「鄉扎」kap「吏讀」頂頭（Ledyard 1966; Taylor and Taylor 1995）。Lō-bóe in 進一步發覺音節是由 khah 細 ê「音素」（phoneme）構成 ê，經過整理 kap 簡化，in 用一個簡化 ê 符號來表記每一個音素，這就是韓國音素文字「諺文」（Hangul）ê 由來。（Shin et al. 1990）像講，韓國字「한」是由三個音素符號「ㅎ」、「ㅏ」、「ㄴ」所 tàu 起來；Koh 因為受漢字二維排列方式 ê 影響，所以諺文 mā 是二維 ê 排列方式。

　　　ㅎ　　＋　　ㅏ　　＋　　ㄴ → 한

　　　[h]　　　　 [a]　　　 [n]　　 [han]

圖表 6. 以「한」為例 ê 韓國諺文文字結構

3. 漢字 ê 文字結構

3.1. 漢字「六書」ê 原理 kap 本質

　　頂一節咱有分析過文字 ê 發展過程 liáu，koh hoan 頭 tńg 來就 ē-tàng 真清楚看出漢字 ê 文字結構。天良講，漢字不過是 ùi 語詞文字演進到音節文字過程中 ê『中輟生』；因為半途而廢、進化無完全，所以漢字算是一種過渡期 ê「詞素音節」文字。

　　若就文字 ê 成熟度來講，漢字 ê 源頭一般是 ùi 商朝後期（西元前 14-前 11 世紀）ê「甲骨文」算起。「甲骨文」經過周朝、春秋、戰國時期 ê 發展，到 kah 秦始皇吞併六國，規定「小篆」chiâ-chò 標準 ê 文字了，漢字 ê「字形」kap「結構」chiah 大概穩定落來。[3]

---

[3] 雖然漢字 ùi chit-chām 開始有 khah 固定 ê 字形，m̄-koh 咱 mā m̄-thang bē 記得伊 tī 歷史演變過程中 iáu 是經過「隸書」、「草書」、「楷書」、「行書」等無 kāng ê 字形變化。

古早人分析漢字 ê 文字結構，歸納出「六書」ê 漢字造字原則。無 kāng ê 學者對「六書」有 tām-pȯh-á 無 kāng ê 見解。若照東漢時代許慎 ê 著作《說文解字》ê 講法：一曰指事，指事者，視而可察，察而見意，「上」、「下」是也。二曰象形，象形者，畫成其物，隨體詰詘，「日」、「月」是也。三曰形聲，形聲者，以事為名，取譬相成，「江」、「河」是也。四曰會意，會意者，比類合誼，以見指偽，「武」、「信」是也。五曰轉注，轉注者，建類一首，同意相受，「考」、「老」是也。六曰假借，本無其字，依聲託事，「令」、「長」是也。

　　Bē-chió 人 kiò-sī「六書」是漢字造字 ê 獨有特色，就將六書當作是"表意"文字 ê 表現。事實上，漢字並無 khah gâu，伊 mā 是 tòe tiȯh 頂面所講 ê 世界文字發展 ê 腳跡 teh kiâⁿ niâ。下面咱就來分析「六書」ê 本質 kap 演進過程。

　　漢字內面真正有"表意"功能 ê 其實 kan-taⁿ 指「象形字」、「指事字」kap「會意字」，chit 部分合起來無超過漢字總數 ê 6％。象形字主要是根據 hit-kóa 具體（concrete）ê 實詞 ê 外型特徵來創造，像講「象」、「鹿」、「魚」，所以是以語詞為單位 ê 圖形文字。指事字 ê 由來主要是 beh 模仿象形字 ê 做法來描寫簡單 ê「抽象」（abstract）語詞；因為 beh 用圖案來描寫抽象 ê 語詞無 hiah 簡單做，所以指事字 tī 六書 lāi-té 佔無 kah 1％。

　　會意字會發展出來 mā 是 beh 處理簡單 ê 抽象語詞。會意字就是頂面所講 ê「tàu 字」，伊 ê 做法是利用現有 ê 文字符號 kā tàu 做新 ê 文字組合。像講「森」字為 tiȯh 表示講森林是由真 chē 樹木形成 ê，就由「木」、「木」kap「木」tàu 起來。照講是 ài 寫做「木木木」，m̄-koh 為 tiȯh 配合漢字四角磚仔 ê 傳統特色，所以就 kā 重新排列做四角形 ê「森」。若 kā 會意字 ê 造字方法應用 tī 英語頂頭會是啥款 ê 情形 leh？假使英文是採用二維 ê 排列方式，án-ne "forest"（樹林）tī 新英文字 lìn ē-sái 寫做圖表 7 所表現 ê 由 3 個 "wood" tàu 起來 ê 模樣。

WOOD
WOODWOOD

圖表 7.「會意字」應用 tī 英語 "forest" 頂頭

　　會意字本底無一定是單音節（像講英語 forest ê 例），m̄-koh 受傳統漢字一字一音節 ê 影響 soah 變成以單音節為原則。現代其實 mā 有 bē-chió 以多音節為主 ê 會意字，像講「招財進寶」 tī 台灣社會上寫做圖表 8 án-ne。

圖表 8.「招財進寶」ê 新會意字

　　若講到假借字，伊就是咱頂面所講 ê 文字「音化」過程，iā 就是不管文字原本表記 ê 語意，kan-taⁿ 將伊當作 "記音"符號來使用。越南 ê「字喃」tī 發展 ê 早期 mā 是以假借字為主。（蔣為文 2005a）台灣 ê 卡拉 OK 台語歌詞 kap 傳統歌仔冊 lāi-té ê 台語用字有真 chē 就是用假借字來處理；目前台灣社會上真流行 ê「火星文」真 chē mā 是運用假借字 ê 原理。真 chē 人批評台語歌 ê 漢字假借字是胡白 tàu 字，m̄-koh 假借字 mā 是符合「六書」原理 neh！是 án-choáⁿ 古早人用假借字就 ē-sái，現代人就 bē-sái？

　　若 kā 假借字 ê 造字方法應用 tī 英語頂頭會是啥款 ê 情形 leh？若用羅馬字來書寫，án-ne "back 2 school" lāi-té ê "2"就是 "to" ê 假借字。若用漢字來寫英語，「哀黑夫土豆割撕」就是 "I have two dogs" ê 假借字。當然，mā 有可能有人會用下面(2) ê 假借字來書寫。到底 beh 用啥物字 chiah 好？當然，chāi 人 kah 意！？這就是漢字 ê 嚴重問題！

(1) 哀黑夫土豆割撕 ＝ I have two dogs
(2) 埃黑膚兔鬥戈斯 ＝ I have two dogs

　　雖罔假借字 ē-sái 用來表記所有 ê 口語語詞，m̄-koh 伊會造成新舊文字字義 ê 混亂。像講英語 ê「哀黑夫土豆割撕」可能會受字面 ê 影響 hông

誤會做「悲哀 ê 穿黑衫 ê 農夫 tī hia 割土豆」。

　　因為假借字會造成新、舊字義 ê 混亂，所以形聲字就出現 à。像講，可能有人會將頂面(1)(2) ê 例利用形聲原理改寫做下面 ê (3)：

　　(3) 亻衾 冇黑 冇夫 土二 狟 犾 多斯

　　雖罔(3)符合形聲字 ê 原理，m̄-koh 無一定所有 ê 人 lóng 認同 chit-khoán 字，可能有人會改寫做下面(4)(5) ê 用字。

　　(4) 亻我 冇黑 冇孚 吐 犭門 犭哥 多司

　　(5) 我 嘿 口孚 二 犲 犭各 多思

　　以上(1)(2)(3)(4)(5) ê 例 lóng teh 表記 "I have two dogs"，mā lóng 符合六書 ê 造漢字原則。到底啥人 ê 用字 khah tiòh？無人 m̄-tiòh，mā 無人 tiòh！這是漢字 ê 嚴重問題！Mā 是為 siáⁿ-mih 台語漢字 bōe 標準化 ê 文字因素之一。

　　「六書」lāi-té ê「轉注」，是指 kúi 個漢字 hông 當做 kāng 字使用。「轉注」其實就是「異形同義字」或者是講「漢字 ê 變異體」。古早 ê 研究者就是 m̄-chai 為啥物 chit kúi 字 ē-sái 互通，就 kā 講是 ē-tàng 互轉 ê 轉注字。其實，所謂 ê 轉注字是 tī 無 kāng 時空、無 kāng 空間、無 kāng 使用者 ê 情形之下必然 ê 變異體產物。所以轉注其實 m̄ 是啥物造字原則。莫怪近來 ê 六書研究者已經 tàuh-tàuh-á 將轉注排除在漢字造字方法之外（裘錫圭 1995:125）。

3.2. 漢字是進化無完全 ê 詞素音節文字

　　若按「六書」ê 原則，將漢字做分類，每一類佔 ê pasiantoh 有 gōa-chē leh？按照李孝定（1992：21）根據「甲骨文」、「六書爻列」、「六書略」，三種分別代表無 kāng 時期 ê 漢字所做 ê 統計整理，ē-sái ùi 下面圖表 9、圖表 10 chit 2 張表看出每一類所佔 ê pasiantoh，mā ē-tàng ùi chia 看出漢字 ê 文字結構 tī 歷史發展中 ê 演變過程。

代表 年代			象形	指事	會意	假借	形聲	轉注	不詳	總計
14th-11th B.C.	甲骨 文字	字數	276	20	396	129	334	0	70	1225
		百分比	22.53 強	1.63 強	32.33 弱	10.53 強	27.27 弱	0	5.71 強	100
2nd A.D.	六書 爻列	字數	364	125	1167	115	7697	7	0	9475
		百分比	3.84 強	1.32 弱	12.31 強	1.21 弱	81.24 弱	0.07 強	0	100
12th A.D.	六書 略	字數	608	107	740	598	21810	372	0	24235
		百分比	2.50 強	0.44 強	3.05 強	2.47 弱	90.00 弱	1.53 強	0	100

圖表 9. 漢字六書造字比例演變。

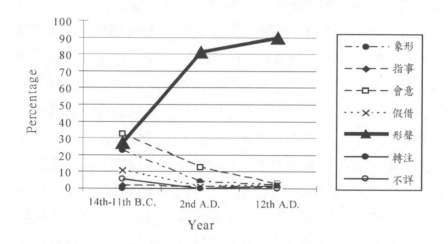

圖表 10. 漢字六書造字比例演變。

Ùi 圖表 9、圖表 10 ē-sái 看出講「六書」lāi-té ê「形聲字」比例 lú 來 lú 高，chhun--ê hit kúi 類 lóng lú 來 lú 低。咱若將六書（無包含「轉注」）根據 in ê「語音單位」kap「演進階段」來 kā 看，ē-sái 分析做圖表 11 án-ne。因為形聲字比例 lú 來 lú 高，tī chit-ê 圖 lìn ē-sái 看出漢字是 ùi 語詞文字往詞素音節文字發展。

演進階段 / 語音單位	圖形文字 Pictographic step	意符文字 Ideographic step		聲符文字(音化) Phonographic step	
語詞 Word	象形字	指事字	會意字		
圖案音節 Logosyllable				假借字	
詞素音節 Morphosyllable					形聲字

圖表 11. 漢字演進 ê 階段 kap 所表示 ê 語音單位。

　　爲啥物漢字無繼續往純「音節」文字或者「音素」文字 ê 所謂「拼音」文字發展？因爲漢字發展出形聲字以後，無 koh 繼續將「聲旁」kap「形旁」進一步標準化 kap 簡化，所以無法度形成純音節文字。像講，形聲字「愲」、「牯」、「瞽」、「鵠」等 tī 華語 lìn lóng 讀做[kuˋ]（ㄍㄨˇ），m̄-koh soah 分別用骨 [kuˋ]、古 [kuˋ]、鼓 [kuˋ]、告 [kauˋ]無 kāng ê 聲旁表示。Koh，pêⁿ-pêⁿ 一個聲旁「古」字，有時表記發音[kuˋ]、有時表記[kuˋ]（eg. 佑、姑）、有時表記[kuˋ]（故、固）、有時 koh khah hàm 表記[huˋ]（怙、岵）。以上所講 ê 是一個聲音由 kúi 個聲旁表記、一個聲旁表記 kúi 個無 kāng 聲音 ê 無標準化現象。若準古早人將伊標準化，像講[kuˋ]音就由「古」表記就好；「古」字就 kan-taⁿ 表記[kuˋ]，無 koh 表記[huˋ]。Sòa--lòe koh 將「古」字筆劃簡化，像講「ㄍ」。Án-ne「ㄍ」就是音節字母 ê 出世。

　　形聲字 beh án-choáⁿ 標準化 kap 簡化 ē-sái koh 用當代「ㄅㄆㄇ注音符號」來舉例。像講「愲」、「牯」、「瞽」、「鵠」ē-sái 用ㄅㄆㄇ做聲旁，寫做像圖表 12 án-ne。

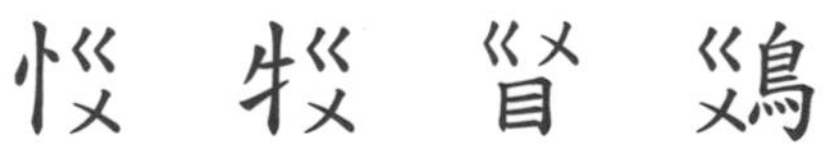

愲　牯　瞽　鵠

圖表 12. 用ㄅㄆㄇ做聲旁，
以「愲」、「牯」、「瞽」、「鵠」為例。

　　形聲字 m̄-taⁿ「聲旁」有問題，「形旁」mā 是 o͘-lȯk-bȯk-chè：一個形旁有可能有 kúi 個無 kāng ê 語意，一個語意有可能由 kúi 個無 kāng ê 形旁

表示。像講,「螞蟻」ê 形旁「虫」是蟲 ê 意思,m̄-koh「彩虹」lāi-té ê「虫」kap 蟲無關係;「滑倒」ê 形旁「氵」kap「水」有關係,m̄-koh「滯銷」、「滾蛋」、「滾筒」lāi-té ê「氵」kap 水無關係。Koh 像講,pêⁿ-pêⁿ beh 表示「心」ê 意涵,soah 有「恩」、「恨」、「恭」lāi-té 3 種無 kāng ê 形旁「心」、「忄」、「⺗」;照講形旁應該標準化,比如 ē-sái 一律用「忄」來表示,án-ne「恩」、「恭」ē-tàng 改寫做「㤪」、「㤟」。

4. 漢字 ê 迷思 kap 對文學、文化發展 ê 阻礙

雖罔漢字是一種進化無完全 ê 詞素音節文字,m̄-koh 真 chē 人 iáu 是對伊有表意文字 ê 迷思。因為有迷思,所以有下面 chit-kóa 現象出現。

4.1. 語詞漢字化現象

受「漢字教育」ê 人會傾向認為每一個語詞有單音節詞素或者用字,咱 ē-sái 講這是一種「音節漢字化」ê 心理預期 ê 現象(蔣為文 2005c)。這是因為受漢字教育 ê 人 khah gâu 受漢字 ê「一字一音節」、「每字具備形、音、義」ê 影響,hoan 頭來認為每一個語詞(word)ê 音節(syllable)lóng 有形、音、義 ê「漢字」。比如講,"cha-bó͘(female)"chit-ê 詞是 m̄ 是來自所謂 ê「漢語」、是 m̄ 是有「本字」iáu 真有爭論,m̄-koh 漢字 ê 使用者尤其是台語語源研究者,就會預期 ták-ê 音節 lóng 有漢字,就 chhōe 出「諸姆」或者「查某」當作 cha-bó͘ ê 漢字寫法。Koh 比如講,"chhit-thô"(to play)就有「蹉跎」、「迌迌」、「七桃」等 ê 寫法。「音節漢字化」ê 心理預期 ê 現象 ē-sái 解釋為啥物目前台灣社會真 chē 人 ài 做台語溯源、追求「本字」ê khang-khòe。

啥物是「本字」?Kám 真正有本字?咱 ē-sái 用頂面英語「哀黑夫土豆割撕」(I have two dogs)來說明。假使某 mih 人,可比講阿順仔 tī 古冊 lìn 讀 tiòh「哀黑夫土豆割撕」,伊就認為「哀」是「I」ê 本字。假使另外一個人,可比講阿花仔 tī 別本古冊 lìn 讀 tiòh「娭黦臾 土二 疸 犾 緌」,án-ne 阿花就認為「娭」chiah 是「I」ê 本字。

台灣 ê 文人因爲受漢字化 ê 影響 soah 沉迷 tī chhōe 台語本字 ê khang-khòe，顛倒無 sáⁿ 注重台語文學作品 ê 創作。可比講 1930 年代 ê 台灣話文論戰 kap 1990 年代 ê 台語文運動 lóng 將焦點 khǹg tī 漢字用字 ê 爭議（參閱呂興昌 1999、中島利郎 2003）。因爲過頭注重「本字」，無形中 soah 影響 tio̍h 台語文學作品 ê 數量無法度大量增加。

4.2. 漢字對語詞認知、語意表達 ê 影響

　　漢字對語詞認知 kap 語意表達 ê 影響有下面 kúi 方面：

　　第一，欠缺單純表音功能，誤導語詞 ê 意含。因爲漢字是「詞素音節」文字，每一字 ē-sái 講 lóng 是一個「詞素」（morpheme），當讀者讀 tio̍h 一個語詞 ê 時，容易受 tio̍h 其中 ê 詞素影響。假使，詞素 ê 個別意義 hām 語詞 ê 整體意義 kāng-khoán，án-ne 就無問題。但是，假使 in 無 kāng-khoán，就會產生混淆。比如講：「三貂角」/sam-tiau-kak/，語源來自西班牙文 San Diego，原本 kap「貂」無關係，m̄-koh 用漢字 liáu 可能會誤導讀者聯想 tio̍h「三隻貂」。Koh 像講，台南縣 ê 地名「麻豆」原底是平埔族 Siraya 族族語「mata」也就是「目周」（eyes） ê 意思；m̄-koh 用漢字 liáu 可能會 hông 誤會 kap 五穀 ê 麻仔、豆仔有關係。

　　第二，欠缺多音節語詞（polysyllablê）ê 觀念，束縛語言發展。漢字文化圈 ê 書寫系統 tī 長期 ê「語音」hām「語意」單位脫離 ê 歷史發展之下，一個「語詞」通常 lóng 由一個「音節」ê 漢字表示。伊產生 ê 影響 ē-sái 就二方面來講。第一，就新造語詞 ê 過程來講，因爲「單音節」ē-tàng 創造出來 ê 發音組合真有限，但是人類需要 ê 語詞是 ta̍k-kang teh 增加，爲 tio̍h 利用有限 ê 發音組合來描寫無限 ê 語詞，孤不二終只好透過輔助 ê 辦法，親像增加「聲調」、增加「形聲」字，thang 避免 kāng 音、無 kāng 意思 ê 同音詞 ê 出現。第二，就原有 ê 口語語詞來講，「語詞」長期 tī「單音節」ê「漢字」ê 影響之下，「口語」漸漸受「書面語」影響，lō͘-bóe 形成口語 ê「多音節語詞」hông「單音節化」。這是文字束縛語言發展 ê 實例。咱若突破過去以「單音節」造詞 ê 觀念就 ē-tàng 減少同音詞產生 ê

機會！Chit-kóa 人認爲爲 tiòh 避免同音詞 ê 困擾，所以 ài 繼續使用漢字。Chit 款觀念 ē-sái 講是「倒果爲因」，將造成 ê 結果當做引起 ê 原因。

第三，語詞 hām 語詞之間 ê 邊界無清楚，造成語意 hâm-hô 不清。漢字因爲長期 ê「語音」hām「語意」單位脫離，後來形成「文言文」chit 種嘴講 ê 一套、手寫 ê koh 一套 ê 特殊模式。文言文 ê 書寫方式並無具體反應口語，kan-taⁿ 透過短短 kúi 個漢字就將概念表示出來，就類似圖表 2 所表示 ê 文字發展階段。Chit 種表示方法 ê「想像空間」真大，語意真無清楚，無 kāng 人 ē-tàng 有無 kāng ê 解釋。20 世紀以後，雖然白話文運動 kap 口語 hām 書面語結合作伙，m̄-koh tảk 字漢字 lóng ē-tàng 當作「詞素」ê 特色 iáu 是存在。Chit-ê「詞素」ê 特色，講好聽是 ē-tàng 乎漢字有無限 ê 造詞功能；講歹聽是造成語詞 hām 語詞之間 ê 邊界無清楚。像講：

(6) 今天車子很多，馬路很難過。

(7) 網路購物要注意安全性交易。

(8) 老吾老以及人之老。

例句(6) lāi-té ê「難過」到底是「傷心難過」（sad）ā 是「很難通過」（difficult to cross）？例句(7) lāi-té ê「安全性交易」到底是「安全性的交易」（safely trade）ā 是「安全的性交易」（sex trade in safety）？Chit 種語詞界線模糊 ê 情形若用羅馬字就 ē-sái 真 kín 解決，像講 nan-kuo（難過）、nan kuo（很難通過）。

例句(8)是文言文語意模糊 ê 例。例句(8)若就伊 ê 語句結構來看，ē-sái 有真 chē 解釋，像講下面(8a)到(8d)。到底 tó 一種解釋 khah tiòh？Lóng tiòh，mā lóng m̄-iòh！這 tō ài 看 siáng 有「解釋權」。若準你是科舉考試 ê 主考官，你講 tó 一種解釋 tiòh 伊 tō tiòh！

(8a) 尊敬（孝敬？）別人的長輩就像尊敬我們的長輩。

(8b) 尊敬我們的長輩以及別人的長輩。

(8c) 老？我確實很老了，但是還有很多人像我這麼老。

(8d) 我雖然老，但是還有人比我老。

實在講，文言文是一種進化無完全 ê 書寫方式。"文言文會造成語意

模糊"照講是伊 ê 致命傷，m̄-koh 長期以來 soah hō͘ hit-kóa 漢字既得利益者 thèh 來宣傳漢字、文言文"高深莫測" ê 假象藉口。

4.3. 漢字束綁台灣文學、文化 ê 發展

台灣人因爲對漢字有迷思，soah 無形中對台灣文學 kap 文化發展產生影響。咱舉例說明如下：

第一，限制 tiòh 台灣話文 ê 大眾性 kap 普遍性。因爲 beh 讀有漢字式台灣話文就 ài 先讀有漢字，致使 ē-hiáu 台灣話文漢字書寫 ê 人數比一般「漢文」ê 人口 khah 少。俗語講「漢字若 beh 讀會 bat，嘴鬚就 phah 死結」，就是 teh keng-thé 漢字歹學 ê 問題。[4] Tī 1920 年代 ê 台灣 bat 漢字 ê 人 tō 無 chē，台語 ê 書寫若倚靠 bat 漢字 ê 人口，自然會 lú hông 邊緣化。普遍 ê 國民文學自然就 khah oh 產生。

第二，限制 tiòh 台灣話文 ê 標準化。近代國民文學 ê 形成 kap 民族語言標準化是互相扶持共生 ê。漢字式台灣話文因爲用漢字書寫致使標準化 khang-khòe 真歹進行（鄭良偉 1990:194）。即種情形就親像越南使用「字喃」kāng-khóan，雖然使用 chiân 千冬=à m̄-koh iáu 是無標準化（蔣爲文 2005a:90）。因爲台語漢字無標準化，自然就降低伊 chiân-chò 文學語言 ê 普遍性。

第三，造成台灣話文使用者無受重視、hông 看輕。台灣人 beh 用漢字來書寫台灣話文自然會 tú-tiòh chit-kóa 用漢字寫 bē 出來語詞。Chit-ê sî-chūn 真 chē 人就用造字、chhōe "本字"或者用假借字 ê 方式來克服。因爲即種"特殊字"、"怪字" tī 漢字文化圈 lìn 通常 lóng 是 hông 當作「低文字」來看待，致使台灣語文 mā hông 當作無水準、低路 ê 文字。

第四，限制外來詞 ê 吸收。「外來詞」（loanwords）是一個語言 ê 詞彙增加、生長 ê 重要來源之一。若無好 ê 文字工具 thang 吸收外來詞，án-ne chit-ê 語言就會出現成長停頓 ê 情形。以日本爲例，tī 19 世紀後半期「明治維新」以前，日本是以漢字爲正式書寫文字。明治維新時期因爲大開

---

[4]　有關漢字 ê 學習效率，ē-sái 參閱蔣爲文(2005d)、Chiung (2003)。

門戶 hām 西歐國家進行交流，所以每日有真 chē ê 概念、事物 ê 出現。Beh án-choán 真 kín、真有效率 koh 真正確 ê 書寫 chit-kóa 概念 kap 事物 neh？就是 chit-ê 需求 chiah 促使日本人積極進行語文改革、重視「假名」(Kana) ê 使用。為啥物講漢字無適合用來表記外來詞？因為伊容易造成語意含糊 koh 無容易標準化。像講，英語名 "Bush" tī 台灣翻做「布希」，tī 中國翻做「布什」；m̄-tan 無標準化 koh 會 hông 誤會 kap 布有關係。Koh，有一種 pháng 叫做 "croissant"，tī 台灣中文 lìn 翻做「可頌」；kám 講 croissant kap "可以頌讚"有關係？有一種 pháng 叫做 "bagel"，若翻做「北狗」kám 會 khoàn-kháu--chit？

第五，影響 tiòh 台灣民族性格 ê 文化獨立性。越南人 tī 法國統治之下透過法國 ê 協助廢除漢字、切斷越南 hām 中國之間 ê 文化 tō-châi（蔣為文 2005b）。對照之下，台灣 tī 日本統治之下，初期為 tiòh beh khiú 近 pên-pên 是漢字文化圈成員 ê 台灣人 hām 日本人之間 ê 關係，日本人就利用漢字 ê「chīn chhun--ê 價值」(剩餘價值) 乎台灣人繼續使用漢字。雖然 lō-bóe 日本人為 tiòh 排華、侵略中國 soah tī 1937 年禁用漢文，m̄-koh 已經 seng 慢 à。台灣人因為使用漢字 kap 相關"漢字文化產品" soah 有「漢民族」想像 ê 客觀條件。這對後來台灣文學、文化 kap 國家建構有真大 ê 影響。

像講，台灣文學 ê 發展一開始是受 17 世紀時代荷蘭人 chah 入來 ê 聖經文學 kap 後來 19 世紀後半期以台語白話字（羅馬字）為主 ê 白話字文學 ê 影響（蔣為文 2005e）。M̄-koh 台灣文學界 bē-chió 人 soah khiā tī 漢字 ê 文學史觀，講台灣古典文學 ùi 沈光文開始，到 kah 1920 年代 koh 受中國近代白話文運動影響 chiah 發展出台灣新文學。因為無法度跳脫漢字 ê 迷思，致使有 bē chió 人認為台灣文學是中國文學 ê 支流 niâ。因為 án-ne soah 減弱台語文學 chiân 做台灣 ê 獨立 ê 國民文學 ê 強度。

台灣人 ê「漢民族」想像 kap 近代 ê「中國民族」想像其實是無完全 kāng ê 概念，m̄-koh「漢民族」想像 soah hō 1945 年佔領台灣 ê 蔣介石有重新建構台灣人 ê 國族想像 ê 基礎。蔣介石一方面利用台灣原有 ê 漢字文

化共同體特色，像講使用漢字、崇拜儒學、過舊曆年、中秋、清明等，kā 轉換做中國共同體 ê 想像基礎；另外一方面就盡力斬斷台灣本土化 ê 根，像講禁止講台灣語言、禁止使用羅馬字。透過出版品、媒體宣傳 kap 大中國 ê 教育系統，台灣真 kín 就建立以中華民國為基礎 ê 中國共同體想像（蔣為文 2005b）。

5. 結論

　　本論文以 Gelb（1952）ê 文字發展理論為論述基礎，指出漢字並 m̄是一般大眾所認為 ê 表意文字，顛倒是一種進化無完全 ê「詞素音節」文字。漢字對台灣人 ê 影響 m̄-taⁿ tī 語言層次，mā tī 文學 kap 文化 ê 發展頂頭。

　　台灣人因為使用漢字書寫，所以 tī 外來詞頂頭 ê 生產 kap 處理速度真慢；而且因為漢字 ê 模糊性致使台灣人 teh 運用書面語 ê 時 khah 無句法 ê 概念、容易寫出語意模糊 ê 語句。Koh khah 嚴重 ê 是因為漢字歹學歹寫，致使文字書寫 ê 解釋權容易掌握 tī 少數 ê 漢字既得利益者手頭，形成「bat 漢字=ê」kap「m̄ bat 漢字=ê」ê 階級對立。

　　台灣人因為使用漢字書寫，所以白話文學 ê 發展 ke 真慢。1930 年代 hit-kóa 走找台語漢字 ê 人若 chai-iáⁿ 自 19 世紀後半期以來就有人用台語羅馬字從事出版 kap 創作，若 ē-tàng mài 堅持用漢字，ē-tàng 將時間精力用 tī 台語創作，án-ne 台語文學 ê 發展絕對 ē-tàng ke 真 chhia-iāⁿ。

　　台灣人因為使用漢字書寫，所以一直無法度建立文化獨立 ê 民族國家（nation-state）。Tng-tong 19 世紀尾 20 世紀初 hit-kóa 韓國、越南、日本進步 ê 文人分別提倡用「越南羅馬字」、「諺文」、「假名」ê「非漢字」文字 ê 時，一般國民真緊就 ē-sái kā chit-khoán 文字學起來。當然，民族國家意識就 án-ne 因為讀寫能力 kap 國民教育 ê 建立 soah 真緊形成起來。這就親像近代西歐國家 tī 宗教改革以後因為民眾讀寫能力 ê 建立連帶帶動國民文學 kap 民族國家意識 ê 形成 kāng-khoán 道理（蔣為文 2005e）。相對之下，hit-kóa 無法度跳脫漢字思考中心 ê 中國少數民族「壯族」、「苗

族」kap「瑤族」等，因爲無堅持語言文化 ê 獨立性，所以 tī 政治上 mā
無法度形成民族國家意識。這 ē-tàng hō͘ 咱啓示：台灣人 beh chiâⁿ-chò 文化
獨立 ê 國家 ā 是中國 ê "自治區"？

　　總講一句，台灣人應該跳脫漢字 ê 思考模式 chiah 有法度 tī 語言、文
學、文化頂頭得 tiȯh tháu-pàng。

【本論文原底發表 tī 2006 年第一屆台灣語文暨文化研討會，4 月 29-30
日，中山醫學大學；bat 收錄 tī 蔣為文 2007《語言、文學 kap 台灣國家再
想像》台南：國立成功大學。】

參考冊目

Campbell, William. 1903. *Formosa Under the Dutch.* (reprinted in 1992) Taipei: SMC Publishing Inc.

Chen, Hsuan-Chinh; and Ovid J.L. Tzeng. (eds.). 1992. *Language Processing in Chinese.* Amsterdam: North-Holland.

Cheng, Chao-Ming. 1992. Lexical access in Chinese: evidence from automatic activation of phonological information. In Hsuan-Chih Chen & Ovid J.L. Tzeng. (eds.). 1992. pp. 67-92.

Chiung, Wi-vun T. 2003. *Learning Efficiencies for Different Orthographies: A Comparative Study of Han Characters and Vietnamese Romanization.* PhD dissertation: University of Texas at Arlington.

DeFrancis, John. 1990. *The Chinese Language: Fact and Fantasy.* (Taiwan edition) Honolulu: University of Hawaii Press.

DeFrancis, John. 1996. How efficient is the Chinese writing system? *Visible Language.* Vol.30, No.1, p.6-44.

Flores d'Arcais, Giovanni B. 1992. Graphemic, phonological, and semantic activation processes during the recognition of Chinese characters. In Hsuan-Chih Chen & Ovid J.L. Tzeng. (eds.). 1992. pp. 37-66.

Gelb, I. J. 1952. *A Study of Writing.* London: Routledge and Kegan Paul.

Habein, Yaeko Sato. 1984. *The History of The Japanese Written Language.* Tokyo: University of Tokyo Press.

Hall, Daniel George E. 1981. *A History of South-East Asia.* (4th ed.) London: The Macmillan Press.

Hannas, William. 1997. *Asia's Orthographic Dilemma.* Hawaii: University of Hawaii Press.

Heylen, Ann. 2001. Dutch language policy and early Formosan literacy (1624-1662). In Ku Wei-ying (ed.). *Missionary Approaches and Linguistics in Mainland China and Taiwan*, 199-251. Leuven: F. Verbiest Foundation and Leuven University Press.

Ledyard, Gari Keit. 1966. *The Korean Language Reform of 1446: the Origin, Background, and Early History of the Korean Alphabet.* Ph.D. Dissertation: University of California, Berkeley.

Li, Ledong. 2000. *The Role of Phonology in Rading Chinese Single Characters and Two-characters Words with High, Medium and Low phonological Regularities by Chinese Grades 2 and Grade 5 Students.* Ph.D. dissertation: Oakland University.

Norman, Jerry. 1988. *Chinese.* Cambridge: Cambridge University Press.

Seeley, Christopher. 1991. *A History of Writing in Japan.* Netherlands: E. J. Brill.

Shih, Sang-Soon; Don-ju Lee; and Hwan-Mook Lee. (eds.). 1990. *Understanding Hunmin-jong.um.* Seoul: Hanshin Publishing Company.

Shu, Hua; and Richard C. Anderson. 1999. Learning to read Chinese: the development of metalinguistic awareness. In Jian Wang; Albrecht W. Inhoff; and Hsuan-Chih Chen. 1999. pp. 1-18.

Smalley, William. et al.1963. *Orthography Studies.* London: United Bible Societies.

Taylor, Insup; and Taylor, Martin M. 1995. *Writing and Literacy in Chinese, Korean and Japanese.* PA: John Benjamins.

Tzeng, Ovid. et al. 1992. Auto activation of linguistic information in Chinese character recognition. *Advances in Psychology.* Vol.94, p.119-130.

Wang, Jian; Albrecht W. Inhoff; and Hsuan-Chih Chen. 1999. *Reading Chinese Script.* New Jersey: Lawrence Erlbaum Associates.

中島利郎 2003《1930 年代台灣鄉土文學論戰》高雄：春暉出版社。

呂興昌編 1999《台語文學運動論文集》台北：前衛。

李孝定 1992《漢字漢字的起源與演變論叢》(2 版) 台北：聯經。

曹永和 1979《台灣早期歷史研究》台北：聯經。

湯錦台 2001《大航海時代的台灣》台北：貓頭鷹。

裘錫圭 1995《文字學概要》(2 版)台北：萬卷樓。

蔣爲文 2005a〈台灣白話字 hām 越南羅馬字 ê 文字方案比較〉《語言認同與去殖民》p.88-116.台南：成功大學。

蔣爲文 2005b〈共同體 ê 解構：台灣 hām 越南 ê 比較〉，戰後六十年學術研討會--後殖民論述與各國獨立運動研討會，5 月 21 日，台灣歷史學會，台北，台灣會館。

蔣爲文 2005c〈漢字對台灣人 ê 語言認知 ê 影響〉《語言認同與去殖民》p.211-233.台南：成功大學。

蔣爲文 2005d〈越南羅馬字和台灣羅馬字的學習效率及錯誤型態比較〉《語言認同與去殖民》p.144-175.台南：成功大學。

蔣爲文 2005e〈羅馬字是台灣新文學 ê 開基祖〉《語言認同與去殖民》p.26-42.台南：成功大學。

中介語 iảh 是透濫新生語？

——論鄉土文學作品 ê 語言文字使用現象

1. 話頭

　　Che 10 外年來各大學 sio-soà 成立台灣文學 iảh 是台灣語文學系 kap 研究所。雖 bóng 台文系所 ê 發展 iáu 有真 chē 問題[1]，總是，伊加減有帶動學院派人士對台語文學 ê 研究風氣。

　　是講，啥物是台語文學？真 chē 人可能會回應講，用台語創作 ê 文學作品。M̄-koh，按怎 chiah 算是「用台語創作」？像講，下面 chit koá 作品 kám 算是台語文學作品？日本時代「賴和」ê〈鬥鬧熱〉（1926）、〈一個同志的批信〉（1935）、〈富戶人的歷史〉（1934?），戰後「王禎和」ê《嫁妝一牛車》（1969）、《玫瑰玫瑰我愛你》（1984），蕭麗紅 ê《桂花巷》（1977）、《千江有水千江月》（1981）、《白水湖春夢》（1996），黃春明 ê《鑼》（1974）、《莎喲娜啦・再見》（1974），凌煙 ê《失聲畫眉》（1990）等？無全 ê 研究者可能有無全 ê 答案。

　　台語文學 ê 發展若用文字來區分，ē-sái 分做羅馬字（俗稱白話字 Pẻh-oē-jī[2]）kap 漢字（包含漢字式 ê 造字；以後 lóng 按呢簡稱）二大款。若用羅馬字來寫，讀者的確 ē-sái kā 文本看分明，真簡單就知影 he 是台語文。M̄-koh，若用漢字來寫，問題就 chē lah。咱用蔡培火 1925 年出版 ê 白話字作品《Chảp-hāng Koán-kiàn》（十項管見）做例來說明。伊 ê 原文是按呢：

---

[1] 有關台文系所 ê 問題，請參閱蔡金安(2006)。
[2] 關係白話字，請參閱蔣爲文(2001)、董芳苑(2004)。

Ṁ-kú Hàn-bûn sī chin oh, Kok-gú iā chin lân, koh-chài chit nn̄g hāng kap Tâi-oân-oē lóng sī bô koan-hē. Chit ê lâng beh sió-khóa cheng-thong chit nn̄g khoán giân-gú bûn-jī, chì-chió tiȯh ài chȧp-nî ê kang-hu；thang kóng sī chin tāng ê tàⁿ-thâu. (蔡培火 1925: 15)

原文 ē-sái 真清楚看出是用台語，甚至啥物腔口 lóng 真明。Ṁ-koh，若用全漢字來書寫，會變做啥款？咱用董芳苑 ê sûi 字翻寫 ê 漢字版 hō 讀者參考：

> 不過漢文是真難，國語也是真難，又再這兩項與台灣話攏是無關係。一個人欲可精通這兩款言語文字，至少著愛十年的功夫；通講是真重的擔頭。（張漢裕 2000: 196）

讀者若一開始讀 tiȯh 漢字版，請問伊會認為 che 是中文 iȧh 是台語文？可能伊 ài tùn-teⁿ--chit-ê chiah ē-tàng 回答。

早前台灣文學作品內底有一 koá hông 號做「鄉土文學」ê 作品，親像頂面所舉 ê 王禎和 hia--ê 作家 ê 作品。伊上大 ê 特色是「用華語或者漢文書寫，內底透濫一寡台語詞」。有人認為 che 應該算是華語文或者漢文，無算是台語文。Mā 有人 kā 當作是台語文作品。近來有一 koá 人 kā *Homi Bhabha* ê 文化「透濫」（thàu-lām；hybridity）概念 thȧh 來解說 chit koá「鄉土文學作品」ê 書寫方式講是透濫新生語言 ê 誕生。

本論文 ê 研究目的是 ùi 社會語言學 ê code switching/code mixing kap 語言習得 ê interlanguage（中介語）ê 角度探討 chit koá 鄉土文學作品 ê 語言文字使用現象。Ǹg-bāng ē-tàng 對台語文學 ê 定義提出 khah 明確具體 ê 判斷標準。

2. 文字符號 kap 書寫語法

語言 ē-sái 幼分做口語（spoken language）kap 書面語（written language）。除非是人造 ê 語言或者電腦程式語言，自然語言 lóng 是先有口語 chiah koh

有書面語。書面語是 m̄ 是 ē-sái 真 sù-sī koh 精密 ê 表現口語，ài 看伊是採用啥款 ê 文字符號。

咱人 ê 語言，若照有名 ê《Ethnologue》所收錄 ê，目前 iáu 活 leh ê 語言有 6,909 個（Lewis 2009）。Chit koá 語言內底，大約 iáu 有 3,000 種語言無書面語（Moure 1991: 6）。Hit koá 無發展出書面語 ê 語族，in 若 m̄ 是 kui 世人做青暝牛，就是借用他族 ê 書面語來記錄 in ê 語言。

以漢字文化圈來講，越南、朝鮮、日本、台灣 chit koá 所在 ê 語言族群原底 lóng kan-taⁿ 有口語，無書面語。Tng 中國漢唐政治文化勢力 ǹg 外拓展，漢字 kap 文言文 mā toè 伊淀到厝邊 ê 民族。Chit koá 民族 tī 借用 ê 初期，lóng 直接採用漢字文言文，mā kā 中國 ê 四書五經當做經典（Norman 1988；DeFrancis 1990；蔣為文）。是講，漢字文言文對 hit koá 民族 ê 母語來講是 chảp-chńg ê「無全 ê 語言」，就親像講英語 ê 人借用拉丁文做書面語 hit 款（Norman 1988: 83）。所以 in 使用文言文 ê 時，一方面也 tō 學外族 ê 口語，一方面也 tō 學外族 ê 書面語，thèng-hó 講是雙層 ê 重擔，不比講（put-pí-kóng）是單純學家己 ê 母語 ê 書面語。因為讀冊人長期學外族 ê 口語 kap 書面語，年久月深 liáu soah tùi 家己 ê 母語造成影響，也就是形成所謂 ê 讀冊音或者文言音。下面咱以越南做例來講分明。

古早越南讀冊人 in 平時所講 ê 話（口語）kap 中國、朝鮮、日本、台灣 ê 人所講 ê 是互相 bē 通 ê 語言。Tng in tī 漢學 á（私塾）hia 讀漢冊 ê 時，咱提王維 ê〈相思〉做例[3]，ē-sái 分做下面 kúi 個層次：

代先，in 用「漢越音」（âm Hán Việt），照原文五言絕句 ê 句法順序，kā 唸出來（例 1a）。Chit 款做法 tī 越南話 lìn 號做「譯音」（phiên âm）。

例 1a)
〈相　　思〉（王維）
Tương Tư

---

[3] 本論文所用王維〈相思〉ê 各種越語譯本，來自 Hành Đường Thoái Sĩ；Trần Uyển Tuấn；Ngô Văn Phú (2000: 592-593)。

紅　豆　生　南　國

Hồng đậu sinh nam quốc,

　　春　　來　發　幾　枝

Xuân lai phát kỷ chi.

　　願　　君　多　採　擷

Nguyện quân đa thái hiệt,

　　此　物　最　相　思

Thử vật tối tương tư.

　　例 1a) chit 款 ê 讀法，mài 講一般越南百姓，就算初學 ê 讀冊人 mā 無一定聽有。所以漢學仔仙 ài koh 用 khah 白話 ê 方式「翻譯」hō 學生瞭解。翻譯 ê 時大概有 2 種做法：

　　例 1b) ê 做法是維持五言絕句 ê 形式，m̄-koh 構詞 kap 句法調整做越南話。chit 款做法 tī 越南話 lìn 號做「譯詩」（dịch thơ）。例內底用（ ）符號 khong tiâu leh koh 劃底 sûn ê 語詞無適當漢字，是對應 ê 台語翻譯。

　　例 1b)

〈Tương Tư〉

　　　相　　思

Đậu đỏ sinh nam quốc,

　　豆　紅　生　南　　國

Mùa xuân　　nở　　mấy　cành?

（季春）　（puh-íⁿ）　（幾）　枝

Xin anh hái　　thật　　　đã,

請　君　採　（實在）　（已經 ; 放手去做）

Vật　ấy　　　nhớ thương　đằm.

物　（彼）　　（思念）　（深情）

　　例 1c) kap 1d) lóng 無 chhap 五言絕句 ê 形式，直接照翻譯者 ê 越南話

語感去翻。因爲 ta̍k 人 ê 語感無 tú-tú 會 kāng-khoán，所以翻譯 mā sió-khoá 無全。例 1c) ê 標題維持漢越詞「Tương Tư」，m̄-koh 1d) ê 標題翻譯做白話 ê 越南語「Nhớ Nhau」。In ê 差別就親像台語 ê「思念」vs.「心悶」。

例 1c)

〈Tương Tư〉

Đậu đỏ sinh ra ở nước Nam,

Mùa xuân đến đã nảy được bao cành?

Xin anh hãy hái thật nhiều,

Vật ấy vốn rất gợi cho chuyện nhớ đến nhau.

例 1d)

〈Nhớ Nhau〉

Đậu hồng sinh ở phương Nam,

Đến xuân này lại nở thêm mấy cành.

Lượm về nhiều nhé, hỡi anh,

Giống này mới thật nặng tình tương tư.

Ùi 頂面 ê 例 ē-sái 看出，例 1a)是用越南話 kā 漢詩唸出來。其實，m̄-nā 越南話，台語、客語、廣東話、朝鮮話、日本話 lóng mā ē-tàng 唸。咱 kám ē-sái 講因爲 ē-tàng 用越南話唸，所以伊是越南文？咱先用下面 ê 英文做例來看會 khah 清楚。若準一個台語人看 tio̍h 例 2a)，伊用台語 kā 唸做例 2b)。咱 kám 會認爲例 2a)是台語文？應該 "bē" chiah tio̍h！Kāng-khoán ê 道理，例 1a)無應該是越南文、台語文、客語文、廣東文、朝鮮文、日本文。咱應該 kā chit koá 用漢字書寫 ê 傳統漢詩、漢文當做另外一種跨語言、跨國家 ê 書面語來看 chiah 合理。

例 2a)

Red beans grow in South State.

例 2b)

Âng tāu seⁿ tī Lâm Kok.

　　是按怎例 2a)真好判斷，m̄-koh 例 1a) khah pháiⁿ 判斷？Che 是因爲漢字 ê 迷思 ê 關係[4]。爲啥物漢字會造成誤解？上主要因爲漢字是「詞素音節」（morphosyllabic）文字（DeFrancis 1990: 88），koh 文言文是一種無完全描寫口語 ê 書面語。咱 ē-sái 用下面例 3a) ê 筆算（pit-soàn）公式來做例。例 3a) ē-sái 用世界各國 ê 口語來唸，若用台語唸，就 chiâⁿ 做例 3b)；用華語唸，就 chiâⁿ 做例 3c)；用越語唸，就 chiâⁿ 做例 3d)。

例 3a)

10×2÷5=4

例 3b)台語

chȧp sêng jī pun gō͘ pîⁿ sì

例 3c)華語

shí chéng èr chú wǔ děng yú sì

例 3d)越語

mười nhân hai chia cho năm là bốn

　　越南人採用例 1a) hit 款 ê 漢字文言文過一段真久長 ê 時間 liáu，有一 koá 人開始思考按怎 kā in ê 越南口語變做書面語。因爲漢字 tī hit tong 時算是強勢 ê 文字，所以代先想 tiȯh 利用漢字 chiâⁿ 做 in ê 書面語符號。Chit ê 情形就親像西歐國家利用羅馬字來做 in ê 書面語 ê 文字符號 kāng-khoán。
　　越南人是按怎利用漢字符號來描寫 in ê 口語？咱用例 1b) 做例。基

---

[4] 關係漢字迷思 ê 論述，請參閱 DeFrancis (1990)、蔣爲文(2007)。

本上，書寫 ê 時是照越南語 ê 語法。Koh 來，hit koá 無適當漢字對應 ê 語詞（也就是 khah 純 ê 越南語詞）beh 按怎處理？大概有 3 大類型 ê 做法：

第一，用現有 ê 漢字內底 hit koá 越南話發音（主要）或者漢語發音（次要）khah oá ê 漢字來 tàu chia ê 語詞。Chit 種做法就是漢字 ê「音化過程」，親像現代英語所講 ê rebus writing。（蔣為文 2007: 238；Gelb 1952: 194）

第二，無 chhap 講原始發音是按怎，kan-taⁿ 就伊漢字 ê 字意來看，chhoē hit koá 語意 khah oá ê 漢字來 tàu。

第三，參考漢字 ê 造字原理來新造「字喃」（chữ Nôm）字[5]。簡單講，多數 ê 字喃是 2 個漢字 tàu 起來 ê。

以上 che 3 種做法所產生 ê 字 ē-sái 講是廣義 ê「字喃」。例 1b)內底 hit koá 無適當漢字對應 ê 語詞若用字喃 kā thiⁿ 入去，就形成字喃文學作品，類似台語「歌仔冊」ê 做法；若用羅馬字來寫，就形成親像台語「漢羅合用」ê 書寫方式。

因為字喃 kap 漢字外形生做真類似，有時真歹分辨，所以字喃 ê 正確起源時間真 oh 論定。一般來講，字喃大約是 tī 10 世紀 ê 時發展出來（DeFancis 1977: 21）。因為字喃歹認定，koh 越南語內底大約有 7 成 ê「漢越詞」，致使字喃作品 kap 漢字作品有時 mā 無好區分。下面咱以 phah 敗入侵越南 ê 清國兵 ê 阮惠所寫 ê 短文做例說明：

例 4a)阮惠 ê 短文

打朱底𬏵𬏵

打朱底顛𬏵

打朱做隻輪不返

打朱做片甲不還

打朱使知南國英雄之有主

例 4a)阮惠 ê 短文看起來 ká-ná sêng 字喃文 mā ká-ná sêng 漢文，其實

---

[5] 關係字喃構造 ê 探討，ē-sái 參考阮進立(2009) kap 姜運喜(2009)。

是字喃文。In ê 口語發音對照列 tī 例 4b)。

例 4b)

打　朱　底　戜　鬆

Đánh cho để dài tóc. (台譯：kā in phah 轉去 thang 好保留留長頭鬆 ê 風俗)

打　朱　底　顛　齻

Đánh cho để đen răng. (台譯：kā in phah 轉去 thang 好保留喙齒 chō 烏 ê 風俗)

打　朱　做　隻　輪　不　返

Đánh cho nó chích luân bất phản.

打　朱　做　片　甲　不　還

Đánh cho nó phiến giáp bất hoàn.

打　朱　使　知　南　國　英　雄　之　有　主

Đánh cho sử tri nam quốc anh hùng chi hữu chủ.

說明

打：漢越音/đả/

　　越南白話音/đánh/

　　Tī chia ê 語意：phah、攻打

朱：漢越音/chu/

　　越南白話音/cho/

　　Tī chia ê 語意：類似台語「kā 物件 hō͘ 我」ê「hō͘」

底：漢越音/để/

　　越南白話音/để/

　　Tī chia ê 語意：類似台語「儉錢 thang 過年」ê「thang」

戜：無漢越音

　　越南白話音/dài/

　　Tī chia ê 語意：留長頭鬆

　　𩭲：無漢越音

　　　　越南白話音/tóc/

　　　　Tī chia ê 語意：頭鬃

　　顛：漢越音/điên/

　　　　越南白話音/đen/

　　　　Tī chia ê 語意：烏色

　　𬇚：無漢越音。「齒」無漢越音，「㱥」ê 漢越音/lăng/

　　　　越南白話音/răng/

　　　　Tī chia ê 語意：喙齒

　　𠊚：無漢越音。「奴」ê 漢越音是/nô/

　　　　越南白話音/nó/

　　　　Tī chia ê 語意：第三人稱複數 in

　　例 4b)內底「打」ê「漢越音」(類似台語 ê 文言音)是/đả/，chit ê 漢字 hông 當做音節語音符號 thẻh 來表記越南日常白話發音/đánh/。「打」ē-sái 算是漢字 mā 是字喃。「朱」ê 漢越音是/chu/，tī chia 用來記錄/cho/ chit ê 純越南語。「朱」tī 無全文本 lìn ē-sái 算是漢字 iảh 是字喃。Tī chia，「朱」是頂面所講第一種類型 ê 字喃。「底」、「顛」chham「朱」kāng-khoán 是第一種類型 ê 字喃。「𨑗」、「𩭲」、「𬇚」、「𠊚」lóng 是第三種類型新造 ê 字喃。

　　因爲字喃是一款漢字式 ê 文字符號，採用字喃會出現一 koá 現象：

　　第一，無好區分漢文 kap 字喃文。

　　第二，越南語 ê 構詞 kap 發音 khah gâu 受漢字／漢語影響。

　　第三，字喃 kap 漢字 kāng-khoán 是詞素音節文字，記音 ê 精密度有khah 輸。

　　第四，字喃比漢字 koh khah 複雜、歹學，增加學習重擔。

　　第五，因爲字喃是 oá 靠漢字生湠出來 ê 文字，造成漢字 chiah 是正統文字、字喃是二流、低路 ê 文字 ê 社會大眾心理。

　　雖 bóng 字喃文 ē-sái 算是越南話 ê 書面語，m̄-koh 伊 kap 漢字 kô-kô-tîⁿ

ê 特性，koh 因為伊受 hit 個文言文書寫方式 ê 影響，致使伊 kap 當代用羅馬字書寫 ê 越南話文 iáu 是有距離。古早 ê 字喃文 siōng-ke 算是古典 ê 越南書面語。若論到現代 ê 越南話文，因為羅馬字是「音素文字」（phonemic writing），tī 記音 ê 功能頂頭比漢字、字喃 ke 真準 koh 有效率，所以 ē-sái 算是完全以口語做基礎 ê 現代白話書面語。

現代 ê 越南話文 ē-sái 追溯到 17 世紀外國傳教士 kā 羅馬字引進到越南 ê 時代。Chit 套羅馬字經過 3 世紀 ê 發展，總算 tī 1945 年胡志明宣布越南民主共和國成立 liáu chiàⁿ 做越南正式 ê 文字（蔣為文 2005；DeFrancis 1977）。因為過去 bat 用漢字 koh 有真 chē 漢越詞，越南語 tī 20 世紀初 bat hông 誤會做「漢藏語系」ê 成員。經過深入研究，chiah 發現伊應該分 tī「南亞語系」（Austroasiatic）下面 ê 成員 khah 適當（Ruhlen 1987: 149-156）。目前，頭擺看 tiȯh 用羅馬字書寫 ê 越南話文 ê 人，應該無人會 kā kap 中文聯想做伙。

下面咱用 chhui-sak 越南語文真有名 ê「范瓊」tī 1931 年《南風雜志》第 164 期所講 ê 話做例來說明：

例 5a)越南羅馬字原文

Nói tóm lại thì quốc-học không thể dời quốc-văn được. Không có quốc-văn không thể sao có quốc-học. Nước Nam ta đời trước không thể có quốc-học bằng chữ Hán được；nước Nam ta đời sau này cũng không thể có quốc-học bằng chữ Pháp được. Muốn cho nước Nam có quốc-học thì phải có quốc-văn bằng tiếng Nam.

例 5a)是用音素文字來書寫，所以 ē-sái kā 越南語 ê 語音、語法真婿氣 ê 表現出來。Koh bē hông 誤會做漢文 iȧh 是中文。咱若 kā 例 5a)隨音節 á 音節 kā 用漢字譯寫，就變成 5b)按呢：

例 5b)漢字譯寫（保留原來 ê 語法）

說總來時國學不能離國文得。無有國文不能何有國學。國南我

代前不能有國學用字漢得；國南我代後今也不能有國學用字法
得。欲予國南有國學則須有國文用語南。

因爲越南語 ê 語法 kap 中文差 khah chē，só-pái 例 5b)若用中文 ê 角度
來讀，讀者會感覺真 oh。若 kā 越南語法調整做中文，就變做例 5c)按呢：

例 5c)漢字譯寫
（調整做中文 ê 語法；調整 ê 所在用（　）kheng leh）
說總來時國學不（得）能離國文。無有國文不（何）能有國學。
（我）（南）國（前）代不（得）能有（用）（漢）（字）國學；
（我）（南）國今（後）（代）也不（得）能有（用）（法）（字）
國學。欲予（南）國有國學則須有（用）（南）（語）國文。

Bē-hiáu 越南語 ê 中國人若看 tiȯh 例 5c)，應該 ē-tàng ke khah 好 ioh 伊
ê 意思。伊 ê 意思若翻譯做台語，是按呢：

總結來講，「國學」bē-sái 脫離「國文」。若無國文 mā 無法度成
立國學。咱越南國過去無應該用漢字建立國學，未來 mā 無應該
用法文建立國學。咱越南國 beh 建立國學就 ài 用越南話文 chiah
thang。

Ùi 頂面 ê 紹介，讀者應該 ē-sái 瞭解文字符號 kap 書寫語法對書面語
ê 影響。另外，多語言社會 ê 語言接觸 mā 會對書面語 ê 認知造成影響。

3. 多語社會 ê 語言選擇 kap 中介語

若準是單語 ê 社會，讀者 ē-sái 真簡單分辨書寫 ê 語言類別。M̄-koh，
tī 多語言 ê 社會內底，特別是大眾有 2 種（含）語言能力 ê 情形下，就
khah pháiⁿ 看分明。

對 hit 寡具有多語言能力 ê 作者來講，in ê 書寫有可能單語，mā 可能

有 2 種（含）以上語言 ê 透濫使用現象。語言 ê 透濫使用，會牽涉 tiòh 使用者伊主、客觀 ê「語言選擇」（language choice）行為。

　　語言選擇通常分做「語碼切換」（code switching）kap「語碼 lām 用」（code mixing），雖 bóng chit 2 款做法有時 mā 無好分明。David Crystal bat kā 語碼切換 kap 語碼 lām 用分別按呢定義：

Code switching:

The use by a speaker of more than one language, dialect, or variety during a conversation. Which form is used will depend on such factors as the nature of the audience, the subject matter, and the situation in which the conversation takes place (Crystal 1992: 69).

Code mixing:

In bilingual speech, the transfer of linguistic elemench from one language into another. A single sentence might begin in one language, and then introduce words or grammatical features belonging to the other (Crystal 1992: 69).

　　一般來講，語碼切換是相對 khah 大規模 ê 語言 hām 語言之間 ê 話語切換（Fasold 1984: 181）。像講，tī 選舉場，候選人為 tiòh 兼顧台語人 kap 華語人 ê 親切感，可能會用台語講一段話了 koh 切換去華語。若論到語碼 lām 用，伊是相對 khah 細話語單位 ê 切換，像講「語詞」（words）、「詞組」（phrases）或者「語句」（sentences）等（Fasold 1984: 180）。通常，若是一段話多數是 A 語言，kan-taⁿ 一 koá 語詞有時會切換去 B 語言，按呢是「語詞借用」（borrowing）ê 現象。

　　無論語碼切換 iàh 是語碼 lām 用，in lóng 是臨時、短暫 ê 話語切換 ê 現象 niâ，lóng 無算是新混合語言 ê 產生。新 ê 混合語言 ê 產生通常 ài 經過 *pidginization* kap *creolization* ê 過程 chiah thang 講。

　　Pidginization 通常發生 tī 3 種（或者以上）互相無法度溝通 ê 語言 tàu-tīn

做伙 ê 時，為 tiòh 互相 tī 口頭上 ē-sái 瞭解對方 teh 講啥，所形成 ê 一款語言形態簡化去、無人提來做母語（no native speakers）ê 語言透濫現象（Wardhaugh 1986: 58-61）。Hit 款 kúi 種語言 lām-lām chham-chham 做伙 ê "物件" 號做「Pidgin」。Chit 款現象通常發生 tī 外來移民 kài chē ê 商業地區。

Creolization 是指 Pidgin 經過使用一段時間 liáu，開始有囡仔 kā 伊當做母語使用 ê 過程。通過 creolization ê 號做「Creole」。Pidgin ē-tàng 順利通過 creolization ê 比例無 koân（Wardhaugh 1986: 78）。Hit 寡 Creole mā ài koh 有 tòng 頭，無 hō͘ 原來 ê 語言成份內底 ê 強勢語言食去，chiah 算是新 ê 語言產生。

Tī 多語言社會，chē-chió 有語言學習 ê 機會。Tī 學習者 beh 學第二語言 ê 過程，會形成一款「中介語」（interlanguage）。Chit 款中介語是 oá tī 學習者 ê 第一語 kap 第二語之間 ê 個人 ê、無穩定 ê 過度語言（Crystal 1992: 190-191；Larsen-Freeman and Long 1991: 60）。中介語若 oá 第二語 soá 去，表示學習者 ê 學習成果 lú 好。因為中介語會 toè 學習者 ê 學習成果改變，而且是個人 ê、m̄ 是集體 ê 表現，所以無算是新語言 ê 產生。

4. 台語文學作品 ê 判斷標準

咱 chit-má 翻頭來看按怎 chiah 算是台語文學？

語言學家鄭良偉 tī 1988 年替林宗源編選《林宗源台語詩選》ê 時，bat tī 頭序 lìn ùi 語言學 ê 角度 kā 台語文學 kap 華語文學做真清楚 ê 定義 kap 區分。伊主要 ùi 語言 ê 語法 kap 語彙 ê 角度來討論（1989: 181）。伊算是戰後 khah 早正式公開討論按怎區分台語文 kap 華語文 ê 學者。經過 10 外年 liáu，《台文戰線》tī 2007 年 4 月第 6 號起連載 3 期 ê 台語小說發展專題。第 6 號 ê 討論重點主要 khǹg tī 台語小說 ê 界定，hit-chūn ê 爭議點 tī 蕭麗紅 ê《白水湖春夢》kám 算台語小說。大約 kāng hit 時期前後，mā 有一 koá 論文有討論 tiòh 台語文學作品 ê 界定 kap 混合語 ê 使用情形，像講丁鳳珍（2007）、李南衡（2008）、呂美親（2008）、張郁琳（2008）、林芷琪（2009）等 chit 寡。

咱知台語文學 ê 語言書寫 tek-khak 就 ài 用台語寫。是講，按怎 chiah 算是台語書面語 neh？Ē-sái ùi 下面 chit kúi 個標準來檢驗：

作者 ê 主觀意識。Che 是 chiâⁿ 做台語文學作品 ê「必要條件」，m̄是「充分條件」。作者若無意識 tiòh 伊是用台語書面語 teh 書寫，按呢 hit 款 ê 作品絕對 m̄是台語文學。若準作者有意識 beh 用台語文書寫，伊 siâng 時 ài 符合下面 ê 條件 chiah 算是台語作品。

作者是 m̄ 是有受過現代台語白話書面語 ê 書寫訓練，伊受 ê 書寫訓練是 m̄ 是有夠額？實在講，有漢文 ê 書寫能力無 tú-tú 會有台語白話書寫 ê 能力。以賴和做例，伊雖 bóng 漢文 kap 中國白話文真好，m̄-koh 伊 ê 台語文書寫程度其實是 oá tī 漢文 kap 現代台語文之間 ê 中介語 niâ。現有 ê 研究顯示，賴和 ê 新文學創作初期 bat 有先用文言文或者漢文書寫 chiah koh 修改做白話文 ê 情形（林瑞明 1993: 382-383）。伊晚期因為感覺無法度突破台語白話文 ê 書寫，soah 轉向田園歌謠 kap 竹枝詞 ê 創作（林瑞明 1993: 388）。Che m̄ 是賴和 ê 程度 bái，是時代 kap 漢字 ê 限制。原因大概有：第一，20 世紀初期 hit-chūn 是漢字文言文 beh 轉換做漢字白話文 ê 初步階段，用漢字來書寫台語白話文 ê 標準 kap 風氣 iáu-boē 建立。第二，台灣語文因為無國家政權 ê 保護 kap 發展，無全面性 ê 台語文教育，致使「手寫母語」造成阻礙。第三，全漢字書寫造成漢文 kap 台語文無好區分。賴和雖 bóng 有心用台語創作，可惜伊無用音素文字 ê 羅馬字來書寫，soah 用漢字做工具。Chit 款情形就類似越南古早 teh 用漢字 kap 字喃書寫越南話 kāng-khoán，會 tú-tiòh 歹認定 ê 問題。

戰後王禎和、蕭麗紅、黃春明 chit koá 中文作家雖 bóng 台語真 gâu 講，m̄-koh 寫 kap 講是 2 件無仝 ê 代誌。就客觀條件來講，in 無受過台語文書寫 ê 教育，自然無可能寫出真 súi-khùi ê 現代台語白話文。In ê 台語書寫程度 kėk-ke ē-sái 講是中介語 ê 坎站 niâ。

文本（text）本身是 m̄ 是遵照台語句法、構詞 kap 發音。台語書面語 tek-khak ài 照台語 ê 句法、構詞 kap 發音來 kiâⁿ chiah 算是台文。實在講，若 hām 英語比起來，台語 hām 華語 ê 句法、構詞精差無 chē。書寫 ê 時

若無遵照台語來 kiâⁿ，真 gâu hōo 中文拖去。而且，因為漢字是詞素音節文字，khah ham-bān 標記音素，致使 khah 無法度表現台語 ê 語音。若語音、句法、構詞 lóng 無照台語來，kan-taⁿ 因為中文文本當中有 lām 一 kóa 台語詞就講 he 是台語文，實在無理。He 應該算是中介語 iàh 是語詞借用 ê 現象 chiah hah。Beh 判斷一個作品是 m̄ 是用台語書寫 ê，siōng 簡單 ê 作法是 kā 伊提 hōo m̄-bat 台語 ê 華語人看。若華語人看有，he 就 m̄ 是現代台語文，kėk-ke ē-sái 講是漢文 niâ。

文本是 m̄ 是有「語碼切換」iàh 是「語碼 lām 用」ê 現象。若準文本 ê 敘述部分用中文書寫，人物對話 ê 所在用台語，chit 款應該算是語碼切換 khah hàh。Ē-sái 講是作者 tī 某種程度 siōng 想 beh 透過語碼切換來表現台灣社會 ê 多語現象。M̄-koh，可惜多數 ê "鄉土文學" 作家因為欠缺台語書寫 ê 訓練，就算想 beh 對話 ê 部分用台語表達，mā 表達 bē 好勢，致使看起來也 sêng 台文也 sêng 中文。若是中文語句內底有參 tiòh 台語 ê 語碼 lām 用現象，因為 chit 款現象是個人 tėk、暫時 ê 語文表現現象，無應該當做是新 ê 混合語 ê 產生。

下面咱用蕭麗紅 ê《白水湖春夢》文本 ê 對話做例綜合說明：

例 6a)蕭麗紅 ê《白水湖春夢》文本（1996: 221）
「但是一堆學生仔要食飯，臨時不送，人欲怎樣呢？」
「這話給你做參考，要，不，由你自己掠主意，若有人肯做，
妳那手車讓他，那是最好！」

頂面 chit 2 句話看起來假若台語 mā 假若華語，真 bái 判斷。咱若 kā 提 hōo bē-hiáu 台語 ê 中國人看，伊若照漢字字面用華語發音，會發做例 6b) 按呢：

例 6b)
Dàn shì yī dūi xóe shēng (**zǐ**) yào shí fàn, lín shí bù sòng, rén yù zěn yàng ne.
Zhè hòa gěi nǐ zuò cān kǎo, yào, bù, yóu nǐ zì jǐ (**lǜe**) zhǔ yì, ruò yǒu rén kěn zuò, nǐ nà shǒu chē ràng tā, nà shì zùi hǎo!

例 6b)內底雖 bóng（**zǐ**）（**lüè**）chit 2 個詞讀 tio̍h khah kê-kô，in 應該 bē 影響中國人用北京話來理解 6a) ê 內容。若換做台語人來讀，伊 ài 讀者家己 kā 漢字轉做台語 ê 發音 kap 構詞。Tī 轉換 ê 過程，因為有 kúi 種 ê 可能性，致使讀者會產生「解碼」（decoding）ê 困難。

例 6c)漢字轉台語 ê 可能性
但是：tān-sī, m̄-koh (2)
要：ài, iàu, beh (3)
不：put, m̄, mài, bô (4)
欲：beh, io̍k (2)
怎樣：choáⁿ-iūⁿ, án-choáⁿ (2)
這：che, chit, chia (3)
給：hō͘, kā (2)
自己：chū-kí, ka-tī (2)
那：ná, he, hia (3)
最好：choè-hó, siōng-hó (2)

若用例 6c) chia ê 可能讀法來計算，例 6a) chit 2 句話 lóng 總有 6,912 種可能 ê 發音，計算方法是按呢：

$$2 \times 3 \times 4 \times 2 \times 2 \times 3 \times 2 \times 2 \times 3 \times 2 = 6,912$$

Ùi 頂面 ê 例 ē-sái 看出講，例 6a)顛倒 khah 好 hō͘ 讀者讀做北京話。若 beh 讀做台語，soah 頭殼 lāi ài 先 tùn-teⁿ--chi̍t-khùn chiah ē-tàng 大概了解語句是 teh 講啥。因為「tùn-teⁿ」，有時一 koá 寫作 ê 靈感就無去 ah。所 pái，bē-kham--chit ê 作家就放棄台語寫作，改用中文。Beh 減 chió 台語文「解碼」ê 複雜度 siōng-hó ê 方法是採用音素文字。

5. 煞尾

　　台語書面語主要 ē-sái 分做漢字 kap 羅馬字 2 款文字符號。羅馬字因為是音素文字，所以 ē-sái 充分表現台語 ê 語音，無人會 kā 台語羅馬字寫 ê 文章當做中文。

　　Ùi 19 世紀後半期羅馬字傳入台灣 liáu，真 kín tī 1885 年就開辦台語羅馬字報紙，用台語羅馬字辦教育 kap 創作，到 kah 20 世紀初期已經有真好 ê 台語白話文學成就 ah（蔣為文 2005: 34-42；呂興昌 1995）。對照之下，ùi 17 世紀鄭成功時期開始發展 ê 漢文教育，到 kah 20 世紀初期 iáu teh「台灣話文論戰」：論講 kám thang 用台語寫，若 beh 寫，beh 按怎 siá khah 好勢？（葉石濤 1993；陳淑容 2004）Hit 寡頭殼內 kan-taⁿ té 漢字 ê 舊文人 soah m̄ 知人已經用台語羅馬字寫 kah pin-pin-piàng-piàng ah。

　　二次世界大戰以後，因為中國國民黨 ê 國語政策 kap 大中國教育 ê 關係，台灣 ê 文壇主要 hō͘ hit 寡來自中國 bat 中文 ê 人 lak tī 手頭。台灣人就算想 beh 用台語寫作，一方面無受過台文 ê 教育，一方面 mā 無發表 ê 空間，kan-taⁿ ē-sái kā 台語偷藏 tī 中文內底。Che 是造就戰後所謂「鄉土文學」產生 ê 基本背景。

　　Hit koá bat 參與鄉土文學 ê 作家，後來分做 3 線發展：第一線，放 sak 台語路線，改做純中文創作，像講黃春明。原因可能是 in 個人無法度突破台語寫作障礙，mā 可能 in 感覺台語文無市場。第二線，維持原底中文 lām 台語 ê 鄉土文學風格，像講蕭麗紅。蕭麗紅是 m̄ 是有意識 tiòh 發展「台語文學」ê 重要性 kap 必要性？筆者因為無機會訪問伊，所以無法度回答。M̄-koh，若就客觀現象來看，伊 ká-ná 無創作純台語文學 ê 拍算。Tī 解嚴以後，「漢字 lām 羅馬字」chit 款現代台語白話文書寫方式 lú 來 lú 風行 ê 情形之下，蕭麗紅無啥可能毋知純台語文學 ê 訴求 kap 主張。第三線，棄 sat 中文，專心改用現代台語白話文創作，像講林宗源、林央敏、黃勁連等 hit koá 作家。

　　認真講起來，hit koá 中文 lām 台語 ê 鄉土文學作品 iáu m̄ 是現代台語文學，m̄-koh che 是台灣受外來統治 ê 無法度避免 ê 過渡現象。咱 iáu 是

ài 肯定 in ê 過渡性貢獻。M̄-koh，若永遠停留 tī chit ê khám-chām，mā m̄ 是辦法。Beh 發展台語文學，避免台文 hō͘ 中文食去，siōng-hó ê 法度是參考越南 ê 例採用全羅馬字來書寫。若暫時做 bē 到，至 chió ùi 漢羅 ê 方式做起。

【原文原底發表 tī 2010 年第六屆台語文學國際研討會，10 月 23-24 日，台北，台灣師範大學；bat 收錄 tī 蔣為文 2011《民族、母語 kap 音素文字》台南：國立成功大學】

參考冊目

Crystal, David. 1992. *An Encyclopedic Dictionary of Language & Languages*. Oxford: Blackwell.

DeFrancis, John. 1977. *Colonialism and Language Policy in Vietnam*. The Hague.

DeFrancis, John. 1990. *The Chinese Language: Fact and Fantasy.* (Taiwan edition). Hawaii: University of Hawaii Press.

Fasold, Ralph. 1984. *The Sociolinguistics of Society.* Oxford: Blackwell.

Hành, Đường Thoái Sĩ; Trần, Uyển Tuấn; Ngô, Văn Phú. 2000. *300 Bài Thơ Đường*. Hà Nội: NXB Hội Nhà Văn.

Larsen-Freeman, Diane & Michael H. Long. 1991. *An Introduction to Second Language Acquisition Research*. New York: Longman.

Lewis, M. Paul. 2009. *Ethnologue* (16th ed.). Dallas: SIL International.

More, Hyatt. 1991. *The Alphabet Makers*. Huntengton Beach: Summer Institute of Lenguistics.

Norman, Jerry. 1988. Chinese. Cambridge: Cambridge University Press.

Ruhlen, Merritt. 1987. *A Guide to the World's Languages.* London: Edward Arnold.

Wardhaugh, Ronald. 1986. *An Introduction to Sociolinguistics*. Oxford: Blackwell.

丁鳳珍 2007〈爲 beh oá 近土地 kap 鄉親 poáh 感情：台灣日治時期漢字小說中 ê 台語書寫探討〉收錄 tī 2007 年台語文學學術研討會論文集，10 月 6-7 號，台中，中山醫學大學。

呂美親 2007《日本時代台語小說研究》。碩士論文：國立清華大學。

姜運喜 2009《喃字會意字造字法研究》。碩士論文：政治大學。

張漢裕 2000《蔡培火全集（五）台灣語言相關資料（上）》。台北：吳三連台灣史料基金會。

張郁琳 2008《論張春凰、王貞文與清文其人及台文作品內的性別認同與國族認同》。碩士論文：國立成功大學。

李南衡 2008《台灣小說中 ê 外來語演變——以賴和 kap 王禎和 ê 作品作例》。碩士論文：國立台灣師範大學。

林瑞明 1993《台灣文學與時代精神》。台北：允晨。

林芷琪 2009《日本時代漢字文學中書寫語言的「透濫」現象（1920-1930年代）》。碩士論文：國立成功大學。

董芳苑 2004〈台語羅馬字之歷史定位〉，《台灣文獻》，第 55 卷第 2 期，頁 289-324。

蔡金安編 2006《台灣文學正名》。台南：臺灣海翁臺語文教育協會。

蔣爲文 2001〈白話字，囡仔人 teh 用的文字？〉，《台灣風物》期刊，51（4），頁 15-52。

蔣爲文 2005《語言、認同與去殖民》。台南：成功大學。

蔣爲文 2007《語言、文學 kap 台灣國家再想像》。台南：成功大學。

蕭麗紅 1996《白水湖春夢》。台北：聯經。

鄭良偉 1989〈向文字口語化邁進的林宗源台語詩〉，《走向標準化的台灣話文》。台北：自立晚報。

阮進立 2009《漢字與喃字結構比較之研究》。碩士論文：屏東教育大學。

呂興昌 1995〈白話字中的台灣文學資料〉，《台灣詩人研究論文集》，頁 435-462。台南：台南市立圖書館。

葉石濤 1993《台灣文學史綱》。高雄：文學界雜誌。

陳淑容 2004《台灣話文論爭及其餘波》。台南：台南市立圖書館。

二十世紀初台灣 kap
越南羅馬字文學運動 ê 比較

1. 前言

台灣 hām 越南 lóng bat hō͘ 中國統治過，而且 in ê 文學發展 mā lóng 受中國 bē sè ê 影響。台灣 ùi 口傳文學進入書面語文學，一開始是先用羅馬字，後來因爲鄭氏政權 kap 清國統治 ê 關係，漢字 lú 來 lú chhiaⁿ-iāⁿ，路尾 soah 變成 chit-má ê 主流地位。越南 ê 情形 tú-hó 倒 péng。In 一開始因爲 hō͘ 中國統治，所以使用漢字。Tī 17 世紀 ê 時，西方傳教士 kā 羅馬字傳到越南。越南羅馬字初期 kan-taⁿ tī 教會 lìn 使用，m̄-koh tī 20 世紀初期開始有重大 ê 轉變。到 kah 1945 年胡志明宣布越南獨立 ê 時，羅馬字總算取代漢字 kap 法文 chiâⁿ 做越南 ê 正式文字，羅馬字 mā chiâⁿ 做越南 ê 文學語言主流（蔣爲文 2002）。是 án-choáⁿ 越南 ē-tàng 用羅馬字成功取代漢字，台灣到 taⁿ ká-ná iáu 無法度做到？Chit 當中 20 世紀初期是真關鍵 ê 年代。本文就是 beh ùi 20 世紀初期切入來探討台越雙方爲啥物會有無仝 ê 結局。

Toè tiȯh 14 世紀以來歐洲文藝復興運動 ê 發展，歐洲出現了對商業資本 kap 財富 ê siàu-siūⁿ。了後，ùi 15 世紀以來歐洲 tȧuh-tȧuh-á 進入海權時代。Hit koá 西歐國家靠勢 in 行船技術 khah 發達，tȧuh-tȧuh-á 向亞洲、非洲、美洲等世界各地找 chhoē 貿易 ê 對象 kap 殖民地。Tī chit khoán 潮流下，西歐國家 tī 16 世紀尾、17 世紀初來到亞洲，ah chit 波搶掠殖民地 ê 海湧 tī 19 世紀達到了高潮。

Hit koá khah 早工業化 ê 殖民主義者靠勢 in 軍事 kap 經濟 ê 優勢，m̄-nā tùi 對手頭 ê 殖民地進行經濟剝削，mā 以 "文明者" ê 姿態對停留 tī 農業、

封建 ê 殖民地社會人民進行教化 ê khang-khoè。Hit koá 殖民者 tiāⁿ-tiāⁿ 偽裝做先進 ê 文明者來掩蓋 in 外來統治 ê 本質。Ah hit koá hông 統治 ê 殖民地社會，面對傳統到現代 ê 社會轉變，一時 tėk mā 分 bē 清統治者 kap 文明者 ê 差別。

台灣 ùi 1895 到 1945 年之間 hō 日本帝國統治。Tī che 進前台灣是清國統治下 ê 傳統封建社會。Tī 時代轉變當中，台灣一方面 ài 面對「現代化[1]」ê 挑戰，一方面 koh ài 對付殖民統治。以語言為例，日本自 1868 年明治維新以來積極進行日文標準化 kap 現代化 ê khang-khoè，到 kah 統治台灣時期，日文已經取得比台灣語 hām 中國語 khah 先進 ê 成就（Seeley 1991）。Hit-chūn 台灣總督府採取普及日語 ê「國語政策」，ǹg-bāng 透過語言來同化台灣人。為 tiòh 實行政策，日文 chiâⁿ 做學校教育 ê 重點。所以 piān 若讀過公學校 ê 台灣囡仔，日文 ê 讀 kap 寫 lóng 有一定 ê 程度。相對 "文明" 象徵 ê 日文，台語文 tī hit 當時因為無台灣人民族政權 ê 支持，soah 無法度真有效 ê 進行現代化 kap 標準化。以台語為母語 ê 大多數台灣人，雖 bóng 日常生活中有 teh 使用，m̄-koh soah 大多數停留 tī 講 ê 層次、無法度寫出台語白話文。致使大多數台灣人 tō ài 透過日文來接受教育、吸收文明知識。

若是 kā 日語單純當做是吸收知識 ê 工具，che 對提升台灣人 ê 文化應該是無 bái。問題是：語言 kám kan-taⁿ 是工具 niâ？台灣總督府實施國語政策 ê 思想源頭是「上田萬年」ê 國語國體論。伊 ê 論點是指日本語是日本人精神 ê 血液，日本 ê 國體 tō ài 用 chit ê 精神 ê 血液來維持。就算是非大和民族，只要 hō in 使用國語，tō ē-sái kā in 同化做日本人（陳培豐 2006: 47-50）。若照按呢看起來，台灣囡仔若自細漢接受日語教育，有可能 tō 會像台灣總督府所期待 ê 對日本人產生文化認同。也就是講，台灣人使用日文有可能有 2 種情形會出現：第一是因為吸收文明知識 soah 來造成民族意識 ê 覺醒。第二是 kā 日語內化做台灣人 ê 民族母語，路尾

---

[1] 現代化(modernization)是指 ùi 落後(backwardness)到具有現代性(modernity) ê 轉換過程。伊 ê 落後起點是指傳統農業社會；目標是指都市化 ê 工業化社會。(Davies 1997: 764)

變成大和民族 ê 一員。Tó 一種情形會發生，tō 看每人 ê 生長環境 kap 條件來決定。

　　台灣 tī 20 世紀 chìn 前，雖然已經有以羅馬字書寫 ê 台語白話字 ê 出現，m̄-koh 使用者主要侷限 tī 教會 lìn[2]。一般 ê 讀冊人 iáu 是以漢字文言文為主流 ê 現象 ài 到日本統治台灣以後 chiah 開始 tàuh-tàuh-á 改變。Ah chit 項改變 tī 台灣文化協會所引起 ê 新舊文學論戰了 koh khah 明顯（葉石濤 1993: 20；陳淑容 2004: 40）。主張新文學 ê 認為傳統文言文 ê 書寫方式應該改變做白話文 chiah toè 會 tiòh 時代潮流 thang 方便普及教育。Chit 款主張 sûi 得 tiòh 當時大多數人 ê 迴響 kap 認同。M̄-koh，是 beh 用 tó 一款白話文 leh？當時台灣 hō 日本統治，學校教育是以日文為主。採用日文有伊 ê 利便，m̄-koh 違反台灣人民族精神。因為按呢，有人主張用中國白話文，像講「張我軍」、「廖毓文」等人。Mā 有主張用台灣話文 ê，像「黃石輝」、「郭秋生」。主張用台灣話文 ê 主要是漢字派，chió 數主張用羅馬字，像「蔡培火」。

　　若就學習效率來看，羅馬字是比漢字 ke 真好學、ke 真符合白話文 ê 書寫精神（Chiung 2003）。M̄-koh，羅馬字 tī 台灣 soah 無受重視。對照之下，初期 mā 是 kan-taⁿ 教會 chiah teh 用 ê 越南羅馬字到 kah 20 世紀初，特別是「東京義塾」chhui-sak 之下，soah 有重大 ê 轉變。越南因為使用羅馬字，所以文學 ê 創作真自然就往母語文學 ê 方向進展。Chit 份論文 ê 目的是 beh 探討：台越雙方 tī 20 世紀初關係羅馬字 kap 羅馬字文學 ê chhui-sak 情形是 án-choáⁿ？殖民者 kap 在地精英對羅馬字 ê 看法、態度是 án-choáⁿ？是 án-choáⁿ 台越會有無仝 ê 結局？Chit khoán 結局對後來 ê 文學發展有啥影響？

---

[2] 一直到 kah 19 世紀後半期，因為天津條約 ê 關係，清國 chiah koh 重新開放傳教士到中國 kap 台灣傳教。Tī chit ê 歷史緣故之下，天主教 kap 基督教陸續來到台灣傳教。台灣第二波 ê 羅馬字就 toè 傳教士 koh 一 pái 進入台灣。Chit pái ê 羅馬字俗稱「Pèh-oē-jī」（白話字）或者「教會羅馬字」，主要是 teh 寫 hit 當時大多數台灣人 teh 用 ê 語言「台語」。由巴克禮牧師創辦，台灣上早用白話書寫 ê 報紙《台灣府城教會報》，就是用 chit 套羅馬字出版 ê。有關教會羅馬字 ê 歷史 kap 文字方案 ê 詳細討論，ē-sái 參閱蔣為文（2005）、楊允言（1993）、董芳苑（2004）、張妙娟（2005）、陳慕真（2007）、黃佳惠（2000）。

2. 越南文學史背景

　　台灣讀者對台灣文學史應該有一定 ê 了解程度，所以 tī chit ê 有限 ê 篇幅 lìn 就以紹介越南文學史爲主。

　　Tī 中國直接統治 ê 北屬時期（公元前 111 年到公元 938 年），中國 kā 漢字傳入去越南。Hit 當時 ê 漢字主要是用 tī 行政 kap 官員 ê 文教訓練。Hit 當時推行漢字文教上有名 ê 是交趾太守「士燮」（Sĩ Nhiếp）。士燮 in 祖先是魯國人，因爲 beh 避「王莽」造反 ê 戰亂 chiah 走來「蒼梧郡」（quận Thương Ngô 目前中國廣西省蒼梧縣）ê「廣信」（Quảng Tín）hit 腳兜。Ùi 魯國遷 soá 來「廣信」到士燮 hit 代已經是第七代（Trần 1921: 53）。士燮 tī 越南文學史上就類似台灣文學史上 ê 「沈光文」或者「陳永華」hit khoán 對漢字 ê chhui-sak 有功。

　　Tī 北屬頭仔 hit 200 外多時期，越南人就算 khah bat 漢字、khah gâu 讀冊 mā 無法度做官、分享統治權力。一直到東漢末年「靈帝」在位（公元 168-189）ê 時 chiah 有交趾本地人「李進」（Lý Tiến）hông 提名做交趾刺史。李進 kap 後來 ê「李琴」（Lý Cầm）lóng 是 chhui-sak 交趾人 ē-sái 做官 ê 重要人物。交趾人 kap 中國人 kāng-khoán ē-sái 做官就是 ùi in 2 人開始。（Trần 1921: 52）

　　Ùi 公元 939 年越南脫離中國 ê 直接統治 ê hit 1,000 thóng 冬以來，越南模仿中國建立 in ka-tī ê 封建社會制度 kap 王朝。越南李朝（公元 1010-1225）kap 陳朝（公元 1225-1400）期間 ùi 中國引進各式政治、文物制度，特別是「科舉制度」kap「儒家思想」thang 穩定越南朝代 ê 封建基礎。換一句話講，雖然越南無 koh 受中國直接統治，但是中國對越南 iáu 是有真大 ê 影響（SarDesai 1992: 21）。莫怪越南近代有名 ê 歷史學家陳重金（Trần Trọng Kim 1882-1953）感慨講「m̄ 管大人、囡仔，去到學校 lóng 無 teh 學越南史，kan-taⁿ 學中國史。詩賦文章 mā tō 取材中國、照中國價值觀來 kiâⁿ…」。（Trần 1921: 8）

　　因爲引進「科舉制度」kap 獨尊「儒家」ê 關係，越南各朝代繼續沿用漢字甚至將漢字當作唯一 ê 正式文字。一般 tèk 來講，漢字用 tī 行政、

教育（科舉）、學術著作、kap 古典文學 ê 創作（Nguyễn 1999: 3-4）。古早
越南人使用漢字寫作 ê sî-chūn，書面是用文言文 ê 方式書寫，口語就用
越南話 lìn ê「漢越音[3]」發音。Chit 種情形就類似古早台灣人去漢學仔學
四書五經 ê 時用台語文言音來讀文言文教材 hit chit-iūⁿ。下面咱就用李白
ê《靜夜思》（Tĩnh Dạ Tứ）來說明越南人 án-choáⁿ 用漢越音來讀唐詩：

> 床前明月光
> Sàng tiền minh nguyệt quang
> 疑是地上霜
> Nghi thị địa thượng sương
> 舉頭望明月
> Cử đầu vọng minh nguyệt
> 低頭思故鄉
> Đê đầu tư cố hương

越南人使用漢字 ê 時間若 ùi 第一 pái 北屬時期算起，到 kah 1915 kap
1919 年法國殖民者分別廢除越南北部 kap 中部 ê 科舉考試，算起來有 2,000
thóng 多 ê 時間。越南人有 chiah 久長使用漢字 ê 歷史，若按呢，in 是
án-choáⁿ 看待漢字 kap 漢字文學作品？In kám 有 kā in 看做越南文學 ê 一
部分？

若就漢字來講，越南人認定漢字是中國文字（Lê Văn Siêu 2006: 66；
Nguyễn Khắc Viện & Hữu Ngọc 1975: 44；Lại Nguyễn Ân et al. 2005: 70；Bùi
Đức Tịnh 2005: 11）ê chit 部分是無爭議 ê。In 認為字喃字（chữ Nôm）kap
現此時 teh 使用 ê 越南羅馬字（Chữ Quốc ngữ）chiah 是越南文字。（Lại
Nguyễn Ân et al. 2005: 70-75）

若就漢字文學作品來講，越南學者 mā bat 有過爭論（Bùi Đức Tịnh
2005: 10-14；Phạm Thế Ngữ 1997a: 58）。過去有人主張因為漢字是外國文

---

[3] 台語 lìn 有所謂 ê文言音 kap 白話音 ê差別，像講「三」ê 文言音是/sam/、白話音是/saⁿ/。
越南話 lìn mā有類似文、白音 ê差別，像講「三」ê文言音是/tam/、白話音是/ba/。越
南話 ê文言音俗稱「漢越音」(âm Hán Việt)。

字，所以用漢字寫 ê 作品無算越南文學。Mā 有人認為，雖然漢字是外國文字，m̄-koh 只要作品是「越南人用越南話寫 ê」就算是越南文學。若按呢，目前主流 ê 看法是 án-choán？一般 tek 來講，第二種看法 ê 人 khah chē。抑就是講，越南人一方面認為漢字是外國文字，m̄-koh 一方面 koh kā 用漢字寫 ê 作品有條件 ê 當作越南文學 ê 一部分。Che 看起來 ká-ná 真矛盾，其實 bē。因為越南人認為 in 是 ko-put-jī-chiong 之下 chiah 使用外國文字；雖然用漢字，m̄-koh in iáu 堅持作者一定 ài 是越南人而且作品本身 ài 用越南話來發音。所以像「四書五經」chit khoán 中國人寫 ê 漢文冊雖然對越南文學來講有伊 ê 影響力，m̄-koh 越南人並無 kā in 列入越南文學內面（Dương Quảng Hàm 2005: 56）。但是，hit koá 越南人用越南話發音寫 ê、koh 有突顯民族意識 ê 漢字作品 chiah 算越南文學，像講「李常傑」（Lý Thường Kiệt 1019-1105）ê《南國山河》，「黎文休」（Lê Văn Hưu 1230-1322）ê 《大越史記》，「張漢超」（Trương Hán Siêu ?-1354）ê《白滕江賦》，「阮廌」（Nguyễn Trãi 1380-1442）ê《平吳大誥》。

　　越南 tī 借用漢字 liáu，in 發覺漢字無法度完整表達越南 ê 日常用語，所以民間慢慢仔發展出具有越南特色 ê「字喃」。Chit khoán 情形 kap 台灣民間發展出歌仔冊 hit khoán 用漢字來寫台語 ê 歷史是類似 ê。所謂 ê「字喃」是指南方（相對中國來講）ê 文字 ê 意思；越南人 mā kā 字喃字號做「越南字」（chữ Việt）。因為欠標準化，「字字喃」mā ē-sái 寫作「字宁喃」、「字字 字南」。字喃 ê 使用者主要是 thǹg 赤腳 ê 平民、落魄文人、僧侶、kap chió 數有強烈民族意識 ê 精英。一般來講，字喃主要用 tī 紀錄民間口傳文學、創作純越南話文學、翻譯佛經、kap 替漢字作注音、註解。（Nguyễn Quang Hồng 1999）

　　Tī 累積 kúi 百年使用 ê 經驗 liáu，tī 13 世紀 chiah 有字喃 ê 文學作品 ê 出現[4]，ah tī 16 至 18 世紀之間達到高潮[5]。其中上有名 ê 包含「阮攸」（Nguyễn Du 1765-1820）kap 女詩人「胡春香」（18 世紀尾-19 世紀頭）。Chit

---

[4] 根據現存 ê 文學作品年代所論斷。
[5] Hām Nguyễn Thanh Xuân ê 個人訪談。

koá 文人 lóng 有漢字 kap 字喃字 ê 作品，m̄-koh tī 民間流傳 siōng khoah koh 受文學研究者重視 ê lóng 是 in ê 字喃作品。

雖然字喃 tī 越南真早就出現，有 bē-chió 文學作品，而且 koh 是越南人 ka-kī 創造 ê，m̄-koh 伊 soah 無法度取得正統 ê 地位或者取代漢字。主要原因有：第一，受中國「漢字正統」ê 價值觀影響。第二，hō 科舉制度束縛 soah 無法度對抗漢字既得利益者。第三，字喃先天 tėk 有歹學、歹寫 ê 文字結構缺陷 kap 歹標準化 ê 社會因素（蔣為文 2007a）。字喃 tī 久年 ê 發展當中，除了 chió 數像講「胡季犛」、「阮惠」在位時期，chhun--ê ē-sái 講無得 tiỏh 歷代越南朝廷 ê 體制上 ê 支持。Chit 種情形就 ká-ná 台語文學 tī 台灣 ê 發展 kāng-khoán，無受「華語既得利益者」ê 執政者 ê 重視。

雖 bóng 字喃 tī 過去無法度成功取代漢字，目前 ê 越南人是 án-choáⁿ 看待字喃 kap 字喃文學作品 neh？台灣俗語講「三年一潤，好 bái 照輪」。過去 hông 當作漢字附屬品 ê 字喃，目前 hō 越南人當做比外國漢字 khah 重要 ê 民族文化資產來看待。若論到字喃文學作品，目前越南文學史 ê 論著差不多 lóng kā 字喃文學當作越南古典文學 ê 代表性作品。（Bùi Đức Tịnh 2005: 75）

3. 反殖民、文化啟蒙 kap 白話文運動

台灣 ùi 1624-1662 年 hō 荷蘭人佔領做殖民地了後，陸續受 tiỏh 外來政權 ê 殖民統治。1895 年台灣 koh ùi 大清帝國 ê 手頭轉做新興日本帝國 ê 殖民地（1895-1945）。Ah tī che chìn 前，法國 tī 1858 年利用傳教士受迫害做藉口聯合西班牙軍艦向越南中部 ê 峴港（Đà Nẵng）出兵（Trần 1921: 516-517）。越南末代朝廷「阮朝」phah bē 過法軍，為 tiỏh 求和只好 tī 1862 年簽訂「第一次西貢條約」割讓南部「嘉定」、「邊和」、kap「定祥」三省 hō 法國（Trần 1921: 523）。當然法國並無按呢就滿足，in koh 繼續侵佔其他各省。越南 bē-kham--chit 法國 ê 軍事壓力，soà 尾 tī 1883 年 kap 1884 年分別簽訂「第一次順化條約」（Hiệp ước Harmand）kap「第二次順化條約」（Hiệp ước

Patenôtre），承認法國是越南 ê 宗主國。越南遭受法國攻擊 ê 時 mā bat 向清國求援助，清法雙方因爲按呢展開所謂 ê 中法戰爭，法國甚至 bat 一度佔領澎湖 koh 攻打到台灣淡水[6]。（龍章 1996）Hit 當時 ê 清國爲 tiȯh 避免擴大事端，雙方 tī 1885 年簽定協議停戰 ê「天津條約」。按照 chit ê 條約，清國正式放棄對越南 ê 宗主國地位 koh 承認越南 hō 法國保護（Trần 1921: 577）。越南屬法國殖民地 ê 情形一直到 kah 1945 年胡志明宣布越南民主國成立 chiah 改變。

19 世紀尾 ê 台灣、越南已經淪爲帝國 ê 殖民地，ah 清國 kap 後來建立 ê 中華民國（後壁簡稱中國）mā chiâ^n 做列強吞食 ê 對象 kap 呈現半殖民地 ê 狀態。因爲 pê^n-pê^n 受 tiȯh 帝國主義 ê 欺壓，só-pái hit 時台灣、越南、hām 中國 ê 憂國之士時常有聯繫甚至加入對方 ê 組織 thang 交換救國 ê 步數。像講，台灣文化協會 ê 總理「林獻堂」bat tī 1907 年 hām 流亡日本 ê 保皇黨要角梁啓超會面熟似了就互相有往來 koh 深受影響（吳三連等 1971: 2-14；蔡相煇 1991: 1；林柏維 1993: 23）。越南東京義塾 ê 創辦人「潘佩珠」（Phan Bội Châu 1867-1940）kap「潘周楨」（Phan Chu Trinh 1872-1926）等人 kāng-khoán mā bat hām 梁啓超見面（DeFrancis 1977: 161；Chương Thâu 1982: 33；Đinh Xuân Lâm 2001: 141）。Koh，台灣 ê 部分精英親像「翁俊明」、「蔣渭水」等人 bat 參加中國同盟會台灣分會（戴月芳 2007: 8-9）。法國統治越南時期，中國因爲地緣 hām 歷史 ê 關係，mā chiâ^n 做成爲越南抗法運動者 ê 活動場所之一（Hood 1992: 14；康培德 2007）。Bē chió 越南人 sio-soà 投入中國 ê 革命運動，按算透過中國 ê 力量協助越南獨立。像講，「越南革命同盟會」ê「阮海臣[7]」（Nguyễn Hải Thần）、「越南國民黨」「阮太學」（Nguyễn Thái Học）與「武鴻卿」（Vũ Hồng Khanh）。M̄-nā 按呢，越南 ê 國父「胡志明」hām 中國國民黨 kap 中國共產黨 mā bat 有密切交往

---

[6] 後來法軍失勢 koh 退出台灣。Hit 時假使法國佔領台灣，台灣 hoān-sè 會 hām 越南 kāng-khoán hông 納入法屬印度支那統治範圍內底。

[7] 阮海臣是黃埔軍校出身，kap 中國國民黨關係真好。阮海臣長期住 tī 中國，伊 tī 1945 年 toè 中國「盧漢」軍隊進入越南，tī 中國國民黨 ê 支持之下擔任越南聯合政府 ê 副主席，路尾流亡中國(Nguyễn & Nguyễn 1997: 953-954)。

（李家忠 2003、楊碧川 1998）。因爲胡志明 bat 有 hām 中國交往 ê 經驗而且發覺中國 tī 二次大戰了有長期佔領越南北部 ê 企圖，所以透過國際 ê 力量 kā 蔣介石 ê 軍隊趕出越南（蔣爲文 2008；陳鴻瑜 2003）。M̄-nā 有越南人到中國，mā 有中國人到越南走 chhōe 資源。像講，hām 潘佩珠有私交 ê「孫文」m̄-nā 來過台灣，mā 去過越南募款革命經費。

越南、台灣 hām hit 當時世界各地 ê 殖民地 kāng-khoán，當受 tiȯh 外來政權無平等對待 ê 時 lóng 會激起本民族 ê 反抗意識。Tī 反抗外來統治 ê 前期，越南 hām 台灣 lóng 以武力爲主，了後大約 20 世紀初開始 chiah 以政治、文化抗爭手段爲主（Phạm Thế Ngữ 1997b；Đinh Xuân Lâm 2001；王育德 1993、王詩琅 1988、吳三連等 1971；Defrancis 1977）。越南 ê 文化抗爭運動一般是 ùi 1907 年東京義塾 ê 成立開始算起。Ah 台灣 ē-tàng ùi 1914 年台灣同化會或者 1921 年台灣文化協會 ê 成立爲起點。

是 án-choáⁿ 台灣 hām 越南 ê 文化抗爭運動 lóng ùi 20 世紀初開始 chhiaⁿ-iāⁿ？至 chió hām 以下 chit koá 原因有關：第一，tī 經過大約二十外年 ê 武力抗爭了，台灣 kap 越南 ê 人民發覺 beh 用有限 ê 武力對抗強大 koh 有組織 ê 帝國軍隊並 m̄ 是簡單 ê 代誌。第二，受日本 kap 法國近代教育 ê 影響。若 ùi 1895 年日本統治台灣 kap 1885 年法國統治全越南算起，到 20 世紀初已經有 20 外年 ê 時間。雖 bóng 殖民者提供 ê 是一種跛跤 ê 殖民教育，m̄-koh hām 傳統教育相比，chit khoán 新式教育 hō͘ 台灣人 kap 越南人有 khah chē ê 機會 thang 接觸「民族主義」、「民族國家」、「民主」kap「科學」等等 ê 新觀念。Ah chit koá 接受新式教育 ê 新生代到 chit ê 時期，tú-hó tī 社會上出頭。第三，日本明治維新以後國力增強，甚至 tī 1895 年戰贏清國 koh tī 1905 年打敗羅西亞（Russia），變成新興 ê 帝國。Chit 件代誌 hō͘ 台灣人 kap 越南人發覺講亞洲人只要揤力 phah 拚就有可能改變 hông 殖民 ê 命運甚至進一步建立強 ê 國家。第四，20 世紀初民族主義潮流 tī 各地 chhiaⁿ-iāⁿ ê 影響。1918 年美國總統 Wilson 發表「十四點和平原則」ê 民族自決聲明，hō͘ 各地 ê 民族獨立運動者真大 ê 鼓舞。第一次世界大戰（1914-1918）ê 時陣，有超過 10 萬名 ê 越南人替法國做軍伕，chit koá 人

對當時 ê 民族主義熱潮有真深 ê 印象。加上中國 tī 1912 年革命成功建立「中華民國」，che 對當時 ê 越南 kap 台灣 ê 民族主義者 lóng 有鼓舞 ê 作用。

　　Beh 對殖民者從事文化抗爭，就 ài 對民眾進行文化啟蒙運動，有群眾基礎 chiah 有可能戰贏殖民者。Ah beh án-choáⁿ 進行文化啟蒙運動 leh？從事大眾化 ê 國民教育、hō͘ 民眾 ē-tàng 真緊學會曉讀 kap 寫就變成真重要 ê 空課。Tī chit ê 思考 logic 之下，台灣 kap 越南 ê 反殖民領導者 lóng 開始思考語文使用 ê 問題。Tī che chìn 前，漢字文言文是台越社會 ê 主流。Beh 靠漢字 thang hō͘ 民眾 ē-tàng 真緊學會曉讀 kap 寫，是真 oh ê 代誌。所以就有人提出 ài 改革文言文、改用口語白話書寫 ê 方式。白話文 ê 訴求當然真緊就受 tiòh 反殖民領導者 kap 大眾支持，mā 造就白話文學 ê 出世。M̄-koh，到底是 beh 用 tó 一種白話文？是用現成 ê 殖民者 ê 語文 iàh 是用 iáu-boē 現代化 ê 在地語文？若 beh 用在地語文，是 beh 用漢字、字喃、歌仔冊 iàh 是羅馬字 ê 文字方案？Chit koá 問題當然引起真大 ê 爭論。Tī 越南，「東京義塾」團體 kap「阮文永」「范瓊」扮演 chhui-sak 羅馬字式白話文 ê 重要角色。大約 kāng 時陣，台灣「蔡培火」kap「台灣文化協會」mā 是台灣羅馬字 ê 重要 chhui-sak 者。下面咱就針對 chit koá 團體 kap 個人做紹介 kap 探討。

4. 東京義塾 kap 越南羅馬字運動

　　越南「東京義塾」(Đông Kinh Nghĩa Thục) ê 成立 hām「潘佩珠」(Phan Bội Châu 1867-1940) kap「潘周楨」(Phan Chu Trinh 1872-1926) ê 推動有真大 ê 關係。

　　Tī 成立東京義塾 chìn 前，潘佩珠 tī 1904 年成立秘密組織「維新會」(Duy Tân hội)。Chit ê 會主張以武力暴動推翻法國政權 thang 建立君主立憲 ê 越南國 (Đinh Xuân Lâm 2001: 140)。因為當年日本 tng teh 發動對羅西亞 ê 軍事攻擊，而且得 tiòh 勝利。Chit khoán 國際局勢促使潘佩珠感覺明治維新了後國力大增 ê 日本 ē-tàng 作為越南 ê 學習對象。所以潘佩

珠 kap 鄧子敬（Đặng Tử Kính）、曾拔虎（Tăng Bạt Hổ）一行三人 tī 1905
年 2 月頭擺前往日本行踏。（Đinh Xuân Lâm 2001: 141；Marr 1971: 98-119）

　　潘佩珠頭擺拜訪日本就遇 tiòh 流亡日本 ê 梁啓超。梁啓超勸潘佩珠
放棄以武力對抗法國殖民政權，改以啓發民智 ê 教育來深化政治、文化
抵抗 ê 力量（Đinh Xuân Lâm 2001: 141；Marr 1971: 114）。經由梁啓超 ê 介紹，
潘佩珠見 tiòh 當時日本重要政治人物「大隈重信」kap「犬養毅」。潘佩
珠向 in 提出協助越南以武力推翻法國政權 ê 要求，m̄-koh 無得 tiòh 支持，
in kan-taⁿ 建議潘佩珠應該加強人民 ê 教育 kap 輿論 ê 宣傳 thang 等候適當
時機（Đinh Xuân Lâm 2001: 141）。經過一番思考，潘佩珠確信教育民眾
thang 宣揚民族意識 kap 愛國精神 ê 重要，就寫一本《越南亡國史》（Việt
Nam vong quốc sử）koh 請梁啓超 tiàm 日本出版[8]。另外，經由犬養毅 ê
牽線，潘佩珠 mā tú-tiòh hit 當時 tī 日本 ê 孫文。孫文批評潘佩珠 ê 君主
立憲觀念過頭保守，建議講 ài 建立民主共和國。孫文 koh 建議伊鼓勵越
南人加入中國 ê 革命運動，等中國革命成功了 chiah koh hoan 頭協助越南
獨立建國。潘佩珠反轉來建議孫文應該先協助越南獨立，了後中國革命
人士 ē-sái 用越南做為反清 ê 基地。（Đinh Xuân Lâm 2001: 143；Marr 1971: 126）

　　潘佩珠 tī 1905 年 6 月 chah 一 koá《越南亡國史》tńg 去越南 koh 開始
運作鼓催越南青年到日本留學 ê「東遊運動」（Phong trào Đông Du）。Tī
1906 到 1907 年之間越南人到日本，主要 tī 東京 ê「同文書院」就讀，人
數到 1908 年大約有 200 人。（Đinh Xuân Lâm 2001: 142；DeFrancis 1977: 162）

　　潘佩珠 kap 潘周楨 tī 1904 年熟似。潘周楨原本 tī 法國扶持下 ê 阮朝
擔任官吏，hām 潘佩珠熟似了感覺改革救國 ê 必要性 soah 辭官而去。潘
周楨對 tiòh 潘佩珠提倡 ê 東遊 kap 教育民眾之事相當贊成，m̄-koh 反對使
用武力抗爭 mā 反對依賴越南末代王朝阮朝進行君主立憲（Đinh Xuân
Lâm 2001: 149）。潘周楨 kap 潘佩珠 tī 1906 年做伙前往日本參觀「福澤諭
吉」（Fukuzawa Yukichi 1835-1901）所創辦 ê「慶應義塾」，koh 對義塾 ê 教

---

[8] Chit 本冊主要 beh hō͘海外 ê 中國人了解越南 ê 處境 thang 尋求支援(Marr 1971:114)。Chit
　本冊後來 tī 中國出版五版，koh 譯做越南羅馬字 tī 越南秘密流傳。(SarDesai 1991: 45)

育理念 kap 作爲留下深刻印象。（Chương Thâu 1982: 34）

　　潘周楨 tī 1906 年 8 月 15 日寫批 hō 當時 ê 法國殖民政權總督 Paul Beau，批中表達 ê 意思大概是按呢：「tī 法國保護越南期間，越南 tī 橋樑、交通等各方面 ê 建設有一 koá 進步是 ta̍k-ê 有看 ê。M̄-koh，官場 ê oai-ko kap 腐敗 mā 是事實…。造成 chit khoán ê 原因有三項：第一是法國對阮朝朝廷官吏 ê 放任…。第二是法國對越南人 ê 歧視…。第三是朝廷官吏 hông 分化…。」潘周楨 tī 批內批評法國殖民政權無盡 tiòh 保護國 ê 責任。伊認爲法國既然以提升越南 ê 文明程度爲理由 chiah 來保護越南，就應該善盡責任 hō 越南人受教育 thang 提升文化水準。（Đinh Xuân Lâm 2001: 149-150）

　　因爲頂面 chit koá 歷史背景，潘周楨 kap 潘佩珠等人 tī 1906 年底決定 beh 成立一間模仿「慶應義塾」ê 學校啓發民智 thang 作爲文化抗爭 ê 基礎（Đinh Xuân Lâm 2001: 159）。1907 年 3 月「東京義塾」tī 河內市桃 á 街成立[9]。所謂「東京」是指越南胡朝首都「昇龍」ê 名稱，「義塾」ê 意思是「免費義務教學 ê 學校」（Chương Thâu 1982: 32）。「東京義塾」ê 主要目的是：「一、提高民眾 ê 愛國心、自信心 kap 進取心。二、推廣新思想、新觀念 kap 進步 ê 文明生活。三、配合潘佩珠所提倡 ê 東遊 kap 維新運動」（Đinh Xuân Lâm 2001: 160）。主要 ê 領導人物 koh 有「梁文干」（Lương Văn Can 1854-1927）、「阮權」（Nguyễn Quyền）、「阮文永」（Nguyễn Văn Vĩnh 1882-1936）、「陶元普」（Đào Nguyên Phổ）、「范俊風」（Phạm Tuấn Phong）、黎大（Lê Đại）等人。學校成立了，梁文干 hông 選做「塾長」。上初大概有 30-50 個學員，包括愛國進步人士或者有錢人 ê 子弟。後來入學 ê 學生背景 koh khah 多元，學校 tī 兩個月內招生幾 á 百個學員，上 koân bat 收過 1,000 個學員（Chương Thâu 1982: 37）。Tú 成立 ê 時，學校所有 ê 經費 lóng 來自善心人士 ê 自願捐款，後來因爲學校 ê 名聲 jú 來 jú tháu，

---

[9] 關於東京義塾 tī桃 á 街(phố Hàng Đào) ê 具體地址，有文獻記載是 4 號(Chương Thâu 1982:32；Đinh Xuân Lâm 2001:160)，mā有記載是 10 號(Hoàng Tiến 1994:94)。根據 Chương Thâu 本人 ê 上新講法，是 4 號 kap 10 號 2 間攏是(2011.2.15 tī 越南河內社科院史學所採訪)。Chit 2 間厝 lóng iáu 有人 toà，一樓店面 lóng 租人賣衫。

koh 因為 gâu 宣傳，所以學校 ê 經費 jú 來 jú 豐富。

「東京義塾」tī 教學制度上分做三個小班級：小學、中學 kap 大學，伊 ê 教學課程是模仿中國 kap 日本新學方式。組織分成四組：教育組、財政組、宣傳組 kap 教材組（Chương Thâu 1982: 38-40；Đinh Xuân Lâm 2001: 160-162）。財政組主要 ê 職務是負責學校 ê 收支。宣傳組主要舉辦讀書會、讀報會、演講、討論會等活動 thang 擴大對校外民眾 ê 影響。教材組負責編輯老師授課 beh 用 ê 專冊 kap 學員上課 ê 講義。教育組負責開課、收學生、教導學員。Chit 組 tī 教學語言方面 koh 分做三個小組，也就是越南文（羅馬字[10]）、漢文 kap 法文。老師 lóng 是儒士 iah 是支持「東京義塾」ê 人，mā 有一 koá 進步 ê 知識份子參加越南文 kap 法文教學，代表人士有：阮文永、範維遜（Phạm Duy Tốn）、阮博學（Nguyễn Bá Học）、陳庭德（Nguyễn Đình Đức）等等。上課 ê 課程包含歷史、地理、衛生、算術、倫理、體育等。學校 mā 成立圖書館來服務老師 kap 學生 ê 閱讀需求。其中，多數是中國 kap 日本新思想為主 ê 相關書籍。（Đinh Xuân Lâm 2001: 161）

根據 Chương Thâu（1982: 41-58），東京義塾 ê 活動內容大概分做 9 類：第一，反對舊學。東京義塾 ê 領導者認為過去傳統文人所受 ê 舊漢學已經無合時代，應該 hō 人民接受新文明、新思想。第二，反對舊儒家文人。Hit koá 舊儒家文人 tī 當時是腐敗、官僚、封建思想 ê 代表，in 一心 kan-na 想 beh 做官 koh m̄ 承認越南已經失敗到亡國 ê 地步。第三，反對漢字。Bē-chió 人寫文章批評漢字歹學歹 bat，不利全民教育 ê 推廣。像講，潘周楨就發表〈無廢漢字就無法度救越南國[11]〉，認為廢除漢字 chiah ē-tàng 提高民智。第四，反對科舉考試。當時法國扶持下 ê 阮朝 iáu 有舉辦科舉考試。東京義塾 ê 提倡者認為 chit ê 制度無法度順應時代、為國舉才，所以主張廢除科舉考試。第五，提倡越南羅馬字。國民教育 beh 成功 koh 普及，首重工具。Ah 羅馬字相對漢字 kap 字喃是 khah 簡單好學 ê 文字工

---

[10] 越南語 ē-sái 用漢字、喃字或者羅馬字書寫。用羅馬字書寫 ê 越南文 tī 越南語裡號做「國語字」（chữ Quốc ngữ）。(蔣為文 2002、2007a；DeFrancis 1977)
[11] 原文 "Bất phế Hán tự, bất túc dĩ cứu Nam quốc"。

具。所以東京義塾 kā 羅馬字 ê 推廣列爲上 tāi-seng ê khang-khoè（Chương Thâu 1982: 47）。第六，提倡新方法。第七，提高人本、發揮創造力。第八，提升民眾 ê 民族精神 kap 愛國心。第九，加強基礎教育 kap 專業教育。

東京義塾成立了引起社會大眾鬧熱迴響，mā 引起法國殖民政權 ê 強烈干涉，路尾 tī 1907 年 12 月被迫關門。雖然成立時間真短，m̄-koh 東京義塾對 tioh 20 世紀初越南 ê 文化、教育、社會、經濟各方面 lóng 有真重大 ê 影響。（Chương Thâu 1982: 7；Đinh Xuân Lâm 2001: 170；Marr 1971: 182）

「東京義塾」雖然成立無 kah 1 冬就 hō͘ 法國殖民者強迫關門，不過 in ê 主張 soah tī 知識份子之中普遍得 tioh 認同 kap 支持。Tī in ê 影響之下，「推廣羅馬字」 soah 變成越南民族主義者 ê 普遍主張 kap 推動要點，mā 引起一陣興學、辦羅馬字報紙 ê 風潮（Vương Kiêm Toàn & Vũ Lân 1980: 20-32）。根據估計，到 kah 1930 年爲止，全越南大約有 75 種羅馬字報紙。（Hannas 1997: 86）

東京義塾重要創辦人之一 ê 阮文永是河內南邊 ê「河東」人。伊本身精通法文、越南羅馬字、漢字、字喃字。伊 tī 義塾負責推廣、教越南羅馬字 kap 法文（Hoàng Tiến 1994: 94、Đinh Xuân Lâm 2001: 160）。阮文永 koh hām「梁文干」tī 1907 年 4 月組織「翻譯會」thang kā 重要 ê 法文、漢文、字喃文翻譯做羅馬字（Phạm Thế Ngữ 1997b: 121）。伊 hām 法國人做伙經營印刷廠（nhà in），koh 擔任過真 chē 報紙雜誌 ê 主筆或者主編，像講《大南同文日報》（Đại Nam Đồng Văn Nhật Báo）、《登鼓叢報》（Đăng Cổ Tùng Báo）、《Notre Journal》、《東洋雜志》（Đông Dương Tập Chí 1913-1919）kap《中北新文》（Trung Bắc Tân Văn）等。其中上重要 ê 是擔任《東洋雜志[12]》ê 主筆。政治上，阮文永主張「歐化維新」，終其尾是 beh 建立越

---

[12] 法國殖民者爲 tioh 化解民怨 thang 減少武裝起義事件，in tī 1913 年主動發行《東洋雜志》(越南原文使用「志」)作爲法國殖民政策 ê 宣傳報。Chit 份報紙有法文 kap 越南羅馬字版。雖然伊發行 ê 目的是爲 tioh 宣傳政策，m̄-koh 因爲伊 kā 真 chē 法文文學作品翻譯做越南文，所以 chit 份報紙對 20 世紀初越南新文學 ê 出現有真重要 ê 貢獻。(Đỗ Quang Hưng 2000:48；Phạm Thế Ng 1997b:117)

南共和國。伊認爲法國雖然是殖民者，不過 mā 有值得越南人學習 ê 進步文明。所以阮文永拼命翻譯 hit koá kā 法國文明介紹 hō 越南人 ê 冊，thang 提升越南文化 thang 作爲獨立國家 ê 基礎（Phạm Thế Ngữ 1997b: 132；Đỗ Đức Hiểu 2004: 1226）。爲 tióh chhoân khah chē 資金 thang 印冊 kap 辦活動，伊去寮國籌募黃金，後來 soah tī 1936 年 5 月病死 tī 寮國。（Nguyễn Q. Thắng & Nguyễn Bá Thế 1997: 712）

　　另外一位重要 ê 羅馬字 chhui-sak 者是范瓊（Phạm Quỳnh 1892-1945）。范瓊出世 tī 河內，父母原底是河內東 pêng「海洋省」ê 人。伊 mā 精通法文、越南羅馬字、漢字、字喃字。伊 tī 1917 年受法國殖民者 Louis Marty 委託擔任《南風雜志[13]》（Nam Phong Tạp Chí）法文版 kap 越南羅馬字版 ê 主筆（Phạm Thế Ngữ 1997b: 137-148；Đỗ Quang Hưng 2000: 55）。除了擔任主筆，伊 koh 從事翻譯、研究 kap 創作 ê khang-khoè，主要從事法文 kap 越南文 ê 溝通媒介。伊用越南羅馬字紹介法國文史 hō 越南人，mā 用法文介紹越南 hō 法國人。政治上，范瓊主張「非武力抗爭」、「君主立憲」，koh bat tī 法國殖民政府 kap 阮朝 siōng 尾任皇帝「保大」之下做過官。因爲政治主張 bô-kāng，范瓊 soah tī 1945 年遭受革命派人士殺害（Nguyễn Q. Thắng & Nguyễn Bá Thế 1997: 759；Phạm Thị Hoàn 1992: 13-15）。雖 bóng 范瓊 ê 政治立場遭受部分越南人 ê 質疑，m̄-koh 就建立越南羅馬字國民文學 ê 角度來看，伊 ê 主張 tī hit 時是非常先進 koh 有力 ê（Phạm Thị Hoàn 1992: 13-15）。下面咱就摘要伊 tī 1931 年《南風雜志》第 164 期所講 ê 話：

> 用外國語來替換本國語 tiāⁿ-tiāⁿ 會有按呢 ê 情形：借用人 ê 語言就會受人 ê 思想 ê 影響，借用人 ê 文學就會受人 ê 風俗習慣 ê 影響……Hit-koá khiáu ê 人若 lóng 走去學外國語、tòe 外國人 kiâⁿ，siáⁿ 人來領導咱 ê 國民 neh？群眾無領導者就 ká-ná 咱人無頭腦，按國家 beh án-choáⁿ 會久長。（Phạm Thị Hoàn 1992: 54）

---

[13] Hit 時《南風雜志》(越南原文使用「志」)發行時間 ùi 1917 到 1934 年，lóng 總出版 210 期，內容有法文、漢文 kap 越南羅馬字版。Chit 份雜誌 kap 其他刊物相比評，雖 bóng m̄ 是上早出版 ê 羅馬字刊物，m̄-koh 是發行時間 khah 久長而且對越南文學、語言有 khah 大影響力 ê 刊物。(蔣爲文 2010；Nguyễn Khắc Xuyên 2002；Nguyễn Đức Thuận 2007)

總結來講，「國學」bē-sái 脫離「國文」。若無國文 mā無法度成立國學。咱越南國過去無應該用漢字建立國學，未來 mā無應該用法文建立國學。咱越南國 beh 建立國學就 ài 用越南話文 chiah thang。（Phạm Thị Hoàn 1992: 56）

5. 台灣文化協會 kap 蔡培火

台灣 ê 抗日頭人「林獻堂」看 tiòh 中國革命成功了 tī 1913 年到北京再訪「梁啓超」。透過梁啓超 ê 安排，林獻堂 sėk-sāi chit-koá hit 當時 ê中國政要 mā對中國 ê 局勢有 khah 清楚 ê 認 bat。Hit pái ê訪問 hō林獻堂證實了梁啓超 chìn 前 tī日本 ê 時 kā林獻堂建言 ê「在三十年內，中國絕無能力救援你們」（吳三連等 1971: 2-14；王詩琅 1988: 22；林柏維 1993: 34）。Só-pái 林獻堂 hoan 頭 koh 再訪問日本，意外見 tiòh 日本開國元老「坂垣退助」。坂垣退助平時主張「日華兩民族應該結 chiāⁿ 同盟 thang 維持東亞 ê 和平，ah 日華同盟 ê 手段方法，koh khah 應該利用台灣人做橋樑」（王詩琅 1988: 22）。In 2 人見面了講 kah 真歡喜，隔轉年初由林獻堂出資安排坂垣退助訪問台灣。坂垣退助第一 pái 訪問台灣 tō 受 tiòh 台灣各地民眾 ê 鬧熱歡迎。相關人士 khoàⁿ chit ê 機會，tō tī 1914 年 12 月 20 日正式成立台灣同化會，koh 由坂垣退助擔任總裁。[14]（王詩琅 1988: 32）

Hit 當時 tī台南第二公學校教冊 ê 蔡培火[15]（1889-1983）因爲林獻堂 ê關係 mā參與同化會有 tiòh。根據蔡培火 ê 講法，伊 hit chūn 有當面 kā坂垣退助建議 tiòh 採用羅馬字。Che 是蔡培火第一 pái 正式對外 chhui-sak 台語羅馬字。M̄-koh 坂垣退助反對，in 講：「總督府 kap 真 chē 內地人對 chit ê 會不止大反對；chit-má若講 beh 普及羅馬字，thang beh 促進台灣 ê 教育，驚會 koh khah 反對」（蔡培火 1925: 27）。蔡培火 hit 時 ê 建議 m̄-nā無受坂垣退助 ê 支持，mā無受其他同化會幹部 ê 肯定，soah 無法度實現（廖毓

---

[14] 當時全台 ê 會員 lóng 總有 3198 名(王詩琅 1988:38)。

[15] 有關蔡培火生平 ê重要記事 kap 著作年代，林佩蓉(2005) kap 張漢裕(2000)有真詳細 ê 整理，ē-sái 參考。

文 1954: 470）。雖 bóng 第一 pái chhui-sak 羅馬字 tō tú-tiòh 阻礙，蔡培火 iáu
是無失志，繼續伊一生 ê 台語白話字 ê 推廣。

　　台灣同化會雖 bóng 號做「同化」，m̄-koh 各方人馬對 che soah「同床
異夢」各有 bô-kâng ê 解讀。以坂垣退助爲主 ê 自由派日本人認爲台灣 kap
日本同文同種，應該 chiâⁿ 做團結中國 hām 日本 ê 橋樑，以促進亞洲國
家 ê 結盟 thang 對抗白種人 ê 侵略。Beh 達成 chit ê 目標，tek-khak hō͘ 台灣
人 chham 日本同化 thang 增進雙邊 ê 利益（王詩琅 1988: 33）。M̄-koh 對台
灣人來講，hoān-sè 有 chit-kóa 人對同化有孤單 giàn[16] ê 寄望，m̄-koh 大多
數人不而過 kā「同化」當作一種藉口 thang tháu-pàng 台灣總督對台灣 ê 高
壓政策（吳三連等 1971: 20-22）。因爲坂垣退助 tī 台灣期間 ê 言論 siuⁿ 過
頭批評台灣總督對台灣 ê 無平等對待，soah 引起在台日本人 hām 總督 ê
不滿（吳三連 1971: 22；王詩琅 1988: 33-36）。路尾手 tī 1915 年 1 月 26 日台
灣同化會被控有害公安 soah hō͘ 總督強制解散（王詩琅 1988: 39）。蔡培火
因爲有參與 tiòh 同化會，soah hō͘ 台南第二公學校開除。無頭路 ê 蔡培火，
tī 林獻堂 kap 親友 ê 贊助下，tī 1915 年 3 月前往日本東京。台灣同化會雖
bóng tī 短暫成立了 tō sûi hông 解散，m̄-koh 自按呢台灣人 ê 文化抵抗意識
tàuh-tàuh 增強 mā tàuh-tàuh 行向多元化。

　　公元 1921 年春，住 tī 台灣島內 ê「蔣渭水」透過「林瑞騰」ê 介紹 chiah
來 sėk-sāi 林獻堂。蔣渭水 kap 林獻堂等人感覺台灣島內 iáu 無指導啓蒙
運動 ê 團體，tō chhōe 人參詳組織文化團體 ê 代誌（吳三連等 1971:
282-283）。Tō 按呢，台灣文化協會 tī 1921 年 10 月 17 日 tiàm 台北市大稻埕
靜修女子學校舉行成立大會。根據會章第二條，chit ê 會以「助長台灣文
化之發達爲目的」（王詩琅 1988: 254）。Hit 時由林獻堂擔任總理，蔣渭水
擔任專務理事。會員 lóng 總 1032 人，出席人數 300 外人（吳三連等 1971:
286-287；王詩琅 1988: 251）。初期總部設 tī 台北，到 kah 1923 年 10 月由蔡
培火擔任專務理事 ê 時 chiah choán-kàu 台南（林柏維 1993: 80）。後來因爲
意識形態 kap 路線爭議，台灣文化協會 tī 1927 年 1 月分裂。改組了 ê 文

---

[16]　「一廂情願」ê 意思。

化協會由「王敏川」、「連溫卿」等社會主義派掌控，協會延續到 1931 年停止。協會舊幹部蔣渭水、蔡培火、林獻堂等民族主義派離開協會了 tī 1927 年 7 月另外 koh 組「台灣民眾黨」繼續活動。（林柏維 1993: 216-252；王詩琅 1988: 334-381；向山寬夫 1999: 753-773）

　　蔡培火 tī 同化會時期建議 chhui-sak 羅馬字，雖 bóng 無受幹部採納，伊 mā 無死心。伊 tī 文化協會設立 hit 年 koh 提案建議普及羅馬字，雖 bóng iáu 是有 bē-chió 漢文派反對，隔 tńg 年 6 月協會正式通過 kā chhui-sak 羅馬字列作協會 ê 工作之一[17]。而且決議幹部之間 ê 通批 ài 用羅馬字 thang 帶動示範作用（吳文星 1992: 342）。蔡培火爲 tioh beh hō khah chē 人認 bat 普及羅馬字 ê 重要性，伊 koh 寫文章〈新台灣の建設と羅馬字〉，分別 tī《台灣》kap《台灣民報》刊載[18]。1923 年，會員「張洪南[19]」起來呼應，mā tiàm 雜誌《台灣》誤發表〈誤解されたローマ字〉（Hông 誤解 ê 羅馬字），鼓吹大眾 tō 認真來認 bat 羅馬字，m̄-thang kā 看做是外國人或者基督教徒、青暝牛 chiah teh 用 ê 文字。（張洪南 1923；廖毓文 1954）

　　公元 1923 年 10 月 17 號下晡，文化協會 tī 台南市醉仙閣召開第 3 回定期總會兼辦理幹部改選。蔣渭水因爲 siuⁿ 無閒、無法度接專務理事，tō 推 sak 蔡培火接任。蔡培火以大會同意普及白話字（台語羅馬字）爲條件 chiah 接落專務理事 ê 缺（khoeh）（蔡培火 2000: 72）。Hit 年總會議決事項 lóng 總有 6 大項，其中第 6 大項全文如下（吳三連等 1971: 294）：

六、鑒於時勢顧我協會本來之使命決議左列六條為本協會新設
　　事業願我會員一致漸次力行務期實現裨益同胞文化向上
（甲）普及羅馬字
（乙）編纂及發行羅馬字之圖書
（丙）開設夏季學校

---

[17] 根據吳文星(1992:342)，1922 年 6 月通過普及羅馬字。M̄-koh 廖毓文(1954:470) ê 講法是 1923 年 ê 第 3 回定期總會。根據吳三連 kap 蔡培火(吳三連 1971: 286-295)，並無提起 1922 年 6 月 ê 代誌。詳細情形，ài koh 查證。

[18] 蔡培火 1922〈新台灣の建設と羅馬字〉《台灣》第 3 年第 6 號。蔡培火 1923〈新台灣の建設と羅馬字〉《台灣民報》第 13、14 號。

[19] 張洪南：澎湖人，戶籍設 tī 淡水，伊本身是基督徒。(廖毓文 1954: 477)

（丁）獎勵體育

（戊）尊重女子人格

（己）為改弊習涵養高尚趣味起見特開活動寫真（電影）會音
樂會及文化演劇會

因為蔡培火 ê 關係，台灣文化協會 chiâⁿ 做第一個公開正式提倡普及
羅馬字 ê "非宗教目的" ê 文化團體（蔣為文 2009）。張洪南為 tiȯh 支持
蔡培火 ê 主張，tī hit 年編印《羅馬字自修書》thang 推廣羅馬字（吳文星
1992: 343、廖毓文 1954: 477）。蔡培火 mā úi 1923 年 10 月開始落筆用羅馬字
寫伊有名 ê 著作《Chȧp-hāng Koán-kiàn》（十項管見），到 kah 隔 tńg 年 10
月寫作完成，1925 年 9 月正式印刷發行。Chit 本冊算是文化啟蒙、社會
教育 ê 冊，本文 lóng 總有 162 頁，全部用白話字寫，作者分下面十項來
論述（蔡培火 1925）：

Goá só khoàⁿ ê Tâi-oân（我所看 ê 台灣）

Sin Tâi-oân kap Lô-má-jī ê koan-hē（新台灣 kap 羅馬字 ê 關係）

Lūn siā-hōe seng-oȧh ê ì-gī（論社會生活 ê 意義）

Lūn Hàn-jîn tȧk-iú ê sèng-chit（論漢人特有 ê 性質）

Bûn-bêng kap iá-bân ê hun-piȧt（文明 kap 野蠻 ê 分別）

Lūn lú-chú ê tāi-chì（論女子 ê 代誌）

Lūn oȧh-miā（論活命）

Lūn jîn-ài（論仁愛）

Lūn kiān-khong（論健康）

Lūn chîⁿ-gîn ê tāi-chì（論錢銀 ê 代誌）

其中第二項論新台灣 kap 羅馬字 ê 關係。下面 chit 段引文 ē-sái hō 讀
者理解蔡培火 chhui-sak 白話字 ê 理由（蔡培火 1925: 15）：

Tâi-oân kap Tiong-kok ê óng-lâi tek-khak bē ēng-tit keh-tńg khì, só-í
Hàn-bûn sī toān-toān bē ēng-tit pàng-sak. Tâi-oân lâng iū-sī Jit-pún ê
peh-sèⁿ, só-í Jit-pún ê Kok-gú iā-sī tek-khak tiȯh ài ȯh. M̄-kú Hàn-bûn sī
chin oh, Kok-gú iā chin lân, koh-chài chit nn̄g hāng kap Tâi-oân-oē lóng

sī bô koan-hē. Chit ê lâng beh sió-khóa cheng-thong chit nñg khoán giân-gú bûn-jī, chì-chió tiòh ài chảp-nî ê kang-hu; thang kóng sī chin tāng ê tàⁿ-thâu. Siàu-liân gín-ná chū sè-hàn oh-khí, chiū ū ng-bāng ē sêng-kong; hiān-sî m̄-bat jī ê toā-lâng beh lâi oh, phah-sǹg oh kàu sí iā káⁿ-sī bē-chiâⁿ. (白話字原文)

台灣 kap 中國 ê 往來 tek-khak bē 應得隔斷去,所以漢文是斷斷 bē 應得 pàng-sak。台灣人又是日本 ê 百姓,所以日本 ê 國語也 是 tek-khak tiòh ài 學。M̄-kú 漢文是真 oh,國語也真難,koh 再一 二項 kap 台灣話 lóng 是無關係。一個人 beh sió-khóa 精通 chit 二 khoán 言語文字,至 chió tiòh ài 十年 ê 功夫;thang 講是真重 ê 擔 頭。少年囡仔自細漢學起,就有 ng-bāng 會成功;現時 m̄-bat 字 ê 大人 beh 來學,phah-sǹg 學到死也 káⁿ 是 bē-chiâⁿ。(漢羅譯 版)

為 tiòh 實現普及羅馬字 ê 決議,文化協會 tī 1925 按算開辦羅馬字講 習會。雖 bóng 有招 tiòh 一百個學員,m̄-koh 總督府以普及羅馬字會妨害 日語教學 kap 阻礙台、日融合為藉口,soah 禁止開辦。為 tiòh 抗議總督 府 ê 無理,蔡培火繼續寫文章鼓吹羅馬字,甚至向日本讀者控訴台灣總 督府(吳文星 1992: 343)。像講,蔡培火 tī 1928 年 tiàm 東京「台灣問題研 究會」發表〈日本本國民に與ふ[20]〉爭取日本人 ê 支持。Chit-khóa 開明 ê 日本人,像講「矢內原忠雄」、眾議院議員「田川大吉郎」、同志社大學 校長「海老名彈正」mā 贊成普及羅馬字。(吳文星 1992: 343;李毓嵐 2003: 27-28)

簡要來講,台灣文化協會 tī 1921 到 1927 年中間,主要 ê 活動內容包 含:第一,發行會報。第二,設置讀報所。第三,舉辦各種講習會。第 四,開辦夏季學校。第五,辦理文化講演會。第六,辦理「無力者大會」 以對抗「有力者大會」。第七,提倡文化話劇運動。第八,創辦「美台 團」,以電影巡迴放映來做文化宣傳。(吳三連等 1971;王詩琅 1988;林柏

---

[20] 日文版 kap 漢文版〈與日本本國民書〉siāng 時收錄 tī 張漢裕(2000c)。

維 1993；吳密察 2007）

　　根據「台灣總督府警務局」所編 ê《台灣總督府警察沿革誌》，日本當局認爲「雖然台灣文化協會表面上是以提升台灣文化爲目的，實際上 soah 是 beh 促進台灣島民 ê 民族自覺、要求設置台灣特別議會 soà--lâi 行向民族自決」（王詩琅 1988: 263-264）。台灣文化協會成立了，伊造成 ê 影響真闊，包括青年運動、學潮、思想啓蒙、工人覺醒、新舊文學論戰、大東信託公司、文化書局 kap 中央書局 ê 創立等。（吳三連等 1971；王詩琅 1988；林柏維 1993）

　　文化協會 tī 1927 年分裂，離開文協 ê 蔡培火 iáu 是繼續 chhui-sak 羅馬字。爲 tiòh 向普羅大眾宣傳羅馬字，蔡培火 tī 1929 年 1 月創作「白話字歌」，歌詞原文按呢寫（張漢裕 2000a: 83、2000f: 279）：

1. 世界風氣日日開，無分南北與東西，因何這個台灣島，舊相到今尚原在，舊相到今尚原在，怪怪怪！因何會按如，怪怪怪！咱著想看覓。
2. 五穀無雨昧出芽，鳥隻發翅就會飛，人有頭腦最要緊，文明開化自然會，文明開化自然會，是是是！教養最要緊，是是是！咱久無讀冊。
3. 漢文離咱已經久，和文大家尚未有，你我若愛出頭天，白話字會著緊赴，白話字會著緊赴，行行行！勿得更延遷，行行行！努力來進取。

　　根據蔡培火 ê 日記，1929 年 1 月 28 號伊編好《白話字課本》koh 交 hō 台南市 ê 新樓書房印刷。到 kah 3 月初 6 印好 5,000 本，按算用「台南民眾俱樂部」ê 名義開會員研究會（張漢裕 2000a: 87-89）。原底按算 tī 3 月 11 開辦「台灣白話字研究會」，m̄-koh hit kang soah tú-tiòh 台南警察署派人來阻擋。隔 tńg kang 蔡培火去警察署 kap 高等課 chhōe in 理論。蔡培火 kā lû 講 he 只是會員內部 ê 討論會 niâ，並 m̄ 是公開講習。經過交涉，當局勉強 hō 伊開辦 3 期、lóng 總 6 禮拜 ê 研究會（張漢裕 2000a: 90；李毓嵐 2003: 30）。研究會 ùi 3 月 12 開始到 kah 4 月 22 號，上課地點是 tī 台南

市 ê「武廟[21]」。第一期人數有 50 goā 人，lóng 是 cha-po͘--ê。第二期有 60 goā
人，其中有 10 goā 個婦-jîn-lâng。第三期差不多 90 goā 人，其中 40 goā 是
cha-bó͘-lâng。經過三期研究會 ê 開辦，蔡培火更加相信羅馬字是真好學 ê
工具：只要 2 禮拜就 ē-sái 領會，若 beh koh khah 熟練，koh ke 2 禮拜 tō 有
夠（張漢裕 2000a: 91）。Chit ê研究會 mā引起 tī日本留學 ê「葉榮鐘」ê 注
意，伊 tī《台灣民報》連載三期發表〈關於羅馬字運動[22]〉，鼓勵人 ài 關
心 kap 討論羅馬字 kap 台灣話文 ê標準化。（廖祺正 1990: 36；戴振豐 1999:
68-73）

　　爲 tiȯh thang 長期推廣羅馬字，蔡培火擬好〈推廣台灣白話字之主旨
暨其計畫[23]〉tī 1929 年 4 月 25 號向總督府各部門官員遊說。M̄-koh soah
tú-tiȯh 文教局長「石黑英彥」ê 強烈反對（張漢裕 2000a: 92；李毓嵐 2003:
31）。Tńg 去台南了，蔡培火無顧石黑英彥 ê 反對，iáu 是積極照計畫進行。
伊 tī 5 月初 4 向台南州提出白話字講習會 ê 申請，koh tī 5 月 14 號 tiàm
khiā-ke 掛牌「台灣白話字會事務所」。伊按算用台灣白話字會 ê 名義來
chhui-sak 羅馬字，準備開初級 kap 進階班，每班 60 人。想 bē 到申請書
hông 拖一 chām 時間了，蔡培火 tī 7 月 25 號接 tiȯh 總督府行文到台南州
否決辦理羅馬字講習 ê 通知。總督府 ê 理由 iáu 是以妨礙日語普及 ê 教
育方針來反對羅馬字（蔡培火 1929: 5；李毓嵐 2003: 31-32）。公開舉辦白
話字講習會 ê 計畫受阻礙了，蔡培火暫時轉向私人聚會 ê 方式來傳授羅
馬字。像講，根據伊日記 ê 記載，1930 年 4 月 29 號伊 bat 招 10 goā 人去
in tau 研習羅馬字。Hit koá 人包含葉榮鐘、陳茂源、楊肇嘉等。

　　根據日記，1931 年 3 月 30 號，蔡培火 tī 日本 hām 前台灣總督「伊澤
多喜男[24]」見面。伊澤多喜男 kā 伊表示：無反對用台灣話教育台灣人，
m̄-koh 反對用羅馬字來做教育。伊澤多喜男 koh 建議講若用「Kana」（日
本假名）來寫台灣話 hoān-sè會 khah 好（張漢裕 2000a: 167）。Chit ê 建議

---

[21] 吳密察(2007: 26)有收錄「台灣白話字第一回研究會紀念」ê 相片。
[22] 刊 tī《台灣民報》1925 年 5 月，260-262 號。
[23] 收錄 tī 張漢裕(2000f: 223-225)。
[24] 就任台灣總督時間 1924.9.1-1925.7.15。(李園會 1997:409)

予蔡培火聽有入耳，致使伊轉向研究用「Kana」來寫台語 ê 可能性。（李
毓嵐 2003: 33-34）

　　蔡培火 tō 參考總督府所編 ê《日台大辭典》台語假名拼音方案，tī 1931
年 5 月 17 號設計好「新式台灣白話字[25]」。Ùi hit-chūn 開始，蔡培火 ê 羅
馬式白話字轉向做假名式白話字。伊 koh 開始四界 hām 朋友 kap 官員推
銷新式白話字。根據日記，kāng 年 6 月初 1 伊出外 10 goā kang 去中、北
部紹介新式白話字。當中有得 tiȯh 林獻堂 ê 肯定。Chit choā hō 蔡培火認
為林獻堂有 khah 了解普及白話字 ê 要緊，mā 感覺新式白話字比羅馬字
khah 便利。Ḿ-koh 蔡培火 iáu 是感覺林獻堂無 kàu 積極 teh chhui-sak。（張
漢裕 2000a: 172-174）

　　1931 年 6 月 26 號蔡培火正式向台南州提出開設假名式白話字 ê 申
請。想 bē 到經手 ê 市役所官員竟然 kā khau-sé 講 beh 用台灣話來做教育
是無可能得 tiȯh 批准 ê。蔡培火無顧市役所 ê khau-sé mā 無 beh 等總督府 ê
許可文，伊 tī 7 月 16 號 tō 大膽 tiàm 武廟 ê 佛祖廳開辦新式台灣白話字講
習會。Hit 日教育課 kap 警察署 sûi 來阻擋開課。蔡培火 kap 以前 kāng-khoán
koh kap in lû，堅持繼續上課。Tō 按呢，lóng 總 hō 蔡培火辦二期，每期 2
禮拜。第一期 cha-po 班有 50 goā 人、婦女班 7 人。第二期 lóng 總 40 goā
人，男女各半。經過 chit piàn ê 試辦，蔡培火認為假名式白話字比羅馬
字式 koh khah 好學。原訂一期上課 2 禮拜，m̄-koh 學到第 10 kang 學員 tō
ē-hiáu à。（張漢裕 2000a: 177-179）

　　蔡培火辦 2 期研習會了，iáu 是等無總督府 ê 正式批准公文。伊 tō 按
算 tiàm 台灣 kap 日本發起一個白話字連署運動。1933 年 6 月初 10，蔡培
火 kā 假名式白話字方案交 hō 日本拓務大臣「永井柳太郎」，ǹg-bāng 得 tiȯh
伊 ê 支持。過 2 禮拜了，蔡培火接 tiȯh 永井柳太郎 ê 回批。批中伊表示
對蔡培火長期推動白話字 ê 敬意，mā 會 chim-chiok 考慮實踐普及白話字

---

[25] Chit 份假名式白話字 lóng 總有 28 個字母，其中 19 字是 uì 五十音假名借用，5 字借用
中國注音符號，1 字採用伊澤修二 ê 設計，chhun--ê 3 字是蔡培火 ka-tī ê 發明。字母 ê 排
列是採取二維、類似韓國諺文 hit khoán ê 方式 thang 配合漢字 ê 造型。詳細 ē-sái 參考
蔡培火編《新式台灣白話字課本》收錄 tī 張漢裕(2000f: 23-44)。

ê 代誌。雖 bóng 永井柳太郎無直接答應，m̄-koh 已經 hō蔡培火真大 ê 鼓舞（張漢裕 2000a: 261-263）。1934 年 4 月初 7 蔡培火 koh 就普及白話字 ê 議題拜訪伊澤多喜男。伊澤多喜男 kā表示講：「用日本國語做台灣 ê 標準語是既定政策、無討論 ê 空間。若爲 tiòh 救文盲，用台灣語 kap 白話字做補助，伊是無反對」。4 月 12 號蔡培火 kap 矢內原忠雄見面 mā 得 tiòh 伊 ê 支持。蔡培火認爲可能是 ka-tī 主張設立台灣議會 chiah 得失台灣總督府，致使白話字 ê chhui-sak 受阻礙。伊 tō問矢內原忠雄講，若是 tek-khak tiòh ài 二項選一項，ài keng tó 一項爲重。矢內原忠雄 kā ìn 講以普及白話字優先。（張漢裕 2000a: 296）

因爲有 chit koá 開明派日本人士 ê 鼓舞，hō 蔡培火 koh khah 有信心 kap 意志 thang 繼續 chhui-sak 白話字。伊 tō 趕緊起草〈普及台灣白話字趣意書[26]〉，koh 招 kúi 位死忠 ê 同志像講林獻堂、韓石泉、林攀龍做共同發起人，thang chiâ" 做發動連署 ê 書面稿。1934 年 5 月開始，蔡培火先 tiàm 台灣島內 chhoē chit-koá 頭人連署，到 8 月 lóng 總有百外人簽名。蔡培火 tō kā chia ê成果 chah 去總督府遊說官員，可惜 iáu 是踢 tiòh 鐵 pang。伊想講可能是欠缺日本中央級人士 ê 支持 chiah 會受反對。伊 tō tī 8 月 18 koh 啓程到日本拜訪相關有力人士。路尾有得 tiòh bē-bái ê 成果，包含前總理大臣「齊藤實」、前台灣總督「太田政弘」、「南弘」、眾議院議員「安部磯雄」、「青瀨一郎」、「田川大吉郎」、日本帝國教育會長「永田秀次郎」、岩波書店店長「岩波茂雄」等 49 位 ê 支持。（李毓嵐 2003: 38-40；張漢裕 2000a）

蔡培火真歡喜得 tiòh chit koá 日本開明人士 ê 支持，tńg 來台灣了 tō tī 1934 年 11 月 kap 12 月分別 tī 台南 kap 台北辦理「懇談會」招待新聞媒體、積極宣傳普及白話字 ê 重要。M̄-koh hit 時台灣總督已經制定「國語普及十箇年計畫」，按算 hō 台灣人 ê 日語普及率 ē-tàng tī 10 多內達到 50% ê目標。M̄-nā日本總督府無接受白話字，在台日本人 ê 普遍輿論 mā 反對（吳文星 1992: 344-345；李毓嵐 2003: 41）。1935 年 2 月 2 號台灣總督「中川建

---

[26] 收錄 tī 張漢裕(2000f: 227-229)。

藏」再度當面 kā 蔡培火表明目前無法度支持白話字。蔡培火雖然有心，無奈政治環境無允准。後來因為日本 hām 中國 ê 戰事 lú 來 lú 明顯，伊 tī 1936 年 1 月前往日本發展「日華親善」ê 理想。白話字 ê chhui-sak mā因為按呢暫告一段落。（蔡培火 1969: 6）

6. 結尾

　　Tī 東京義塾 ê chhui-sak 之下，越南羅馬字變成全民運動，路尾變做越南文學 ê 主流。是講，是 án-choán 日本時代 ê 台灣羅馬字運動無法度完成？咱 ē-sái ùi 殖民者、殖民地精英 kap 殖民地大眾三方面來探討：

　　第一，殖民者 ê 語文政策對羅馬字運動有影響。對照法國殖民者有條件 ê 支持越南羅馬字，台灣總督府並無支持台語羅馬字。雖 bóng 蔡培火長期 kā 台灣總督府相關官員遊說，伊 mā 一再強調普及白話字是 beh 普及教育、掃除文盲 niâ，總督府 iáu 是擔心白話字會促成台灣人民族意識 ê 覺醒，所以無支持。咱若比較 hit 時歷史背景 kap 台灣差不多 ê 越南，tō ē-tàng 清楚了解統治者對促成文字改變 ê 影響程度。越南 ē-sái ùi 漢字換做羅馬字，che kap 近代法國統治越南有真大 ê 關係。因為法國人 beh 切斷越南 kap 中國之間 ê 文化往來，in tō 想辦法用越南羅馬字取代具有中國文化代表性 ê 漢字（蔣為文 2002）。相對法國 ê 對漢字有敵意，台灣總督府統治台灣初期並無排斥漢字，in 甚至 koh 利用漢字來降低台灣人 ê 反抗意識。台灣總督 tiān 舉辦漢詩聯吟大會，招台籍文人來官廳吟詩作對 thang giú 近台灣人 hām 日本人 ê 距離（施懿琳 2000: 186-187）。日本人就是利用漢字文化圈 lāi-té 漢字 ê「chīn-chhun ê 價值」來做為軟化台灣人反抗 ê 工具。台灣總督府除了有政治考慮之外，伊 iáu 有文字方案 ê 實務考量。咱知，日文除了用漢字之外，mā 用「Ka-na」（假名）。因為「Ka-na」hām 羅馬字 kâng-khoán 是比漢字 khah 簡單學 ê 文字，台灣總督 tō 有理由無 beh 用羅馬字。

　　第二，殖民地精英對待羅馬字 ê 態度兩極化。Tī 漢字文化圈 lìn 因為長期實施科舉考試，所有作官 ê lóng tō 學習 kap 使用漢字。因為一般人

對作官 ê 或者讀冊人 lóng 真欣羨 kap 尊敬，soah 無形中 mā 對漢字有一種崇拜 kap 迷思，ah 對 tiòh 其他 ê 文字 lóng 無 kā當作正式文字。甚至 kā 羅馬字當作是因仔、基督徒、或者外國人 chiah teh 用 ê 文字（蔣為文 2007b: 231-257）。Chit khoán 現象 tī Barclay 牧師用台語羅馬字發行《台灣府城教會報》ê 時 mā有點出過（Barclay 1885）。Beh 自我了斷 chit khoán ê 漢字迷思，實在講無簡單。以越南為例，tī 封建時期雖 bóng 越南有獨立 ê 王朝，m̄-koh in iáu 是維持使用漢字文言文。Chit khoán ê 迷思 ài 等到法國殖民者 ê 強力介入 chiah 有法度 phah 破。

日本時代 hit koá 知識分子，tō 算是台灣話文派，mā 多數無法度跳脫漢字 ê 迷思。因為有漢字、漢人 ê 迷思，kiò-sī推廣漢文 chiah ē-tàng 保存民族精神 kap 文化 thang 對抗日本 ê 同化。M̄-koh in soah 無注意 tiòh 漢字歹學、歹寫、欠缺學習效率 ê 本質，mā 無注意 tiòh 漢字 ê 中國文化色彩。相對台灣人 beh 用漢民族來對抗日本大和民族 ê 異族統治，越南人選擇用越南民族來抵制法國殖民統治。以現此時 ê 台越情勢來看，結果證明越南人 ê 選擇是正確 ê。

第三，大眾本身 ê 語言、文化慣勢（habitus）kap 自信影響 in 對羅馬字 ê 接受度。日本人統治台灣 ê 時 in 以文明者來看待 "落後" ê 台灣。Hit 時 ê 台灣 iáu 是傳統封建社會。面對優勢 ê 日本語言 kap 文化，台灣人 soah 對 ka-tī ê 語言、文化無信心。台灣人是 án-choán 會 hiah chhè、真緊 tō 對 ka-tī ê 文化無信心？Che 可能 kap 台灣自古以來無一個輝煌 ê歷史文化傳統有關。咱看周邊國家 ê 韓國 kap 越南，in khah 早 mā hông 殖民統治。M̄-koh 因為過去有獨立王朝 ê 歷史文化傳統，tī 1945 年獨立了 in tō sûi 恢復原來 ê 本土語文。相對越南人 kap 韓國人對民族母語 ê 堅持，台灣人 ká-ná有 khah 弱。M̄-nā 認為台灣語文比日本語文 khah 低路，甚至有人像張我軍按呢認為比中國語文 koh khah 差。因為台灣人對 ka-tī ê 民族母語無自信，當然 tō bē 感覺台灣語文現代化、標準化 ê 重要性。無動機，自然 tō bē 認真去學母語 ê 書寫，只好借用他人 ê 語文。Tī 中國統治 ê 封建時代，因為慣勢漢字，就用文言文；日本時代因為無自信，就

ǹg-bāng 透過日文 lâi 提升自我 ê 文明程度;中華民國時代因為慣勢中文 ah,soah 無 siūⁿ beh 回復 ka-tī ê 民族母語。

有人講,借用日文或者中文是 beh "以接受做為反抗",是一種 "同床異夢" ê 法度。總是,天光 ah,kám thang koh hām 敵人睏 kāng 床?

【原文原底發表 tī 2010 年《海翁台語文學》98 期,頁 4-42。Bat 收錄 tī 蔣為文 2011《民族、母語 kap 音素文字》台南:國立成功大學】

參考冊目

Barclay, Thomas. 1885. *Tâi-oân-hú-siaⁿ Kàu-hōe-pò*. No.1.

Bùi, Đức Tịnh. 2005. *Lược Khảo Lịch Sử Văn Học Việt Nam* [越南文學歷史略考]. TPHCM: NXB Văn Nghệ.

Chiung, Wi-vun Taiffalo. 2003. *Learneng Efficiencies for Different Orthographies: A Comparative Study of Han Characters and Vietnamese Romanization*. PhD Dissertation: University of Texas at Arlengton.

Chương, Thâu. 1982. *Đông Kinh Nghĩa Thục và Phong Trào Cải Cách Văn Hóa Đầu Thế Kỷ XX* [東京義塾與二十世紀初 ê 文化改革運動] Hà Nội: NXB Hà Nội.

Davies, Norman. 1997. *Europe: A History*. London: Pimlico.

DeFrancis, John. 1977. *Colonialism and Langoage Policy in Vietnam*. The Hagoe.

Đinh, Xuân Lâm 2001. *Đại Cương Lịch Sử Việt Nam Tập II* [越南歷史大綱 II]. Hà Nội: NXB Giáo Dục.

Đỗ, Đức Hiểu. et al. (eds.) 2004. *Từ Điển Văn Học* [文學辭典]. Hà Nội: NXB Thế Giới.

Đỗ, Qoang Hưng. 2000. *Lịch Sử Báo Chí Việt Nam 1865-1945* [越南報紙歷史]. Hà Nội: NXB Đại Học Quốc Gia Hà Nội.

Dương, Quảng Hàm. 2005. *Việt Nam Văn Học Sử Yếu* [越南文學史要]. Hà Nội: NXB Trẻ.

Hannas, William. 1997. *Asia's Orthographic Dilemma*. Hawaii: University of Hawaii Press.

Hoàng, Tiến. 1994. *Chữ Quốc Ngữ và cuộc Cách Mạng Chữ Viết Đầu Thế Kỷ 20* [20 世紀初 ê 國語字 kap 文字改革]. Hà Nội: NXB Lao Động.

Hood, Steven J. 1992. *Dragons Entangled: Indochina and the China-Vietnam War*. NY: M.E. Sharpe, Inc.

Lại, Nguyễn Ân & Bùi Văn Trọng Cường. 2005. *Từ Điển Văn Học Việt Nam* [越南文學詞典]. Hà Nội: NXB Đại Học Quốc Gia Hà Nội.

Lê, Văn Siêu. 2006. *Văn Học Sử Việt Nam* [越南文學史]. Hà Nội: NXB Văn Học.

Marr, David G. 1971. *Vietnamese Anticolonialism: 1885-1925*. California: Univ. of California Press.

Nguyễn Đăng Na. 2005. *Tinh Tuyển Văn Học Việt Nam Tập 3: Văn Học thế kỷ X-XIV* [越南文學精選：10-14 世紀文學]. Hà Nội: NXB Khoa Học Xã Hội.

Nguyễn Q. Thắng & Nguyễn Bá Thế. 1997. *Từ Điển Nhân Vật Lịch Sử* [歷史人物辭典]. Hà Nội: NXB Văn Hóa.

Nguyễn, Đức Thuận. 2007. *Tìm Hiểu Văn Trên Nam Phong Tạp Chí (1917-1934)* [南風雜志 lìn 文章內容 ê 研究]. 博士論文：越南社科院文學所。

Nguyễn, Khắc Viện & Hữu Ngọc. 1975? *Vietnamese Literature*. Hanoi: Red River.

Nguyễn, Khắc Xuyên. 2002. *Mục lục phân tích tạp chí Nam Phong 1917-1934* [南風雜志目錄分析]. 河內：NXB Thuận Hoá và trung tâm văn hoá ngôn ngữ Đông Tây.

Nguyễn, Q. Thắng. 1998. *Khoa Cử và Giáo Dục Việt Nam* [越南科舉 kap 教育]. Hà Nội: NXB Văn Hoá.

Nguyễn, Qoang Hồng. 1999. Chữ Hán và chữ Nôm với văn hiến cổ điển Việt Nam [漢字、字喃 hām 越南古代文獻]. *Ngôn Ngữ & Đời Sống* 6(5), 2-7.

Phạm, Thế Ngữ. 1997a. *Việt Nam Văn Học Sử Giản Ước Tân Biên* [越南文學史簡約新編第一集]. (Tập I) Đồng Tháp: NXB Đồng Tháp.

Phạm, Thế Ngữ. 1997b. *Việt Nam Văn Học Sử Giản Ước Tân Biên* [越南文學史簡約新編第三集]. (Tập III) Đồng Tháp: NXB Đồng Tháp.

Phạm, Thị Hoàn. 1992. *Phạm –Quỳnh 1892-1992: Tuyển Tập và Di Cảo* [范瓊 1892-1992：選集 kap 遺稿]. Paris: An Tiêm.

SarDesai D. R. 1992. *Vietnam: The Struggle for National Identity.* (2nd ed.) Colorado: Westview Press, Inc.

Seeley, Christopher. 1991. *A History of Writeng in Japan.* Netherland: E. J. Brill.

Trần, Trọng Kim. 1921. *Việt Nam Sử Lược* [越南史略] (2002 再印版) Hà Nội: NXB Văn Hoá Thông Tin.

Vương, Kiêm Toàn & Vũ Lân 1980. *Hội Truyền Bá Quốc Ngữ 1938-1945* [國語推展協會 1938-1945]. Hà Nội: NXB Giáo Dục.

向山寬夫 著 楊鴻儒 譯 1999《日本統治下 ê 台灣民族運動史》。台北：福祿壽興業股份有限公司。

吳三連、蔡培火、葉榮鐘、陳逢源、林柏壽 1971《台灣民族運動史》。台北：自立晚報社。

吳密察編 2007《文化協會在台南 展覽特刊》。台南：國立台灣歷史博物館。

吳文星 1992《日據時期臺灣社會領導階層之研究》。台北：正中。

康培德 2007〈1946 年 2 月 28 日—越南歷史經驗下 ê 反思〉,《二二八事件 60 週年國際學術研討會人權與轉型正義學術論文集》（會後論文集）,頁 143-164,台北,二二八事件紀念基金會。

廖毓文 1954〈台灣文字改革運動史略〉原載 tī《台北文物》3 卷 3 期-4 卷 1 期。收錄 tī 李南衡 1979,頁 458-496。

廖祺正 1990《三十年代台灣鄉土話文運動》。碩士論文：成功大學。

張妙娟 2005《開啓新眼：台灣府城教會報與長老教會 ê 基督徒教育》。台南：人光。

張洪南 1923〈誤解されたローマ字〉,《台灣》,第 4 年第 5 號,頁 48-54。

張漢裕 2000a《蔡培火全集（一）家世生平與交友》。台北：吳三連台灣史料基金會。

張漢裕 2000b《蔡培火全集（二）政治關係—日本時代（上）》。台北：吳三連台灣史料基金會。

張漢裕 2000c《蔡培火全集（三）政治關係—日本時代（下）》。台北：吳三連台灣史料基金會。

張漢裕 2000d《蔡培火全集（四）政治關係—戰後》。台北：吳三連台灣史料基金會。

張漢裕 2000e《蔡培火全集（五）台灣語言相關資料（上）》。台北：吳三連台灣史料基金會。

張漢裕 2000f《蔡培火全集（六）台灣語言相關資料（下）》。台北：吳三連台灣史料基金會。

張漢裕 2000g《蔡培火全集（七）雜文及其他》。台北：吳三連台灣史料基金會。

戴振豐 1999《葉榮鐘與台灣民族運動 1900-1947》。碩士論文：政治大學。

戴月芳 2007《台灣文化協會》。台中：莎士比亞文化事業股份有限公司。

施懿琳 2000《從沈光文到賴和—台灣古典文學 ê 發展與特色》。高雄：春暉出版社。

李家忠編譯 2003《越南國父胡志明》。北京：世界知識。

李毓嵐 2003〈蔡培火與白話字運動〉，《近代中國》，155 期，頁 23-47。

林佩蓉 2005《抵抗 ê 年代‧交戰 ê 思維—蔡培火 ê 文化活動及其思想研究》。碩士論文：國立成功大學。

林柏維 1993《台灣文化協會滄桑》。台北：台原出版社。

楊允言 1993〈台語文字化兮過去佮現在〉，《台灣史料研究》，第 1 號，頁 57-75。

楊碧川 1998《胡志明與越南獨立》。台北：一橋出版社。

王育德 1993《台灣—苦悶 ê 歷史》。台北：自立晚報。

王詩琅 譯 1988《台灣社會運動史—文化運動》。台北：稻鄉出版社。

葉石濤 1993《台灣文學史綱》。高雄：文學界雜誌。

董芳苑 2004〈台語羅馬字之歷史定位〉，《台灣文獻》，第 55 卷第 2 期，頁 289-324。

蔡培火 1923〈新台灣の建設と羅馬字〉原載 tī《台灣民報》，13、14 號，收錄 tī 張漢裕 2000f，頁 209-221。

蔡培火 1925《Chȧp-hāng Koán-kiàn》。台南：新樓書房。收錄 tī 張漢裕 2000e，頁 5-174。

蔡培火 1929〈羅馬白話字 ê 講習會決定不認可〉，《台灣民報》，271 期，頁 5。

蔡培火 1969〈本人對台語注音符號工作 ê 經過〉，《國語閩南語對照常用辭典》頁 1-8。台北：正中書局。

蔡培火 2000〈台灣光復前之經歷〉，收錄 tī 張漢裕 2000a，頁 69-81。

蔡相輝 1991〈台灣文化協會 ê 民眾啓蒙運動〉，中華民國建國八十年學術討論會。

蔣爲文 2002〈語言、階級與民族主義：越南語言文字演變之探討〉，收錄 tī 顧長永、蕭新煌編《新世紀 ê 東南亞》，269-280 頁，台北五南圖書公司。

蔣爲文 2005《語言、認同與去殖民》。台南：成功大學。

蔣爲文 2007a〈越南文學發展史 kap 伊對台灣文學 ê啓示〉，《台灣文學評論》7 卷 4 期，132-154 頁。

蔣爲文 2007b《語言、文學 kap 台灣國家再想像》。台南：成功大學。

蔣爲文 2008〈1979 年中越邊界戰爭對台灣 ê啓示〉，「二二八事件與人權正義一大國霸權 or 小國人權」二二八事件 61 週年國際學術研討會，2 月 23-24 日，台北，二二八事件紀念基金會。

蔣爲文 2009〈蔡培火 kap 台灣文化協會 ê 羅馬字運動之研究〉，《台灣風物》期刊，59(2)，41-65 頁。

蔣為文 2010〈二十世紀初越南《南風雜志》裡語言、文學觀之初探〉，
　　台灣的東南亞區域研究年度研討會，4 月 30 日-5 月 1 日，台南，台
　　南藝術大學。

陳培豐 2006《同化の同床異夢》。台北：麥田。

陳慕真 2007《漢字之外：台灣府城教會報 kap 台語白話字文獻中 ê 文明
　　觀》。台南：人光。

陳淑容 2004《1930 年代鄉土文學/台灣話文政爭論及其餘波》。台南：台
　　南市立圖書館。

陳鴻瑜 2003〈第二次世界大戰後中華民國對越南之政策（1945-1949 年）〉
　　行政院國科會補助專題研究計畫成果報告 NSC 91-2414-H-004-057。

黃佳惠 2000《白話字資料中 ê 台語文學研究》。碩士論文：台南師院。

　　龍章 1996《越南與中法戰爭》。台北：台灣商務印書館。

羅馬字 kap 漢字 ê學習效率比較

——以聽寫 kap 唸讀為測驗項目

1. 前言

　　包含台灣、中國、越南、韓國、日本等在內 ê 漢字文化圈，tī 二十世紀 chìn 前 lóng 用漢字文言文做官方書寫語言。Toè tiòh 西歐國家 ê 軍事、政治、經濟、文化勢力拓展到亞洲，漢字文化圈內 lìn ê chit koá 國家為 tiòh 避免 chiaⁿ 做列強 ê 殖民地，開始進行國家現代化 ê 革新方案。其中一項就是文字改革：期待透過好讀、好寫 ê 文字來普及國民教育 thang 建設現代化 ê 國家。就親像 Chen（1994: 367）所講 ê，漢字「歹學、歹 bat 致使青暝牛 chē、效率低，soah 變成國家現代化 ê 阻礙」，所以有改革漢字 ê 主張。Tī 越南，in 路尾 tī 1945 年廢除漢字、改用羅馬字；Tī 韓國 kap 朝鮮，二次戰後 mā 改用世宗大王所發明 ê 音素文字「諺文」（*Hangul*）；日本 tī 戰後 mā 限制漢字使用 ê 數量，koh 增加「假名」（*Kana*）ê 使用份量。Tī 中國，雖 bóng 拉丁化運動無成功，至 chió 有做到白話文 kap 簡體化 ê 成就。咱台灣，雖然羅馬字 iáu m̄ 是真普遍，至 chió 白話文已經取代文言文變主流文字。（Hannas 1999；Defrancis 1950, 1977；Chen 1999；周有光 1978；蔣為文 2007）

　　有關漢字 ê 優缺點 kap 伊學習上 ê 效率問題，雖 bóng ùi 19 世紀尾期就受人注目 kap 討論，m̄-koh「廢漢字」iàh「繼續使用漢字」雙方 ê 論點，若 m̄ 是 khiā tī 意識型態 ê 極端，就是建立 tī 純理論 ê 假設，kài chió 有科學性 ê 實驗證明來支持伊 ê 論點。反對漢字 ê 人 lóng 認為漢字欠缺效率、無 kah 一 sut-á 路用；贊成用漢字 ê 人就 ngē-sí 捍衛漢字，認為只要改進教學方法就 ē-sái。因為有 chit khoán 爭論，本論文 àn-sǹg 用科學實證 ê 方

法來比較漢字 hām 其他「音素」文字（俗稱「拼音」文字）ê 學習效率。

　　本研究是延續蔣為文 chìn 前 ê 實驗研究（Chiung 2003；蔣為文 2005），包含 2 種面向 ê 測驗，分別是：聽寫（dictation tests）kap 唸讀測驗（oral reading tests；朗讀）。本研究分別包含 985 位來自台灣 kap 350 位越南 ê 受測者；受測者 ê 成員包含小學生、中學生 kap 大學生。測驗 ê 目的 teh 推測台灣 kap 越南 ê 學生 ài 學外久 chiah ē-tàng 具有 hām 大學生 kāng-khoán ê聽寫 kap 唸讀 ê 水準。

2. 文字系統、學習效率 kap chìn 前 ê實驗研究

　　若論到文字，真 chē 人 lóng 會用「表音」kap「表意」二分法來區分世界上 ê 文字系統，soà--lâi 認為漢字是「表意文字」，其他使用 ABC 羅馬字母 ê 是「表音文字」。事實上，chit 種 kā 文字二分法 ê 分類方法真無妥當 mā 無準確，因為無半種文字是「純」表音或者表意 ê。像講，英文 ê "semi" kap "er" 就分別有「半」kap「人」ê 意含；中文 ê「麥當勞」就純粹是利用漢字做「記音」ê 工具來表示英文 ê "McDonald" chit ê 詞。

　　若準漢字是表意文字，按呢漢字 ê 閱讀過程應該 hām 其他所謂 ê ABC 拼音文字無 kāng chiah tiòh。M̄-koh，真 chē 心理語言學 ê 研究報告 lóng 指出「kā 漢字 ê 閱讀過程 kap 語音聯想分開」是無正確 ê 觀念。曾志朗 ê 研究報告（Tzeng 1992: 128）指出「漢字 ê 閱讀過程 kāng-khoán 牽涉 tiòh 語音 ê 反射聯想，chit ê 過程 kap 其他所謂 ê 拼音文字是類似 ê」。意思就是講，漢字 kap 所謂 ê 拼音字 tī 閱讀過程 kāng-khoán 牽涉 tiòh 語音 ê 反射聯想。李孝定（1992）ùi 伊對漢字結構演變所做 ê 統計分析發現：真正具備表意性質 ê「象形字」、「指事字」tī 漢字 ê 歷史演變中所佔 ê 比例 lú 來 lú chió，顛倒描寫語音 ê「形聲字」ùi 公元前 11 世紀 ê 27% 跳升到 12 世紀 ê 90%。

　　因為傳統表音、表意 ê 文字分類法有伊真大 ê 缺點，Gelb（1952）kap Smalley（1963）就提出新 ê 文字分類觀念。In 指出，世界 ê 文字應該就伊「表示語音 ê 單位 ê 大細」來分類 chiah ē-tàng 有系統性 ê 對世界文字做

分類 kap 了解文字 ê 演變趨勢。所謂 ê「語音單位」就是指語言學 teh 講 ê「音素」（phoneme）、「音節」（syllable）、「詞素」（morpheme）、kap「語詞」（word）等，ùi 細到大、無 kāng 大細 ê「話語」成分。

Tī chit ê 分類標準之下，漢字 ē-sái 講是「語詞-音節」（word-syllabic）或者「詞素-音節」（morphosyllabic）ê 文字[1]。日本 ê「假名」是「音節」文字 ê 典型代表。越南羅馬字、英文字、台灣「白話字」、kap 韓國「諺文」ē-sái 算是「音素」文字，因為 tī chit ê 系統 lāi-té 每一個字母所表示 ê 語音單位是「音素」。雖然越南羅馬字、英文字、白話字、kap 諺文 lóng 是音素文字，m̄-koh in iáu 有 tām-pòh-á 差別；差別 ê 所在就是「語音 hām 符號 ê 對應關係」kap「符號排列方式」ê 無 kāng。就「語音 hām 符號 ê 對應關係」來看，越南羅馬字 kap 台灣白話字基本上是一個符號對應一個音素，m̄-koh 英文是多元 ê 對應關係。就音素符號排列方式來看，越南羅馬字、台灣白話字 kap 英文字 lóng 是一維 ê 線性排列，m̄-koh 韓國諺文 kap 漢字 lóng 是二維 ê 結構。現此時世界上多數 ê 文字系統，像講英文、德文、法文、西班牙文、越南文 kap 台灣白話字，lóng 是一維 ê 音素文字。一維 ê 音素文字 ē-sái 講是世界上普遍 ê 書寫系統。

Gelb 進一步提出講：ùi 語音 ê 單位 ê 大細來看，世界上 ê 文字演變是 ùi 大 ê 單位到細 ê 單位。會有 chit 款 ùi 大到細 ê 演變，是因為牽涉 tiòh 人類對「話語」ê 觀察 ê 能力。也就是講，tng 當咱人對「話語」ê「語音單位」有 khah 進一步 ê 了解了，咱人就進一步發展出描寫 khah 細 ê「語音單位」ê 文字系統。

描寫 ê 語音單位 ê 大細 kap 學習效率有啥物關係 leh？一般 tèk 來講，描寫 khah 細 ê 語音單位 ê 文字系統會 khah 準確（紀錄語音）、有效率、有利咱人 ê 學習，因為 in ē-sái 透過有限 ê、chió 數 ê「字母」ê「排列組合」來描寫無限 ê、新語詞 ê 創造。「音素」文字 ē-tàng 有 chit 種功能是因為咱人類 ê 語言 lóng 是由 chió 數 ê「母音」（vowels）kap「子音」（consonants）所構成 ê。透過無 kāng ê 音素符號來代表無 kāng ê 母音 kap 子音，就 ē-sái

---

[1] Gelb 傾向用 "word-syllabic"，DeFrancis (1990)傾向用 "morphosyllabic"。

kā hit ê 語言 ê 語音系統完整描寫起來。

Smalley（1963: 7）指出，「音素」文字通常 kan-taⁿ 需要 chió 數 ê 字母（像講，英文只要 26 個字母），就 ē-sái 描寫 hit ê 語言 ê 所有語音。相對來講，「詞素」文字 ê 缺點就是有真 chē ê「字」（詞素音節符號），學生就 ài 學足 chē ê「字」了 chiah 有 châi-tiāu 進一步做閱讀應用。以台灣為例，小學階段大概 ài 學 2,600 個漢字；升起去中學了，為 tiòh 讀文言文 ê 文章，學生 ài 繼續學 chit-koá 平時罕 leh 用 tiòh ê 漢字。若準小學畢業就算有一般 ê 閱讀寫作能力，台灣 ê 學生上無差不多 ài 學 3,000 字漢字 chiah 會曉讀寫一般程度 ê 中文。根據 Hannas（1997）ê 統計，咱 chit-má 社會上通行使用 ê 漢字大約有 7,000 字。Chit 7,000 字只是常用 ê 漢字 niâ，若 kā 其他 khah chió 人用 ê 字算在內，數量 ē-sái 達到《康熙字典》所收集 ê 47,035 字。

總講一句，漢字就親像 DeFrancis（1996: 40）所講 ê：「漢字會 hiah 無效率，主要就是因為漢字用真粗、無系統性 ê 語音－符號對應方式，kap koh khah 嚴重 ê 形旁表達方法」。

有關各種文字 ê 學習效率，過去 ê 研究多數是就理論上來探討，真罕 leh 有實證 ê 研究。蔣為文（Chiung 2003）ê 博士論文應該是上代先用實驗 ê、量化 ê 方式來比較漢字 kap 羅馬字 ê 學習效率。伊 ê 研究 lóng-chóng 包含三款實驗，分別是：閱讀理解、聽寫 kap 唸讀測驗。Chit ê 研究分別包含 453 kap 350 ê 來自台灣 hām 越南 ê 受測者；受測者 ê 組成包含小學生 kap 大學生。

Tī 閱讀理解測驗 lāi-té，受測者分做漢字組、注音符號組 kap 越南羅馬字組；In 分別用漢字、注音符號 kap 越南羅馬字所寫 ê 閱讀文章作測驗。實驗結果顯示漢字 kap 越南羅馬字二組之間 ê 受測者成績無統計上 ê 差別，m̄-koh 注音符號組 lāi-té ê 小學二年仔到五年仔 ê 成績 sió-khoá 比前二組 khah 低。

Tī 聽寫測驗 lāi-té，受測者分做台灣漢字組 kap 越南羅馬字組；ta̍k 組 ê 聽寫內容 lóng 包含軟式 kap 硬式短文章一篇。就軟式短文來講，漢

字組 kap 羅馬字組 ê 受測者 ê 聽寫正確率 lóng ta̍k 年增加，而且兩組 lóng tī 國小四年仔 ê sî-chūn tī 統計上達到大學生 ê 聽寫正確率。M̄-koh，硬式短文 ê 測驗結果顯示漢字組 ê 受測者 tī 小學六年仔 ê 時 tī 統計上 iáu-boē 達到 hām 大學生 kāng-khoán ê 正確率；羅馬字組 tī 國小五年仔就達到大學水準。Chit ê 結果顯示漢字 ài khai khah 久長 ê 時間來學習 chiah ē-tàng 達到大學 ê 聽寫水準。因為漢字受測者無包含中學生，所以 chit ê 研究無法度具體建議 ài 外久長 ê 時間 chiah 有法度達到大學 ê 聽寫水準。因為有 chit ê 限制，所以咱 chit 篇論文 ê 研究有新增加國中生 kap 高中生來做測驗。

Tī 唸讀測驗 lāi-té，受測者 hông 要求 kā 事先準備好 ê 軟式 kap 硬式短文各一篇大聲唸出來；chit 項 kan-taⁿ 針對越南學生做測驗。統計結果顯示羅馬字學習者 tī 經過三、四個月 ê 學習 liáu 就 ē-sái 達到 90% ê 講讀正確率，一冬後就 ē-tàng 達到 kiông beh 百分之百 ê 正確。因為蔣為文 ê 博士論文內底 ê 唸讀測驗無包含台灣學生，所以咱 chit 篇論文有新增加台灣小學生來做唸讀測驗。

3. 研究方法 kap 執行過程

Chit ê 研究是延續蔣為文（Chiung 2003）ê 實驗研究，所使用 ê 實驗方法基本上是 kāng-khoán ê。唯一 ê 差別是 chit ê 研究 ke 增加台灣 ê 受測者來做聽寫 kap 唸讀測驗。

漢字 kám 有學習效率？Beh 回答 chit khoán ê 問題，咱就 ài kā 漢字 the̍h 來 hām 其他 ê 文字做比較 chiah 有意義。理想上，tī 實驗設計 lìn 咱應該有文字對照組，像講有漢字 kap 羅馬字 2 組。Chit 2 組 lāi-té 參與測試 ê 人 ê 背景應該 lóng 一致，chhan-chhiūⁿ 有 kāng-khoán ê 語言能力、第一語背景、歲數、家庭經濟狀況、IQ、EQ 等。Soà--lâi 2 組 ê 受測者分別 hō͘ in kāng 時數、kāng 師資、m̄-koh 無 kāng ê 文字（i.t.s. 漢字 vs. 羅馬字）ê 教學。Tī 各組受測者學習 hit ê 文字 ê 時，每隔一段時間受測者就 ài 接受學習評量 thang 了解學習成果。

雖然頂面 ê 實驗設計非常理想，m̄-koh tī 現實當中 beh 按呢實行 soah

有困難。像講，受測者 ê 背景真歹完全一致；就算找會 tiòh 背景接近 ê 人，chit koá 人 mā 無一定會同意參與實驗。因為有 chia 實際 ê 困難，所以本計畫只好用間接 ê 實驗方法來檢驗漢字 hām 羅馬字 ê 效率。

Chit ê 研究計畫 lāi-té ê 漢字組以台灣 ê 學生為研究對象，對照 ê 羅馬字組以越南學生為對象。雖 bóng 漢字組 kap 越南羅馬字組所使用 ê 語言（i.t.s. 華語 vs. 越南語）無 kāng，m̄-koh 華語 hām 越南語 ê 語言結構真類似，kāng-khoán 是具有聲調 ê 孤立語，而且越南過去 bat 使用漢字來書寫越南語，所以咱選用越南羅馬字 chiân 做本研究計畫 ê 對照組。

Chit ê 研究 ê 受測者包含小學生、中學生 hām 大學生。大學生 ê 測驗分數 tī chit ê 研究 lìn hông 當做各項測驗 ê 能力指標。各年級學生 ê 測驗分數 lóng thèh 來 hām 能力指標比對，當兩者之間顯示無統計上 ê 差別 ê 時，咱就假設 hit 年級 ê 學生 tī hit 項測驗 lìn 已經達到大學生 ê 水準；soà--lâi chiah koh 進一步照學生 ê 年級來推測 hit 項測驗所需要 ê 學習時間。像講，若 chún 台灣 ê 小學四年級學生 ê 唸讀測驗 ê 平均分數已經達到大學生 ê 水準，咱就推測大約 ài 四冬 ê 漢字學習時間 chiah ē-tàng 看 bat hit 項閱讀測驗 ê 文章。

Chit ê 研究包含 2 種面向 ê 測驗，分別是聽寫（dictation tests）kap 唸讀測驗（oral reading tests）。Chit ê 研究 ê 實驗數據來自 2 階段 ê 實驗：第一階段是蔣為文（Chiung 2003）tī 公元 2002 年 1 月到 2003 年 5 月間執行完成 ê 實驗。Chit 階段研究對象 lóng 總有 803 位：分別來自台灣高雄縣後紅國小（396 位）、台北縣淡江大學（57 位）、越南河內 To Hien Thanh 小學（300 位）、kap 河內國家大學（50 位）。第二階段是 2006 年到 2008 年之間 koh 延續去做 ê 實驗，lóng 總 ke 532 位受測者，分別列 tī 圖表 3。

圖表 3. 第二階段受測者人數 kap 來源背景

日期	學校	受測者人數
2006 年 6 月	高雄縣岡山鎮前峰國中	1-3 年級，lóng 總 105 人
2007 年 5-6 月	台南一中	1-2 年級，lóng 總 76 人
2007 年 5-6 月	台南女中	1-2 年級，lóng 總 72 人
2007 年 6 月	台南市亞洲高職	1-2 年級，lóng 總 62 人
2007 年 12 月	高雄縣岡山鎮後紅國小	1-6 年級，lóng 總 187 人
2008 年 5 月	成功大學	各年級 lóng 總 30 人

3.1. 聽寫測驗

　　Chit 項測驗 lóng 總分做二組對照組：華語漢字組 kap 越南羅馬字組。漢字組受測者包含第一階段 ê 有效數 415 人 kap 第二階段前峰國中、台南一中、台南女中、亞洲高職等 315 人，lóng 總 730 人。[2]

　　各組 ê 聽寫內容 lóng 包含「硬式」（soft article；定義做政治經濟新聞）kap「軟式」（soft articles；定義做敘述性故事）短文章各一篇。各組聽寫內容 ê 體裁 kap 時間長短大約差不多，而且 lóng 事先錄 tī 錄音帶 lìn。華語漢字組用華語錄音，越南羅馬字組用越南語錄音。錄音 ê 時 ta̍k 篇內容全文先以正常速度唸一 piàn，soà--lâi ta̍k 句用慢速唸三 piàn，路尾 chiah koh 用正常速度唸一 piàn 全文。測驗 ê 時學生 hông 要求照錄音帶 lìn ê 指示 kā 短文章聽寫下來。漢字組 hông 要求先用漢字書寫，若 tú-tio̍h bē-hiáu 寫 ê chiah koh 用注音符號寫落下。越南羅馬字組 hông 要求以越南羅馬字聽寫短文。

　　測驗 liáu 學生所得 ê 成績分數用伊書寫 ê 正確率來計算。漢字組 ê 正確率以漢字（音節）做單位來計算：親像，漢字組軟式短文 lóng 總有 130 個漢字組成。若寫 tio̍h 93 個漢字，按呢伊 ê 正確率是 93/130 = 72%。越南羅馬字組 ê 正確率以「音段」（sound segments）hām「聲調」（tones）做單位來計算；音段就照越南語 ê 特色分做「前音」（onset）、「介音」（glide）、

---

[2] 參加第一階段實驗 ê 台灣學生有 453 位，其中聽寫測驗 ê 有效學生數是 415 位。

「核心」(nucleus)、「尾音」(coda) 四類。像講,越南組軟式短文 lóng 總有 308 (音段) +119 (聲調) = 427 個單位。若學生寫 tiòh 其中 237 個單位,按呢伊 ê 正確率是 237/427 = 55.5%。

3.2. 唸讀測驗

Chit 項測驗 mā 分做二組對照組:華語漢字組 kap 越南羅馬字組。越南羅馬字組完全採用蔣為文(Chiung 2003) chìn 前 350 名受測者 ê 實驗結果。漢字組是 chit ê 研究 ke 增加 ê 組別,受測者包含後紅國小 1-6 年級、187 名小學生,kap 成功大學 30 名大學生,合起來是 217 名受測者。

唸讀測驗 ê 主要目的是 beh 推測台灣／越南學生 ài khai 外久 ê 學習時間 chiah ē-tàng 正確 ê 唸讀漢字／羅馬字系統。Tī 唸讀測驗 lìn,kan-taⁿ 測驗學生唸讀 ê 正確率 ah 無考慮伊是 m̄ 是理解短文內容。

測驗內容 mā 包含「硬式」kap「軟式」短文章各一篇。短文 lóng 事先印 tī A4 ê 紙 lìn,chiah hō͘ 學生照稿大聲唸出來。研究人員就 tī 邊仔用錄音機對學生錄音。事後 chiah koh kā 學生 ê 錄音檔轉寫(transcribe)做書面資料,soà--lâi chiah 按聽寫測驗 ê 分析方式做唸讀 ê 錯誤分析。唸讀正確率 ê 計算方式 hām 聽寫測驗 kāng-khoán。

Chit ê 研究 lìn ê 各種統計是透過 SPSS kap Excel 2 種軟體來完成。統計方式包含 t-test、GLM Univariate post hoc tests 等,koh 採用 $p < 0.05$ 做誤差水平。

4. 研究結果 kap 討論

統計結果顯示,無論 tī 聽寫 iàh 是唸讀測驗,漢字組 kap 越南羅馬字組學生 khah 大 ê 差別主要表現 tī 硬式文章。伊詳細 ê 統計結果 kap 討論分別 tiàm 下面討論。

4.1. 聽寫測驗

A. 漢字組

圖表 4 ê 實驗結果顯示,tī 軟式文章測驗 lìn,學生 ê 漢字正確率 tàk

年增加，而且 t-test 統計結果顯示到 kah 四年級（含）以上各年級已經 kap
大學生無統計上 ê 差別。亦就是講，台灣 ê 學生大約 ài khai 4 冬 ê 學習時
間 chiah ē-tàng 達到大學生 ê 聽寫「軟式」文章 ê 能力。

圖表 4. 漢字組軟式文章 lìn 各年級 ê 漢字正確率

年級	性別	人數	Pha 數%	平均字數	標準差	上高	上低
1	male	29	19.4	25.24	15.56	57	1
	female	26	20.2	26.31	15.98	59	2
	Total	55	19.8	25.75	15.62	59	1
2	male	26	42.1	54.73	26.13	118	6
	female	26	60.8	79.04	25.61	115	19
	Total	52	51.4	66.88	28.41	118	6
3	male	31	74.6	97.00	32.56	128	4
	female	26	78.1	101.50	35.06	128	13
	Total	57	76.2	99.05	33.49	128	4
4	male	26	89.3	116.15	25.12	130	9
	female	34	93.9	122.09	8.04	130	99
	Total	60	91.9	119.52	17.67	130	9
5	male	31	89.5	116.35	16.27	129	69
	female	35	93.9	122.03	11.21	130	69
	Total	66	91.8	119.36	14.00	130	69
6	male	46	94.1	122.39	17.10	130	23
	female	26	97.6	126.92	3.32	130	117
	Total	72	95.4	124.03	13.93	130	23
7	male	15	98.5	128.00	2.17	130	124
	female	20	98.4	127.95	2.50	130	122
	Total	35	98.5	128.00	2.31	130	122
8	male	20	98.9	128.60	1.67	130	125
	female	14	98.8	128.43	3.27	130	118
	Total	34	98.9	128.53	2.42	130	118
9	male	14	99.0	128.64	2.98	130	119
	female	21	99.6	129.52	1.12	130	126
	Total	35	99.4	129.17	2.08	130	119
10	male	42	99.7	129.60	0.77	130	127
	female	60	99.5	129.38	1.45	130	123
	Total	102	99.6	129.47	1.22	130	123
11	male	61	98.4	127.89	4.58	130	106
	female	47	99.1	128.77	2.42	130	120
	Total	108	98.7	128.27	3.80	130	106
大學	male	19	98.6	128.16	3.88	130	119
	female	34	99.2	128.97	1.85	130	121
	Total	53	99.0	128.68	2.74	130	119

☆後一頁 koh 有

☆頂一頁 koh 有

Total	male	360	84.2	109.42	35.58	130	1
	female	369	88.3	114.84	30.80	130	2
	Total	729	86.3	112.17	33.32	130	1

　　若是硬式文章 ê 聽寫，咱針對高二學生 kap 大學生做 t-test 檢定，統計結果顯示受測者到高中二年 ê 時 iáu 無法度達到大學生 ê 水準（圖表 5、圖表 6）。Chit piàn ê 高中生受測者包含南一中、南女中 kap 亞洲高職 ê 學校。咱針對 chit 3 校 ê 學生做進一步 ê 統計分析（圖表 7），結果顯示南一中 kap 南女中 ê 聽寫正確率無統計上 ê 差別，而且高一 ê 時已經統計上達到大學生 ê 水準。相對來講，亞洲高職學生 ê 聽寫正確率統計上比南一中、南女中 khah 低，而且到高二 ê 時 iáu 無法度達到大學生 ê 水準。Chit ê 結果顯示，就硬式文章來講，以升大學為目標 ê 第一志願學校高中生 tī 一年 ê 時 ē-sái 達到大學生 ê 聽寫能力。若是以就業為主 ê 高職生，就算到高二 à iáu 無法度達到大學生 ê 聽寫程度。Che mā 表示硬式文章需要 khah chē ê 聽寫訓練。

圖表 5. 漢字組硬式文章 lín 各年級 ê 漢字正確率

年級	性別	人數	Pha 數%	平均字數	標準差	上高	上低
1	male	29	8.45	7.52	7.29	39	0
	female	25	7.06	6.28	4.10	16	0
	Total	54	7.80	6.94	6.01	39	0
2	male	26	17.42	15.50	10.47	46	0
	female	26	21.61	19.23	8.30	34	4
	Total	52	19.52	17.37	9.54	46	0
3	male	31	34.33	30.55	14.08	57	7
	female	26	40.92	36.42	18.07	66	7
	Total	57	37.34	33.23	16.14	66	7
4	male	26	60.58	53.92	20.54	84	6
	female	34	59.91	53.32	18.59	89	20
	Total	60	60.20	53.58	19.29	89	6
5	male	31	55.24	49.16	20.80	78	10
	female	35	63.37	56.40	15.79	77	22
	Total	66	59.55	53.00	18.53	78	10
6	male	46	68.27	60.76	19.32	86	14
	female	26	75.42	67.12	12.07	83	37
	Total	72	70.85	63.06	17.24	86	14
7	male	15	70.4	62.67	9.12	73	48
	female	20	74.8	66.60	8.92	80	48
	Total	35	72.7	64.69	9.05	80	48
8	male	20	81.2	72.30	17.43	87	2
	female	14	79.8	71.00	8.38	82	52
	Total	34	80.6	71.76	14.25	87	2
9	male	14	88.1	78.43	5.69	86	68
	female	21	87.8	78.14	5.52	87	69
	Total	35	87.9	78.26	5.51	87	68
10	male	42	92.3	82.14	8.24	89	56
	female	60	89.1	79.27	10.41	88	32
	Total	102	90.4	80.45	9.64	89	32
11	male	60	90.31	80.38	9.86	89	49
	female	47	90.82	80.83	8.16	89	55
	Total	107	90.54	80.58	9.11	89	49
大學	male	19	94.80	84.37	4.49	89	72
	female	35	95.73	85.20	2.62	89	76
	Total	54	95.40	84.91	3.38	89	72
Total	male	360	64.4	57.32	28.52	89	0
	female	368	68.9	61.33	26.22	89	0
	Total	728	66.7	59.45	27.43	89	0

圖表 6. 漢字組軟式、硬式文章 ê 聽寫正確率

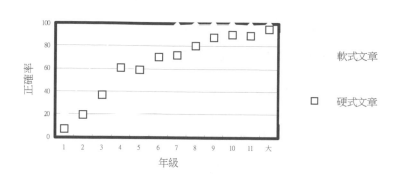

圖表 7. 各校高中生硬式文章 ê 聽寫正確率

學校	年級	人數	Pha 數%	平均字數	標準差	上高	上低
南一中	10	35	96.05	85.49	2.77	89	76
	11	40	95.84	85.30	3.28	89	75
	Total	75	95.94	85.39	3.04	89	75
南女中	10	42	93.55	83.26	8.36	88	32
	11	30	96.14	85.57	2.79	89	75
	Total	72	94.63	84.22	6.70	89	32
亞洲高職	10	25	77.17	68.68	8.10	81	52
	11	37	80.26	71.43	9.75	86	49
	Total	62	79.01	70.32	9.15	86	49
Total	10	102	90.39	80.45	9.64	89	32
	11	107	90.54	80.58	9.11	89	49
	Total	209	90.47	80.52	9.35	89	32

B. 越南羅馬字組

越南羅馬字組各年級學生 tī 軟式文章 kap 硬式文章 lìn 所得 tiòh ê 聽寫正確率 ê 數據分別列 tī 圖表 8、圖表 9 kap 圖表 10。

統計結果顯示，tī 軟式文章測驗 lìn，學生 ê 羅馬字聽寫正確率 ta̍k 年增加，而且四年級（含）以上各年級已經無統計上 ê 差別。亦就是越南 ê 學生大約 ài 開 4 年 ê 學習時間 chiah ē-tàng 達到大學生 ê 聽寫「軟式」文章 ê 能力。若是硬式文章，post hoc tests 結果顯示四年級（含）以上 ē-sái 細分做 2 個細群（subsets）：第一群包含四、五年級，第二群包含五年級

kap 大學生。亦就是講五年級 ê 正確率具有雙面性，ē-tàng 算 kap 大學生 kâng、mā thèng 好算 kap 四年級 kâng。按呢，咱 ē-sái 講，越南學生大約 ài 開 4 到 5 年 chiah ē-tàng 達到大學生 ê 聽寫硬式文章 ê 能力。相對台灣漢字組 ê 學生來講，越南學生 ke 真緊就達到大學生 ê 聽寫能力。

圖表 8. 越南羅馬字組軟式文章 lìn 各年級 ê 聽寫正確率

年級	性別	人數	Pha 數 %	平均字數	標準差	上高	上低
1	male	33	29.59	126.36	78.25	309	28
	female	32	39.18	167.31	76.55	349	50
	Total	65	34.31	146.52	79.53	349	28
1.5	male	33	48.53	207.24	58.71	290	68
	female	31	48.77	208.23	54.62	332	80
	Total	64	48.65	207.72	56.32	332	68
2	male	35	66.50	283.94	63.23	406	118
	female	24	61.06	260.71	74.17	410	117
	Total	59	64.28	274.49	68.25	410	117
3	male	22	84.98	362.86	70.35	427	179
	female	36	93.17	397.83	53.30	427	211
	Total	58	90.06	384.57	62.14	427	179
4	male	27	97.23	415.19	26.77	427	295
	female	33	96.62	412.58	31.02	427	306
	Total	60	96.90	413.75	28.97	427	295
5	male	28	99.82	426.25	2.24	427	416
	female	29	99.71	425.76	3.33	427	415
	Total	57	99.77	426.00	2.83	427	415
大學	male	8	99.97	426.88	0.35	427	426
	female	42	99.97	426.88	0.50	427	424
	Total	50	99.97	426.88	0.48	427	424
Total	male	186	69.87	298.33	124.61	427	28
	female	227	78.70	336.03	115.07	427	50
	Total	413	74.72	319.05	120.78	427	28

圖表 9. 越南羅馬字組硬式文章 lin 各年級 ê 聽寫正確率

年級	性別	人數	Pha 數 %	平均字數	標準差	上高	上低
1	male	33	14.07	60.64	29.94	117	8
	female	32	16.98	73.19	27.49	139	29
	Total	65	15.50	66.82	29.22	139	8
1.5	male	33	32.35	139.42	49.41	214	23
	female	30	33.80	145.67	49.52	278	22
	Total	63	33.04	142.40	49.16	278	22
2	male	35	49.71	214.26	69.44	378	73
	female	24	52.67	227.00	62.48	357	92
	Total	59	50.91	219.44	66.44	378	73
3	male	22	72.94	314.36	96.27	430	104
	female	36	83.39	359.39	78.58	430	158
	Total	58	79.42	342.31	87.70	430	104
4	male	27	92.73	399.67	54.05	431	195
	female	33	90.36	389.45	43.97	431	274
	Total	60	91.43	394.05	48.60	431	195
5	male	28	93.51	403.04	45.37	431	260
	female	29	96.06	414.00	22.70	431	351
	Total	57	94.81	408.61	35.79	431	260
大學	male	8	99.83	430.25	1.16	431	428
	female	42	99.89	430.52	1.44	431	422
	Total	50	99.88	430.48	1.39	431	422
Total	male	186	58.05	250.19	144.07	431	8
	female	226	69.85	301.05	140.61	431	22
	Total	412	64.52	278.09	144.26	431	8

圖表 10. 越南羅馬字組軟式、硬式文章 ê 聽寫正確率

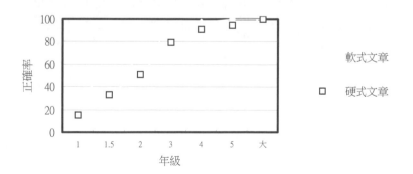

4.2. 唸讀測驗

A. 漢字組

漢字組軟式文章 ê 唸讀正確率 tī 國小一年 ê 時平均是 68.71%，到二年 ê 時平均 99.44%（圖表 11）。根據 t-test kap post hoc tests 雙重統計，國小二年開始 kap 大學生無統計上 ê 差別。亦就是，就軟式文章來講，國小二年 ê 學生就 ē-sái 達到大學生 ê 水準。M̄-koh 若就硬式文章來講，ài koh ke 1 冬 ê 學習時間 chiah ē-sái 達到大學生 ê 唸讀水準（圖表 12、圖表 13、圖表 14）。根據 post hoc tests 統計檢定（圖表 14），漢字組國小第一年 ê 唸讀正確率是平均 47.47%，第二年平均 84.74%，到 kah 第三年 92.39% chiah hām 大學生達到 sio-siâng ê 正確率。

圖表 11. 漢字組軟式文章 ê 唸讀正確率

年級	性別	人數	Pha 數 %	平均數量	標準差	最多	最少
1	male	15	64.359	83.67	43.25	128	6
	female	16	72.79	94.63	36.70	128	4
	Total	31	68.71	89.32	39.72	128	4
2	male	8	99.04	128.75	1.04	130	127
	female	22	99.58	129.45	0.67	130	128
	Total	30	99.44	129.27	0.83	130	127
3	male	17	96.33	125.24	3.49	128	116
	female	15	97.13	126.27	2.46	130	121
	Total	32	96.71	125.72	3.05	130	116
4	male	16	97.84	127.19	1.60	129	124
	female	15	97.28	126.47	2.50	130	122
	Total	31	97.57	126.84	2.08	130	122
5	male	12	97.95	127.33	1.97	130	123
	female	18	97.65	126.94	2.41	129	120
	Total	30	97.77	127.10	2.22	130	120
6	male	16	97.31	126.50	3.52	130	119
	female	17	96.29	125.18	3.05	130	118
	Total	33	96.78	125.82	3.30	130	118
大學	male	15	96.72	125.73	3.39	130	118
	female	15	94.62	123.00	17.01	130	62
	Total	30	95.67	124.37	12.13	130	62
Total	male	99	92.36	120.07	22.66	130	6
	female	118	93.94	122.13	18.28	130	4
	Total	217	93.22	121.19	20.37	130	4

圖表 12. 漢字組硬式文章 ê 唸讀正確率

年級	性別	人數	Pha 數 %	平均數量	標準差	最多	最少
1	male	15	47.27	42.07	24.46	78	5
	female	16	48.10	42.81	26.28	85	2
	Total	31	47.70	42.45	24.99	85	2
2	male	17	83.41	74.24	10.16	86	49
	female	14	86.36	76.86	7.35	87	63
	Total	31	84.74	75.42	8.96	87	49
3	male	16	92.84	82.63	4.43	88	71
	female	15	91.91	81.80	2.93	86	77
	Total	31	92.39	82.23	3.74	88	71
4	male	12	94.01	83.67	2.27	87	80
	female	18	93.57	83.28	4.06	88	73
	Total	30	93.75	83.43	3.41	88	73
5	male	16	95.08	84.63	2.36	88	80
	female	17	94.12	83.76	3.67	89	76
	Total	33	94.59	84.18	3.09	89	76
6	male	15	95.66	85.13	3.48	89	75
	female	15	92.73	82.53	12.78	89	37
	Total	30	94.19	83.83	9.30	89	37
大學	male	9	98.38	87.56	1.01	89	86
	female	22	99.03	88.14	0.64	89	87
	Total	31	98.84	87.97	0.80	89	86
Total	male	100	85.82	76.38	18.26	89	5
	female	117	87.28	77.68	18.01	89	2
	Total	217	86.60	77.08	18.10	89	2

圖表 13. 漢字組軟式、硬式文章 ê 唸讀正確率

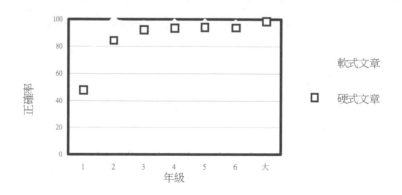

圖表 14. 漢字組硬式文章各年級正確率 post hoc 比較

年級	N	Subset		
		1	2	3
1	31	47.70		
2	31		84.74	
3	31			92.39
4	30			93.75
6	30			94.19
5	33			94.59
大學	31			98.84

Tukey B

B. 越南羅馬字組

越南羅馬字 ê 唸讀測驗 kan-taⁿ 針對大學生 kap 小學一年到三年做測驗。無所有 ê 小學生做實驗是因為二年 á ê 正確率已經接近百分之百，而且 kap 三年 á、大學生無統計上 ê 差別；按呢 ē-sái 節省測驗四、五年 á ê 時間 kap 精力。

軟式文章 kap 硬式文章正確率 ê 統計數據分別列 tī 圖表 15　hām 圖表 16。Chit ê 數字顯示國小一年 á 學生 tī 唸讀軟式文章 ê 時平均 ē-sái 達到 93.82% ê 正確率，硬式文章 mā 達到 87.68%。根據統計分析，到二年 ê 時，無論硬式 iàh 是軟式文章，lóng 達到大學生 ê 水準。

若 thèh 越南羅馬字組來 hām 漢字組做比較，就軟式文章來講，雖 bóng lóng 是到二年 ê 時達到大學生 ê 水準，m̄-koh tī 一年 á ê 時兩組 ê 正確率是統計上無 kâng ê：漢字組一年 á ê 正確率是 68.71%，m̄-koh 羅馬字組已經達到 93.82%。若就硬式文章來講，漢字組第一年 kan-taⁿ 47.27% 正確率，第二年 chiah 84.74%，到第三年 chiah 有大學生 ê 水準。M̄-koh 羅馬字組，tī 一年 á 就達到 87.68% 正確率，二年 á 就 kap 大學生 kāng-khoán。

圖表 15. 越南羅馬字組軟式文章 ê 唸讀正確率

年級	性別	人數	Pha 數 %	平均數量	標準差	最多	最少
1	male	14	94.34	350.93	23.47	371	301
	female	20	93.45	347.65	51.44	372	181
	Total	34	93.82	349.00	41.75	372	181
2	male	20	98.99	368.25	4.78	372	356
	female	11	98.56	366.64	7.61	372	347
	Total	31	98.84	367.68	5.86	372	347
3	male	11	97.43	362.45	15.47	372	317
	female	16	99.34	369.56	3.29	372	361
	Total	27	98.57	366.67	10.53	372	317
Total	male	45	97.16	361.44	16.84	372	301
	female	47	96.65	359.55	34.89	372	181
	Total	92	96.90	360.48	27.45	372	181

圖表 16. 越南羅馬字組硬式文章 ê 唸讀正確率

年級	性別	人數	Pha 數 %	平均數量	標準差	最多	最少
1	male	14	87.07	348.29	42.67	393	272
	female	20	88.10	352.40	95.78	400	66
	Total	34	87.68	350.71	77.48	400	66
2	male	20	97.64	390.55	13.02	400	344
	female	11	97.89	391.55	12.71	400	356
	Total	31	97.73	390.90	12.71	400	344
3	male	11	98.25	393.00	6.05	400	385
	female	16	98.77	395.06	4.99	400	381
	Total	27	98.56	394.22	5.43	400	381
Total	male	45	94.50	378.00	32.07	400	272
	female	47	94.02	376.09	65.26	400	66
	Total	92	94.26	377.02	51.49	400	66

5. 結論

　　Chit ê 研究是延續蔣為文（Chiung 2003）chìn 前 ê 文字讀寫實驗，新增加 532 名台灣學生來做聽寫 kap 唸讀測驗，thang 好 kap chìn 前 ê 研究做比較。研究結果顯示羅馬字比漢字 khah 優勢 ê 所在上主要是 tī 聽寫方面，其次 chiah 是唸讀方面。

　　Chit ê 研究發現，漢字 kap 羅馬字 tī 聽寫 kap 唸讀二方面 ê 學習效率差別上主要是差 tī 硬式文章。Tī 聽寫硬式文章方面，台灣學生大約 ài

到高一（若準受測者是 hām 南一中、南女中 kāng-khoán 程度 ê 學生）或者至 chió 高職（若準受測者是 hām 亞洲高職 kāng-khoán 程度 ê 學生）二年級以上 chiah ē-sái 達到大學生 ê 水準。M̄-koh，越南學生大概只要國小四年至五年之間，就 ē-sái 達到大學生 ê 水準。Tī 唸讀硬式文章方面，越南學生只要國小二年就達到大學生 ê 水準，m̄-koh 台灣學生 ài ke 1 冬到國小三年 chiah 有法度達成。

【原文原底發表 tī 2009 年《台語研究》期刊，1 （1），頁 42-61；bat 收錄 tī 蔣為文 2011《民族、母語 kap 音素文字》台南：國立成功大學】

參考冊目

Chen, Ping. 1994. Four projected functions of new writing systems for Chinese. *Anthropological Linguistics* 36(3), pp.366-381.

Chen, Ping. 1999. *Modern Chinese: History and Sociolinguistics*. Cambridge: Cambridge University Press.

Chiung, Wi-vun T. 2003. *Learning Efficiencies for Different Orthographies: A Comparative Study of Han Characters and Vietnamese Romanization*. Ph.D. dissertation: University of Texas at Arlington.

DeFrancis, John. 1950. *Nationalism and Language Reform in China*. Princeton University Press.

DeFrancis, John. 1977. *Colonialism and Language Policy in Viet Nam*. The Hague.

DeFrancis, John. 1990. *The Chinese Language: Fact and Fantasy*. (Taiwan edition) Honolulu: University of Hawaii Press.

DeFrancis, John. 1996. How efficient is the Chinese writing system? *Visible Language* 30(1), pp.6-44.

Gelb, I. J. 1952. *A Study of Writing*. London: Routledge and Kegan Paul.

Hannas, William. 1997. *Asia's Orthographic Dilemma*. Hawaii: University of Hawaii Press.

Smalley, William. et al.1963. *Orthography Studies*. London: United Bible Societies.

Tzeng, Ovid. et al. 1992. Auto activation of linguistic information in Chinese character recognition. *Advances in Psychology*. Vol.94, pp.119-130.

周有光 1978《漢字改革概論》。澳門：爾雅。

李孝定 1992《漢字的起源與演變論叢》。台北：聯經。

蔣為文 2005〈越南羅馬字和台灣漢字的學習效率及錯誤型態比較〉,《語言、認同與去殖民》。台南：國立成功大學。

蔣為文 2007《語言、文學 kap 台灣國家再想像》。台南：國立成功大學。

全球化下台灣語言文化之國際佈局

1. 前言

　　除了拼政治、拼經濟外，台灣還能在那一個領域有所作爲？或許語言文化是台灣在國際舞台中可以發揮的下一個新領域。

　　語言除了是溝通的工具之外，還有文化傳承、交流的功能。語言文化就如同商品一樣，可以被輸出與輸入。學習外語的同時，除了是個人欲達到與外國人溝通的手段之外，也可視爲外國語言文化向國內輸入的過程。外國語言文化向國內輸入有其利與弊。好處之一是本國人可透過外語而學習該國在科技、經貿、文化等各方面的優點以提升本身的競爭力。然而，隨著外國語言文化在本國的逐漸蓬勃發展，其週邊的文化商品也會顯得較本國商品優勢。譬如，隨著英語在台灣的普及，其相關的產品諸如麥當勞、可樂等越容易受台灣人的接受。當台灣人接受麥當勞、可樂之消費時，其他的本土消費產品勢必受影響。換句話說，外國語言文化向國內輸入之缺點之一是本國文化產業可能因此受影響。

　　有能力進行語言文化輸出的國家，背後通常有強大的政治、經濟勢力在支撐。語言文化的輸出不只依賴政治和經濟，反過來，成功的語言文化輸出也會增強本國的政治和經濟力。台灣的經濟發展在國際上已受一定的肯定，甚至也因此吸引不少鄰近國家勞動者前來台灣打工。在政治上，台灣的民主化及在國際上的地位也日受重視。從這樣的情況看來，台灣已具有語言文化輸出的能力。現在的問題是台灣是否有意識到語言文化輸出的重要性？如果要做，又該如何有效地進行？

　　台灣應該以具有台灣特色的語言、文化作爲輸出的優先對象。華語

因已有中國在推動，台灣不需要"做功德乎中國 khioh"，不需再花費時間與精力助其一臂之力。

本論文的主要目的就是要探討在全球化的趨勢下，台灣的語言文化不只要在台灣立足，更要在國際上如何佈局以提升台灣的政治力、經濟力與國際能見度。

為讓多數的「台灣母語文盲」能了解如何建構台灣文化的主體性並在國際上佈局，本論文暫以殖民者語言書寫。

2. 語言文化是國際角逐的新場域

1492 年 Columbus 代表歐洲人第一次航行到美洲大陸；幾年後，葡萄牙水手 Vasco da Gama 開發從歐洲經由「好望角」到印度的新航線。十五世紀的結束正是新航路時代的開始。隨著新航路時代而來的是西歐國家在全球各地的傳教活動、國際貿易和殖民主義的風行。

在殖民主義盛行的年代，列強靠著強大的軍事力量在各地建立殖民地以奪取政治和經濟上的利益。隨著二十世紀中葉二次大戰結束、許多殖民地紛紛獨立後，這種弱肉強食的殖民主義不再受國際社會容許。儘管許多舊殖民地已脫離舊殖民政權、達成政治獨立，然而他們在經濟、文化等領域果真也擺脫殖民陰影嗎？透過武裝力量達成政治上控制的舊殖民主義的「不人道」本質通常是顯而易見。然而這種暗地裡透過經濟、文化企圖對某國具有控制和影響力的「新殖民主義」的侵略本質卻是深藏不露、少為人知。

欲避免成為新殖民主義下的被宰羔羊，舊殖民地就要擺脫依賴性的經濟發展並建立主體性的文化觀。要達成這樣的目標就要積極的在國際上佈局，讓台灣的根不僅深、並且廣，才能立於不敗之地。

以同樣曾淪為日本殖民地的韓國為例，韓國經濟不僅在國際上逐漸展露實力，在語言文化上也明顯顯現其國際佈局之企圖心。譬如，韓劇不僅在台灣造成一股炫風，在東南亞諸如越南也形成一股潮流。韓國利用電視劇作為帶動韓流的先鋒，透過電視劇的包裝與播出再將韓國手

機、服飾、化妝品、語言、文化等商品推銷出去。利用文化商品塑造企業的集體形象，再將其他工業產品推銷出去正是新興的商業行銷方式。如此一來，不僅經濟得以發展，文化也隨著企業傳播到世界各地。

3. 建立自信是國際佈局之第一步

要將台灣語言文化向外輸出、在國際上佈局，第一首要的工作是建立自己的文化信心。眾所皆知，做生意要有資本。同樣的道理，從事文化事業也要有資本，而「信心」則是目前台灣人最缺乏的文化資本。台灣人的「信心不足症」則來自於長期的外來統治所影響。

台灣從十七世紀以來陸續受到不同的殖民政權的統治。當前台灣是否已告別被殖民的時代？不同的學者或許有不同的意見。如果以公元2000年總統大選由本土政黨「民進黨」獲勝算是終結中華民國的殖民政權，台灣在其他領域真的也同時終結殖民陰影嗎？

在經濟方面的成就似乎還不錯。隨著經濟的起飛和資本的累積，台商在立穩本土的根基後逐步向國際進軍，也因此在世界各國均有台商的足跡。然而在文化方面，其成就似乎遠落後於經濟的成長。何以見得？我們可以從底下幾點現象看出。

第一，國內政壇對台灣語言（包含原住民語、客語、台語）的重視仍停留在選舉乎口號的階段。過去一百年來，台灣語言遭受外來政權「國語政策」的迫害以致於年輕一輩幾乎都不太會講台灣母語。然而號稱本土政黨的民進黨執政後對台灣母語所受的傷害是否有進行療傷的過程？似乎只有 2001 年開始實施的將母語列入國小每週一節必選課程的教育政策算得上是對母語的療傷。大家或許為民進黨感到欣慰，但是各位不要忘記，該政策是國民黨移轉政權前在眾多台灣母語團體請願、抗議下就妥協下來的既定政策。民進黨執政期間似乎還不見有任何具體的有益於台灣母語復原的政策。連最基本的「語言平等法」都被視為刺蝟打入冷宮更遑論其他提案。對於受傷的台灣母語如果不對它特別治療、給予復原的機會，而假藉「自由競爭」令其自生自滅，這樣恐怕是「國

語政策」的「名亡實存」。

第二，中央執政者對教育台灣化仍存有既期待又怕受傷害的心理。教育台灣化包含課程的設計、教材編撰、師資的培育等。民進黨已執政五年了，有哪一樣做到台灣化？學校仍然還在違背良心教導學生做個虛幻的中國人，歷任教育部長沒有一任敢破釜沉舟進行台灣化改革。這樣的責任不單在於教育部長，最重要的是民進黨執政團隊提供多少的支援？教育台灣化提案每遇到泛中國人士的杯葛就被棄守。執政團隊不支持，教育台灣化當然就實行不下去。至於地方的執政團隊，對於教育台灣化恐怕是一無所知。許多民進黨執政下的教育局都是在延續過去國民黨時期舊有之大中國教育政策。舉個例來說，各縣市政府都會舉行國中小教師的聯合甄選。初選的筆試通常都會包含教育專業和國文二科。國文科考試內容通常是在測驗應試者的中國文言文程度。像這種把文言文程度列為教師甄選條件的不合理要求卻少見民進黨執政下的教育局做出修改。反倒是台北市 2003 學年度的甄選（教育專業佔 40%，學科專業佔 60%）不見有必考國文的規定。像這種明明地方政府就有權限可以進行修改的事宜卻不敢去做，可見這些執政團隊若不是被中華民國的官銜給衝昏了頭就是對教育台灣化毫無概念。

第三，現行各大學台灣研究之相關系所對台灣母語的漠視是對台灣的二次傷害。近幾年來各大學陸續成立了不少台灣研究之相關系所，譬如台灣文學系、台灣語言學系、客家研究所等。如果從各大學台灣文學系所開設的課程、舉辦的研討會、及發表的論文來看，華語仍然維持絕對優勢的份量，而本土語言所佔的比例仍然相當偏低。至於台灣語言系，拜名稱之賜，台灣語言的課程比例較台灣文學系稍多。然整個課程的設計、必修要求、入學考等仍具有濃厚「中文系」氣味，脫離不了大中國架構下的台語研究。以下分別舉證說明（蔣為文 2004）：

在大學部方面，不論是考試分發或甄試，所有台文系（含台灣文學及台灣語言系）均採計國文、英文分數，其中有些學校的加重計分甚至國文比英文高。沒有一校加考台灣母語。

研究所方面，只要是有筆試的台文所，幾乎全部均有考國文。其中僅清華大學例外（但有考中國文學史），及成功大學台灣文學所預計從 2005 年 5 月份開始，提供考生「華語」、「台語」及「客語」擇一應試之權利。台文所當中的台語所，因其強調台語之特質故有些學校在考國文之餘有加考台灣語言。然也有台語所不考台灣語言的，譬如高雄師範大學的台語所。

各大學部及研究所當中，有要求必修第二外語的計有 9 個台文系所。有明確要求必修第一台語（台語、客語、原住民語擇一）的僅成大台灣文學系（僅大學部）、真理大學台灣文學系、中山醫學大學台灣語文學系等 3 系。明確要求必修第二台語（台語、客語、原住民語擇二）的僅中山醫學大學台灣語文學系。

台灣文學系（不含台語系）大學部必修台語學分佔必修科目總學分的比例分別為，真理大學 8/60，成功大學 4/68，靜宜大學 4/52。台灣文學研究所有明確要求必修台語學分的僅師大（6/16）和台大（4/22）。

文化主體性不如經濟發展的第四個現象是，台商在全球各地奔波並沒有有意識地、有計畫地順道把台灣語言文化帶出去。以下就以筆者在美國就讀及在越南從事田野調查所觀察到的實例為證。就餐飲文化來講，在美國有不少台灣人從事餐飲業。然而絕大多數台灣人開的餐廳，即使賣的是台菜，也稱呼自己是 Chinese restaurant。難道稱呼自己是 Taiwanese restaurant 是很可恥見不得人的事嗎？有些餐廳老闆辯說台菜和中式料理差不多，所以用 Chinese 來統稱。相信在美國去過越南人開的餐廳的人都知道，越南餐廳較特別的料理就只有河粉和春捲，其餘的和中式料理大同小異。即便如此，他們越南人一定說他們的餐廳是 Vietnamese restaurant。台商不稱呼自己台灣餐廳，問題不在料理本身，而在於對自己文化的自信不足！喜歡吃港式飲茶的人都知道，在美國只要有華人的地方就幾乎都有提供港式飲茶的餐廳。台灣小吃、點心的種類與品質絕對不輸給港式飲茶，卻不見台商將「台式飲茶」企業化行銷。這是自信不足的另一例。

再以越南的台商為例，不少台商均竊竊自喜私下表示越南員工聽不懂台語有很多好處，譬如說，在他們面前講壞話或秘密都不用怕他們知道。有些台商甚至明文規定不准台籍幹部教越南員工學台語。相對於台商的愚蠢與短視，日本的商人顯得大方又積極。日本公司不僅安排日籍幹部去學越南語，同時也鼓勵越南籍員工學日本語。透過日本政府在越南當地設立的日本語言文化中心，越南人不僅學習日本語，更透過文化活動的參與而更加認識日本。除此之外，日商平時積極從事社會回饋的企業形象打造。如此一來，越南人對日本的企業與產品當然有很好的印象。無形當中日商在越南的競爭力也就提升了。

過去中國國民黨獨裁統治台灣的時候，民進黨怪罪國民黨禁止台灣語言、壓制台灣本土文化的發展。那時民進黨尚未執政，沒有行政資源來挽救台灣語言、無法提供台灣文化主體性發展的空間。在那情況下倒也無法責怪民進黨。然而，時至今日，民進黨已成執政黨。該政黨卻仍只停留在政治鬥爭的層次，對於教育台灣化、文化主體性的建構卻缺乏具體的遠景規劃與信心。沒有台灣化的教育、沒有文化的主體性，泛綠選舉要過半恐怕是台語俗語所說的「阿婆仔生子--chiâ^n 拼 leh」。

4. 國內之因應措施

除了要有信心之外，有個長遠的規劃藍圖也是要在國際舞台上與人一較長短的必要條件。本節和下節將依國內和國外提出一些具體可行的方案以供參考。

4.1. 強化台灣語文的教育

語言文化要源源不絕地向外輸出就必須要有一強而有力的文化母國。台灣就是台灣語言文化要向外拓展的重要基地。長期以來因受殖民統治的關係，台灣的語言文化自由發展的生存空間一直都遭受打壓。要讓台灣成為一個具有主體性的文化母國而不再是中國文化的附庸，首先就要移除中華民國現行的大中國式的華語教育，讓台灣語文不止有生存

發展的空間、更有國家體制的支援。至於華語的地位，它就如同英語、日語、越南語一樣，屬於供民眾因不同目的而自由使用的外國語。

短期內要以台灣語文全面取代中國語文可能暫時有困難。不得不分期計畫施行。以下為初擬可能執行的方案：

短期內（五年內）可陸續開始執行：

a) 設立部會級的台灣語文復育委員會，專職台灣語文復育工作的計畫與執行。

b) 在中央級國會殿堂設立同步翻譯設備與人員。

c) 通過語言平等法。

d) 建立台灣語言能力之認證制度。

e) 建立台灣語言教學之認證制度。

f) 獎勵出版以台灣母語書寫之各學科教科書。

g) 獎勵以台灣母語創作之文藝作品。

h) 獎勵報章雜誌以母語書寫。

i) 獎勵電視媒體以母語製作節目及字幕。

j) 母語教學應由選修課改為必修，並應由現行的國民小學延長到大學。

k) 進行全國性的語言普查。

l) 廢除ㄅㄆㄇ注音符號，改用羅馬字。

m) 限制漢字字數的使用。建議在 3000 字以內。

n) 增加大學台灣語文系所之師生名額以培養專業種子師資。

o) 停止各大學新設中國語文系所之申請。

p) 現行教育學程內增加台灣母語及文史之必修學分，並列入師資甄選之必考科目之一。

q) 舉辦台灣語文及歷史、文學之研習營供現有軍公教人員進修。一定期限內修滿一定時數者應適當獲得獎勵。

r) 公務人員考試應依其服務區域範圍來檢定其語言能力，而不是現行的應試者均考中文。這些語言至少應包含原住民語、客語、台語、華語、英語等。

第十年起應可執行：

a) 各級學校中文課程的時數應低於台灣語文課程。

b) 大學以下各級中文教材不再使用文言文。文言文應由中文系專業人員負責研究即可。

c) 停止增補各大學中國語文系所之師資。現有中文系之師資退休後一律不補缺。其缺額改挪為台灣語文系使用。

d) 各級學校開始試用以母語編寫之各學科教材並以母語為教學語言。

第二十年起應可達成：

a) 各級學校全面以台灣語文為教學語言。中文全面改為選修。

4.2. 擅用新移民的跨語言文化人才

新移民（譬如所謂的越南新娘等）及短期打工的外國人實為擔任台灣語言文化輸出的最佳仲介。他們都是台灣從事國民外交的重要先鋒。台灣應該善用這些人才，而不應認為他們只是為了討生活而嫁來台灣或僅來台灣打工。

針對新移民，我們應有相對於打工者更詳盡的計畫與要求。

a) 政府應成立移民署或相關之單位統籌處理新移民之相關事務。

b) 教育部應編撰適合新移民使用的認識台灣語言、歷史、文化及公民權利義務之教材並開班授課。

c) 新移民若在原國籍居住地未完成國中程度學歷，教育部應將其列入九年義務教育範圍之內。

d) 內政部應將新移民的基本台灣語言能力及對台灣歷史文化的基本認識列入核發國民身分證的條件之一。

e) 內政部應鼓勵新移民成立同鄉會或類似團體並從事台灣與原居住國間雙向之國際交流活動。

f) 政府應鼓勵新移民以原國籍之語言在原居住國出版有關台灣之書籍或影音等之出版品。

g) 教育部應鼓勵大學成立東南亞語文學系，以便對新移民的原母國文化有深入的認識及培養區域研究人才。

至於來台短期打工者，教育部應以打工者之母語編撰適合他們使用的認識台灣語言、歷史、文化之影音或書面教材。這些教材可提供給仲介公司作為勞工或女傭來台前的職業訓練之一或在台期間的進修課程。

5. 國外之全球佈局

目前在台商較多的部分海外地區已設有台北學校（建議應改為台灣學校 Taiwanese School），教育部應持續台北學校的設立並加強學校的台灣語文教學。此外，應在海外各國的重要城市設立台灣語言文化中心。該中心可附屬在台北學校之下；若該地區尚未有台北學校，則可單獨成立。該中心未必得由政府撥經費成立，亦可利用減稅獎勵方式鼓勵當地台商成立。台灣語言文化中心應有以下的功能：

a) 平時可開授語言課程，作為當地一般民眾學習台灣語言的補習班。

b) 擔任當地民眾台灣語言程度之認證工作。

c) 平時可播放一些台灣的電影或電視影集供民眾觀賞，並媒介台灣的影集到當地電視台播放。

d) 舉行和台灣有關之文化活動並媒介台灣和當地國間的文化交流。

e) 提供台灣觀光旅遊之相關資訊，並應和觀光局配合開發與行銷外國人來台旅遊的景點路線。

f) 發行台灣期刊，定期提供有關台灣的各項資訊。

g) 提供到台灣留學及獎學金的相關資訊。

h) 提供台灣研究的相關資料，並以當地語言出版有關台灣的書籍或影音資料。

除了設立台灣語言文化中心之外，政府還可規劃執行：

a) 製作介紹台灣的影片及書籍並由台灣駐各國當地的大使館或辦事處編譯成該國語言版本並出版。

b) 在某些經濟發展較落後但台商投資頗多的地區譬如越南，台灣可考慮資助其重點大學成立台灣語文學系或台灣研究中心，並提供相關教材及師資。設立台灣學系不只可替台商培養當地管理幹部，並可透過其政府智庫的角色逐步影響當地政府的對台政策。

c) 積極招收國際學生到台灣留學，並鼓勵國際學術合作。而這些招生與合作的對象不應集中在歐、美、日國家，更應主動出訪那些所謂較落後的國家。

6. 結論

台灣作為一個新興的海洋國家，如何運用現有的資源應對全球化的潮流並將台灣語言文化帶上國際舞台已成一重要課題。而這也是台灣要告別被殖民陰影、建立文化自信與主體性的具體正面做法。

台灣一方面應當強化台灣語文的教育，一方面及時運用新移民帶來的語言文化資產，並將之化為有利於台灣語言文化輸出的利器。同時在世界各地設立台灣語言文化中心作為台灣文化佈局國際的平台。如此才能茁壯主體性台灣文化的根，增加台灣在國際舞台上的能見度並展現海洋台灣的實力。

【本論文發表 tī 2005 年全球化下台灣文化未來發展與走向研討會，1 月 12 日，政治大學；bat 收錄 tī 蔣為文 2007《語言、文學 kap 台灣國家再想像》台南：國立成功大學。】

參考文獻

蔣爲文 2004〈收編或被收編？—當前台文系所對母語文學及語言人權態度之分析〉發表於「語言人權與語言復振學術研討會」，台東大學，12月18日。

About the author

The author Wi-vun Taiffalo Chiung obtained his Ph.D degree in linguistics from the University of Texas at Arlington. He is professor of linguistics in the Department of Taiwanese Literature at the National Cheng Kung University in Taiwan. He is also the director of Center for Taiwanese Languages Testing and Center for Vietnamese Studies at NCKU. His major research languages include Taiwanese and Vietnamese. His research fields are sociolinguistics and applied linguistics. Currently, he is interested in the relevant studies of language and orthography reforms in Hanji cultural areas, including Taiwan, Vietnam, Korea, Japan, and China.

Về tác giả

Tác giả Wi-vun Taiffalo Chiung (tên tiếng Việt là Tưởng Vi Văn) là tiến sĩ Ngôn ngữ học tại Trường Đại Học Texas-Arlington Mỹ. Hiện nay là Giáo sư của Khoa Văn học Đài Loan, và giám đốc của Trung tâm Trắc nghiệm Ngữ văn Đài Loan và Trung tâm Nghiên cứu Việt Nam, Trường Đại học Quốc lập Thành Công, Đài Loan. Ông chuyên nghiên cứu, so sánh đối chiếu giữa tiếng Đài Loan và tiếng Việt Nam.